KB125773

담독

탐독
유목적 사유의 탄생

1판 1쇄 발행 2006년 2월 27일
1판 6쇄 발행 2011년 10월 7일
문고판 1판 1쇄 발행 2016년 12월 23일

지은이 이정우
펴낸이 김찬

펴낸곳 도서출판 아고라
출판등록 제2005-8호(2005년 2월 22일)
주소 경기도 파주시 가온로 256 1101동 302호
전화 031-948-0510
팩스 031-948-4018

* 책값은 뒤표지에 있습니다.

이정우 지음

탐독 耽讀

유목적 사유의 탄생

AGORA

_차례

철학 마을 가로지르기

책과의 만남

책이 없는 세상이란 어떤 곳일까. 어릴 때 많은 시간을 보냈던 고향 마을이 바로 그런 곳이었다.

세 살 때 어머니 등에 업혀 서울로 올라왔으니 분명 나는 서울 사람이다. 그러나 어린 시절 자주 시골에 가 있었고, 초등학교 (당시에는 '국민학교'라 했다) 때에도 방학이면 어김없이 내려갔으니, 생활의 절반은 고향에서 이루어졌던 셈이다.

고향으로 가는 길. 그때만 해도 그것은 멀고도 먼 길이었다. 느리기 한량없는, 게다가 자리가 없을 때면 영락없이 긴긴 시간을 서서 가야 하는 기차를 타고 영동역에 내린 후, 다시 학산행 버스를 타고 정말이지 한참이나 달려야 '봉소리'라는 마을 이름이 새겨진 큰 돌 앞에 다다를 수 있었다. 도로가 포장되어 있지 않아 버스는 마치 자갈밭 위를 가는 것처럼 정신없이 흔들렸고, 사람들로 가득 찬 버스 안에는 닭 따위의 여러 가축들도 득

실거렸다. 다른 차들이 지나갈 때면 길바닥에서 먼지가 뽀얗게 올라와 사람들의 얼굴을 덮쳤다. 그러나 어린 나는 그저 할머니 할아버지를 보러 가는 길이 즐겁기만 했고, 마음은 새롭게 찾아올 시골 생활에 대한 기대감으로 잔뜩 부풀곤 했다.

마을에 도착해 버스에서 내리면 할머니께선 "우리 대감!" 하고 외치면서 나를 끌어안고 얼굴을 비비곤 하셨다. 그때만 해도 남존여비男尊女卑가 워낙 강해 누나나 동생은 할머니의 눈길 한 번 받지 못했던 것 같다.

고향 마을은 큰마을(안마을)과 새마을로 나뉘어 있었는데, 우리 집이 있던 새마을은 이름이 마을이지 집이 딱 세 채뿐인 아담한 곳이었다. 안마을, 새마을을 합쳐 온 동네에 멀고 가까운 친척들이 살고 있었다. 할아버지께서는 안마을에 가실 때면 나를 리어카에 태우고 질주하셨고, 나는 마치 왕자라도 된 것처럼 넓게 펼쳐지는 마을 풍경과 얼굴을 스쳐가는 바람을 만끽하곤 했다.

아마 내 눈에 뜨이지 않았던 것이겠지만, 고향 집 어디에도 책은 없었던 것 같다. 게다가 사람들이 하는 말 또한 그야말로 원초적인 언어들뿐이었으니, 사물 차원과 언어 차원의 이분법 같은 것은 존재하지 않는 세상이었다. 오로지 사람들과 사물들, 그리고 가장 소박한 말들만이 존재하는 세상. 그런 세상을 경험해봤다는 사실이 지금은 무척이나 신기하게 느껴진다.

매우 넓은 마당, 거기에는 담배철이 되면 노란 담뱃잎들이 새끼줄에 묶여서 가득 널렸다. 마당 저편에는 탑같이 생긴 건물이 있었는데, 아마 담배 농사와 관련된 곳이었을 것이다. 싸리문을 열고 들어서면 외양간과 닭장이 있었고, 저쪽 맞은편에는 포도밭과 우물이 있었다. 아침에 일어나 방문을 열면 제일 먼저 인사하곤 했던 것은 처마 밑에 집을 짓고 살던 제비들이었다. 나는 싸리채로 잠자리를 잡거나 친구들과 어울려 산길을 돌아다니곤 했다. 마을 앞을 흐르던 양물래기에 가서 여름에는 멱을 감고 겨울이 되면 얼음을 깨서 고기를 잡았다. 어떤 때는 소를 몰고서 다니기도 했고(동물과 사람의 관계는 얼마나 가까웠던가. 내게는 강아지, 소, 닭 등이 또 다른 친구들이었다), 겨울에는 논둑에 불을 놓거나 할아버지께서 만들어주신 연을 날리곤 했다. 엄청나게 멀리, 또 높이 날아가 잘 보이지도 않던 그 연들. 그리고 신나는 연싸움. 감이나 밤, 딸기 등을 돈 주고 사먹는다는 것은 생각지도 못할 일이었다. 그리고 뒤뜰에 병풍처럼 서 있던 대나무들과 뒷동산에 피어 있던 할미꽃들.

그렇게 시골에서 지내던 어느 날 내 눈길은 방 안 한편 벽에 붙어 있는 노란 종이에 가 멎었다. 그 종이는 단순한 벽지가 아닌 것 같았는데, 거기에는 몇 가지 글자와 추상적인 그림이 그려져 있었다. 생각나는 글자는 '本', '元' 같은 것들이다. 그리고 그 아래에는 동그라미가 그려져 있고 또 몇 개의 글자와 그림이 있었던 것 같다.

지금 가만히 생각해보면 그 벽지에 씌어 있었던 것은 일종의 태극도太極圖였음에 틀림없다. 아마 그때가 내가 처음으로 '언어'라는 것을 접한 순간이었을 것이다. 한글을 보기도 전에 한자를 먼저 보고 그림책을 보기도 전에 태극도를 먼저 보았으니, 지금의 기준으로 보면 참 독특한 출발인 셈이다. 나는 할아버지께 그 글자들의 의미를 물어보았고 당연히 할아버지의 설명을 알아듣지는 못했지만, '本'이니 '元'이니 하는 글자들 그리고 왠지 신비하게 느껴지는 동그라미가 아무것도 모르는 어린 꼬마에게 처음으로 막연하게나마 형이상학적 흥미를 가지게 해주었을지도 모르겠다. 지금도 그 누런 벽지가 생생하게 기억난다.

농부이셨던 할아버지께서는 각세교覺世敎라는 작은 종교의 직책을 가지고 계셨다. 충북 영동 일대에서는 제법 세勢가 있던 종교였고, 할아버지는 동학에 비유한다면 아마도 '접주'의 역할을 맡으셨던 것 같다.

그런 할아버지께서 툇마루에 앉아 늘 부르시던 노래가 있었다. 그 노래의 가사가 다 생각나지는 않지만, 그 첫부분은 지금도 기억하고 있다.

　원각천지圓覺天地
　무궁조화無窮造化
　해탈解脫……
　연기연계緣起連繫
　……

한자가 맞는지 모르겠지만, 이 첫머리는 할아버지의 그 구성진 목소리, 길게 늘어지는 곡조와 더불어 지금도 생생하게 내 마음속에 남아 있다. 반듯이 정좌하고서 "원~각~~천~지~~"를 노래하시던 할아버지의 모습은 내 가슴속에 살아 있는 가장 아름다운 광경들 중 하나이다. 그래서인지 그 노래는 지금도 가끔씩 불현듯 내 마음에 떠올라 나도 모르게 흥얼거리게 된다.

그후 한글로 된 책을 보게 되었는데, 아마 그때가 책이라는 존재를 처음 접했을 때였던 것 같다. 그 책 역시 각세교에 관련된 것이었고, 일정하게 운을 맞춰서 나아가는, 일종의 노래 형식을 갖춘 긴 연작시였다. 『용담유사』도 이런 형식을 띤 것으로 보아, 아마 조선시대부터 내려온 형식이었던 것 같다. 할아버지께서 읽어주셨던 그 첫머리가 지금도 생각난다.

> 하느님의 명命을 받아
> 우주간宇宙間에 화생化生하니,
> 본향本郷은 천국天國이요
> 생장지生長地는 조선朝鮮이라.
> ......

그 뒤로도 길게 이어지는 이 노래는 틀림없이 각세교의 교주를 찬양한 노래였을 것이다. 나중에 가서야 이 가사를 쓴 사람(들 중 한 분)이 바로 아버지라는 사실을 알게 되었다. 아버지는 오지奧地나 다름없던 학산이 배출한 지식인이셨고, 국어 교사이자 한학자漢學者로서 활동하셨다. 아버지 자신은 각세교에 별다른 애착이 없으셨으나, 이 종교에 관련된 여러 글들을 쓰거나 다듬으셨던 것 같다.

언어라는 것, 책이라는 것에 대한 내 최초의 기억은 이렇게 종교적이고 고풍스러운, 누렇게 바랜 종이 위에 씌어진 한문과 가사歌辭의 세계에서 이루어졌다. 어쩌면 그때의 경험이 나로 하여금 한평생 고전들을 끼고 살게 만들었던 것은 아닐까. 낯설고 어렵게 느껴질 수도 있는 고풍스러운 저작들이 내게는 오히려 옛 친구들처럼 정겹게 다가오곤 하니 말이다.

어쨌든 책에 대한 내 경험은 이렇게 시작되었다. 내가 어릴 때 본 이런 책들 중 생각나는 것으로는 조선시대의 책(큰 규격에 원편을 실로 꿰맨)처럼 만들었지만 표지로 보건대 분명 현대에 발간된 것이 틀림없는 책들이 있다. 거기에는 한문도 한글도 아닌 묘한 글자들이 적혀 있었다. 지금 생각해보면 그것은 우리 옛말이었던 것 같고, 기억이 희미하기는 하지만 그 내용은 아마도 「용비어천가」나 「월인천강지곡」 같은 유의 노래들이었을 것이다. 나는 내용도 잘 모른 채 그저 책이 예쁘고 글자들이 재미있어서(알아볼 수 있는 글자들도 가끔 있었으니 말이다) 자주 들여다보곤 했다.

때로는 한의학 서적들도 눈에 뜨이곤 했는데, 할아버지의 친구셨던 이성재 선생님이 각세교 접주이자 한의사셨기 때문인 듯하다. 나는 그 책들에 그려져 있는 그림들이 신기해서 자주 보곤 했다. 어쩌면 그때의 기억 때문에 그후에도 줄곧 한의학에 관심을 가져왔는지도 모르겠다.

그후 이런 책들은 내 기억 저편으로 희미하게 사라져갔다. 그러나 사람의 인연이란 참으로 면면綿綿한 것이런가. 한참의 세월이 지난 후 나는 이성재 선생님을 다시 뵐 수 있었다. 젊은 시절의 모습은 이미 내 기억에서 사라졌지만, 선생님을 다시 뵈었을 때 풍기는 풍모風貌는 여전히 내게 희미하게나마 익숙한 그 무엇이었다. 나는 긴 세월이 지난 후 어린 시절에 접했던 그 세계를 다시 만났던 것이다.

이성재 선생님은 평생 닦아온 한의학 지식, 그리고 그보다 더 애정이 깊으셨던 각세교 경전들을 다듬는 일에 몰두하셨다. 그 중에는 『천부경』을 비롯한 전통 종교의 경전들이 포함되어 있었다. 선생님은 이 저작들의 일부분을 외국어로 번역하고 싶다시며, 그 일을 나에게 부탁하셨다. 그래서 나는 이 글들 중 중요한 부분들을 영어, 일본어, 중국어로 번역할 기회를 가질 수 있었는데, 그것은 나 자신에게도 의미 있는 경험이었다.

이미 현대 철학의 사유들로 무장된 나에게 이런 책들의 내용이 쉽게 받아들여지지는 않았다. 그러나 어린 시절의 추억과 결부된 고전들의 세계, 그것은 내 사유에 지울 수 없는 흔적을 남겼다.

초등학교에 들어가서 교과서들을 만나게 되었다. 그러나 뚜렷이 생각나는 내용들은 거의 없다. 나는 책이나 공부에 그다지 관심이 없었다. 책을 읽는 시간보다는 그림을 그리는 시간이 많았고, 공부하는 시간보다는 산에 들에 부지런히 놀러 다니는 시간이 많았다. 학교에 다니는 것도 즐겁지 않았다.

한 가지 기억나는 것으로 내가 썼던 「내 동무」라는 시가 《소년조선일보》(아니면 《소년동아일보》였던가?)에 실렸던 일이 있다. 수업 시간에 써서 제출했던 것으로 기억나는데 어느 날 그 시가 신문에 실려 있는 것을 보게 되었다. 아마 담임 선생님께서 그 시를 신문사에 보내셨나 보다.

이 일은 '동무'라는 말 때문에 기억에 계속 남는다. 그때가 초등학교 저학년 때였으니 연도상으로는 1967년 전후의 일일 것이다. 그때만 해도 동무라는 말을 쓸 수 있었다는 이야기가 된다. 그후로 이 말은 점차 사라졌고 '친구'라는 말이 그 자리를 채웠다. 그 이유가 북한과의 관계 때문이라는 것은 말할 필요도 없을 것이다.

나에게 이 일은 늘 또 다른 어떤 것과 연상되어 떠오른다. 바로 교과서에 실려 있던 '북한 괴뢰傀儡들'을 그린 그림이다. 그것은 온몸이 붉고 꼬리는 화살 끝처럼 날카롭게 되어 있고 손에는 삼지창 비슷한 것을 든 사람, 아니 도깨비였다. 나는 그 그림을 보면서 북한 사람도 사람인데 설마 저렇게 생겼을까 하고 의아하게 생각하곤 했다. 우리의 6,70년대는 그런 시대였다. 생각해보면 나는 5.16 군사 쿠데타 바로 전에 태어나 1988년 올림픽이 열릴 때(노태우 정권 1년째) 서른 살을 맞았으니, 청춘 시절을 꼬박 군사정권에서 보낸 셈이다. '동무'라는 말이 급속히 사라져간 시대.

공부는 멀리했지만 다만 동화책들은 부지런히 읽었다. 학교 공부보다는 책 읽는 시간이 좋았고, 아버지께서 자주 사다 주시는 동화책들을 보면서 상상의 나래를 펴곤 했다. 지금 돌이켜보면 당시 읽었던 대다수의 동화들이 서구의 작품들이었고, 그 중 상당수는 원래의 책들을 축약해서 청소년용으로 개작한 것들이었다. 이런 식의 축약본들을 읽는 것이 결코 좋은 일은 아니었던 것 같다. 그런 식의 독서는 원본을 읽을 때, 어떤 세계를 처음 만날 때의 감흥을 미리 희석해버리기 때문이다.

학교 갔다 집으로 돌아오는 길에 우연히 들른 서점에서 발견했던 《어깨동무》라는 잡지도 기억난다. 여러 종류의 다채로운 내용들로 차 있는 좋은 잡지였던 것 같다. 만화는 아마도 한두 꼭지밖에 없었을 것이다. 그러나 세월이 흐르면서 만화의 비중은 점점 커지고, 마침내 처음부터 끝까지 만화로만 차 있는 잡지들이 나오게 된다. 그리고 그 만화의 내용들은 갈수록 거칠고 흉측하게 변해갔다. 이 변화에는 20세기 후반 한국 사회의 변화가 압축되어 있다고 할 수 있지 않을까. 영혼의 황폐화, 정신의 사막화.

나는 늘 그림 그리기나 노래 부르기 등을 좋아했고 책이나 공

부에는 그다지 큰 관심을 두지 않았다. 내가 책의 세계, 지성의
세계에 발을 들여놓게 된 것은 중학교에나 가서였다.

……문학과 더불어 ……

생
의
애
환

중학교 2학년 때부터 책에 파묻히기 시작했다. 왜 그때 책과
공부에 취미를 붙이게 되었는지는 기억나지 않는다. 그러나 어
디에서 그랬는지는 분명하게 기억한다. 그것은 곧 아버지의 서
재이다. 아버지의 서재, 그곳은 독서와 사유가 태어나는 지성의
모태이다.

아버지의 서재는 내게 보물섬과도 같았다. 거기에는 근현대
한국 문학을 모아놓은 몇 가지 시리즈들, 조선시대를 수놓은 각
종 문집들, 중국의 고전소설들, 세계문학대계, 제자백가들의 저
작들, 유학 관련 고전들, 각종 형태의 옥편들과 자전들, 백과사
전들이 가득 차 있었다. 어떤 책들은 누렇게 바래 있었고, 맞춤
법도 지금과는 상당히 달랐다. 대부분의 책들은 세로쓰기를 하
고 있었다. 일본어처럼 장음長音을 표기하는 줄들, 복잡한 이중
자음들, 어려운 한자들, '대미大尾'로 끝나는 마지막 부분

들……. 나는 이 책들의 숲에 푹 빠져 그 속에서 뒹굴었다. 그것은 보물섬의 여러 동굴들에 들어가보고, 숱한 강을 건너고, 빽빽한 숲을 횡단하는 모험과도 같았다. 중학교 2학년부터 고등학교 1학년까지 대략 3년간 아버지의 서재에서 지속되었던 그 탐험의 시간들, 무수한 책갈피들에 묻었던 그 시간들을 통해서 나는 책을 사랑하게 되었고 책과 더불어 사는 사람이 되었다.

사춘기 소년이었던 나의 시선은 자연히 문학작품들로 쏠렸다. 짧아서 읽기 쉬웠기 때문일까 아니면 다른 이유가 있었을까, 우선 열심히 읽기 시작한 것은 한국의 단편소설들이었다. 그 소설들에서 나는 부모 세대가 겪었던, 그리고 당시에도 여전히 한국인들의 일상을 채우고 있었던 삶의 애환哀歡들을 만났다.

내가 청소년기에 읽은 단편소설들은 대개 일제 강점기 또는 해방 직후의 이야기들이었다. 거기에는 일제의 지배를 받거나 전쟁 이후의 가난한 시대를 살아야 했던 사람들의 애환이 가득 담겨 있었다. 이제 막 청춘의 시기를 맞이한 소년이 그런 이야기들을 이해하기에는 한계가 있었겠지만, 반드시 낯선 이야기만도 아니었다. 당시(1973년 즈음)의 우리 삶이 그 전에 비해 크게 변했다고는 할 수 없었기에 말이다.

극소수의 특권층을 제외한다면, 일제시대부터 당대까지 대부분 사람들의 삶을 지배했던 것은 가난이었다. 가난을 그린 작품들 중 얼른 떠오르는 것은 전영택의 「화수분」이다. 너무나도 가난해서 남에게 딸을 넘기는 부부, 생이별을 하는 가족, 꼭 끝어안은 채 얼어버린 부부와 그 사이에서 살아남은 어린 딸의 이야기가 내 가슴을 무겁게 눌렀다.

　칼날 같은 바람이 뺨을 친다. 그는 고개를 숙여 앞을 내려다보다가 소나무 밑에 희끄무레한 사람의 모양을 보았다. 그것에 곧 달려가보았다. 가본즉, 그것은 옥분과 그의 어머니이다. 나무 밑 눈 위에 나뭇가지를 깔고 어린 것 업은 헌 누더기를 쓰고 한끝으로 어린 것을 꼭 안아 가지고 웅크리고 떨고 있다. 화수분은 왁 달려들어 안았다. 어멈은 눈은 떴으나 말은 못한다. 화수분도 말을 못한다. 어린 것을 가운데 두고 그냥 껴안고 밤을 지낸 모양이다.
　이튿날 아침에 나무장수가 지나가다가, 그 고개에 젊은 남녀의 껴안은 시체와 그 가운데 아직 막 자다 깬 어린애가 등에 따뜻한 햇볕을 받고 앉아서, 시체를 툭툭 치고 있는 것을 발견하여 어린 것만 소에 싣고 갔다.

　당시 이 소설을 읽으면서 이해하기 힘들었던 것은 화수분 가족의 가난 자체보다는 그 주변 사람들이었다. 왜 사람들은 한 가족이 절단 나도록 내버려두는 것일까? 바로 옆의 사람들, 특히 이 소설의 화자인 주인 내외는 왜 화수분네를 도와주지 않을까? 그러고는 이렇게 남에게 이야기만 전해주는 것일까? 아마도 일종의 분노와 함께 찾아왔을 이런 순진한 의문은 사회적 불평등에 대한 최초의 의문이었던 것 같다.

문학적 구성의 발견:시간

「화수분」이 가난의 모습 자체를 다소 평면적으로 그리고 있다면, 유사한 주제를 다루되 문학적으로 인상 깊은 구성과 묘사를 보여주는 것이 현진건의 「운수 좋은 날」이다.

이 소설은 처음부터 끝까지 아이러니의 구조를 보여주고 있다는 점에서 구성상 흥미진진하다. 몸이 아파 거의 죽음의 문턱에 다다른 아내와 그날따라 왠지 계속되는 행운, 아내를 생각해서 사다 준 쌀ㆍ나물과 그것들이 가져다준 병, 아픈 사람에게 사다 주려 한 설렁탕과 그의 칼칼한 목을 잡아끄는 막걸리, 집으로 가까이 올 때면 풀리고 멀어질 때면 힘이 치솟는 다리, 그리고 무엇보다 횡재들의 꼬리를 계속 이어주는 시간과 아내의 목숨이 점점 마지막으로 치닫는(다고 주인공이 생각한, 그러나 그 놈의 운수 때문에 결국 놓쳐버리게 되는) 시간이 소설 전체에 긴박감을 불어넣고 있다. 큰 손님을 잡은 주인공은 남대문으로 가다가 집 근처를 지나게 된다.

이윽고 끄는 이의 다리는 무거워졌다. 자기 집 가까이 다다른 까닭이다. 새삼스러운 염려가 그의 가슴을 눌렀다. "오늘은 나가지 말아요. 내가 이렇게 아픈데!" 이런 말이 잉잉 그의 귀에 울렸다. 그리고 병자의 움쑥 들어간 눈이 원망하는 듯이 자기를 노리는 듯하였다. 그러자 엉엉 하고 우는 개똥이의 곡성을 들은 듯싶다. 딸국딸국 하고 숨 모으는 소리도 나는 듯싶다.

"왜 이러우, 기차 놓치겠구먼."

하고 탄 이의 초조한 부르짖음이 간신히 그의 귀에 들어왔다. 언뜻 깨달으니 김 첨지는 인력거채를 쥔 채 한복판에 엉거주춤 멈춰 있지 않은가.

소설 전체를 이끌어가는 핵심적인 개념은 시간이다. 이 소설은 내게 시간에 대해 생각하게 한 중요한 한 계기였던 것 같다. 집 근처를 지나쳐 갔다가 돌아오는 길에 다시 집 근처를 지나게 된 김 첨지의 심리를 묘사한 대목은 방금 인용한 대목과 호응하면서 소설의 핵심적인 상황을 묘사한다.

한 걸음 두 걸음 집이 가까워올수록 그의 마음조차 괴상하게 누그러졌다. 그런데 이 누그러짐은 안심에서 오는 게 아니요, 자기를 덮친 무서운 불행을 빈틈없이 알게 될 때가 박두한 것을 두려워하는 마음에서 오는 것이다. 그는 불행에 다닥치기 전 시간을 얼마쯤이라도 늘리려고 버르적거렸다. 기적에 가까운 벌이를 하였다는 기쁨을 될 수 있으면 오래 지니고 싶었다. 그는 두리번거리면서 사면을 살피었다. 그 모양은 마치 자기 집─곧 불행을 향하고 달려가는 제 다리를 제 힘으로는 도저히 어찌 할 수 없으니 누구든지 나를 좀 잡아다고, 구해다고 하는 듯하였다.

운수 좋은 날은 계속되고, 죽어가는 아내의 모습은 어른거린
다. 그러나 이제 운은 다하고 꼬리를 물었던 행운들 때문에 놓쳐
버린 시간으로, 그 두려운 결말로 다가가야 한다. 계속되는 횡재
가 가져온 쏠쏠한 벌이와 그 기분 좋음 때문에 더 길게 가져가고
싶은 시간, 그러나 고통스럽게 점점 강해지는 확신—비극에의
확신—이 드러내는 (피하고 싶어서 누군가 차단해주었으면 하고 바
라게 만드는) 시간, 이 두 시간의 엇갈림을 참으로 잘 묘사한 대목
이다. 당대 사람들의 고단하고 안쓰러운 삶을 문학적으로 형상
화하는 데 성공했다 하겠다.

오늘날을 살아가는 상당수의 사람들은 이런 상황이 크게 실
감나지는 않을 것이다. 그러나 내가 이 소설을 읽던 시절만 해도
이런 광경은 그렇게 이질적이고 낯선 것이 아니었다. 인력거는
이미 사라진 시절이었지만, 매일 밤 연탄가스 중독으로 수없는
사람들이 죽어 나가고, 밤에 비가 올 때면 천장에서 새는 비 때
문에 밥그릇, 찬그릇들을 잔뜩 벌여놓고서 자야 했다(물론 우리
집도 그랬다). 그릇들에 떨어지는 빗방울이 내는 소리를 자장가
삼아서 자던 밤들이 생각난다. 거리에는 거지들이 그득했고 때
로는 광인들도 나돌아다녔다(한국 사회에서 '대감호'가 실시된 것
은 얼마 되지 않는다). 당시 한 TV 드라마에서 주인공인 처녀들이
밤중에 냉장고에서 아이스크림을 꺼내 먹는 장면이 방영된 적
이 있었다. 그리고 다음 날 신문에는 이런 장면들이 사치를 조장
한다고 비판한 기사가 실렸다.

「운수 좋은 날」은 이러한 쓰라린 현실에 대한 비감悲感과 뛰어난 문학적 묘사라는 두 얼굴을 지닌 소설로 내 뇌리에 남아 있다.

아이러니가 주는 고통

20세기 한국에서 가장 많이 찾아볼 수 있었던 유형의 소설이나 영화는 아마도 여성의 불행을 묘사한 작품들일 것 같다. 지금은 이미 지나간 풍경이지만 말이다.

아주 어릴 때 어머니는 종종 나를 데리고서 극장에 가곤 하셨다. 그 중에서도 자주 갔던 극장이 있었는데, 거기에서 영화를 볼 때면 어머니는 거의 빠짐없이 흐느껴 우시곤 했다. 그러면 나는 영문도 모른 채, 그저 엄마가 울기에 같이 따라서 펑펑 눈물을 쏟곤 했다. 그때 본 영화들은 대부분 비극적인 고통을 겪는 여성들의 애환을 신파조로 그린 작품들이었던 것 같다. 궁중 여인들의 질투와 고독 그리고 죽음, 버림받은 여인들의 한恨과 차가운 복수심, 사회의 밑바닥을 전전하는 가난한 여성들……. 고단한 20세기를 남성들보다 몇 갑절 더 고단하게 보낸 여성들의 애환이 펼쳐지곤 했다.

한참 후 나이가 들어(아마 대학원생 때였던 것 같다) 이태원에 가게 되었다. 무슨 일로 갔는지 기억이 나지 않으나, 거기에서 나는 잃어버린 시간의 편린과 갑작스럽게 맞닥뜨렸다. 길을 걸어가던 나는 무엇인가가 나를 끌어당기는 듯한 느낌을 받아 옆으로 고개를 돌렸고, 거기에서 길로부터 위쪽으로 난 계단을 보게 되었다. 계단이라는 것이 대개 비슷비슷하게 생긴 법이어서 딱히 다른 느낌을 줄 리도 없건만, 왠지 그 계단이 그렇게 낯익고 정겨울 수가 없었다. 나는 계단을 올라갔고, 거기에서 이제는 문을 내린 극장 건물을 보게 되었다. 그렇다! 바로 그 극장이 내가 어머니의 손을 잡고 따라가 영문도 모른 채 흐느끼던 그 극장이었다. 주변 풍경들, 익숙한 장소가 주는 특유의 느낌. 나는 어린 시절에 대한 아득한 회상에 푹 잠겨서 거기에 한참이나 서 있었다. 그 극장 이름이 '태평극장'이었던가. 아니 '평화극장'이었던 것 같기도 하다.

어머니의 세대, 그 세대는 이렇게 눈물 쏟는 신파조의 이야기들이 양산되던 시대를 살았다. 일제 강점기와 해방 후의 한국 단편소설들을 통해 우리는 당대 여성들의 갖가지 애환들을 만난다. 그런 작품으로 뇌리에 남았던 것은 계용묵의 「백치 아다다」이다. 대부분의 한국 단편소설들이 현대 한국인의 고단하고 고통스러운 삶을 그린 것들이었기에, 그런 작품들을 읽을 때면 나는 늘 아득한 서글픔과 때로는 견디기 힘들 정도의 연민을 느껴야 했다. 특히 문학작품의 핵심적인 요소들 중 하나가 아이러니인데, 바로 그 아이러니의 구조가 내 마음을 몹시 괴롭혔다. 「백치 아다다」의 경우도 마찬가지이다.

벙어리이자 천치에 가까운 아다다였지만, 빈한한 집에 시집갔을 때만 해도 그 집의 보잘것없음과 친정에서 가져온 깃부(지참금)가 그를 떠받쳐주었다. 그러나 그 집안에 돈이 생기고 여유가 붙자 그를 바라보는 시선들은 점차 바뀌어갔고 아다다는 심하게 구박받는 처지로 전락한다. 가난한 집안에서는 대접받을 수 있지만 여유가 생긴 집안에서는 부끄러운 존재가 될 수밖에 없는 아내/며느리. 시집 온 집안의 형편과 자신의 행복이 반비례할 수밖에 없는 이 얄궂음의 구도가 소설의 바탕을 이루고 있다. "해를 거듭하며 생활의 밑바닥에 깔아놓았던 한 섬지기라는 거름이 차츰 그들을 여유한 생활로 이끌어, 몇백 원이란 돈이 눈앞에 굴게 되니 까닭 없이 남편 되는 사람은 벙어리로서의 아내가 미워졌다."

그래서 자연히 아다다에게 돈이란 원수 같은 것이 되었고, 이것이 결국 그녀의 불행을 재촉한다. 그녀에게 유일한 안식처를 제공해주었던 수롱이, 그 수롱이가 아다다와 함께 자신의 인생을 걸려 했던 돈이 아다다에게는 미래에 닥쳐올 불행의 기호였다. 그래서 아다다는 돈을 없앴고, 바로 그 행위가 그를 그의 유일한 사랑이었던 수롱이에 의해 죽게 만든다.

주먹을 부르쥔 채 우상같이 서서, 굽실거리는 물결만 그저 뚫어져라 쏘아보고 섰는 수롱이는 그 물 속에 영원히 잠들려는 아다다를 못 잊어 함인가? 그렇지 않으면, 흘러버린 그 돈이 차마 아까워서인가?

짝을 찾아 도는 갈매기 떼들은 눈물겨운 처참한 인생 비극이 여기에 일어난 줄도 모르고 '끼약 끼약' 하며 흥겨운 춤에 훨훨 날아다니는 깃 치는 소리와 같이 해안의 풍경만 도웁고 있다.

내가 이 소설을 읽으면서 가장 무정하다 느낀 것은 시집 식구들이나 수룡이가 아니라 친정 부모였다. 자신들의 친자식을 학대하는 부모를 이해할 수 있을까?

추상적인 사랑은 쉽게 말할 수 있다. 고통 받는 타인들을 신문이나 TV에서 보면 누구나 분노와 연민을 느낀다. 그래서 사람들은 도덕이나 윤리, '인류에 대한 사랑' 같은 고귀한 가치들을 이야기한다. 그러나 그 타인들이 그 가장 적나라한 모습으로, 그 가장 추한 모습으로 자기 앞에 나타났을 때, 자기에게 손을 내밀었을 때, 그의 손을 덥석 잡기란 쉬운 일이 아니다. 아니, 바로 그 타자들이 자신과 떨어져 있기에 마음 놓고 고귀한 가치들을 이야기하는 것이 아닌가. 이반의 말처럼 "추상적으로라면, 그리고 때때로 멀리 떨어져 있다면 가까이 있는 사람도 사랑할 수 있지만, 바로 곁에 두고서는 거의 절대로 사랑할 수 없어."(『까라마조프 가의 형제들』 V, 4)

인간의 이런 이중심리가 극복되는 곳이 바로 가족이라는 공간이다. 그러나 모든 부모들이 그런 것은 아닌가 보다. 그렇다, 분명 많은 부모들이 그렇지 않다. 사람들은 예쁜 자식보다 못난 자식을 사랑 '해야 한다'고 말한다. '불쌍한 자식 떡 하나 더 준다'고 말한다. 그러나 과연 그런가. 적지 않은 부모들은 예쁜 자식을 사랑한다. 자신을 행복하게 해주는 자식, 자신들을 남 앞에서 떳떳하게 만들어주는 자식을 더 사랑한다. 「백치 아다다」는 이런 현실을 쓰라릴 정도로 선명하게 그리고 있는 것이다.

이 외에도 김동인의 「배따라기」, 주요섭의 「사랑방 손님과 어머니」, 이효석의 「메밀꽃 필 무렵」, 이상의 「날개」, 염상섭의 「표본실의 청개구리」 등 많은 단편소설들이 생각난다. 독서 생활을 단편소설들로 출발한 것은 아마 그것들이 짧고 이해하기 쉬워서였을 것이다. 그러나 그 소설들은 짧았던 만큼이나 무거운, 쉬웠던 만큼이나 버거운 감정들을 내 가슴속에 남겼다. 그러면서도 왜 그 책들을 다 읽었을까? 허구의 비극이 현실의 비극까지 '이야기' / '소설'로 만들어주기 때문일까. 그래서 소설의 주인공이 되어 당대의 힘겨운 시간들을 지날 수 있게 만들어주었기 때문일까.

"모든 인생은 물론 몰락의 과정이다"(피츠제럴드)

생의 애환을 그린 소설들, 그 중에서도 특히 여성의 애환을 그린 소설들 중 기억에 남는 장편은 에밀 졸라의 『목로주점』이다. 이 소설은 내 마음속에 끝내 지워지지 않을 깊은 인상을 새겼다.

이 소설에서 우선 충격적이었던 것은 그것이 그리고 있는 서구 사회의 모습이었다. '근대화'에 일로매진一路邁進하던 당대 분위기에서 서구는 늘 동경의 대상이었고 삶의 목적이었다. 초등학교 시절 친구들과 주고받던 이야기들 중 이런 것이 있다. 미국에서는 단추 하나만 누르면 벽에서 잘 차려진 식사가 나온다는 것이다. 미국과 과학기술 그리고 실용성에 대해 아이들이 가지고 있던 이미지가 투영된 결과였을 것이다. 그 무렵 초콜릿이나 사탕 같은 것들이 많이 나돌았는데 이것들은 대개 미국(이라기보다는 미군)에서 나온 것들이었다. 아이들은 군인들에게 매달려 초콜릿, 껌, 사탕, 건빵, 통조림 같은 것들을 얻어내곤 했다. 이런 노래까지 있었으니 말이다. "헬로 헬로, 양껌 하나 기브 미. 헬로 헬로, 씹던 것도 좋아요." 지금도 마찬가지이지만, 서구 문화 특히 미국 문화의 영향은 압도적이었고 이런 분위기는 미국에서 만들어내 전 세계로 유포하는 대중문화를 통해 끝없이 사람들의 뇌리에 주입되었다. 시대는 이미 문화제국주의 시대로 접어들었던 것이다.

이런 분위기에서 『목로주점』은 나로 하여금 서구를 전혀 다른 눈길로 보게 만들었다. 당시 한국인들에게는 거의 이상향과도 같은 이미지로 다가왔던 프랑스, 바로 그 프랑스의 한 구역(구트도르)에서 살아가는 민중들/노동자들의 삶을 그린 이 소설에서는 우리의 상상과는 전혀 다른 풍경이 펼쳐진다.

언덕 위의 구트도르 거리 쪽에는 유리창이 더러운, 어두컴컴한 가게가 있다. 구두 가게, 통 가게, 수상한 식료품 가게, 가게 문을 닮은 술집 등으로, 몇 주일 전부터 닫아버린 술집 덧문은 종이가 더덕더덕 붙은 채다. 반대편은 빠리에 가까운 쪽인데, 5층 건물이 하늘을 막고 있었다. 그 1층에는 세탁소를 마주보며 무더기로 모여 살고 있었다. 단 한 집, 시골 이발소 같은 이발소만 벽을 녹색 페인트로 칠하고 연한 색의 작은 병을 잔뜩 늘어놓은데다, 손질을 잘한 비누 녹이는 구리 접시가 번쩍번쩍 빛나서 음산한 거리의 구석을 밝게 보이게 했다.(Ⅳ)

내가 어릴 때부터 살아온 서울의 거리들과 흡사한 풍경. 과거에는 한 집에 한 가구가 사는 경우는 많지 않았다. 대부분 여러 가구가 모여 살았고, 마당에는 빨래들이 가득 널려 있곤 했다. 골목은 좁고 구불구불했으며, 길거리에는 송충이들이 기어다녔다. 수세식 화장실은 거의 없고 대부분 재래식 화장실을 썼으며, 아래를 보면 구더기들이 우글거렸다. 지금과 달리 작은 공장들이 마을 안에 들어와 있었기에, 노동자들이 일하는 모습을 보는 것은 자연스러운 일이었다. 내가 수유리에 살 때는 동네 한가운데에 유리 공장이 있었다. 나는 심심할 때면 거기에 가서 노동자들이 거대한 용광로에 녹아 있는 액체 유리를 긴 쇠막대 끝에 묻혀서 입으로 부는 것을 보곤 했다. 그러면 마치 풍선이 커지듯이 막대 끝에서 유리가 부풀어오르곤 했다. 가끔씩 공장에서 나온 시커멓게 덩어리진 먼지가 마당에 떨어질 때도 있었고, 공장에서는 주민들의 불만을 무마시키기 위해서 수건을 돌리곤 했다. 집을 공장으로 꾸며 거기에 많은 여성들이 앉아서 갖가지 수작업을 하는 모습은 일상의 풍경이었다. 동네 여기저기에서 늘 악다구니를 부리면서 싸우는 소리들이 들렸다. 동네 어귀의 시냇가는 방망이로 열심히 빨래를 두들기는 아낙들로 붐볐다. 짧은 시간에 참으로 많은 것이 바뀌었다.

『목로주점』을 읽으면서 나는 다른 곳(주로 영화)에서 주입받았던 서구에 대한 허구적인 이미지를 불식시킬 수 있었다. 거리에 대한 묘사 때문만이 아니다. 제르베즈가 딸을 낳고서 실망하는 광경은 서구에도 남존여비 사상이 엄연히 존재한다는 것을 깨우쳐주었고, 로리외 부인과 르라 부인이 남자아이를 낳으려면 침대의 머리 방향을 북쪽으로 놓아야 한다는 둥, 양지 쪽에서 뜯은 생생한 쐐기풀 한 줌을 부인 몰래 침대 밑에 감춰두면 된다는 둥하고 말다툼하는 모습은 서구의 대중들 역시 주술에 사로잡혀 산다는 것을 알게 해주었다. 또 꾸포가 내뱉는 "신부란 작자들과는 가까이 상대하면 할수록 손해를 보는 법이다" 같은 말은 서구는 으레 기독교적 분위기에 젖어 있을 것이라는 선입견도 깨주었다.

요컨대 『목로주점』은 '근대화=서구화'에 매몰되어 있는 사람의 의식을, 동과 서라는 이분법을 단번에 허물어뜨리는 작품이다. 어쩌면 먼 훗날 내가 미셸 푸코의 『광기의 역사』에 매료되었을 때, 나는 『목로주점』을 역사적·철학적으로 재발견했던 것인지도 모르겠다.

한국 단편소설들과 마찬가지로 여기에서도 아이러니의 구도가 중요하게 작용한다. 그 중 하나는 함석장이 꾸포의 '변신'이다. 비교적 성실한 가장이었던 그는 자신을 찾아온 아내와 딸이 반가워 힐끗 돌아보려다가 지붕에서 떨어진다. 몇 달이나 침대에 누워 있으면서, 얄궂게도 이 환자는 가장으로서의 성실성을 상실하게 된다. "놀고 있는 동안, 그는 산다는 즐거움과 아무것도 하지 않고 편안히 달콤한 잠에 빠지는 기쁨도 알게 되었다. 마치 게으른 버릇이 회복기를 이용하여 쳐들어오듯 살 속에 파고들어가 간질이면서 그를 마비시켰다." 이후 꾸포는 주정뱅이로 전락하고 남편의 이런 삶이 제르베즈의 삶까지도 갉아먹게 된다. 한평생 술독에 빠져 산 꾸포는 결국 병원에 갇혀 '목로주점의 싸구려 술'이 뿜어내는 독기 때문에 며칠씩 기괴한 '춤'을 춘 후 죽는다. 이 소설에 자주 등장하는 단어들 중 하나가 '성실성'이다. 삶에의 성실성의 끈을 놓쳐버린 채 점점 몰락의 구렁이로 빠져드는 사람들, 『목로주점』은 이런 사람들을 세밀하게 묘사한다. 특히 착한 천성과 나름대로의 매력을 지니고 있던 제르베즈가 어떻게 한 걸음 한 걸음 비참한 몰락과 죽음으로 다가가는가가 처절할 정도로 냉정하게 그려지고 있다.

제르베즈는 주변 사람들에게 철저하게 당하면서 몰락의 길을 걷는다. 첫 남편 랑티에는 그녀를 버리고 달아났다가 어이없게도 두 번째 남편 꾸포의 친구가 되어 제르베즈의 집안을 거덜낸다. 그는 '놈팽이'의 전형이다. 남편인 꾸포는 알코올 중독자가 되어 제르베즈를 망친다. 제르베즈는 이 '두 남편'과 동거하는 기이한 삶을 이어가면서 점차 삶에의 "성실성을 상실"해간다. 비르지니, 로리외 부부, 시어머니 등 주변 사람들은 서로 질시하고 헐뜯고 원망하면서 제르베즈를 괴롭힌다. 험악한 세상에서 살아갈 거칠음도 뻔뻔스러움도 철면피도 약아빠짐도 가지지 못한 제르베즈는 서서히 무너진다. 그리고 가장 서글픈 것은 바로 그녀 자신이 점차 거칠고 뻔뻔스럽고 약아빠진 존재가 되어간다는 사실이다. 선량한 인간은 견디기 힘든, 악독하고 뻔뻔한 인간만이 살아남을 수 있는 이 거친 세상은 그녀에게 최소한의 일상적인 행복도 허락하지 않는다.

당시 나는 이 모든 것들이 소설이기에, 허구이기에 그렇다고 생각했다. 그후 세상이 정말 그런 곳이라는 사실을 깨닫기까지 참으로 긴 세월이 걸린 것 같다. 순진한 인간은 당하면서도 이내 잊어버리고 그래서 또 당한다. 의식하고 견제하고 질시하고 험담하는 인간들. '세상'이라는 이 부담스러운 곳을 가급적이면 피하면서 살고 있는 지금도 이 더러운 괴물이 때때로 나를 괴롭히곤한다. 『목로주점』의 세계, 그것이 바로 우리가 사는 세상이다.

이 어두운 세상에서 제르베즈에게 한 줄기 빛처럼 다가왔던 존재가 대장장이 구제였다. 소설에서 구제는 성실성의 화신으로 그려진다. 그리고 그와 제르베즈의 무구無垢한 사랑은 소설 내내 가장 아름다운 장면들을 연출하고 있다. 특히 대장장이를 찾아간 제르베즈 앞에서 구제와 그의 라이벌이 40밀리 볼트 만

들기 시합을 벌이는 장면은 제르베즈의 삶에서 가장 행복하고
서정적인 순간이다.

　　이번엔 괼르 도르[구제]의 차례였다. 시작하기 전에 그는 세탁
부[제르베즈]에게 깊은 애정 어린 시선을 보냈다. 그리곤 서두르
지 않고 덤비지 않고 거리를 정하고 전력을 다하여 규칙적으로
쇠망치를 내리쳤다. …… 작업 중인 젊은이의 멋진 자세는 화덕
의 커다란 불꽃을 전신에 받고 있었는데, 나지막한 이마는 짧은
고수머리와 고리를 이루고 늘어진 아름다운 노란 수염이 불붙는
듯하여 얼굴 전체를 황금실로 빛나게 해주는, 그야말로 에누리
없는 황금의 얼굴을 이루고 있었다. …… 그가 펄쩍 뛰는 것 같은
자세를 취하면 근육은 부풀어올라 피부 밑에서 살이 꿈틀거리며
산같이 굳어지는 것이었다. ……

　　제르베즈는 괼르 도르의 맞은편에서 정에 넘치는 미소를 띠며
지켜보고 있었다. '정말이지 남자들이란 얼마나 어리석은가! 이
두 사람은 내 마음을 사려고 볼트를 만들고 있다. 아! 나는 다 알
고 있다! 쇠망치로 나를 서로 빼앗으려고 하고 있다. 한 마리의 작
은 흰 암탉 앞에서 위세를 부리는 두 마리의 커다란 붉은 수탉과
같다. …… 그렇고말고, 모두 위에서 데델르와 피핀느가 쾅쾅 울
리고 있는 것은 나 때문이다. 이 쇠붙이가 망그러지는 것도 나 때
문이고 화덕이 마구 진동하며 불이 난 양 타오르고 요란하게 불
똥을 튀겨대는 것도 나 때문이다. 이 남자들은 이렇게 나에게 보

내는 사랑을 단련하고 있는 것이다. 어느 편이 쇠를 잘 단련하느냐를 가지고 나를 쟁탈하려 하는 것이다.' …… 그녀는 그의 승리를 의심치 않았다. 그녀를 소유하는 것은 그 사람이다. …… 그녀는 지독한 더위로 시뻘겋게 되면서도 마음이 즐겁고 피핀느의 마지막 타격으로 머리끝에서부터 발끝까지 흔들리는 데 쾌감을 느끼며 기다리고 있었다.

두 남편과 동침하면서 기이한 삶을 이어가던 제르베즈, 놈팽이와 술주정뱅이, 그리고 끝없이 그녀의 불행을 부추기는 이웃들 속에서 점차 무너지는 제르베즈에게 구제는 '성실성의 마지막 조각'이었다. "그래서 [그녀는] 이 건실한 가정의 세탁물을 갖다 주러 층계를 오를 때마다 가슴이 죄는 듯한 두려움에 잠기곤 하는 것이었다."

그러나 제르베즈의 성실성은 점차 흐트러지고 마침내 구제 어머니 그리고 구제 자신까지도 그녀에게서 멀어져간다. "그녀는 깨끗하고 잘 정돈된 이 가정에 마지막 일별―瞥을 던지고 천천히 문을 닫았다. 자기의 성실성의 일부를 그곳에 남겨두고 가는 듯한 기분이었다. 그녀는 집으로 돌아가는 암소처럼 얼빠진 모습으로 어느 길을 어떻게 걸어왔는지도 모르게 가게에 돌아왔다." 결국 빚에 쪼들려 (구제 모자에게서 돈을 빌려 개점했던) 가게를 판 후에 그녀는 급속하게 종말로 치닫는다. 이제 남은 것은 가난과 구타, 욕지거리, 추위 같은 것들뿐이다. 그녀의 딸 나나

(나나의 이야기는 『나나』로 이어진다)는 일찌감치 요부妖婦가 되어 제르베즈의 "더러운 속치마에 남아 있던 성실성의 마지막 한 조각"까지 부수어버린다. 제르베즈는 지난날의 앙숙인 비르지니의 청소부가 되어 자신이 여주인이었던 방을 걸레질한다. "전에는 아름다운 금발의 여주인으로 군림하던 이 집에 [청소부가 되어] 되돌아온 것을 그녀는 조금도 괴롭게 생각지 않는 것 같았다. 이거야말로 전락의 밑바닥, 그녀의 자존심이 완전히 죽었음을 뜻하는 것이었다."

마침내 몸이라도 팔아서 허기를 면하려고 남자들에게 말을 거는 제르베즈의 모습이 소설의 마지막 부분을 길게 장식한다. 이 대목은 정말 쓰라린 파토스pathos 없이는 읽기 힘든 대목이다. 제르베즈의 발길 닿는 곳마다 그녀의 인생 한 장면 한 장면을 장식했던 곳들이 나타난다. 가장 비참한 장면을 길게 이어가면서 제르베즈의 인생 전체를 조감하는 이 대목은 내용상으로는 잔인하고 비참하지만 문학 기법상으로는 매우 뛰어나, 읽는 사람에게 묘한 양가의 감정을 일으킨다.

연신 남자들에게 퇴짜를 맞던 그녀는(이미 젊은 날의 제르베즈는 오간 데 없고 뚱뚱하고 초라한 중년 여인만이 남아 있다) 구제를 만나게 되고, 한때 가슴 설레며 오르곤 했던 그의 집 층계를 이제 윤락녀가 되어 다시 올라간다. 과거의 아스라한 낭만과 무구한 사랑은 멀리 사라져가고 눈물을 흘리면서 허겁지겁 감자와 빵을 입에 쑤셔넣는 여인과 그것을 고통스럽게 바라보는 청년만

이 남아 있다. 구제와 영원히 작별하고 온 제르베즈는 "병영의 잔해 같은 건물의 한구석"에 처박혀 굶어죽는다.

졸라는 말한다. "나는 특별한 기법을 쓰지 않고 노동자 계급을 그렸다. 내가 본 것을 그대로 표현했을 따름이다." 『목로주점』을 포함해 무려 20권에 달하는 '루공-마카르 총서'에는 '제2제정하에서의 한 가족의 자연적·사회적 역사'라는 부제가 붙어 있다. 이 부제가 시사하는 역사적 맥락을 알고서 읽으면 이 소설은 또 다른 의미로 다가온다. 그러나 당시의 나로서는 그런 맥락을 알 수 없었고, 비참한 삶을 영위하는 사람들의 모습이 불러일으키는 쓰라린 파토스만이 가슴을 가득 채웠다. 어쨌든 이 소설은 나에게 가장 깊은 인상을 남긴 소설로 지금까지 남아 있다.

아버지의 서재에서 발견한 이런 소설들을 통해서 나는 일찍이 삶의 애환을 문학적으로 반추하는 습관을 들이게 되었다. 언어란 참 묘한 것이다. 애환과 고통을 언어적으로 반추함으로써 이제 이것들은 일종의 대상이 되고, 우리는 그것을 음미하면서 어떤 면에서는 일종의 쾌락까지 누리게 되니 말이다. 이때 나는 이미 글 읽기와 글쓰기의 자장에 빨려들어가기 시작했다.

그러나 내 시선은 이내 다른 책들로 옮겨가고 있었다. 인생의 비애를 끝없이 반추하고 있을 나이가 아니었기에. 나는 '청춘의 환희'를 맞이하고 있었고, 그래서 어느새 내 관심은 웅장한 역사소설들, 장쾌한 대하소설들로 옮겨가 있었다.

역사 속의 군상들

대부분의 언어권에는 그 권역에 속하는 교양인들에게 영향을 끼치는, 말하자면 인생에 한 번쯤은 그 세례를 받게 되는 고전 문학작품이 존재한다. 영어권의 셰익스피어 비극, 독일어권의 『파우스트』, 인도어권의 『마하바라타』, 아랍어권의 『아라비안나이트』 등이 그런 작품일 것이다.

한자 문화권의 경우 이런 고전으로는 『삼국지』『수호지』『서유기』를 비롯한 한문 소설들을 들 수 있을 것이다. 그 중에서도 『삼국지』는 한문으로 된 장편소설의 상징처럼 되어 있다. 나 역시 『삼국지』를 읽었고, 아마 대부분의 사람들이 그렇겠지만 한 번이 아니라 여러 번 읽었다. 한번 읽으면 언젠가 다시 읽게 만드는 것이 이 소설의 매력인 것 같다. 본래 『삼국지』는 진수의 역사서 제목이고 나관중의 소설은 『삼국지통속연의三國志通俗演義』이므로, 『삼국지』보다는 『삼국지연의』라 해야 할 것이다(이하

『연의』).

고전에는 여러 판본들이 있기 마련이거니와 『연의』 역시 마찬가지이다. 내가 처음 읽었던 책은 다섯 권으로 된 녹색 표지의 책이었는데, 각 권의 제목은 '도원결의桃園結義', '군웅할거群雄割據', '적벽대전赤壁大戰', '복룡봉추伏龍鳳雛', '와룡출사臥龍出師'였던 것 같다. 가장 표준적인 판으로 인정받고 있는 모종강본毛宗崗本이 한실漢室의 붕괴와 황건의 난으로부터 시작하는데, 내가 읽었던 판본은 저녁 노을이 비끼는 한 시골 마을에 돗자리와 짚신을 어깨에 맨 유비가 등장하는 것으로 시작하고 있었다. 중간중간에 멋진 한시들이 있어 소설의 품격을 한결 높여주었다. 짐작컨대 아마 내가 읽었던 판본은 요시카와 에이지판 아니면 박태원판이 아니었던가 싶다.

『삼국지연의』를 보는 눈

이 소설은 삼국의 쟁패爭覇라는 흥미로운 상황, 드넓은 배경, 무수한 등장인물들의 개성, 숱한 전술들과 전투들 등이 어우러져 그야말로 대하소설의 진미를 보여준다. 그 중에서도 특히 다양한 등장인물들이 흥미를 자아내는데, 그래서인지 이 소설에 대한 많은 논의들이 인물평의 형태를 띠곤 한다는 것을 확인할 수 있다. 일본에서는 가끔씩 '인기 투표'도 한다고 들었다(최근에는 조자룡이 '부동의 1위'인 제갈공명을 눌렀다고 한다). 즉『연의』
는 사람을 보는 관점, 한 인간에 대한 평가가 초미의 관심사가
되는 소설이며, 바로 그래서 그토록 오랫동안 사람들의 마음을
사로잡아왔는지도 모른다. 어떤 인물에 대한 평가는 평가하는
사람, 그 사람이 속한 시대, 사회의 특징을 드러낸다. 소설의 주
인공들을 어떻게 평가하느냐가 곧 평가하는 그 사람의 인간관,
가치관, 역사관을 고스란히 드러내는 것이다. 그러나 이런 현상
이 또한 동시에『연의』의 함정이기도 하다. 객관적인 역사적 상
황이나 지리·경제·문화 등의 배경, 사건들의 구체적인 인과
관계, 사상적 맥락 등을 도외시한 채 지나치게 개개인의 성격이
나 인간관계에만 주목하게 만들기 때문이다.

　삼국 이야기는 진수의『삼국지』(와 배송지의 주석), 나관중의
『삼국지연의』, 그리고 진한秦漢 제국과 위진魏晉시대 사상사를
다룬 연구서들을 함께 읽는 것이 좋다. 역사, 사상, 문학을 함께
읽어야 진정으로 그 시대를 이해할 수 있기 때문이다. 사상은 물
론이고 역사조차 배제한 채 소설만을 읽는 경우가 대부분인데
(이것은『삼국지연의』만이 아니라 다른 경우들에서도 마찬가지이다),
이런 현상이 사람들의 지성을 빗나간 방향으로 몰고 가는 것 같
다. 역사를 다루는 소설들은 반드시 역사와 함께 읽어야 한다.
주객이 전도되어서는 안 된다. 그러나 우리의 경우 소설의 번역
본은 수십 종이 되지만, 배송지의 주석은 말할 것도 없고 진수의
원작조차 번역되어 있지 않다. 한국 문화의 한 단면을 보여주는

상황이라 해야 할 것이다.

　나 역시 당시에는 이런 의식이 없이 그저 이 소설을 소설 자체로만 탐독했다. 오랜 시간이 지나 이 책을 쓰기 위해 다시 한 번 이문열 · 장정일 · 황석영 등 여러 판본의 『연의』를 읽어보니, 그 동안 공부했던 역사 · 사상의 지식으로 인해 전에는 내 눈에 전혀 띄지 않았던 구절들에 주목할 수 있었다.

　소설 첫머리를 예로 든다면, 우선 황제와 외척 그리고 환관의 관계를 이해해야 한다. 이 문제는 중국사 전체에 관련해서도 중요하다. 상소를 올려 환관을 견제한 채옹은 서예사에 중요한 발자취를 남긴 인물이다. 그리고 황건의 난을 일으킨 장각에게 남화노선南華老仙이라는 신선이 나타나 『태평요술太平要術』이라는 책을 주었다는 이야기는 황건 난의 사상적 배경이 도교임을 알 수 있게 해준다. 유비의 스승으로 나오는 노식은 마융, 정현을 이어 한대 훈고장구학의 수립에 크게 공헌한 사람이다. 소설 첫머리만 봐도 이런 여러 측면들이 쏟아져 나온다. 이런 역사적 · 사상적 배경을 살피지 않고 오로지 소설의 세계에만 갇힐 경우, '도원결의'라는 문학적 허구에만 주목하고 오히려 더 중요한 당대의 객관적 상황들과 사상적 배경들은 놓쳐버리게 된다. 그 결과 결국 객관적 실재에 대한 인식 없이 주관적 이미지들에만 사로잡히게 되는 것이다.

두 얼굴의 유비

  소설의 전반부는 무너지는 한漢 제국 말기에 권력을 쟁탈하려는 군웅群雄들의 할거割據를 그리고 있다. 그 중 가장 중심적인 테마(인물에 중심을 두었을 때의 테마)는 조조와 유비 형제들의 대비이다. 유비는 이런 묘사와 함께 등장한다.

  그는 글 읽기를 썩 좋아하지는 않았지만 천성이 너그럽고 온화하고 말이 적으며, 기쁘거나 화나거나 도무지 얼굴에 드러내지를 않고, 원래 마음에 큰뜻을 품어 오로지 천하 호걸들과 사귀기를 좋아하는 사람이었다. …… 눈은 자기 귀를 돌아볼 수 있을 만큼 크고 맑았으며, 얼굴은 옥처럼 깨끗하고, 입술은 연지를 칠한 듯 붉었다.(1화)

  짧은 대목이지만 여기에 유비의 모든 것이 있다. "글 읽기를 썩 좋아하지는 않았지만"은 그가 그다지 지적인 인물은 아님을, "천성이 너그럽고 온화하고 말이 적으며"는 그가 유교의 최고 가치인 '인仁'의 덕목을 갖추고 있음을, "기쁘거나 화나거나 도무지 얼굴에 드러내지를 않고, 원래 마음에 큰뜻을 품어 오로지 천하 호걸들과 사귀기를 좋아하는 사람이었다"는 마음속에는 거대한 야심을 품고 있음을, "눈은 자기 귀를 돌아볼 수 있을 만큼 크고 맑았으며, 얼굴은 옥처럼 깨끗하고, 입술은 연지를 칠한 듯 붉었다"는 인상 깊은 용모와 사람을 끄는 매력을 가지고 있음을 정확하게 짚어내고 있는 것이다. 결국 유비는 지知의 인물이기보다는 정情의 인물이었고, 유교적인 군자상과 그 아래에 흐르는 만만찮은 야심을 동시에 갖춘 인물이었으며, 사람을 끄는 강한 카리스마의 소유자였다고 할 수 있을 것이다. 이런 특징은 『연의』 전체에 걸쳐 일관되게 나타나며 이 점에서 유비는 『연의』가 문학적으로 가장 성공적으로 다듬어낸 인물들 중 한 사람이라고 할 수 있다.

유비에 대해 줄곧 내려온 호평은 이른바 '촉蜀 정통론'과 밀접한 관련이 있다. 그가 '한실 부흥'을 대의명분으로 내세웠다는 것, 유교적 덕목인 인의 체현자였다는 것 등과 같은 역사적·사상적 평가에다가 약한 자를 동정하는 대중심리가 겹쳐, 촉 정통론이 이루어졌다 하겠다. 때문에 악독한 조조와 선량한 유비라는 대조가 만들어지기에 이른다. 이런 관점은 유교 부흥과 중원 회복의 기치를 내건 송대에 굳어져 원을 거쳐 명대까지 내려온 것으로 보인다. 소식蘇軾이 전해주고 있듯이 송대에 이미 아이들은 유비가 패하면 눈물을 흘리고 조조가 패하면 박수를 쳤다고 하며, 이런 분위기가 서민들의 감성이 담뿍 들어간 원대의 '평화評話'를 거쳐 명대에 이르러 나관중의 『삼국지연의』로 정착하게 되었다고 할 수 있다. 그러나 유비의 음험함을 세세히 지적하면서 혹평한 왕부지 같은 인물도 있으며, 현대에 와서는 유약하고 무능한 인물 또는 위선적이고 교활한 인물로 좋지 못한 평가를 받기도 한다. 결국 '유교 부흥'을 절대 과제로 삼았고 또 (촉을 정통으로 본) 주자학이 관학으로 서서히 자리 잡아간 시대 인 송·원·명 시대에 유비상이 확립되었으며, 중국 학문이 실증 적 정신의 고증학으로 넘어갈 때를 즈음해서부터 그 상이 무너 지기 시작해, 현대에 들어와 갖가지 상이한 평들이 공존하고 있 다고 할 수 있다.

객관적으로 보아(여기에서 '객관적'이라 함은 실제 발생한 사건들 에 입각할 때라는 뜻이다. 물론 사건에 대한 이야기에도 해석이 들어가 지 않을 수 없지만 말이다), 유비는 삼국시대를 이끌어갈 원대한 안 목이 부족했고, 지략도 그다지 뛰어나지 않았던 것 같다. 그는 여 포, 조조, 원소, 유표 등으로 옮겨다니면서 몸을 의탁하는 신세 를 벗어나지 못했고, 전투를 치를 때도 그다지 유능하지 않았다. '한실 부흥'이라는 대의명분을 얻었지만, 사실 당대에 누구나 이야기할 수 있는 상투적인 발언이었다고 해야 한다. 좀 심하게 말해 유비가 제갈량을 만나지 못했다면 과연 조조-유비-손권 삼두마차에 낄 수나 있었을까 하는 생각을 금할 수 없다. 『연의』 는 유비의 이런 무능력과 떠돌이 생활을 모두 그의 인덕仁德의 소치로 돌리고 있으나, 상당 부분 확인하기 어려운 내용들이다.

그러나 따지고 보면 조조, 손권과 유비의 출발점은 너무나 달 랐다. 처음부터 상당한 배경을 가지고 출발한 다른 두 사람과 달 리 유비는 그야말로 맨손으로 시작한 인물이기 때문이다. 관우 와 장비라는 두 용장이 그가 가진 전부였으니 말이다. 유비가 무능력했다기보다는 애초에 크게 차이가 나는 배경을 극복할 정도의 능력을 가진 것은 아니었다고 말하는 것이 더 정확할 것이다. 오히려 유비의 위대함은 그런 절대 약세에서 출발했음에도 결국 삼국의 정립을 이루어냈다는 점에 있다. 결국 그의 뛰어남은 사람을 정확히 보는 안목(제갈량도 보지 못했던 마속의 허세를 유비는 정확히 짚어냈다), 관우·장비·조운 같은 용맹하고 충직한 천하의 명장들과 제갈량·방통 같은 불세출의 기재奇才들을 끌어안을 수 있는 인간적 매력, 그리고 무엇보다도 백성들의 신망을 한몸에 받을 수 있었던 후덕함에 있었다고 해야 하리라. "조조는 천시天時를, 손권은 지리地利를, 유비는 인화人和를 이루었다"는 평가는 정곡을 찌른 것이다. "천시는 지리만 못하고 지리는 인화만 같지 못하다"(『맹자』, 「공손추하」)고 했으니, "도를 얻은 사람은 도와주는 사람이 많다(得道多助)"는 말은 유비 같은 인물에 딱 들어맞는 말일 것이다.

그러나 유비의 이런 장점은 단점이기도 했다. 조조와 손권의 집단이 상하관계가 분명하고 체계를 갖춘 집단이었던 데 비해 유비의 집단은 인정으로 똘똘뭉친 임협任俠 집단('건달들'의 집단)이었고, 때문에 수직적인 위계의 집단이기보다는 수평적인 혼화混和의 집단이었다. 그 압권은 온갖 부귀영화를 뿌리치고 유비를 찾아나서는 관우의 모습일 것이다. 이 모습보다 더 '동양적인' 아름다움을 잘 보여주는 경우가 어디에 있을 것인가. 이 대목을 읽는 사람들은 누구나 눈시울을 적셨을 것이다. 법가

法家 사상을 갖추었고 행정 능력이 뛰어난 제갈량이 들어온 후에야 비로소 유비 집단은 체계를 갖춘 관료적인 집단으로 변했다고 할 수 있다. 그러나 결국 본래의 특성을 잃지 않았다는 것은 죽은 아우의 원수를 갚으려 앞뒤 안 가리고 나선 유비의 행동이나 후주後主 유선에 대한 제갈량의 눈물겨운 충정에서도 잘 나타난다. 어쨌든 바로 이런 특성이 지식인들에게는 유교적 의리義理의 실현으로, 대중들에게는 끈끈한 인정의 표현으로 받아들여졌고, 그것이 촉 정통론의 밑바탕이 되었다. 촉 정통론은 하나의 역사적·정치적 입장이라기보다는 (지금은 거의 빛이 바랬지만) 동북아 문명이 가지고 있는 어떤 근본적인 성격의 표현이라고 보아야 한다.

『연의』는 이런 유비를 조조의 대척점에 놓고 있다. 그러나 우리가 잊지 말아야 할 것은 이런 식의 단적인 대비는 문학적 장치라는 점이다. 소설이나 영화는 대부분 이런 극단적인 대비를 필요로 한다. 그래야 재미있기 때문이다. 선한 주연이 있으면 반대편에는 악한 조연이 있다. 이것은 사실이 그렇기 때문이 아니라 소설이나 영화라는 담론 자체가 필연적으로 가질 수밖에 없는 구조적 성격이다. 소설과 영화는 '재미'가 있어야 하니까 말이다. 그러나 재미는 사실을 왜곡시킨다. 그래서 문학적 재미를 역사적 현실에 투영해서 바라본다면 그것은 소박할 뿐만 아니라 위험하기도 한 시각이 된다. 역사와 사상을 배제한 채 『연의』만을 읽는 것이 곤란한 것이 이 때문이다.

하지만 『연의』가 역사적 사실을 상당 부분 반영하고 있다는 것 또한 사실이다. 칠실삼허七實三虛이든 삼실칠허三實七虛이든 『연의』는 『삼국지연의』이며, 무수한 판본들 중 나관중의 것이 결정본이 된 것 자체가 그 뛰어남을 입증해주는 것이다. 『연의』가 재미를 위해 양극화를 행하고 있다 해도 유비와 조조의 대비가 없다면 삼국시대를 읽는 맛은 사라질 것이다. 『연의』는 유비 자신이 바로 이 점을 정확히 알고 있었음을 시사한다. 서촉西蜀을 빼앗자는 방통의 권유에 유비는 이렇게 말한다. "지금 나와 조조는 물과 불처럼 상극이요. 따라서 조조가 급하게 굴면 나는 느긋하게 처신하고, 조조가 포악하면 나는 어질게 행동하며, 조조가 속임수를 쓰면 나는 충직하게 움직여야 하오. 이렇게 항상 조조와 상반되게 움직여야 대사를 이룰 수 있을 터인데, 혹시라도 작은 이득을 얻자고 천하의 신의를 저버리는 일이 아닐까 두렵소."(60화) 자신의 '역사적 역할'에 대한 유비의 인식을 절묘하게 표현하고 있다. 반대로 조조는 당연히 이런 유비의 대척점에 선 인물로 묘사되어야 했던 것이다.

교활한 천재 조조

조조는 유비와 더불어 『연의』가 창조한 가장 복잡미묘한 인물이며, 동북아 문학사상 그 이상 다면적인 인물 묘사를 보기 힘들 정도로 흥미로운 인물이다. 그리고 이런 조조상은 그의 실재를 상당 부분 반영한 것이라고 볼 수 있다.

조조만큼 다재다능하고 빼어난 능력을 갖춘 인물도 찾아보기 힘들다. 『연의』 전체를 통틀어 조조의 맞수는 제갈량밖에는 없다 해야 하리라. 그럼에도 그에게는 늘 교활함의 이미지가 따라다닌다.

조조의 성격을 이렇게 복잡미묘하게 만든 것은 그의 '출신'과 '재능' 사이의 모순이 아니었을까 싶다. 환관의 손자라는 그의 출신은 애초부터 그를 비뚤어지게 만들었고 교활하게 만들지 않았을까. 원소가 조조를 치면서 '건안칠자建安七子'의 한 사람인 진림에게 격문을 쓰게 했을 때, 진림은 조조의 바로 그 아픈 곳을 찌른다.

사공司空 조조의 할아비 중상시中常侍 조등은 좌관·서황과 함께 사도邪道로 흘러서 온갖 요사한 짓을 다하고 탐욕과 횡포를 일삼아 교화를 해치고 백성을 괴롭혔다. 그의 아비 조숭으로 말하자면, 본래 조등의 양자로 들어가 성장했으며 뇌물을 써서 벼슬길에 올랐다. 그는 황제께 아첨하고 황금과 벽옥을 수레로 권문權門에 바쳐 재상의 지위에 오른 뒤 나라의 법도를 어지럽힌 자였다. 조조는 더러운 환관의 후예[贅閹之遺醜]로, 인덕이 없고 교활하며, 표독하고 난을 일으키길 좋아하니, 세상의 재앙을 즐기는 자이다. (22화)

나관중은 조조가 진림의 글을 읽고서 "모골이 송연해지며 온몸에 식은땀이 줄줄 흘렀다. 갑자기 두통이 가시는 듯 자리를 박차고 일어나"라고 익살스럽게 묘사하고 있다(평생 그를 괴롭힌 두통도 그의 성격을 굴곡지게 만든 한 원인이 아니었을까 싶다). 그러나 조조의 천재성은 중국사, 아니 세계사를 통틀어도 쉽게 발견하기 힘든 종류의 것이었다. 조조와 그 아들들인 조비, 조식은 한시의 역사에서 한 장을 차지할 정도로 뛰어난 문재文才를 보여주었다. 그는 한평생 책을 손에서 놓지 않은 지식인이었고, 제자백가 전반에 대한 폭넓은 이해를 가지고 있었다. 또 조조는 건축이나 기계공학에도 뛰어나 여러 궁전들 및 기계들을 직접 설계했고, 그가 세운 수도인 업도는 조조 자신의 설계를 기반으로 한 것이었다. 게다가 음악에도 재능이 있어 작곡까지 했다고 하며, 서예 또한 출중했고, 여색女色에도 일가견이 있었다고 한다. 여기에 예리한 상황 판단력과 인재들을 끌어모을 수 있는 포용력, 특유의 재치와 익살까지 곁들였으니 참으로 매력적인 인물임에 틀림없다. 그리고 적어도 젊은 시절에는 한실에 대한 굳은 충정까지 지니고 있었다.

결국 이 이율배반, 출신과 빼어난 재능 사이에 존재하는 엇박자가 조조의 복잡한 성격을 이루고 있는 것이다.

바로 이 때문에 조조는 자신과 정확히 반대되는 유형의 인물들, 즉 유교적 교양으로 무장했으나 실질적인 재능은 모자란 인간들에 대한 모멸감을 표출하곤 한다. 나관중은 이 점을 정확히 묘사하고 있는데, 그것은 다음과 같은 반복되는 표현에서 두드러진다.

옆에 있던 한 사람이 이들이 나누는 말을 듣고 손바닥을 두드리고 크게 웃으면서 중얼거린다. "이런 일은 손바닥 뒤집기보다 쉽거늘 무슨 말이 이렇게 많은가." 바라보니 그는 전군교위 조조였다.(2화)

왕윤의 말에 모여 앉은 대신들은 일제히 울음을 터뜨렸다. 그런데 유독 한 사람만이 손뼉을 치며 웃어댄다. "허허, 그만들 하시오. 이렇게 날 밤 새도록 울기만 하면 동탁이가 절로 죽는답디까?" 그는 효기교위 조조였다.(4화)

흔히 (서구의 영향을 받은) 근대문학에 비해 고전문학은 문학성이 떨어진다고 말한다. 아닌 게 아니라 카프카나 프루스트, 조이스 같은 사람들의 작품을 읽다가 동북아의 고전을 읽으면 역사책을 좀 길게 풀어놓은 것에 불과하다는 인상을 받을 수도 있다. 문학성을 느끼기 힘든 것이다. 그러나 이것은 짧은 생각이다. 고전문학에는 나름대로의 고유한 표현 방식이 존재한다. 거의 똑같은 표현을 반복함으로써 나관중은 조조의 인물됨을 정확하게 포착하고 있다.

유교적 교양밖에는 가진 게 없어 공맹孔孟만 읊조릴 뿐 현실적인 상황의 타개에는 무능한 관료들을 조조는 위에서 굽어보면서 비웃고 있음을 이 구절들이 잘 보여준다. 삼국시대 같은 풍운의 시대에는 도덕적이지만 문약한 유교적 문사들보다는 조조처럼 재능 있고 과감하고 영악한 인간이 더 빛을 발하는 법이다. 게다가 두 구절 모두 조조가 '손뼉을 치면서 웃는' 모습을 그리고 있는데 이 또한 시사적이다. 이 모습에는 자신을 비하하는 귀족들에 대한 반항의식, 위선의 극치를 달린 후한시대의 명교사회名敎社會/예교사회禮敎社會에 대한 모멸감과 의식적인 반反교양, 예술가 특유의 신경질적인 예민함 등이 압축적으로 나타나 있다. 조조의 이런 성격은 때로는 호방하고 낭만적인 시인으로, 때로는 냉철하고 합리적인 정치가로, 때로는 무자비하고 잔혹한 간적奸賊으로 나타난다.

나관중은 조조의 이런 여러 측면들을 성공적으로 묘사하고 있으며, 조조라는 인물의 복합성을 여기저기에서 인상 깊게 보여준다. 나관중이 촉 정통론을 취했다고 해서 조조를 오로지 형편없는 인물로만 그렸다면 『연의』의 문학성은 반감했을 것이다. 나관중은 조조가 충의와 용기에 불타던 청년에서 온갖 영화를 거머쥔 난신적자亂臣賊子에 이르기까지 한평생 변해가는 모습을 세밀하게 그려내고 있다. 조조의 인물 묘사는 제갈량의 그것보다도 뛰어나며 『연의』가 가장 성공을 거둔 부분이라고 하겠다. 특히 유비·관우·장비 삼형제와 조조를 대비시키면서 성공적으로 묘사한 것은 『연의』의 중요한 성취이다.

조조 패권의 토대

『연의』는 크게 세 부로 나눌 수 있다. 1부는 조조가 주요한 적들을 하나하나씩 무너뜨리면서 패권을 잡아가는 과정과 고난을 겪으면서도 의리를 지키는 유비·관우·장비 삼형제의 모습을, 2부는 제갈량의 출현과 위·촉·오 삼국의 정립 과정을, 3부는 중원 회복을 위한 제갈량의 눈물겨운 분투 과정을 그리고 있다.

1부에서는 조조의 빼어난 능력과 유비·관우·장비 형제의 뜨거운 의리가 대비되면서 전개된다. 하진과 십상시의 대립 과정, 동탁과 연합군의 대결 과정에서 조조는 항상 날카로운 판단력과 과감한 행동, 넓은 시야를 보여주면서 전체 상황을 이끌어 나간다. 그후 그는 복양, 육수, 남양 등에서 몇 번 패하기도 했으나 결국 여포, 유비, 원소 등 난적들을 차례차례 무너뜨리면서 중원의 패자 자리를 차지한다. 그 과정에서 인재들을 끌어안는 그의 포용력도 한껏 빛난다. 조조의 모습은 '난세亂世의 간웅奸雄'이라는 단어에 가장 걸맞게 그려지고 있다. 특히 중과부적衆寡不敵의 상황에서 원소를 무너뜨린 관도대전官渡大戰은 조조의 행적에서 백미에 해당한다.

그러나 조조의 승리를 좀더 객관적인 당대의 여러 상황들에 연결시켜 이해할 필요가 있다. 『연의』만 가지고서는 쉽게 알 수 없는 여러 가지 맥락들을 이해해야 하는 것이다. 우선 조조는 엄청난 권력을 지닌 환관의 후예로서 인적·물적인 여러 특권(막

대한 재산, 그리고 조씨와 하후씨를 아우르는 막강한 인맥)을 얻었으면서도 동시에 환관, 외척, 대호적 등 이른바 '탁류濁流'를 비판함으로써 '청류淸流' 지식인의 대열에 낄 수 있었다. 즉 얻을 것은 얻고 버릴 것은 버림으로써 일찍부터 입지를 확보할 수 있었던 것이다.

또 하나, 조조의 군대는 다른 군웅들의 군대들과는 달리 애초부터 사병私兵에서 출발했다. 때문에 일종의 종족적 유대감으로 똘똘뭉친 군대였고, 수는 5천에 불과했지만 그 응집력에 있어서는 강력하기 짝이 없었다. 『연의』에서도 조조의 군대를 가리켜 수차례 '정예병'이라는 표현을 쓰고 있다. 여기에다가 조조는 산동성 청주에서 발생한 황건의 난을 진압하면서 또 다른 정예병을 얻게 된다. 100만에 이르는 황건군을 고전 끝에 항복시킨 조조는 그들 중 최정예들만 뽑아서 이른바 '청주병靑州兵'을 구성한다. 기존의 정예병에 이 청주병이 더해지면서 조조의 군대는 그야말로 타의 추종을 불허하는 강한 군대로 성장하게 된다. 전쟁의 승패를 결정짓는 것은 일차적으로 군주와 모신謀臣들의 작전과 판단이며, 그 다음으로는 지휘관들의 용맹함과 임기응변이 중요하다. 그러나 이 모든 것들도 군대 자체의 질이 뒷받침해주지 않는다면 소용없는 것이다. 조조, 순욱, 정욱, 곽가 같은 빼어난 두뇌들과 하후돈, 허저, 장요를 비롯한 기라성 같은 명장들에 주목하다 보면 자칫 조조군이 얼마나 뛰어난 정예병들이었나를 놓치기 십상이다. 그러나 조조의 힘을 뒷받침해준 것은 바로 그의 정예병이었다.

황건군과 조조의 관계는 매우 밀접하다. 조조 자신은 가학家學으로서 황로黃老의 학문을 공부했다고 하며, 황건군 또한 반反귀족적인 조조에게 호감을 가지고 있었다. 황건군을 무찌름으로써 군벌로서 성장한 조조가 황건군 덕분에 천하를 제패할 수 있었던 것은 역사의 아이러니이거니와, 황건군이 추구했던 세계는 적어도 젊은 시절의 조조— '청류' 로서의 조조—와 공감하는 바가 있었다. 곽말약이 조조를 높이 평가한 것(『채문희의 「호가십팔박胡笳十八拍」에 대하여』)도 이 부분이다(채문희에 대해서는 『연의』의 71화 참조). 조조가 오두미도五斗米道의 본산이었던 한중을 취한 후 장로, 장연('흑산적' 의 우두머리) 등을 파격적으로 대우한 것도 필시 이 점과 연관이 있을 것이다.

게다가 조조는 천자봉대天子奉戴를 통해서 권력의 정당성을 확보할 수 있었다. 천자를 끼고 있었기에 그의 명령은 곧 천자의 명령이 되었고, 그에 대한 저항은 곧 반역이 되었다. 원소의 뛰어난 모사謀士인 저수가 원소에게 천자봉대를 권유했으나 원소는 이를 받아들이지 않았으니, 여기에서도 조조와 원소의 판단력의 차이가 드러난다. 나아가 조조는 헌제獻帝를 그의 근거지인 허도로 모심으로써 중원의 확고한 발판을 굳히게 된다. 조조가 천자를 봉대하고 허도로 천도했을 때, 사실상 천하대세의 절반은 그에게 기울었다고 해야 한다. 이 구도가 얼마나 매력적이었던지 야심의 극에 달했던 조조도 끝내 찬탈만큼은 삼갔으며

(조조는 「술지령述志令」에서 이 점을 그의 충성심 때문인 것으로 묘사했는데 물론 이는 '눈 가리고 아웅'에 불과하다) 자식에게 그 역할을 전해준 것이다("진실로 천명이 내게 있다면 나는 주 문왕처럼 될 것이다." 78화).

조조는 이 근거지에서 둔전제屯田制를 실시했는데, 이 또한 천하제패의 핵심적인 밑거름이 되었다. 전쟁으로 날이 새고 지던 이 시대에 식량은 턱없이 부족했고 그나마 군량미로 싹쓸이당한 농민들은 유민이 되어 떠돌았다. 조조는 한무제가 서역에서 실시한 바 있던 둔전제를 도입함으로써 경제적 기반을 확보했고, 유민들을 흡수함으로써 노동력을 충당할 수 있었다. 토지를 국유화하고 생산수단(특히 소)을 대여해주고 병사들과 유민들을 통해서 노동력을 충당해주는 한편 그 대가로 수확의 5~6할을 거두어들임으로써 커다란 성과를 거두었는데, 첫해에만도 100만 곡斛 이상의 식량을 걷어들일 수 있었다. 조조가 전쟁 시에도 얼마나 농민들을 보호하려 노력했는가는 『연의』에서도 여러 차례에 걸쳐 묘사되고 있다. 이런 경제적 기반 덕분에 조조가 천하제패에 성공할 수 있었던 것이다.

조조를 살펴봄에 있어 사상적 배경도 빼놓을 수 없다. 조조는 개인적·심리적으로는 황로학에 가까웠고 기질적으로는 시인이었지만, 정치가·전략가로서는 철저한 법가 사상가였다. 조조와 제갈량 두 사람의 핵심적인 공통점은 상벌賞罰이 분명하다는 것이었다. 또한 조조는 능력제일주의를 채택했으며 이 점은

"불인불효不仁不孝한 자라 해도 치국용병治國用兵의 술術만 있다면 모두 천거하라"는 그의 명에 극명하게 나타나 있다. 조조라는 인물의 사상적 배경을 짚어낸다면 아마도 최근에 사용되기 시작한 범주인 '도법가道法家'에 가장 가까울 것이다.

그러나 인의가 없다면……

조조가 이토록 뛰어난 인물이고 결과적으로 천하를 제패했음에도 그의 인기는 늘 그다지 높지 못했다. 이것은 상당 부분 『연의』가 묘사하고 있는 그의 교활하고 간악한 모습 때문일 것이다. 그는 모든 것을 갖추었지만 정작 가장 중요한 것 즉 '인의'만은 보여주지 못했다. 여기에서 우리는 새삼스럽게 동북아 사회에 공자라는 인물이 남긴 가치의 긴 그림자를 느끼게 된다. 물론 『연의』에서 묘사된 조조의 잔인무도함에는 허구도 많이 섞여 있다. 그러나 실제 역사에서도 상당 부분 그러했던 것으로 보인다. 유심히 보면, 어떨 때의 조조는 지극히 호방하고 후덕하지만 또 어떨 때는 치가 떨릴 정도로 냉혹하다. 그런데 두 경우를 세심히 비교해보면 분명한 흐름이 간파된다. 조조가 인자하고 호방할 때는 그 상황이 그의 천하제패에 이로운 경우이다. 인재에 대한 그의 욕심과 포용력은 곳곳에서 나타난다. 그러나 그에게 해로운 경우나 도움이 되지 않는 경우라면 그 잔학성은 목불인

견目不忍見에 달한다. 아마 근본적으로 이 때문에 조조라는 인간에게 애정을 느끼기 힘든 것이 아닐까.

화흠이 복황후를 끌고 외전으로 나오니, 헌제가 전각 아래로 내려와 황후를 끌어안고 통곡했다. 화흠이 호령한다.

"위공의 명령이다. 어서 가자!"

복황후가 울면서 헌제에게 하직을 고한다.

……

화흠이 복황후를 끌어오니 조조가 보고 큰 소리로 꾸짖는다.

"내가 너희를 성심으로 대했는데 너희는 오히려 나를 해치려 하느냐? 내가 너를 죽이지 않으면 반드시 네가 나를 죽이겠구나!"

조조가 좌우 무사들에게 호령하여 몽둥이로 황후를 마구 때려 죽였다. 그것으로도 성에 차지 않아 복황후의 소생인 두 황자皇子에게 독약을 먹여 죽였으며, 그날 밤으로 복완, 목순의 일족 200여 명을 모두 저잣거리로 끌어내어 참형에 처했다. 조정과 재야 사람들은 하나같이 두려움에 떨었다. 건안 19년[214년] 11월의 일이다.(66화)

이 외에도 서주 백성들을 잔악하게 도륙하고 순욱을 죽게 만든 것은 그의 성격을 잘 보여주는 사건들이다. 도겸의 예측하기 힘들었던 실수 때문에 그의 가족이 몰살당하자, 군사를 일으킨 조조는 애꿎은 서주의 백성들을 참혹하게 도륙한다. 그 상황이 너무나 처참해 진순신 같은 사람은 제갈량이 유비를 선택한 것이 바로 이 사건 때문이었다고까지 말하고 있다(『제갈공명』). 형주의 그 많은 백성들이(10만을 넘었다고 한다) 유비를 따라나선 것도 유비를 흠모해서이기도 하지만 다른 한편으로는 조조의 잔악성을 일찍이 알고 있었기 때문일 것이다.

또 하나 조조는 스스로 "나의 장자방"이라고 말했던 순욱이 그의 권력에 제동을 걸자 결국 그를 압박해 죽게 만든다. 순욱은 정욱 등과 더불어 대표적인 청류 인사로서 그가 없었다면 조조도 없었을 것이다. 『연의』에서는 지나치게 제갈량에게 중점을 둠으로써 순욱, 정욱, 노숙 같은 인물들이 잘 드러나지 않거나 폄하되고 있지만, 이는 다분히 허구적인 것이다. 순욱은 일생에 걸쳐 한실 부흥을 추구했으며 그런 그로서는 조조가 이윤이나 여상(강태공) 같은 인물로 보였을 것이다. 그러나 순욱의 이런 일관된 입장과 날이 갈수록 커져가는 조조의 탐욕은 필연적으로 부딪칠 수밖에 없었다. 순욱의 말로는 손끝 하나로도 권자를 차지할 수 있는 절대 권력을 가졌으나 죽는 날까지 유선에게 충성을 바친 제갈량의 모습과 극명하게 대조된다. 그러나 그 차이는 순욱과 제갈량의 차이라기보다는 차라리 조조와 유비의 차이라고 해야 할 것이다.

조조라는 인물의 가장 큰 비극은 그가 절대 권력을 소유함으로써 결국 권력이라는 절대 괴물에게 정복당했다는 점일 것이다. 권력이라는 괴물은 그것을 소유했다고 생각하는 인간을 내부에서부터 정복해버린다. 청류 의식과 갖가지 재능, 인간적인 매력까지 갖추었던 조조는 바로 이 권력에 의해 점차 변질되어 괴물로 변해갔으며, 역사는 바로 그 점에 대해 끝까지 냉엄한 심판을 내리고 있는 것이다.

제갈량은 왜 유비를 선택했는가

이 점에서 제갈량은 조조와 극명하게 대비된다. 제갈량은 한편으로 절대 권력을 쥐고서도 아둔한 후주後主에게 눈물겨운 충정을 바쳤고, 다른 한편으로 권력을 최대한 선용善用해 철저하게 법가적 원칙을 따라 객관적이고 공정한 통치를 실시했다. 유사 이래 권력에 정복당하지 않고 오히려 그것을 철저히 활용한 인물로 제갈량만 한 이도 없으리라. 삼국시대의 주인공이 조조가 아니라 제갈량인 것은 단지 『연의』가 문학이기 때문만은 아니다(문학의 주인공은 언제나 비극적이고 고뇌에 찬 주인공일 수밖에 없다. 그것은 문학이라는 담론 자체의 성격 때문이다). 그보다 권력과의 관계에서 제갈량이 조조와 극명하게 대조되는 모습을 보여주었기 때문이다. 『연의』가 너무 길어 중간에 지루해질 수도 있는데 끝까지 긴장감을 유지할 수 있는 것은 제갈량의 이런 모습 때문이다.

그렇다면 제갈량은 왜 유비를 선택했을까? 나관중은 제갈량의 모습을 마치 은사隱士처럼 그리고 있지만, 제갈량 자신이 평소 스스로를 관중과 악의에 비유했으니 그의 본심은 은사와는 전혀 거리가 멀었다고 해야 한다. 그는 언제나 자신이 모실 주군을 기다렸던 것이다. 그런데 왜 그는 조조는 그렇다 치고 손권에게 가지 않고 한심한 패장 유비를 선택했을까? 이 문제는 삼국지 전체에 있어 최대의 수수께끼로서 아직까지도 삼국지를 연구하는 학자들의 관심거리가 되고 있다. 아마 세 갈래의 답이 존재할 것이다.

가장 도덕적인 관점을 취한다면, 제갈량은 한실 부흥을 꿈꾸었고 유비의 대의명분을 좇아 일신을 바쳤다고 볼 수 있다. 실제로 그는 한실 부흥을 자주 이야기했고 중원 회복을 평생의 숙원으로 삼았다. 유비가 복수를 위해 동오를 치려 했을 때 극구 막았던 것도 이런 맥락에서 이해된다. 그러나 그가 스스로를 관중과 악의에 비교했다는 것은 그가 당대를 이미 춘추전국시대 같은 새로운 전환기로 파악하고 있었다는 뜻 아닐까?

또 그의 행적을 유심히 보면 유비 개인에 대한 충정이 한실 부흥이라는 대의명분보다 더 앞서는 것은 아니었을까 하는 생각이 들 때도 있다("그는 시무時務를 이해했다고는 할 수 있지만 대의大義를 밝혔다고 할 수는 없으며, 유비에게 충성했다고 할 수는 있지만 한실에 충성했다고 할 수는 없다"는 평가도 있다). 그러나 그의 삶을 이끈 핵심적인 동기가 한실 부흥과 중원 회복이라는 도덕적 가치였다는 것은 결코 부정할 수 없다.

이와 대조적인, 말하자면 '형이하'학적인 관점은 개인적인 이해득실 때문에 그가 그런 선택을 내렸을 거라고 보는 관점이다. 이미 기라성 같은 참모들이 포진해 있고 천하의 대세를 장악한 위魏보다는 최고 약체인 유비를 선택함으로써 '용의 꼬리보다는 뱀의 머리'가 되려 했다는 것이다. 무위지치無爲之治의 성격이 강한 유비의 특성에 비추어본다면, 이 또한 제법 설득력이 있다. 심지어 배송지가 인용한 『위략』에서는 제갈량이 유비를 먼저 찾아갔다고 기록하고 있다. 그러나 한 인간의 삶의 의미는 오로지 그의 행동에 비추어 판단할 수밖에 없다. 실제 과정이 어쨌든(누가 그걸 알 수 있겠는가!) 제갈량의 위대한 삶을 이런 관점에서 해명할 수는 없다고 생각한다.

이 두 관점의 중간에 있는, 일반적으로 잘 알려져 있는 관점은 제갈량이 유비의 '삼고초려'에 감동받아서 그를 따라나섰다는 생각이다. 제갈량 자신이 「출사표」에서 이를 밝히고 있으며, 무엇보다 그의 삶 자체가 그것을 여실히 증명해준다. 제갈량은 자신과의 관계를 '수어지교水魚之交'로 표현한 유비에게 지우지은知遇之恩을 갚으려는 마음이 강했다. 그가 유선에게 늘 강조했던 점도 이것이었다. 유비 집단이 임협적 성격이 강했기에 그들과는 상당히 다른 기질을 지닌 제갈량이 일정 부분 동화되기도 했을 것이다. 그러나 그가 융중에서 유비에게 말했다고 하는 천하 삼분의 대계大計를 보면, 그는 이미 웅지雄志를 세웠고 그 웅지에 걸맞은 인물로서 유비를 선택했다고 하는 것이 더 적절할 것이다. 따라서 이 관점도 일면적이다.

결국 그를 이해하기 위해서는 천하경륜天下經綸에 대한 그의 뜻(조조를 무너뜨리고 한실을 부흥시키는 것)과 유비와의 개인적인 친교, 사적인 야망 등을 모두 인정해야 할 것이다.

애정이 만들어낸 맹점

제갈량의 등장은 정말이지 드라마 같은 면이 있으며, 중국사 전체에서 삼국시대가 가장 흥미롭게 회자되는 근본적인 이유도 제갈량에게 있다 하겠다. 그의 등장이 없었다면 도대체 '삼국시대'라는 개념 자체가 성립했을까 싶기도 하다. 늘 패하기만 하면서 떠돌아다니던 유비가 제갈량을 만나 비로소 삼국 정립을 이루었으며 어쨌든 황제에까지 올랐으니 말이다. 더구나 생애 말년까지 보여준 그의 충정은 삼국시대 전체에 어떤 의미를 부여하는 핵심이기도 하다. 그래서 나관중도 그의 등장을 길게 묘사하면서 문학적으로 극히 공들여 다듬어내고 있다. 제갈량이 등장하는 대목은 그야말로 한 편의 서정시와도 같다.

그러나 제갈량에 대한 작가의 지나친 애정이 오히려 그에 대한 묘사를 일면적으로 만들어버린 것은 아닐까. 적벽대전 등을 비롯해 그가 치른 전투들에서 제갈량은 거의 신적인 통찰력을 발휘하며, 그에 비하면 나머지 인물들은 마치 바보들처럼 느껴진다(특히 주유와 노숙에 대한 묘사가 그렇다). 그 예리한 조조도 이 대목에서는 좀 멍청해 보인다. 그러나 제갈량에 대한 이런 지나친 묘사는 그를 마치 무슨 신통력을 지닌 마법사처럼 보이게 만들며, 이것이 오히려 현실감을 크게 떨어뜨리고 있다. 문학적인 측면에서 볼 때, 『연의』가 가장 성공적으로 묘사한 인물은 조조이지 제갈량이 아니다. 조조에 대한 묘사가 입체적이고 흥미진진하다면 제갈량에 대한 묘사는 너무 일방적이고 밋밋하다. 내용상 제갈량에게 찍은 방점이 문학적으로는 오히려 설득력을 떨어뜨리고 있는 것이다. 나는 이 점이 『연의』의 최대 허점이라고 본다.

　이 점은 제갈량의 출현과 적벽대전을 묘사한 대목에서 가장 분명하게 나타난다. 얄궂게도 이 대목은 『연의』 전체에서 가장 길게 그리고 빼어나게 묘사된 대목이다. 정말이지 박진감 넘치게 이야기가 전개되기 때문에, 아마 대부분의 독자들이 '손에 땀을 쥐며' 가장 흥미진진하게 읽은 부분이 이 대목이 아닐까 싶다. 섬세하다 못해 아름답기까지 한 삼고초려, 사람들의 얼을 빼놓을 정도로 뛰어난 제갈량의 신기묘산神機妙算, 유비를 따라나선 백성들의 비참한 아우성, 아두를 품에 안고 필마단기로 고투하는 조자룡, 장판파 위에 버티고 서서 함성 하나로 조조군을 물리치는 장비, 동오의 문사들과 제갈량이 벌이는 불꽃 튀기는 설전舌戰, 또 다른 주인공들인 주유와 노숙의 등장, 황개의 고육지계苦肉之計와 방통의 연환계連環計, '火' 자가 씌어진 손바닥을 동시에 펴는 주유와 제갈량, 장강의 밤잔치와 조조의 멋들어진 시 한 수, 불타는 적벽과 격렬한 수전, 화용도에서의 기구한 만남 등 긴박감 넘치는 이야기들이 숨 돌릴 틈도 없이 펼쳐지는 이 대목이야말로 『연의』의 백미가 아닌가.

그러나 얄궂게도 문학적으로는 가장 흥미진진하고 빼어난 이 부분이 자세히 들여다보면 들여다볼수록 가장 허구가 심하고 일면적이다. 제갈량에 대한 신격화도 그렇거니와, 적벽대전은 사실상 위와 오의 싸움이며 유비의 역할은 미미했다고 해야 한다. 그런데 『연의』는 제갈량이 북 치고 장구 치면서 모든 일을 성사시킨 것처럼 묘사하며, 다른 사람들은 철저하게 조연으로 구성하고 있다. 게다가 여러 사람들이 지적한 바 있듯이, 적벽대전이 과연 그만큼 결정적인 전투였는가 하는 점에도 의구심이 든다. 적벽대전 때문에 조조가 그렇게 큰 타격을 받은 것 같지는 않기 때문이다. 적벽대전을 아예 언급조차 하지 않는 사서史書들도 있다. 조자룡과 장비의 무용담, 관우와 조조의 해후 등도 물론 과장되어 있거나 허구적인 이야기들이다. 결국 『연의』에서 문학적으로 가장 뛰어난 부분이 역사적으로는 허구가 가장 심한 대목인 것이다. 인간에게 허구는 중요하다. 그러나 적어도 역사소설에서는 허구가 진실을 압도해서는 안 된다.

그럼에도 진실을 어느 정도 비틀어 이토록 흥미진진한 허구를 만들어낸 나관중의 천재성은 과연 대단하다고 해야 하지 않겠는가. 역사의 기본 골격은 유지하면서도 그 과정을 비길 데 없이 생생하고 박진감 넘치는 드라마로 창조해낸 이 대목이 나관중의 최대의 문학적 성취라는 점은 의심의 여지가 없다.

제갈량 그 사람

그렇다면 실제 제갈량은 어떤 인물이었을까. 나관중이 진수의 역사서를 참조해 구성한 제갈량의 인물됨과 사상은 그가 유비를 처음 만나 역설한 이른바 '융중대隆中對', 동오의 모사들과 벌인 설전(이 대목은 나관중의 창작이 많이 가미되어 있다), 그리고 「출사표」 등에서 가장 잘 드러난다. '융중대'에서 제갈량은 다음과 같이 말한다.

이제 조조가 100만의 무리를 거느리고 황제를 앞세워 제후를 호령하니, 그와는 함부로 힘을 다툴 수 없게 되었습니다. 손권은 강동을 손에 넣고 이미 삼대를 이었으며, 지형이 험하고 백성들이 따르니, 그와 화친하여 힘은 빌리더라도 함께 도모할 수는 없는 형세입니다. 형주는 …… 군사를 일으키고 천하를 다스릴 만한 땅입니다. …… 익주는 …… 천부지토天府之土라 하여 한고조께서도 이 땅을 의지하시어 제업帝業을 이루었습니다. …… 형주와 익주를 발판으로 …… 진천으로 나가신다면, 어느 백성이 뛰어나와 장군을 맞이하지 않겠습니까? 진실로 이와 같이 한다면 가히 대업을 이룰 수 있을 것이요 한나라 황실을 다시 일으킬 수 있을 것입니다. …… 패업을 이루시려거든 북쪽은 천시를 얻은 조조에게 양보하고 남쪽은 지리를 손에 넣은 손권에게 양보한 다음 인화를 얻으십시오. …… 조조, 손권과 더불어 정족지세鼎足之勢를 이루십시오. 그런 뒤에라야 중원을 도모할 수 있을 것입니다.(38화)

여기에 제갈량의 생각이 압축적으로 나타나 있다. 첫째, 조조와 손권에 대한 생각의 차이가 명확하다. 조조는 이미 대세를 장악했으나 쳐부셔야 할 적이며, 반면 손권은 '백성들이 따르니' 화친해야 할 존재이다. 둘째, 중원 회복과 한실 부흥의 의지와 방법이다. 즉 형주와 익주를 기반으로 해서 두 갈래 길로 나아가 중원을 회복하고 한실을 부흥시켜야 한다는 것이다. 셋째, 유비의 정통성에 대한 믿음이다. 그가 중원을 회복하면 "[모든] 백성이 뛰어나와 맞이"할 것이라는 신념이다. 아울러 조조의 천시, 손권의 지리, 유비의 인화를 대비시키고 있다. 넷째, 삼국 정립이라는 구도의 제시이다. '천하' 전체를 공간적으로 굽어보는 식견이 놀랍다.

융중대가 공명의 시대 인식을 분명하게 보여준다면, 동오 선비들과의 설전은 공명이라는 사람 자체를 잘 보여준다. 유비의 패퇴를 비꼬면서 공명을 면박하는 장소에게 공명은 유비의 인의와 현실적 궁핍함을 대조시키면서 응대한다. 그러면서 유비의 옹색한 처지를 비꼬는 우번의 공격에 대해서는 훨씬 좋은 여건을 가지고 있으면서도 조조를 두려워하고 있는 동오의 선비들을 역공한다. 또 조조를 은근히 치켜세우면서 '유도심문'을 펼치는 설종에게는 조조를 "한나라의 역적"이라고 잘라 말한다. 그러면서 지극히 유교적인 가치를 펼치는데, 나는 이것은 결코 가식이 아니라고 생각한다. 통치에서는 철저히 법가적 원칙을 가지고 있던 공명이었지만, 그에게 유교적 가치 또한 소중했음은 훗날의 행위에서 여실하게 나타난다. 유교적 인의가 깃든 법가적 공정함과 객관성 또는 법가적 합리주의가 깃든 유가적 도의심을 제갈공명만큼 한몸에 구비했던 인물은 그 예를 찾아보기 힘들다.

엄준은 공명의 학문에 대해 묻는다. 이에 대해 공명은 다음과 같이 답하는데, 이 대목은 공명이라는 인물의 내면을 분명히 보여준다.

옛 문장이나 글귀를 따지는 것은 세상의 썩은 선비들의 일이니, 어찌 나라를 일으키고 공을 세울 수 있으리오. 옛날 신야에서 밭을 갈던 이윤과 위수에서 낚시질하던 자아(강태공)며, 장량과 진평 같은 사람이나 등우, 경감 등은 모두 우주를 바로잡는 재주를 가졌지만, 그들이 평생 무슨 경전을 공부했다는 말은 들어본 적이 없소이다. (43화)

"옛 문장이나 글귀를 따지는 것"은 바로 한의 학문인 훈고장구학을 말한다. 공명은 이 훈고장구학에 몰두하는 학자들을 "썩은 선비"라고 표현하고 있으니, 이는 그가 자신의 시대는 이미 훈고학과는 다른 학문을 필요로 하는 시대라는 점을 분명히 파악했음을 뜻한다.

이것은 두 가지 핵심적인 사항을 함축한다. 하나는 제갈량의 목적은 이윤, 자아, 장량, 진평, 등우, 경감 같은 (오늘날로 말하면) 혁명가들에 있지 직업적 학자에 있지 않음이다. 또 하나는 제갈량이 이미 한대 훈고학에서 위진남북조시대의 새로운 학문으로 가는 흐름 속에 서 있었다는 점이다. 위진남북조는 유교적 훈고학의 시대가 아니라 현학玄學과 불교의 시대이며, 번잡한 주석이나 문헌 분석이 아니라 사태의 본질을 꿰뚫는 날카로운 직관과 짧으면서도 명징한 표현을 중시한 시대이다(희대의 천재로 일컬어지는 왕필이 대표적인 경우이다. 훈고장구학의 경우라면 그토록 젊은 나이에 위대한 업적을 남기는 것은 애초에 불가능했을 것이다). 제갈량이 "시무를 아는 사람"이며 또 문헌들의 세세한 부분들보다는 그 큰 흐름을 파악하는 데 주력했다는 기록이 남아 있거니와, 이 두 가지가 제갈량 사상의 핵심적인 특징이다.

공명의 좌절과 성취

이런 사상적 배경과 웅대한 계획을 가지고 있던 제갈량은 불세출의 재주로 마침내 삼국 정립을 이루어냈으나, 형주를 잃음으로써 결국 그의 전체 구상에는 금이 가기 시작했다고 할 수 있다. 형주와 익주에서 동시에 중원으로 나아가려던 그의 계획은 형주가 무너짐으로써 한 날개가 꺾인 것이다.

나관중은 이 과정을 섬세하게 포착하는데, 유비·관우·장비 삼형제의 문제점이 정확하게 묘사되고 있다. 자신의 무공에 대한 자만심 때문에 결국 형주를 잃고 죽음을 당하는 관우(동오와 화친해서 위를 쳐야 한다는 제갈량의 간곡한 부탁도 무시해버린다), 아우가 죽자 복수심에 눈이 멀어 정작 무엇이 중요한지를 망각하고 동오로 쳐들어간 유비(이 대목에서 유비의 판단력은 무장인 조자룡보다도 못하다. 게다가 병법의 기초조차 망각함으로써 육손의 제물이 된다), 복수심에 사로잡혀 부하들을 괴롭히다가 허무하게 암살당한 장비에 대한 묘사를 통해 결국 저잣거리 건달들에서 출발한 임협 집단인 유비 집단의 한계가 적나라하게 노출된다.

전반부에서 그들이 보여준 아름다운 모습은 정확히 그 상반된 이면을 드러낸다. 관우의 강직함과 용기는 필부匹夫의 자만심으로, 유비의 인애는 판단력에서의 아둔함으로, 장비의 호방함은 무모한 복수심으로 전락하는 것이다. 세 형제의 죽음에 대한 나관중의 묘사는 전반부에서의 그들의 모습과 정확한 대조를 이루면서 빼어나게 전개된다. 이 점 또한『연의』의 문학적 성취라 하겠다.

제갈량의 참모습은 삼국 정립을 이루어가는 과정이 아니라 유비·관우·장비 삼형제가 죽고 촉의 모든 것을 떠맡게 된 이후에 드러난다. 앞에서도 말했듯이, 적벽대전을 비롯한 여러 전투에서의 그의 모습은 신출귀몰한 마법사처럼 보이는데 이것은 물론『연의』가 대중의 기호에 영합하기 위해 만들어낸 제갈량상이다. 제갈량 이야기 외에도『연의』에는 주술적인 이야기들이 상당히 많이 등장하는데 모두 당대 대중들의 기호가 반영된 대목들이다. 그러나 제갈량의 경우는 좀 심각한데, 그의 이런 마법사 같은 모습은 그의 실상과 정확히 반대되는 것이기 때문이다. 대중들은 합리적이고 분석적이고 치밀한 것보다는 뭔가 기괴스럽고 신비하고 천재적인 것을 좋아하게 마련이다(과학 분야에서조차, 뉴턴이 사과 떨어지는 것을 보고서 만유인력을 생각해냈다느니 하는 허황된 이야기들이 대중의 인기를 끈다). 그리고 이런 경향이 가장 핵심적으로 압축되어 나타나는 것은 곧 미래에 대한 예측력이다. 미래를 예측할 수 있다는 것이야말로 대중들의 호기심을 가장 크게 자극하며, 한국 땅에 끝도 없이 널려 있는 점쟁이 집들—참으로 얄궂게도 '철학관'이라 이름 붙여진—이 이를 잘 증명한다.『연의』에 계속해서 나타나는 점성술이나 역易 이야기들은 이런 정황을 반영한 것이다. 여기에 한 인간의 외모에 엄청난 비중을 두는 이야기들도 자주 등장하는데(제갈량이 위연의 뒤

통수를 보고 그의 역심을 예측했다는 이야기 등) 이 또한 관상, 수상, 족상 등에 집착하는 대중의 무지에 영합하는 것이다. 그러나 이런 이미지들을 제갈량에게 부여하는 것은 진실의 완벽한 왜곡이다. 제갈량은 철저하게 합리적으로 사고한 인물로서, 정보를 모으고, 천문지리를 연구하고(동남풍을 이용한 것도 그의 과학적 연구 결과이지 무슨 신통력에 의한 것이 아니다), 상황을 분석하고, 갖가지 경우의 수들을 따져보는 분석적 사유의 소유자였다. 너무나도 신중하고 치밀한 것이 어떨 때는 그의 약점으로 작용했을 정도이다(그가 임기응변에 능하지 못했다는 지적이 있는데, 오히려 이것이 정확한 지적이다). 제갈량을 천재적 직관이나 신기한 신통력의 소유자로 보는 것은 큰 왜곡이다.

바로 그렇기 때문에 제갈량의 능력이 완벽에 가깝게 드러난 곳은 전쟁보다는 정치였다. 『연의』는 기본적으로 전쟁 이야기이다. 그래서 독자들의 기본 관심은 늘 전쟁에 맞추어진다. 그러나 전쟁은 정치의 연속이다. 전쟁의 멋있는 장면들이나 흥미진진한 이미지들 뒤에는 언뜻 잘 보이지 않는 당대의 갖가지 정치적·경제적·문화적 배경이 두텁게 깔려 있다. 제갈공명의 신출귀몰한 작전에만 주목하면 그가 촉을 얼마나 뛰어나게 건설했고 통치했는가는 잘 보이지 않는다. 그러나 우리는 다음과 같은 구절에 주목해야 한다.

제갈 승상이 성도에 있으면서 크고 작은 일을 가리지 않고 몸소 결제하니, 동천과 서천 백성들은 모두 태평성대를 누렸다. 밤에도 문단속이 필요 없고, 길에 버려진 물건도 제 것이 아니면 줍는 이가 없었다. 더군다나 다행스럽게도 해마다 대풍이 드니, 늙은이 어린아이 할 것 없이 배를 두드리고 노래하고 장정들은 혹시 부역이라도 있으면 앞다투어 해치웠다. 그러니 군수품과 무기 등 모든 장비들이 완비되었고, 창고마다 곡식이 가득 쌓였으며, 부고府庫에 재물이 넘쳐났다.(87화)

제갈량의 가장 위대한 성취는 신출귀몰한 전략이나 유비에 대한 의리보다는 바로 이런 점이었다 할 것이다.

애달픈 충정의 마지막 날들

제갈량의 마지막 날들은 독자들의 심금을 울린다. 제갈량은 우선 남만의 맹획과 싸워 그를 완전히 제압하는데, 이것은 두 가지로 해석할 수 있다. 『연의』에서처럼 제갈량이 칠금칠종七擒七縱의 인의로 맹획을 감동케 했을 수도 있고(중화인들은 대체적으로 동남의 이족들인 이夷와 만蠻과는 화합할 수 있으나, 서북의 융戎·적狄과는 화합할 수 없다는 생각을 가지고 있었다), 다른 각도에서 보면 부족한 물자와 군사를 충당하려는 약탈전일 수도 있다(위에서 대풍을 이야기했으나, 전반적으로 촉의 물자는 풍부하지 않았으니,

「출사표」에도 "익주가 피폐하여"라는 구절이 나온다). 어쨌든 남방을 평정한 제갈량은 그 유명한 「출사표」를 올린다. 「출사표」와 「후출사표」는 공명의 생각을 읽을 수 있는 또 하나의 중요한 자료이다(앞에서 말했듯이, 이 글들은 일체의 수사를 배제한 채 간명한 필치로 정곡만을 찌르는 문채를 보여준다).

전한이 흥한 것은 현명한 신하를 가까이하고 소인배를 멀리했기 때문이며, 후한이 무너진 것은 소인배들을 가까이하고 현명한 신하를 멀리한 때문이니, 선제께서는 생전에 신들과 이런 이야기를 나누시면서 일찍이 환제와 영제 때의 일에 대해 통탄을 금치 못하셨습니다.
......

신은 본래 하찮은 포의布衣로 남양 땅에서 논밭을 갈면서 난세에 목숨을 보존하고자 했을 뿐, 제후를 찾아 영달을 구할 생각은 없었습니다. 하오나 선제께서는 신을 비천하게 여기지 않으시고 세 번씩이나 몸을 낮추어 몸소 초려를 찾아오시어 신에게 당세의 일을 자문하시니, 신은 이에 감격하여 마침내 선제를 위해 몸을 아끼지 않으리라 결심하고 응하였습니다. …… 선제께서는 신이 삼가고 신중한 것을 아시고 돌아가실 때 대사를 맡기셨나이다. …… 노둔하나마 있는 힘을 다해 간흉한 무리를 제거하고 한실을 다시 일으켜 옛 도읍으로 돌아가는 것만이 바로 선제께 보답하고 폐하께 충성하는 신의 직분입니다. ……

신이 받은 은혜에 감격을 이기지 못하옵나이다! 이제 멀리 떠나는 자리에서 표문을 올리며 눈물이 앞을 가려 무슨 말씀을 아뢰어야 할지 모르겠나이다.

「출사표」는 처음부터 끝까지 상보相父로서의 아버지가 아들로서의 후주에게 주는 자상한 충고로 가득 차 있다. 또 한실이 무너진 것에 대한 애통함과 아울러 역적 조조의 토벌과 한실 부흥, 중원 회복의 의지가 거듭거듭 천명되어 있다(1차 북벌 때 맹달이 내응하려 할 때 '서촉'의 깃발이 아니라 '대한大漢'의 깃발을 내걸려 했던 것을 보면, 유비 이하 서촉 진영 전체가 한실 부흥과 중원 회복을 필생의 업으로 꿈꾸었다고 할 수 있을 것이다). 삼고초려로 시작되는 유비와의 인연과 남은 뜻을 이으려는 충신의 애절한 마음 또한 절절이 묻어나온다. 절대 권력을 쥐고 있으면서도 큰 뜻을 이루기 위해 생애의 마지막 순간까지 노심초사하면서 충성을 바치는 늙은 신하의 모습이 여기에 있다. 『연의』에서 가장 감동적인 부분들 중 하나이다. 「후출사표」에서도 역시 한실 부흥과 중원회복의 의지를 거듭 천명하고 있다.

선제께서 한나라와 역적[魏]은 양립할 수 없으며, 왕업은 천하의 한 지역에만 안주할 수 없다고 생각하시어 신에게 적의 토벌을 부탁하셨습니다. …… 역적을 치지 않는다면 왕업 또한 망할 것이니, 앉아서 망할 때를 기다리기보다 그를 쳐야 하지 않겠사옵니까? …… 바야흐로 백성은 궁하고 군사들은 지쳐 있으나 대사를 그만둘 수는 없습니다. …… 대개의 일은 이처럼 예측하기 어렵사옵니다. 이제 신은 몸을 바치고 정성을 다해 오로지 나라를 위해 죽을 때까지 일할 뿐이니, 일의 성패와 이해利害는 신의 소견으로는 능히 예견할 수 없는 일이로소이다.

"역적을 치지 않는다면 왕업 또한 망할 것이니, 앉아서 망할 때를 기다리기보다 그를 쳐야 하지 않겠사옵니까?"라는 구절에서는 촉에 안주해 있다가는 결국 위에게 망할 수밖에 없을 것이라는 판단과 더불어 이른바 '공격이 최선의 방어'라는 생각이 묻어난다. 아울러 현실적으로 촉의 상황이 어렵다는 판단, 그러나 하루라도 빨리 대업을 이루어야 한다는 초조감도 엿보인다. 공명은 이때 이미 몸이 예전 같지 않음을 감지했던 듯하다.

공명의 수명을 단축시킨 것은 그의 완벽주의이다. 공명의 편지를 받은 맹달이 "사람들이 공명을 일러 지나치게 마음 쓰는 일이 많다고들 하더니"라 했던 것도 이런 뜻이다. 작은 일들까지 세심하게 신경 쓰지 않으면 안심하지 못하는 성격이 그의 건강을 크게 해쳤던 것 같다. 이 점을 지적하는 양옹에게 공명은 말한다. "그대가 하는 말을 내 어찌 모르겠는가. 선제로부터 탁고託孤의 중임을 맡은 이래로, 다른 이에게 맡겼다가 나만큼 마음을 다하지 않을까 염려되어 그리 한 것이오." 이 말을 들은 사람들이 모두 눈물을 흘렸다고 한다. 그의 완벽주의는 애달픈 충성심의 발로였던 것이다. 후주가 "천하가 바야흐로 정족지세를 이루어 동오와 위도 전혀 서로 침범하지 않거늘, 상보는 어찌하여 편안히 태평을 누리시려 하지 않습니까?"라고 물었을 때, 공명은 "신은 꿈에서조차 위를 토벌할 일을 한시도 잊은 적이 없습니다"라고 답한다. 개인의 영달을 접어두고 죽는 날까지 충정을 바치는 한 인간의 모습을 볼 수 있다.

제갈량은 둔전병屯田兵을 두어 농사와 식량 조달에 힘썼고, 목우木牛, 유마流馬, 연노連弩 등을 비롯한 많은 기술적 성과도 거두었다. 그리고 무엇보다 군사를 부림에 철저히 신의에 기반했으며 바로 그 때문에 군사들의 사랑을 받았던 것이다. 마지막까지 혼신의 힘을 다하는 공명의 모습은 이렇게 묘사되고 있다.

공명은 병든 몸을 억지로 일으켜 좌우의 부축을 받으며 작은 수레에 올라 각처의 영채를 두루 살폈다. 가을바람이 얼굴에 스치니 그 냉기가 뼛속까지 스미는 듯했다. 공명이 한숨을 내쉬며 탄식한다.

"내 다시는 싸움에 나가 적들을 토벌하지 못하겠구나. 유유한 창천이여, 어찌 이렇게 끝내십니까!"

이 대목을 읽으면서 여러 번 눈시울을 붉혔다. 공명이 위대한 것은 절대 권력을 쥐고 있으면서도 개인적 영달은 안중에 없이 대의와 의리에 혼신의 힘을 바친 이런 점에 있을 것이다. 그가 죽었을 때에도 "뽕나무 800그루와 밭 15경"이 남은 재산의 전부였다고 한다. 그가 죽었을 때 애통해하지 않은 사람이 없었던 것은 그의 이런 모습 때문이었을 것이다.

유관장 삼형제, 조조, 그리고 제갈량만 이야기했으나, 『연의』를 읽는 맛은 역시 그 수많은 인물들의 가지각색의 인물됨을 음미하는 일일 것이다. 그러나 『연의』는 근대소설이 아니다. 즉 개인의 심리를 묘사하거나 한 인간의 내면을 직접적으로 보여주는 소설이 아니다. 호메로스의 『일리아스』로부터 초기 근대소설에 이르기까지, 대부분의 문학은 사건들/행위들과 말들을 통해서 인간을 표현해왔다. 『연의』 역시 이런 성격을 띠며, 때문에 독자로 하여금 깊이 사유하면서 읽을 것을 요구한다. 다시 말해 끝없이 이어지는 사건들/행위들과 대사들을 신중하게 음미하면서 그것들로부터 주인공들의 인물됨을 읽어내야 하는 것이다. 이렇게 읽을 경우 별 의미 없이 느껴지는 대목들, 지루하게 반복되는 듯한 대목들도 전체적인 연관성 속에서 복잡다단한 의미를 띠고 있음을 발견하게 된다. 이렇게 거듭거듭 음미하면서 읽을 때 우리는 새삼스럽게 『연의』가 얼마나 뛰어난 소설인가를 발견하게 된다.

다시 오지 않을 순간들, 그러나 문학이 있기에……

『연의』를 읽는 시간은 늘 행복했다. 특히 제갈량은 내게 하나의 꿈이요 이상이요 낭만이었다. 마지막까지 신의를 저버리지 않는 갸륵한 마음과 불가능하다는 것을 알고 있었을지도 모르면서 삶이 다할 때까지 온몸을 살라 쟁투하는 모습이 내게 삶의 한 모델이 되었던 것 같다. 이제 그 시간도 아득한 저편으로 사라져갔으니, 시간이야말로 누구도 대적하지 못할 절대적 힘이 아니런가.

滾滾長江東逝水
浪花淘盡英雄,
是非成敗轉頭空.
靑山依舊在
幾度夕陽紅.
白髮魚樵江渚上
慣看秋月春風.
一壺濁酒喜相逢
古今多少事
都付笑談中.
장강은 넘실넘실 동쪽으로 흐르는데
물거품처럼 사라진 영웅들이여,

시비승패是非勝敗 모두 눈 깜짝할 사이에

헛되이 공空으로 돌아갔구나.

청산은 옛날 그대로인데

붉은 석양은 몇 번이나 지나갔나.

강가에서 고기 잡고 나무하는 백발의 늙은이

가을 달 봄 바람 익히도 보았으리.

한 병 탁주로 반갑게 만나서

고금의 그 수많은 사건들을

웃으면서 이야기하면서 붙여나 보세.

시간의 강으로 물거품[浪花]들이 흩어져 사라지듯이 그 숱한 영웅들도 시간을 이기지 못하고 사라졌다. 역사의 진정한 주인 공은 시간이다. 그러나 언어는 시간을 정복한다. 문학은 시간을 잠시나마 언어 속에 붙잡아둔다. 그 언어 속에서 우리는 쓸쓸한 시간들을 견딘다. 삶이란 가끔 견디기 힘든 허망함으로 다가온 다. 그러나 시간의 한 줄기를 잡아 유장하게 풀어낸 아름다운 문 학들이 있는 한, 고적한 시간들 또한 견디어나갈 수 있으리라.

『연의』 못지않게 사춘기 소년의 꿈과 낭만을 키워주었던 소 설은 『수호지』와 『임꺽정』이었다. 어떤 면에서는 『수호지』가 『연의』보다 더 흥미로웠다. 『삼국지』는 사회의 상층부를 다룬 이야기이다. 즉 '왕후장상王侯將相'에 대한 이야기인 것이다. 그리고 이야기 전체를 관류하는 것은 '천하통일'의 주제이다. 또 그렇기 때문에 전체적인 플롯이 단일하고 반복적인 면이 있다. 이에 비해 『수호지』는 사회의 하층부를 다룬 이야기이며 108호걸들 한 사람 한 사람에 대한 이야기이기 때문에, 플롯들이 다채롭고 이야기의 전개가 흥미진진하다. 축구[毬] 하나 잘해서 졸지에 태위에 오르는 한량, 제할提轄 노릇을 하다가 사람을 죽여 팔자에도 없는 승려 노릇을 하게 된 거한, 아내를 노리는 놈팽이에게 걸려 먼 타향으로 귀양 가게 된 교두, 계속 비틀어지는 삶을 다잡으려 발버둥치다 결국 녹림綠林에 들게 되는 제사, 거부의 생신강을 터는 일곱 명의 호한들을 비롯해 무수한 인간 군상들의 다채로운 이야기들이 담겨 있다. 등장인물들의 개성이나 그 개성에 걸맞은 플롯들이 옴니버스 형식으로 이어지며, 다시 각 단편들의 연계관계가 세밀하게 이어져 있기 때문에 문학작품으로서의 역동성이 뛰어나다. 인물들의 파노라마를 음미하는 맛이 『연의』 못지않다.

물론 『수호지』의 드라마들을 채우고 있는 것은 일반 민중들의 삶이 아니라 범인들과는 구분되는 호걸들의 이야기이다. 『연의』가 영웅들을 그리고 있다면, 『수호지』와 『임꺽정』은 호걸들의 세계를 그리고 있다. 그러나 이들의 이야기와 엮이고 또 그 배경을 이룸으로써 당대 사람들의 삶이 파노라마처럼 펼쳐지며 당시의 정황들이 손에 잡힐 듯이 다가온다. 특히 『임꺽정』은 『수호지』에 비해 더 일상적이고 구체적으로 하층민들의 삶을 묘사하고 있기 때문에 시대를 보는 지평이 보다 넓게 펼쳐진다. 좀 도식적인 이야기가 되겠지만, 『연의』 『수호지』 『임꺽정』으로 가면서 세 층위의 지평을 통해서 전통 사회 전체를 폭넓게 조망할 수 있다. 세 소설을 함께 읽음으로써 또 다른 각별한 맛을 느낄 수 있다.

화적패인가 충의군인가

『수호지』를 읽는 맛은 역시 저항의 몸짓들과 뜨거운 의리를 음미하는 데서 나온다. 북송 말 아둔한 황제 휘종 아래에서 고구, 채경 등 간신들이 설치는 뒤틀린 현실을 배경으로, 저항과 의리의 드라마가 펼쳐진다.

나는 이 이야기가 기존 세력에 대한 저항의 이야기라는 점에서 커다란 매력을 느꼈다. 사회가 결정해놓은 테두리 안에서 인정받으려 하기보다는 독자적이고 창조적인 길을 가는 것, 사회가 만들어놓은 가치들의 위계를 비웃으면서 순수하고 자유로운 길을 가는 것, 상투적이고 결정되어 있는 삶과는 다르게 사는 것, 이것이 나의 태생적 기질인 것 같다. 바로 그렇기 때문에 기존의 권력에 저항하는 『수호지』와 『임꺽정』의 주인공들의 삶이 가슴 뜨겁게 다가왔다.

그러나 『수호지』가 저항의 이야기로만 구성되어 있는 것은 아니다. 이 소설은 크게 두 부분으로 나눌 수 있는데, 1부는 호걸들이 하나씩 양산박에 모여 마침내 천강성 36인과 지살성 72인이 108호걸을 이루기까지이고, 2부는 108호걸이 조정에 귀순해 요동을 정벌하고 '역적들'인 전호, 왕경, 방납 등과 싸워 공을 세우지만 결국 간신들의 음모로 대부분 허무하게 죽는 결말까지이다. 그러나 1부와 2부는 내용상으로나 문학적으로나 성격이 전혀 다르다. 김성탄이 70회로 정리한 판본은 1부까지만 다루고 있다. 반면 시내암의 원작 100회본과 양정견의 120회본에는 '충의 수호지'라는 제목이 붙어 있으며, 2부에도 일정한 의미를 부여하고 있다. 1부에 중점을 두느냐 2부에 중점을 두느냐에 따라 소설의 의미와 특색이 전혀 다르게 다가온다. 2부에 중점을 두는 판본들은 1부의 주인공들 역시 '충의'의 길로 가는 인물들로 그리고 있으나, 김성탄 70회본의 경우는 1부만 다루고 있기 때문에 주인공들의 면면이 충의나 도덕과는 거리가 멀다. 피만 보면 살인귀가 되는 이규, 주동을 끌어들이기 위해 네 살배기 어린애를 죽이는 오용의 꾀 같은 경우가 대표적이다. 『수호지』는 이렇게 중점을 어디에 두느냐에 따라 화적패 이야기가 될 수도 있고 충의의 군대 이야기가 될 수도 있다.

문학적인 면에서도 1부와 2부는 현저하게 다르다. 1부의 호걸들 하나하나가 겪는 이야기들은 각각의 플롯을 지녔으면서도 짜임새 있게 구성되어 있다. 특히 1부의 전반부를 구성하는 이야기들, 즉 구문룡九紋龍 사진, 화화상花和尙 노지심, 표자두豹子

頭 임충, 청면수靑面獸 양지, 조개와 그 형제들(오용, 공손승, 유당, 완소이, 완소오, 완소칠), 행자行者 무송, 호보의呼保義/급시우急時雨 송강, 병관삭病關索 양웅과 반명삼랑拌命三郞 석수의 이야기들은 각각 독자적으로 다채롭게 전개된다. 1부 후반부에서 송강을 중심으로 계속 형제들이 불어나는 이야기가 펼쳐질 때는 다소 박진감이 떨어지긴 한다. 하지만 중간중간 흑선풍黑旋風 이규와 낭자浪子 연청이 벌이는 에피소드들은 비교적 독립적인 플롯을 갖고 있다.

이에 비해 2부에서는 단조로운 전쟁 이야기들이 계속되며, 『연의』가 존재하지 않으면 모르겠지만 『연의』에서 볼 수 있는 이야기들이 그보다 더 도식적인 형태로 지루하게 반복되기 때문에 문학적 흥미가 현저하게 떨어진다. 『수호지』는 『연의』에 비해 뒤로 갈수록 재미가 반감되는 약점을 갖고 있는 것이다. 다만 마지막 부분에서 양산박 형제들이 하나하나 죽임을 당하는 과정에서는 깊은 허무감과 비애감을 맛볼 수 있다.

이렇게 보면 『수호지』의 백미는 2부보다는 1부, 그 중에서도 그 전반부라 할 수 있을 것이다. 특히 노지심, 임충, 양지, 조개 형제들, 무송, 송강 등이 겪는 이야기들은 그 하나하나가 흥미로운 서사 구조를 갖고 있는 동시에, 당시 사람들의 삶의 면면들을 바로 눈앞에 펼치듯이 생생하게 보여준다. 『연의』에서는 느낄 수 없는 또 다른 차원의 감동을 주는 것이다. '표자두豹子頭', '청면수靑面獸', '급시우急時雨' 같은 별명들에서는 『연의』의 주인공들 앞에 붙은 묵직한 별명들을 들을 때와는 전혀 다른 분위기를 느낄 수 있다. 이 소설, 특히 김성탄본은 주인공들을 도덕적으로 미화하지 않는다. 주인공들은 남다른 기개와 용력勇力을 가진 호걸들이긴 하지만 보통 사람과 다를 바 없는 가치관과 행위를 나타낸다. 송강이 형님으로 대접받는 기본적인 이유도 그가 돈을 잘 뿌리기 때문이다. 조개 일당도 말로는 도의를 내세우지만 사실상 날강도들이다. 이런 현실감 넘치는 묘사들 때문에 소설의 이야기들이 더욱 실감난다. 또 바로 그렇기 때문에『수호지』의 주인공들을 덮어놓고 영웅시하는 것은 옳지 않다.

문학적인 측면에서 가장 압권을 이루는 것은 무송 이야기이다. 더 정확히 말해, 무송과 무대, 그리고 반금련, 서문경, 왕파王婆 다섯 사람이 펼치는 드라마이다. 한쪽이 심하게 기울지만 변함없이 뜨거운 형제애, 시동생을 유혹하는 형수, 요부와 색한의 만남, 불륜을 부추겨 이익을 챙기려는 할멈, 남편을 독살하는 여인, 시동생의 복수와 수난 등 극적인 이야기가 펼쳐진다.

드라마적인 요소가 약한 전통소설에서 가장 극적인 이야기가 펼쳐지고 있으며, 그래서 잘 알려져 있듯이 소소경은 이 대목을 따로 취해『금병매』의 1권을 채우고 있다(소소경은 서문경이 살아남는 것으로 이야기를 전개하며, 따라서 시내암의 이야기와 소소경의 이야기는 두 가능세계를 보여준다). 여기에 덧붙여 남의 일이라고 못 본 척하는 이웃들, 증거물을 남겨놓아 무송의 칼을 피하는 의사, 서문경의 돈을 받고 말을 바꾸는 관료들 등 당대의 세태가 생생하게 묘사된다. 아마 중국 고전소설 전체를 통틀어도 백미의 자리를 차지하지 않을까 싶다.

『수호지』는 철저하게 남성 중심적인 소설이다. 여기에 등장하는 여성들은 대부분 색정녀들이거나 악녀들이다. 무송에 대한 욕정을 주체하지 못하는 형수 반금련, 송강을 속이고 바람피우는 것도 모자라 더 큰 욕심을 부리는 염파석, 남편을 속이고 엉터리 중과 놀아나는 반교운 등이 그렇다. 또 청풍채의 관리 유고의 아내는 송강 때문에 목숨을 건지고도 배은망덕한 태도를 보인다. 흥미로운 것은 비교적 긍정적으로 묘사되는 여성들, 예컨대 축가장의 여전사인 호삼랑이나 전호 정벌 때 등장하는 경영 등은 사실상 무예를 익힌, 즉 남성화된 여성이라는 사실이다. 『수호지』는 철저하게 호걸들, 건달들의 세계를 그리며 무협적 가치를 드러낸다.

탈주에서 귀순으로

2부는 1부와 대조를 이루면서 양산박 호걸들이 조정에 귀순해 '정규군'이 되고 이제는 거꾸로 다른 '역적들'을 치는 과정을 묘사한다. '전쟁기계'가 '국가장치'에 흡수된 것이다. 이 이야기는 내게 많은 것을 생각하게 만들었다. 여기에서 핵심이 되는 인물은 송강이다. 양산박 호걸들의 문제는 그들이 대부분 한

때 관료 생활을 하던 사람들로서 다시 조정에 귀순해야 한다는 관념으로부터 자유롭지 못하다는 점에 있다. 송강은 잔치에서 이렇게 노래한다.

> 마음으로 원하는 바는 오랑캐 쳐 백성을 지키고
> 나라를 평안케 하는 것.
> 달과 해는 항상 충렬한 가슴속에 걸려 있건만,
> 바람과 먼지는 간사한 무리의 눈을 가리네.
> 천자께서 조서를 내려 부르신다면 이 마음도 얼마나 기꺼우랴.

　송강은 관리 중에서도 그다지 높지 않은 압사직을 지낸 사람이다. 그는 『연의』의 유비와 비교되는 인물로서, 딱히 재주는 없지만 사람을 끄는 인품으로 양산박의 주인이 된다. 송강 덕분에 양산박은 단순한 도적떼로 떨어지지 않고 의를 지킬 줄 아는 의적의 모양새를 갖추게 되는 것이다. 이 점에서 송강이라는 존재는 양산박의 의미 자체라고 해도 지나치지 않다. 그러나 다른 한편 그는 관료적인 의식으로부터 한 걸음도 더 나아가지 못한 인물로서, 결국 철저하게 봉건적 가치에 순응하는 존재이기도 하다. 그래서 그는 "그렇게 자신을 믿고 따르는 형제들이 있음에도 불구하고 평생 도둑으로 살아야 할 것 같은 예감에 서글퍼진 것"이다. 이와 달리 이규, 무송, 노지심 등 애초부터 관료의식이 철저하지 않은 사람들은 송강에게 반발한다.

도대체 부르기는 누가 우리를 부른단 말이오. 괜히 그런 소리로 형제들의 마음만 약하게 하지 마시오!(무송)

불러준다, 불러준다. 흥, 부르기는 어느 놈이 불러.(이규)

지금 조정을 가득 채우고 있는 문무의 벼슬아치들이란 게 모두가 간사한 무리라 천자의 밝음을 가리고 있소. 마치 나의 승복이 검게 물들어진 것과 같으니 아무리 힘들여 빤다 한들 이 승복이 희어질 수야 있겠소이까? 차라리 모든 것을 다 때려치우고 내일이라도 뿔뿔이 흩어져 제 갈 길로 가는 게 어떻겠소?(노지심)

두 가지 입장이 극명하게 대조되고 있다. 결국 양산박 형제들은 송강을 따라 조정에 귀순해 같은 입장에 있던 다른 도적떼들을 쳐 공을 세우지만, 전투에서 많은 형제들을 잃고 간신들의 모략 때문에 하나둘 세상을 떠난다. 어쩌면 세상에서 가장 강한 존재는 관념인지도 모르겠다. 천하의 용맹을 갖춘 호걸들도 그들의 뇌를 지배하고 있는 관념만은 이기지 못했다. 그들의 삶의 실재보다 훨씬 컸던 '도적떼'라는 이름의 무게를 넘어서지 못했던 것이다.

『임꺽정』은 『수호지』와는 다른 결말을 보여준다(소설 자체는 미완성이지만). 임꺽정을 비롯한 일곱 형제와 서림이 청석골에서 독자적인 세계를 꾸려 나가다가 결국 서림의 배반으로 일곱 형제 모두가 장렬한 최후를 맞이하는 이야기이다. 그런데 어릴 때 내가 읽었던 『임꺽정』은 '의형제' 편부터였던 것 같다. 이번에 새로 사계절출판사에서 펴낸 『임꺽정』을 읽으면서 보니 앞에 '봉단', '피장[갖바치]', '양반' 편이 있고 그 뒤를 '의형제' 세 편, '화적' 네 편이 잇고 있었다. 조사해보니, 원래 출간된 것이 '의형제'와 '화적'이고 앞의 세 편은 신문에 연재되었으나 출간되지 않았던 것을 뒤에 합쳐 출간한 것이라 한다. 이번에 앞의 세 편을 읽어보게 되었는데, 임꺽정 형제들의 본격적인 이야기가 시작되기 전에 연산군, 중종, 인종, 명종 대의 조선의 역사를 서술하면서 그 사이사이에 임꺽정과 관련되는 인물들의 이야기를 삽입해놓았다. 각종 사화士禍로 점철된 암울한 시대 상황이 잘 묘사되어 있고, 갖바치를 비롯해 여러 인물들을 복잡하게 얽어놓아 읽는 맛이 있다. 인종이 수상한 이유로 세상을 뜬 직후인 이 시대의 극한적인 상황이 이렇게 묘사되고 있다.

육칠 년 동안 내려오며 연년이 흉년이 든 끝에 이 해 가을에 늦장마가 심하여서 …… 사람은 고사하고 까막까치까지도 먹을 것이 없어서 인분이나마 먹어보려고 뒷간에 와서 기웃거린즉 인분까지 없어서 뒷간이 비었다는 말이니 이 말이 거의 사실이나 다름없었다. 양반은 편지로 살고 아전은 포흠逋欠으로 살고 기생은 웃음으로 살지만, 가난한 백성들은 도적질 아니하고 거지짓 아니하면 굶어죽을 수밖에 없었다. 도적으로 뛰어나와서 재물

가진 사람을 죽여내고 거지가 되어 나와서 밥술 먹는 집에 들싼
대기도 하지만은 북망산에는 굶어죽은 송장이 늘비하였다. 이와
같은 흉악한 살년에 갸륵한 상감이 수상하게 돌아갔다. 득세한
간신들이 살륙을 몹시 한다. 이것저것이 겹치고 덮치어서 서울
사람은 인심이 송구하다고 시골로 내려가고 시골 사람은 시골 인
심이 소란하다고 서울로 올라왔다.(양반편 「살륙」)

앞의 세 편에서는 이렇게 각종 사화가 들끓는 가운데 흉년까
지 겹친 살풍경한 시대상이 묘사되고 있다.

특히 이 소설은 근대에 들어와 씌어진 것이기에 근대적 소설
기법들을 엿볼 수 있는데, 두드러지는 것은 관점의 이동이다. 어
떤 사람의 관점에서 일정하게 이야기가 진행되다가 또 다른 사
람의 관점에서 다른 이야기가 진행된다. 그 과정에서 앞의 관점
이 어느 순간 뒤의 관점의 한 지점에서 나타나면서 상황들이 더
욱 역동적으로 연결된다. 이 점이 이 소설의 커다란 문학적 성과
들 중 하나이다. 그러나 앞의 세 편은 뒤의 편들과의 연계성이
좀 떨어지고 전체적으로 지루한 감이 있다. 특히 큰 의미도, 박
진감도 없는 짧은 대사들이 계속 이어지는 부분들이 그렇다.

갓바치라는 존재

새로 읽게 된 편에서 주목하게 된 부분들은 갓바치라는 존재의 삶, 그리고 임꺽정이 양반에게 증오심을 품게 되는 과정에 대한 묘사이다. 갓바치는 허구적 인물이지만, 소설 전체를 놓고서 볼 때 중요한 의미를 띤다. 소설을 세 부분으로 나누어 볼 때, 앞의 세 편의 주인공은 갓바치이다. 갓바치는 임꺽정에게 깊은 영향을 끼친 인물로 묘사된다(그러나 임꺽정은 갓바치의 영향을 받은 사람의 모습을 보여주지 못하며, 이 점에서 갓바치와 임꺽정의 연결고리에는 다소 무리가 따른다).

사지四肢가 뇌의 지배를 받는 것과 유비적으로, 문文과 무武를 날카롭게 구별하는 동북아 문화권에서는 늘 무인들은 가장 위에 존재하는 문인의 지배를 받았다. 제갈량과 관우·장비·조운이 그렇고, 송강·오용과 다른 호걸들이 그렇고, 또 삼장법사와 손오공·저팔계·사오정이 그렇다. 그러나 『임꺽정』의 경우 임꺽정이 최고 지도자가 되었고, 바로 그것이 그대로 임꺽정 집단의 한계가 된다. 이 구도를 보완해주는 인물들이 갓바치와 서림이고, 두 사람은 서로 대조를 이루면서 소설의 대칭 구조를 형성하게 된다.

갓바치(양주팔)는 아마도 벽초가 생각한 이상적인 인물(이상적인 지식인)일 것이다. 갓바치는 백정 출신이기에 삶의 밑바닥을 체험한 인물이며, 그럼에도 학업을 쌓아 서경덕, 조광조를 비롯한 당대 인물들과 교우를 쌓는다. 그리고 (심정의 아우인) 심의를 죽음으로부터 구해내는 등 여러 가지 선행을 쌓는다. 갖바치는 미래를 걱정하는 심의에게 "광야우야 무재무해狂也愚也 無災無害"라는 여덟 글자를 써주었는데, 여기에는 미친 척하고 바보처럼 굴어야 살아남으리라는 생각이 들어 있다. 갖바치는 혁명가가 아니며, 단지 현실에 대해 깊이 체념한 상태에서 자신이 할 수 있는 선행을 행하는 인물이다. 이 모습은 어쩌면 일제 강점기를 살아야 했던 벽초 자신의 모습일지도 모르겠다. 결국 갖바치는 불가에 입문해 병해대사가 되고 생불로서 칭송받으며 삶을 마감한다. 갖바치는 암울한 시대에 임꺽정과는 정반대의 길을 걸어간 인물이라 할 수 있으며, 그런 그가 임꺽정(과 이봉학, 박유복)의 스승으로 묘사됨으로써 소설 전체에 일정한 균형을 가져오고 있다.

임꺽정의 한계, 서림의 한계

양반편에는 임꺽정이 양반들에게 한을 품게 되는 구체적인 경위가 나타나 있다. 임꺽정의 성격상 애초에 양반에 대한 불만이 컸겠지만, 그 결정적인 도화선을 이황과 연관시켜 구성한 점이 재미있다. 이황의 형 이해가 모함을 받아 죽어 그 시체가 양주에 방기되었을 때, 임꺽정 부자가 그 시체를 관에 넣어 처리해준다. 그러나 꺽정의 의기는 오히려 동네 사람들의 분노를 산다.

　양주읍도 선비가 살고 양반이 사는 곳이라 이해와 같은 명망 있는 인물이 애매한 죄로 거리 송장이 된 것을 분하게 생각하는 선비도 있었고 가엾게 여기는 양민도 있었지만, 그 썩는 송장을 돌아볼 의기 있는 사나이는 하나도 없었는데 백정의 부자가 있어 양주 사나이의 의기를 드러내니 선비와 양민들은 부끄러운 줄을 모르는 대신에 괘씸히 여길 줄을 알았다.(양반편 「익명서」)

　자신들이 하지 못한 옳은 일을 백정이 하자 오히려 그를 괘씸히 생각하는 시대상이 정확하게 묘사되어 있다. 이 일로 마침내 꺽정 부자는 관가에 끌려가 곤경을 당하게 되고, 꺽정이는 양반 사회에 대한 분노를 품게 된 것이다.

　그러나 (적어도 벽초가 묘사한) 임꺽정은 이런 분노를 보다 높은 의식과 행위로 승화시키지 못한다. 꺽정이는 양반에 대한 분노를 품고 있었으나 세상을 바꾸겠다거나 약한 사람들을 위해 투쟁하겠다는 생각은 하지 못한다. 책의 제목이 『임꺽정』이지만 임꺽정이 이 긴 소설의 주인공이 될 수 있을까 싶을 정도로 그의 인물됨은 보잘것없다.

　대체 꺽정이가 처지가 천한 것은 그의 선생 양주팔이나 그의 친구 서기나 비슷 서로 같으나 양주팔과 같은 도덕도 없고 서기와 같은 학문도 없는 까닭에 남의 천대와 멸시를 웃어버리지도 못하고 안심하고 받지도 못하여 성질만 부지중 과상하여져서 서로 뒤쭉되는 성질이 많았다.(화적편「청석골」)

꺽정이가 청석골에 들게 된 것도 어떤 뚜렷한 생각이나 가치 때문이 아니라 우연 때문이다. 옆집 최가의 밀고로 가족들이 죽거나 다치자 꺽정이 앞에는 세 가지의 길이 나타났다. 옥으로 들어가 관가에 순응하는 길, 혼자 내빼는 길, 파옥해서 청석골로 가는 길. 꺽정이는 마지막 길을 선택하지만 '도적놈'이라는 개념 자체에 대해서는 철저하게 체제 순응적이다.

도적놈의 힘으로 악착한 세상을 뒤집어엎을 수만 있다면 꺽정이는 벌써 도적놈이 되었을 사람이다. 도적놈을 그르게 알거나 미워하거나 하지는 아니하되 자기가 늦깎이로 도적놈 되는 것도 마음에 신신치 않거니와 외아들 백손이를 도적놈 만드는 것이 더욱 마음에 싫었다.(의형제편「결의」)

물론 이것은 임꺽정과 의형제를 맺은 여섯 형제들도 마찬가지이다. 여섯 형제는 허구적인 인물들—그러나 충분한 개연성을 띠고 있는 인물들—로서 그 성정은 갖가지이지만(점잖고 뚝심도 있는 이봉학, 머리는 쓸 줄 모르지만 다정다감하고 올곧은 박유복, 성격은 개차반이지만 싸움은 요령 있게 하는 배돌석, 싹싹하고 순수하지만 고생을 해보지 않아서 공한 구석이 있는 황천왕동, 악귀같이 거칠지만 속은 전혀 없는 곽오주, 흉물스럽고 짓궂은 길막동) 이들 또한 별다른 안목도 생각도 없이 개인적인 사정 때문에 청석골에 들어왔을 뿐이다. 그래서 벽초가 그리고 있는 이들의 모습은 수준 높은 의적들이기보다는 어찌 보면 어린아이들 같은 도적패들의 모습이다. 이것은 분명 벽초가 임꺽정 집단에 부여한 의미("그[임꺽정]가 가슴에 차넘치는 계급적 해방의 불길을 품고 그때 사회에 대하여 반기를 든 것만 하여도 얼마나 장한 쾌거였습니까")와 걸맞아 보이지 않는다. 자신이 이끌고 있는 집단에 대한 임꺽정의 태도는 이렇다. "상의할 거 없는 걸 상의할 까닭도 없구 상의하다가 두 하기 싫으면 고만두지."

이런 청석골 집단을 수준 높은 군사 집단으로 만든 인물이 서림이다. 서림을 통해 청석골은 체계가 잡힌 도적떼로 변신하고 머리를 쓸 줄 알게 된다. 서림이 없었다면 임꺽정 패도 지나가는 행인이나 터는 여느 도적 패와 다를 바 없었을 것이다. 서림은 대단한 야심마저 보여준다.

"앞으로 큰일을 하실라면 순서가 있습니다. 먼저 황해도를 차지하시구 그 다음에 평안도를 차지하셔서 근본을 세우신 뒤에 비로소 팔도를 가지구 다루실 수가 있습니다. 그런데 황해도를 차지하시기까지는 아무쪼록 관군을 피하시구 속으루 힘을 길르셔야 합니다."

꺽정이가 서림의 말을 들을 때 눈썹이 치어들리고 입이 벌어지더니 몸을 움직여서 서림에게로 가까이 나앉으며……(화적편「청석골」)

자신은 생각지도 못했던 웅대한 계획을 듣고서 놀라는 임꺽정의 모습이 잘 그려져 있다. 토포사討捕使가 쳐들어온다는 기별을 들었을 때, 서림이 계책을 내면서 "나중에 모두 잡혀 죽더래두 우리의 이름은 반드시 뒤에 남을 겁니다"라고 말하자 임꺽정은 "도둑놈으로 뒷세상까지 욕을 먹잔 말이오?"라고 반문한다. 서림이 웅대한 비전과 멀리 보는 의기를 내세우는 데 비해, 임꺽정은 자신의 집단이 가질 수 있는 의미를 전혀 이해하지 못하고 있다.

그러나 이런 서림이 결국 임꺽정을 배신할 뿐만 아니라 그를 잡아 바쳐 공을 세우려 한다. 죽음 앞에서 나약한 인간의 모습일까, 아니면 앞에서 한 말들이 모두 빈말들에 불과한 것일까. 역사상의 서림이 과연 어떤 인물이었는지는 알 길이 없으나, 적어도 그로 인해 임꺽정 집단이 수준 높은 군사 집단이 되었고 또 그의 배반으로 결국 패망의 길로 접어들었다는 것은 사실인 것 같다. 당시 나는 『임꺽정』을 읽으면서 서림에게 계속 제갈량과 오용의 이미지를 오버랩 시키곤 했다. 그러나 서림은, 재주는 몰라도 적어도 의기라는 면에서는, 제갈량이나 오용이 못 되었다. 그리고 임꺽정의 한계와 더불어 그의 한계가 그대로 임꺽정 집단의 한계가 된다. 나는 소설을 읽는 내내 이 점이 안타까웠다. 소설만 놓고 본다면 서림은 애초에 약아빠진 인간이었고, 그가 보인 의기가 한때의 기분상으로는 진정이었을지 몰라도 그의 삶을 이끌어가는 심층적인 동기는 아니었다고 해야 할 것이다. 그래서 그와 대조적인 인물 곽오주가 오히려 이 점을 꿰뚫어보았던 것이다.

리얼리즘의 개가, 그러나 남는 아쉬움

『임꺽정』은 『수호지』에 비해서 호쾌한 맛이 현저하게 떨어진다. 박진감 넘치는 사건들의 전개도 부족하고, 인물들도 그다지 매력적이지 않다. 조금 재미있을라 치면 쓸데없어 보이는 이야기들이 끼어들어 갑자기 긴장감을 떨어뜨려버린다. 별로 흥미 없는 짧은 대사들이 계속 이어지기 때문에 지루하기도 하다. 이야기가 점점 고조되면서 정점에 이르는 맛이 없다. 이렇다 할 멋진 전투 장면도 보이지 않는다. 전반적으로 『수호지』에서 볼 수 있는 흥미진진하고 긴박감 넘치는 이야기 전개가 보이지 않는다.

그러나 이런 관점은 이 소설을 빗나간 각도에서 본 것일 수도 있다. 벽초의 의도는 한 편의 멋들어진 이야기, 할리우드 영화처럼 '유치찬란한' 액션들, 매끄럽게 전개되는 흥미 만점의 소설을 쓰는 데 있지 않았다. 만일 그가 『임꺽정』을 그런 식으로 썼다면 우리는 한 편의 멋진 대중오락소설을 얻었을지는 몰라도 위대한 민족소설을 얻지는 못했을 것이다. 벽초는 이 소설을 통해서 조선시대의 민중들의 삶 밑바닥까지 들어가 그 생생한 삶의 현장을 손에 잡히도록 진실된 언어로 포착하고자 한 것이다. 때문에 그의 소설에는 과장된 액션이나 이상화된 인물 묘사, 현실과 맞지 않는 매끄러운 사건 전개, 흥미 위주의 이야기들은 나오지 않는다. 동북아 문화 특유의 주술적 요소들(공부를 많이 한 사람은 앞일을 훤히 예측한다는 등의)을 예외로 한다면, 이 소설은 철저하게 사실주의적 태도를 견지하고 있다. 『임꺽정』의 의미는 이 점에 있다고 해야 할 것이다.

『임꺽정』은 안타깝게도 미완성 작품이다. 『수호지』가 뒤로 갈수록 긴박감이 떨어지는 반면 『임꺽정』은 처음에는 지리하다가 뒤로 갈수록 흥미를 자아낸다. 책이 완성되었더라면 자모산성에서 구월산성으로 전전하면서 마침내 최후를 맞이하는 임꺽정의 모습이 비장하게 그려졌을 것이다. 이 점에서 이 소설은 가장 중요하고 의미 있는 부분이 씌어지지 못한 채 미완성 소설이 되어버렸다. 벽초의 문학적 영혼을 이어받은 누군가가 소설을 완성하는 것도 의미 있는 일일 듯하다.

월북 작가이기에 남한에서는 금기시되었던 그의 소설이 긴 세월이 지나서야 제대로 편집되어 출간되었다. 덕분에 우리는 신중한 교정 작업을 거친 완성본을 볼 수 있게 되었다. 그러나 앞으로 좀더 친절한 판본이 다시 만들어져야 할 것이다. 황석영의『삼국지』 같은 경우 어려운 말들을 잘 풀어놓아 읽기에 매우 편한 반면,『임꺽정』에는 이런 배려가 전혀 없다. 한 페이지에 여러 개, 심지어 수십 개가 등장할 때도 있는 그 수많은 한자 어휘들과 (지금은 쓰이지 않는) 낯선 한글 표현들에 아무런 해설도 달려 있지 않기 때문에, 이 소설을 세세히 음미하면서 볼 수 있는 사람들이 과연 얼마나 있을까 하는 생각이 든다. 앞으로 신중한 연구를 통해서 친절하게 해설을 단 새로운 판본이 나오기를 기대한다.

아버지의 서재에서 여러 책들을 붙들고 뒹굴었지만, 대부분이 한국과 중국의 고전들이었다. 서구의 문학작품들을 모아놓은 전집은 단 한 질뿐이었다. 이 전집이 유일하게 서구의 작품들을 모아놓은 것이어서 그랬던지, 거기 포함되어 있는 작품들은 거의 모두 읽었다. 스탕달의『적과 흑』, 브론테 자매의『제인 에어』와『폭풍의 언덕』, 앙드레 지드의『좁은 문』과『전원교향악』, 톨스토이의『전쟁과 평화』『안나 까레니나』『부활』, 도스또예프스키의『까라마조프 가의 형제들』『죄와 벌』, 푸시킨의『대위의 딸』, 헤르만 헤세의『데미안』『지와 사랑』『싯다르타』, 괴테의『파우스트』『젊은 베르테르의 슬픔』, 헤밍웨이의『노인과 바다』『킬리만자로의 눈』『무기여 잘 있거라』, 허먼 멜빌의『모비 딕』등 상당히 많은 작품들을 읽을 수 있었다.『삼국지』『수호지』

『임꺽정』과 나란히 내 상상력을 자극했던 대하역사소설은『전쟁과 평화』였다.

『전쟁과 평화』는 1805년과 1812년 나폴레옹의 러시아 침공을 배경으로 다양한 인물들과 사건들이 뒤얽혀 나타나는 소설로서, 말하자면 러시아판 삼국지라 할 만하다. 19세기 초 러시아 귀족 사회의 면면들, 나폴레옹의 침입과 전쟁터의 풍경들, 쿠투조프의 초토화 작전과 나폴레옹의 철수, 그 전쟁의 와중에서 변해가는 사람들이 그려져 있으며, 중간중간에 각각의 사건의 의미, 역사의 의미에 대한 논설조의 성찰이 등장한다. 무수한 등장인물들의 면면들과 인연들, 유럽 역사상 풍운의 시대였던 나폴레옹 시대의 분위기, 전쟁과 평화가 교차하면서 전개되는 복잡한 사건들로 가득 차 있는 이 소설을 거의 밤을 새우며 정신없이 읽었던 기억이 생생하다.

인간 내면의 묘사

『삼국지』『수호지』 같은 작품들과 비교했을 때 이 작품에서 두드러지는 것은 인물 묘사의 섬세함이다. 『삼국지』에는 병사들의 표정 같은 것은 등장하지 않는다. 대국적인 흐름과 전투 장면, 복잡한 작전 등이 주를 이룬다. 하지만『전쟁과 평화』에는 전쟁을 치르는 숱한 사람들의 마음과 행동이 세세하게 묘사되어 있다. 반면 총과 대포로 이루어지는 전투 장면은 그다지 흥미가 없고 작전 또한 이렇다 할 것이 없다는 점에서 묘한 대조를 이룬다(『삼국지』와는 달리 이 작품에서 전쟁은 배경일 뿐이다). 이런 대조는 고전소설과 근대소설의 차이점을 잘 보여주는 대목인 것 같다. 젊은 니콜라이 로스토프가 겪는 심리적 변화가 전형적인 예이다.

바다르츄크의 말은 훌쩍 뛰어오르더니 느닷없이 옆으로 빠져 달려 나갔다. "도대체 이것이 어떻게 된 일일까? 나는 움직이지 않고 있었을까? 나는 말에서 떨어졌어. 나는 피살된 것이다……." 순간 그는 이렇게 자문자답했다. 그는 이미 들 한가운데에 혼자 처져 있었다. …… "아니, 나는 부상하고 말이 피살된 거야."(1권, 2편, 19)

이런 식의 묘사는 고전소설에서는 볼 수 없다. 따라서 큰 사건이 아닌 매우 미세하고 미묘한 사건들도 세세한 묘사의 대상이 될 수 있다. 음험한 야심가인 바실리 공작이 난봉꾼 아들인 아나톨리를 데리고 와 (못생긴 마리아를 딸로 가진) 볼꼰스키 가의 사위로 만들려 했을 때, 세 명의 여인(마리아, 리즈, 부리엔느)이 겪는 심리 변화에 대한 섬세한 묘사(1권, 3편 3 이하) 등은 고전소설에서는 결코 찾아볼 수 없는 근대소설의 개가라 하겠다. 내면의 묘사가 가능해진 것이다. 『전쟁과 평화』는 러시아 귀족 세계를 메우고 있는 다양한 인물들의 내면을 섬세하게 포착하고 있으며, 이 점이 이 소설의 커다란 문학적 성과라 할 수 있다. 1권 3편만 예를 들어도, 엘렌과 결혼 '하지 않을 수 없게' 된 상황에 처한 삐에르의 심리에 대한 묘사(1 이하), 처음으로 청혼을 받게 된 (아버지들끼리의 대화였지만) 마리아의 심정 변화에 대한 묘사(3 이하), 황제를 면전에서 보았을 때의 니콜라이의 흥분된 감정에 대한 묘사(12), 전쟁터에서의 안드레이의 내면에 대한 묘사 등 빼어난 묘사들이 등장한다.

이 소설은 세 가문—베주호프 가문, 볼꼰스키 가문, 로스토프 가문—을 중심으로 전개된다. 그리고 세 가문이 복잡하게 얽혀 이야기가 이어진다. 어차피 러시아 상류 사회의 이야기이기에 대부분의 주인공들이 얽히고 설켜 거대한 그물을 이루고 있다. 소설 전체의 주인공인 삐에르 베주호프 백작과 그 아내 엘렌, 장인 바실리 공작, 처남 아나톨리, 엘렌의 정부 돌로호프 등이 소설의 한 초점을 이룬다. 다른 한 초점은 볼꼰스키 공작과 또 한 사람의 주인공인 그의 아들 안드레이, 딸 마리아, 안드레이의 아내 리자, 프랑스 여자 부리엔느가 형성하고 있다. 삼각형의 마지막 한 꼭지점은 로스토프 가로서, 로스토프 부부와 그들의 자녀인 니콜라이, 나타쉬아[나타샤], 베라, 페챠, 데려다 기른 딸인 소냐, 이 댁에 얹혀살던 드루베스카야 공작 부인과 그 아들 보리스가 배치되어 있다. 그리고 나폴레옹과 쿠투조프, 알렉산드르, 사교계의 리더 안나 파블로브나 등 다양한 인물들이 등장해 시대적 배경을 드러낸다. 세 가문 역시 복잡한 관계를 맺는데, 삐에르는 원래 로스토프 가와 친했고 후에 나타쉬아와 결혼한다. 안드레이와 나타쉬아는 약혼, 파혼, 재회, 이별의 드라마를 만들며 비극적 사랑을 나눈다. 니콜라이는 소냐와의 사랑을 이루지 못하고 결국 마리아와 결혼한다. 전체적으로 작위성이 느껴질 정도로 짜임새 있게 구성되어 있기 때문에, 그토록 복잡한데도 결국 매끈하게 정리되는 '근대적인' 소설의 전형을 보여주고 있다.

세 갈래의 인생

삐에르 베주호프는 이른바 '방황하는 지성'이다. 방탕한 사생아에서 일약 러시아 최고 부호가 된 삐에르는 바실리 공작의 술책으로 엘렌과 결혼하나 환멸심만 간직하고서 헤어진다. 그러나 삐에르의 이런 인생역정은 훗날 그가 겪는 변모를 그리기 위한 복선이라 하겠다. 화려하고 유치하며 온갖 위선으로 가득 찬 상류 사회에서 살아가다가 남다른 삶의 가치를 찾아 방황하는 삐에르는 아마도 톨스토이 자신의 분신일 것이다. 다소 몽상적이고 세상 물정 모르는 삐에르는 안나 파블로브나의 연회에 가서도 나폴레옹을 찬양함으로써 주변 사람들을 놀라게 한다. 사생아였기에 편하면서도 불안정한 삶을 영위하던 삐에르는 베주호프 공작이 그를 적자로 인정하고 재산의 대부분을 물려줌으로써 졸지에 러시아 최고의 갑부가 된다. 이것은 곧 그가 '최고의 신랑감'이 되었음을 뜻하기도 한다. 삐에르의 상속과 결혼을 둘러싸고 주변 사람들이 벌이는 수작들에 대한 치밀한 묘사는 '세상'이라는 것이, '인간들'이라는 것이 어떤 것인지를 적나라하게 보여준다. 결국 엘렌과 헤어진 삐에르는 비밀공제조합(프리메이슨)에 가입하면서 '새 사람'이 된다. 그러나 이 대목은 너무나 훈도적訓導的이어서 오히려 작품의 질을 떨어뜨리고 있다. 상투적이기 짝이 없는 기독교적 가치가 설파되는 대목들이 특히 그렇다. 어쨌든 이렇게 '새 사람'이 된 삐에르는 보기 드물게 선량한 지주가 되어 농민들에게 은덕을 베풀고, 약삭빠른 인간들의 비웃음의 대상이 된다.

삐에르의 친구이자 약간 선배 격으로 묘사되는 안드레이 볼꼰스키는 삐에르와 대조적으로 날카로운 현실 감각을 가지고 있는 섬세한 미남이지만, 그 현실 감각은 비천한 출세욕이 아니라 고결한 명예욕에 가깝다. 세속적 눈길로 보면 지극히 매력적인 아내가 그에게 오히려 답답하게 느껴진 것은 이 때문이다. 그래서 그는 군인으로서의 명예에 모든 것을 건다. 아우스테를리츠 전투에 앞서 그는 명상에 잠긴다.

'그렇다, 내일은 자칫하면 죽을지도 모른다. 그것은 얼마든지 있을 수 있는 일이다.' 그는 이렇게 생각했다. …… '그렇다, 내일

이다, 내일이다, 내일이다!' …… '어쩐지 그런 예감[마지막일지
모른다는 예감]이 든다. 내 역량을 송두리째 발휘할 때가 마침내
처음으로 찾아왔다.' …… 거기서 그는 1개 연대, 아니 1개 사단
을 거느리고 어느 누구도 그의 조치에 간섭하지 않는다는 조건
아래 위험한 곳으로 사단을 이끌고 가서 혼자 힘으로 승리를 거
둔다. '그러나 죽음과 고통은 어떻게 하지?' 하고 다른 목소리가
속삭였다. 그러나 안드레이 공작은 이 목소리에 대답하지 않고
다만 자기 성공의 꿈만 좇고 있었다. …… '그러나 설사 내가 이
러한 것을 원하고, 명예를 바라고, 남들에게 알려지는 것을 바라
고, 남들에게서 사랑을 받는 것을 바란다고 하더라도 그것은 하
나도 나쁠 것 없지 않은가? 나는 그것을 바라고 있다. 오직 그것
만을 바라고 있다. 나는 그것 하나만을 위해서 살고 있는 것이다.
그렇다. 그것 하나만을 위해서!' (1권, 3편, 12)

용감하게 활약한 끝에 부상을 당한 안드레이는 나폴레옹의
눈에 띄어 치료받고 고향으로 돌아온다. 그날 남편과 시아버지
를 제외한 모든 사람들에게 사랑받던 아름다운 리자는 아들 하
나를 남기고 죽는다. 그제야 비로소 새로운 사랑의 감정을 느끼
게 된 안드레이는 깊은 자책감에 빠지고 어두운 내면 속으로 침
잠한다. 고모 마리아가 정성껏 키우는 어린 자식만이 그의 유일
한 낙으로 남는다.

삼류 귀족 집안이지만 화목하기 그지없는 로스토프 가에 대

한 묘사는 이제 막 피어나는 젊은이들인 니콜라이, 소냐, 나타쉬아, 페챠 등이 풍운의 세월을 겪으면서 성숙한 성인들로 자라나는 모습들을 보여주고 있다. 니콜라이는 이제 막 사회 생활을 시작한 젊은이다운 패기, 실수, 방황, 야심을 보여주면서 사색적이고 어리숙한 삐에르나 세련되고 섬세한 안드레이와 대조되는 인물로 묘사된다. 소설에서 니콜라이라는 인물은 주로 군대 사회의 면면들을 모니터링해 주는 역할을 맡고 있다. 거기에 니콜라이를 사랑하면서도 로스토프 가로부터 입은 은혜 때문에 그를 포기할 수밖에 없는 소냐와 이제 막 꽃봉오리처럼 피어나는 철부지 미인 나타쉬아가 소설 전체에 낭만적 활력을 불어넣고 있다. 특히 젊은 날의 나타쉬아에 대한 섬세한 묘사는 젊고 아름다운 처녀에 대한 낭만적 묘사의 극치를 이룬다.

인간은 고뇌를 통해 깨달음을 얻는다('pathei mathos'). 『전쟁과 평화』는 안드레이, 나타쉬아, 삐에르가 역사의 격동기를 살아가면서 숱한 사건들을 겪고 그 고뇌의 한가운데에서 깨달음을 얻어가는 과정을 그리고 있다는 점에서 일종의 성장소설이라 하겠다.

더 이상 공감할 수 없는 형이상학

프리메이슨적 가치로 무장하게 된 삐에르와 과거에 대한 회

한과 자괴심으로 나날을 보내던 안드레이의 만남(2권, 2편, 12~
14)은 가장 중요한 대목들 중 하나이다. 자신의 새로운 가치를
설파하려는 삐에르와 슬픔 속에서 얻게 된 깨달음을 토로하는
안드레이의 대화가 흥미롭다. 세상을 구원하겠다는 사명감에
들뜬 삐에르는 헤르더적인 생각을 설파하고, 거기에 안드레이
는 원숙한 체념과 점잖은 냉소로 답한다. 중학생 시절 이런 구절
들을 읽을 때는 가슴이 뜨거워지며 진리를 발견한 것 같은 느낌
에 사로잡혔으나, 이번에 다시 이 대목들을 읽을 때는 전혀 다른
느낌이 들었다.

　"'지상'에는 즉 이 땅 위에는—하며 삐에르는 들을 가리켰
다—진리란 없습니다. 모든 것이 허위이고 악입니다. 그러나 세
계에는, 온 세계에는 진리의 왕국이 있습니다. …… 과연 우리는
자기가 이 위대한, 조화된 전체의 일부분을 이루고 있다는 것을
자기 마음속에 느끼고 있지 않은 것일까요? 이 위대하고 무수한
생물 속에 나는 속해 있지 않는 것일까요? 이 집합 속에서야말로
하느님—혹은 최상의 힘이라고 해도 좋을—이 나타나는 것입니
다. 자기가 하등동물에서 고등동물에 다다르는 하나의 층계, 하
나의 쇠고리를 이루고 있다는 것을 느끼지 않는 것일까요? ……
이 세상의 아무것도 소멸하지 않는 것과 마찬가지로 나도 결코
소멸할 수 없을뿐더러 영원히 존재할 것이며, 또한 항상 존재해
왔다고 느끼는 것입니다. 또 나 이외에도 많은 정령들이 우리 머

리 위에서 살고 있다는 것도, 이 세계에 진리가 존재한다는 것도 믿고 있습니다."

기독교를 배경으로 깔면서 설파되는, 18세기식 '진화론'에 온갖 낭만주의를 뒤섞어놓은 이런 독일식 이상주의 형이상학은 상투적이고 유치하기까지 하다. 게다가 삐에르의 이런 '설교'가 안드레이의 내면에 갑자기 변화를 가져와 그가 농노해방에 착수하기 시작했다는 식으로 이어지는 이야기는 너무 작위적이어서 오히려 소설의 치밀함과 긴박감을 크게 떨어뜨리고 있다. 중학생 시절 읽을 때는 그토록 수준 높게 느껴졌던 이 소설이 이번에 다시 읽으면서는 지루하고 밋밋하게 느껴지곤 했다. 그리고 곳곳에 등장하는 이런 식의 이야기들이 오히려 소설의 문학성을 떨어뜨리고 있다는 생각이 들었다. 특히 특정한 문화적·계급적 상황이 반영된 생각을 걸핏하면 인류니 세계니 하는 식의 거창한 이야기로 보편화하는 대목들이 유난히 눈에 거슬린다. 제국주의의 폐해를 익히 알고 있는 지금 이런 이야기들을 액면 그대로 받아들일 수가 없다. 중학생 때의 느낌과 이렇게 다르다니, 정말 많은 세월이 흘렀나 보다.

귀족 사회, 그 허위와 낭만

『전쟁과 평화』에는 여러 가지 측면들이 혼재하고 있지만, 가장 굵직한 두 가지는 프랑스와 러시아의 전쟁과 그것이 함축하는 의미(서사시적 측면) 그리고 귀족 사회의 허영, 낭만, 인간관계 등에 대한 세세한 묘사(풍자 및 낭만의 측면)이다. 제목 그대로 '전쟁과 평화'라는 두 축이 소설을 이끌어가고 있다. 특히 남녀 관계의 묘사는 이 소설의 중추를 형성하는데, 결혼을 둘러싼 귀족 사회의 풍경과 사랑의 드라마들이 다채롭게 펼쳐진다.

이 소설이 가장 성공을 거둔 부분은 러시아 귀족 사회에 대한 날카로운 시선과 비판적 묘사가 아닌가 싶다. 사생아에서 러시아 최고 부호로 변신한 삐에르 베주호프를 대하는 사람들의 태도 변화가 그 한 예이다. 천방지축의 사생아가 갑자기 모든 사람들에게 사랑을 받는 존재가 되고, 그 자신도 그것을 내면화하는 과정이 치밀하게 묘사된다. 귀족 사회에서 결혼이 가지는 의미에 대한 날카로운 풍자는 보리스와 줄리의 경우에 두드러진다. 출세에 몸달아하는 젊은 남자들은 막대한 지참금을 가진 노처녀들을 사냥한다. 보리스는 당대의 두 부자 노처녀 마리아와 줄리를 저울질하다가 좀더 쉬운 상대인 줄리에게 접근한다. 당대의 유행에 따라 우수와 고독의 분위기를 연출하던 두 사람은 마침내 결혼에 성공한다.

그는 벌써 오래 전부터 마음속으로 자기를 [줄리의 영지인] 펜자와 나쥐니이 노브고로드 영지의 소유자처럼 공상하고, 그 수입의 용도까지 정해놓고 있었다. ……

"당신은 제 마음을 알고 계시겠죠?" 더 이상 말할 필요는 없었다. 줄리의 얼굴은 승리와 만족으로 빛났다. 그러나 그녀는 보통 이런 경우에 남자가 말해야 할 모든 것을 기어이 보리스에게 말하게 했다. 즉 그가 자기를 사랑하고 있다는 것, 여태까지 자기 이외의 다른 여자를 한 번도 사랑한 적이 없었다는 것 등을 남자의 입으로 말하게 했다. 그녀는 펜자의 소유지와 니쥐니이 노브고로드의 숲에 비한다면, 이 정도의 요구는 해도 괜찮다고 생각했던 것이다. 그리고 그녀는 마침내 자신이 요구한 답변을 얻어냈다.

약혼한 두 사람은 이젠 어둠과 우수를 흔들어 떨어뜨리는 나무에 대한 이야기는 입 밖에 내지도 않고, 페테르부르크에 있는 화려한 저택의 설비에 대해서 갖가지의 계획을 세우기도 하고 그곳을 방문하기도 했다. 그리고 호화스러운 결혼식을 위한 온갖 준비를 했다.(2권, 5편, 5)

이 소설은 이렇게 귀족들의 허영과 기만의 세계를 그리는 데 특히 탁월하다. 그러나 이런 전형적인 경우들과 대조적으로 진정으로 낭만적인 사랑 이야기도 삽입되어 있는데 나타쉬아와 안드레이의 경우이다. 아내의 죽음에 대한 자책감에 사로잡혀 살던 안드레이는 나타쉬아를 만나 다시 삶의 환희를 느끼게 된다. 괴팍한 아버지, 착하지만 말이 안 통하는 누이 마리아와 살아가던 그에게 나타쉬아는 인생의 새로운 봄을 가져다주었다. 그러나 1년의 간격을 요구한 볼꼰스키 공작의 방해 공작 때문에 안드레이와 헤어져 있던 나타쉬아는 (유부남임을 숨긴) 아나톨리의 유혹에 흔들려 심경의 변화를 일으키고, 결국 이들의 관계는 파혼으로 끝난다. 나타쉬아는 깊은 마음의 병을 얻고서 새로운 스타일의 여인으로 변모하게 된다. 안드레이는 이전보다 더 깊은 고독으로 빠져들고 오로지 군대 일에만 몰두하게 된다. 이 에피소드는 소설 전체에 낭만성을 불어넣어주면서 19세기 귀족 사회의 또 다른 측면을 생생하게 드러내주고 있다.

뻬에르는 이 과정에서 나타쉬아를 돌보아주게 되고 부지불식간에 그녀에 대한 애정을 간접적으로나마 고백하게 된다. 마차를 타고 가던 중 뻬에르는 처음으로 자신이 진정 누구를 사랑하고 있는가를 깨닫게 된다.

하늘만 우러러보고 있던 뻬에르는 지금 그의 마음이 놓여 있는 숭고한 높이에 비하면, 지상의 모든 것들이 화가 날 만큼 저열하게 낮게 느껴져서 견딜 수가 없었다. …… 다른 것보다도 지구에 가깝고, 하얀 빛과 위로 치켜진 꼬리 때문에 눈에 띄는, 1812년의 거대하고 찬란한 혜성이 빛나고 있었다. 이 세상의 모든 공포와 종말을 예언한다는 그 혜성이었다. 그러나 이 긴 빛의 꼬리를 끈 휘황한 별도 뻬에르의 내부에 조금도 무서운 감정을 불러

일으키지 못했다. 그러기는커녕 삐에르는 눈물에 젖은 눈으로 기쁜 듯이 이 밝은 별을 바라보고 있었다. …… 삐에르에게는 이 별이야말로 자기 자신의 새 생활을 향해서 꽃피고, 부드러우면서도 고무된 자신의 마음과 완전히 서로 호응하고 있는 것처럼 생각되었다. (2권, 5편, 22)

안드레이와 삐에르라는 두 남자의 사랑을 받는 나타쉬아의 이야기는 이 소설에 전형적인 멜로드라마적 분위기를 불어넣고 있다. 이것이 이 소설의 대중적 성공 요인일 것이다.

전쟁, 죽음, 깨달음

『전쟁과 평화』를 두 부분으로 나눈다면, 전반부는 1805년 전투와 그후의 평화 시기에 해당하고 후반부는 1812년 전쟁과 그후의 이야기이다. 전반부에는 평화시 러시아 귀족 사회의 면면들이 주를 이루고, 후반부에는 논설조의 설파가 자주 등장하는데 그 핵심 내용은 일종의 신학적 역사철학으로 채워져 있다.

삐에르는 알파벳에 일정한 숫자를 매기고서 각 단어에 숫자들을 합산해 대응시키는 억지스러운 수비학數秘學—이에 따르면 'L'Em-pereur Napoléone'와 'L'Russe Besuhof'가 모두 666이다—에 따라 자신과 나폴레옹의 운명적인 대결을 상상하게 된다.(3권, 1편, 19) 훗날 삐에르는 이런 일치를 불가해하고 우스꽝스러운 것으로 생각하게 되지만, 어쨌든 이런 맥락에서 삐에르는 귀족 차림으로 전선에 들어가 전쟁을 체험하게 된다. "모스크바를 멀리 떠나 군인들 속으로 헤쳐 들어감에 따라, 어쩐지 가슴 두근거리는 불안감과 일찍이 경험한 적이 없는 새로운 환희의 감정을 맛볼 수 있었다. …… 그의 마음을 차지하고 있었던 것은 무엇 때문에 희생을 치르느냐는 물음이 아니라 희생 그 자체가 즐겁고 또한 새로운 감정이라는 생각이었다."(3권, 2편, 18)

전쟁터에서 그는 전투의 비참함을 목격하게 된다. 그러나 그가 이 전쟁, 나아가 자신의 시대에 투영한 이상주의적 희생정신은 변치 않는다. 그래서 그는 자신의 시대로 깊숙이 들어가 범인들은 할 수 없는 체험을 하게 된다. 전투 전날 삐에르는 안드레이를 만나게 되는데, 명예에 죽고살던 안드레이는 전쟁과 군인에 대한 깊은 회의를 털어놓는다.

전쟁은 장난이 아니라 인생에 있어서 가장 더러운 사업이야. …… 전쟁의 목적은 사람을 죽이는 거야. 전쟁의 도구는 간첩, 반역의 장려, 주민의 황폐, 군대를 유지하기 위한 강탈과 절도, 전략이라는 이름이 붙은 속임수와 거짓말이야. 또 군인 계급의 성격이란 자유의 결핍, 말하자면 군기의 나태, 무식, 잔인, 방탕, 음주 등이야. …… 내일이면 사람들은 서로 죽이기 위해 모여서 몇

만이라는 인간을 죽이고 병신을 만들겠지. 그리고 그 뒤에는 많은 사람을 죽였다고 해서—그 숫자를 한층 더 과장하기까지 하면서 말이지—감사의 미사를 올리고 죽인 사람의 수가 많으면 많을수록 공훈도 큰 것처럼 알고 승리를 자랑하게 되는 거야.(3권, 2편, 25)

전투는 시작되고 안드레이는 심각한 부상을 입은 채 후송된다. 비참한 병동에서 그는 자신과 나타쉬아의 행복을 박살냈던 원수 아나톨리가 부상당한 다리를 절단당하면서 절규하는 광경을 목격하게 된다. 그 광경을 보고서 그는 비로소 이전의 행복했던, 그러나 그 감정을 모르고서 지나갔던 모든 순간들을 떠올리고, 처음으로 생과 사람들에 대한 강렬한 사랑의 감정을 느끼게 된다. 삐에르는 전쟁을 체험한 후 더 큰 일을 하기 위해 몸을 일으키고 안드레이는 죽음 앞에서 강한 사랑의 감정을 체험하게 된다. 두 사람의 운명의 엇갈림이 잘 묘사되고 있다.

소설의 마지막 부분은 모스크바에 남은 삐에르의 행적과 안드레이와 나타쉬아의 재회로 채워져 있다. 나타쉬아와 안드레이는 다시 만나 새로운 사랑을 느끼지만 이미 두 사람은 다른 길을 걷고 있었다. 톨스토이는 안드레이의 죽음을 상세하게 묘사한다. 삶의 세계와 죽음의 세계가 얼마나 다른지를. 더 정확히 말해(죽음의 세계를 직접 알 수는 없으므로), 이미 죽음의 세계에 한 발짝을 디디고 있는 사람이 삶의 세계에 속하는 사람들과 얼마나 먼 거리에 있는지를. "두 여인[나타쉬아와 마리아]은 그가 서서히 자기들의 곁을 떠나 차츰차츰 깊숙이 그 어떤 곳으로 가라앉는 것을 보고 있었다."(4권, 1편, 16) 귀족으로서의 평범한 일상에 만족하지 못하고 무언가 고귀하고 명예로운 가치를 찾아 헤매던 안드레이는 죽음에 직면해서야 일종의 깨달음을 얻게 되지만, 그 깨달음은 나타쉬아나 마리아로 인한 것이 아니라 죽음 자체가 가져다준 형이상학적 깨달음이다. 그러나 저자는 이 깨달음을 너무 막연하게 묘사하고 있어 그 정확한 의미가 잘 잡히지 않는다.

이에 비해서 삐에르가 고난을 겪는 과정과 깨달음을 얻어가는 과정은 비교적 명료하고 흥미진진하게 그려져 있다. 'pathei mathos(겪음으로써 배우고 깨달음)'의 좋은 예라 하겠다. 현실과 동떨어진 삶을 살고 있던 삐에르는 전쟁터로 달려간다. 그곳 전쟁터에서 그는 '그들'을, 민중을 발견하게 되고, 한 사람의 민중으로서 묵묵히 살아간다는 것이 무엇을 뜻하는지를 배우게 된다. 특히 플라톤 카라타이예프와의 만남은 그에게 커다란 영향을 준다. 그는 "순박과 진실의 영원하고도 불가사의한, 그리고 원만한 구상화"로서 언제까지나 삐에르의 마음에 남게 된다. 아마도 삐에르와 톨스토이에게 플라톤 카라타이예프로 대변되는 '그들'은 카프카가 만났던 유랑극단 사람들과 같은 의미를 가졌던 것으로 보인다. 문제는 톨스토이에게는 '그들'의 범위가 너무 넓고 막연하다는 점이다. 그래서 카프카에서와 같은 정확한 인식이라기보다는 막연한 상상과 기대의 성격을 띤 무엇으로서 느껴진다. 그리고 이런 상상과 기대는 나폴레옹을 비롯한 주요 인물들의 단적인 폄하와 쌍을 이루고 있다.

신학적 역사철학

결국 톨스토이의 생각은 지극히 신학적이다. 수동적·자연적으로 살라, 즉 섭리에 따라 살라. 하느님이 다 알아서 해주신다! "하느님의 섭리는 이들 모든 사람들로 하여금 그 개인적인 목적을 달성하게 하는 한편 하나의 커다란 결과를 이룩하게 했던 것이다." 인간의 능동성을 최소화하고 신의 권능을 최대화하기. 중세 신학에서 흔히 보게 되는 상투적인 논리인 것이다.

『전쟁과 평화』 후반부의 곳곳에서 등장하는 논설조의 역사철학도 그 대의는 이와 같다. 톨스토이는 역사가들—누구를 가리키는 것인지 알 수가 없다—이 역사의 주인공들로 보는 사람들이 과연 별다른 역할을 했는가에 대해 계속 의문을 제기한다. 중요한 것은 '영웅들'이나 '위인들'이 아니다. 모든 사람들은 각자의 맥락에서 행위하며 그러한 행위들의 총체가 어떤 결과를 빚어낼 뿐이다. 그리고 그 총체를 이끌어가는 것은 신의 섭리이다. 라이프니츠의 변신론. 이런 논리로 톨스토이는 나폴레옹의 위상과 역할을 일개 병사의 그것과 크게 다를 바 없는 것으로 격하시키는 동시에, 수동적이고 밋밋한 작전들을 펼쳐 비난을 받았던 쿠투조프를 오히려 칭찬하고 있다. "그는 싸움의 운명을 결정하는 것은 총사령관의 명령도, 군대가 점령하고 있는 장소나 대포, 전사자의 숫자도 아니고, 다만 사기라고 불리는 종잡을 수 없는 힘이라는 사실을 알고 있었다."(3권, 2편, 35) 이런 식의 논리는 다분히 '애국심'에 뿌리를 두고 있다. 톨스토이는 개인들의 능력을 평준화해서 그 총화에 의미를 부여한다. 즉 권력을 미분微分해서 그 적분積分을 통해서 역사를 이해한다(그래서 3권, 3편, 1에 등장하는 미적분에 관한 이야기는 단순한 현학이 아니라 톨스토이의 논리에 필수적인 요소이다). 물론 그 적분을 주재하는 것은 신이다. 결국 톨스토이는 인간의 능력과 권력을 평준화한 후 그렇게 삭감된 능력·권력을 신의 권능으로 환원시키고 있다.

여기에서 톨스토이는 권력에서의 차이들, 역사에서 중요하게 작동하는 특이점들, 인간세계를 지배하는 핵심 논리인 이름—자리의 문제, 사건들 사이에 존재하는 질적 차이들 등을 송두리째 무시하고 있다. 이유는 간단하다. 이런 것들을 모두 무시하고 사람들의 행위와 역할을 무한소로 잘게 나눔으로써 결국 모든 의미를 그 적분에 귀일歸—시키기 위한 것이다. 톨스토이는 중세 신학에서 흔히 발견되는 이런 논리를 역사에 투영해 독자적인 역사철학을 구성하고 있으나, 그것은 결국 낡은 신학적 테제의 한 응용에 불과하다.

『삼국지』『수호지』『임꺽정』을 다시 읽으면서 나름대로 옛 기억과 새로운 감흥이 어우러지는 경험을 했다. 그러나 『전쟁과 평화』의 경우는 좀 달랐다. 그토록 웅장하고 낭만적이고, 찬란할 정도로 정신적인 소설로 기억되었던 작품이 이번 독서에서는 왜 그렇게 범상해 보이고 지루하고 거부감이 들었을까. 기본적으로는 작품 전체에 넘쳐흐르는 기독교 신학적 분위기 때문일 것이고, 또 한편으로는 서구 근대를 바라보는 내 시선이 그만큼 변했기 때문일 것이다.

그러나 나는 여전히 이 소설이 뛰어난 소설이라고 생각한다. 웅장한 스케일과 젊은 날의 꿈을 상기시키는 낭만적 필치, 그리고 역사에 대한 집요하고 일관성 있는 관찰이 돋보이는 대하소설임에 틀림없다. 귀족 사회의 위선과 모순을 날카롭게 풍자해 들어가는 대목은 특히 인상적이며, 고통스러운 체험을 통해서 생에 대한 깨달음을 얻어가는 삐에르의 모습은 언제 읽어도 감동적이다.

동경

사람마다 문학작품들을 읽는 동기가 있을 것이다. 그리고 그 동기는 대개 하나가 아니고 여러 가지일 것이다. 내가 문학작품들을 읽는 동기도 여럿이 있다. 그 중의 하나는 외국어를 익히기 위한 것이다. 한 언어가 가장 섬세하고 풍부하게 사용되는 장소는 문학이다. 그래서 어떤 외국어를 공부할 때 그 외국어로 씌어진 문학작품들을 읽는 것은 필수적인 일이다. 그럴 때에만 그 언어의 심층에 들어갔다고 말할 수 있다.

나는 어릴 때부터 국문학 작품들과 한문 서적들에 둘러싸여 살아왔다. 학교 교육과 별개로 이런 환경에서 자랐다는 사실이 지금 생각해보면 행운인 것 같다. 중학교에 들어가서는 영어를 배웠고, 고등학교에서는 독일어를 배웠으며, 그래서 그후에도 영어 문학작품들과 독일어 문학작품들을 읽게 되었다. 특히 고등학교 시절 독일어는 내가 가장 좋아하는 과목들 중 하나였다.

대학에 들어와 시간이 좀 날 때면 독일어 작품들을 찾아서 읽곤
했는데, 작품들에 관심을 가졌기 때문이기도 했고 특히 독일어
실력을 다듬기 위해서이기도 했다. 양이 적어서이기도 했지만
특히 시를 많이 읽었는데, 그래서 그런지 지금도 독일 시를 좋아
한다. 그 중에서도 많은 감흥을 느꼈던 것은 프리드리히 횔덜린
의 시들과 잉게보르크 바하만의 시들이었다. 학부 시절에는 횔
덜린을 많이 읽었고, 대학원 시절에는 바하만을 많이 읽었다.

청춘의 빛

"터진 구름 사이로 비추어 나오는 햇살", 내게 횔덜린이라는
이름은 늘 이 이미지와 더불어 떠오른다. 밝고 높은 이상주의에
불타던 시절이었다. 현실의 암울함과 청춘의 약동이 교차하면
서 좌충우돌 방황하던 시절, 횔덜린의 시들이 왠지 모를 깊은 위
안을 주었다.

오랜 방황 끝에 강물들은
대양大洋을 애타게 그리워하듯
때로 취한 듯 흘리는 눈물로 사랑하며
아름다운 세계여! 그대의 충만함 가운데
나는 내 갈 길을 잃기도 했었노라.

아! 그때 모든 존재와 더불어

시간의 고독함으로부터 빠져나와

마치 한 순례자 아버지의 궁전에 뛰어들듯

내 환희하며 영원함의 품안에 뛰어들었도다—

Oft verlor ich da mit trunknen Thränen

Liebend, wie nach langer Irre sich

In den Ozean die Ströme sehnen,

Schöne Welt! in deiner Fülle mich;

Ach! da stürzt' ich mit den Wesen allen

Freudig aus der Einsamkeit der Zeit,

Wie ein Pilger in des Vaters Hallen,

In die Arme der Unendlichkeit—

「자연에 붙여An die Natur」라는 시의 일부이다. 횔덜린의 초기 시여서 다분히 추상적이고 상투적인 면이 있지만, 동경으로 가득한 젊음의 시이다. 이 시를 읽으면서 내게는 시인의 '의도'와는 전혀 무관한 '전이'가 일어났다. 헬라스의 신들을 동경하면서 새로운 세계를 꿈꾸는 19세기 초 독일 시인의 감정이 민주화된 사회를 동경하면서 좋은 세상을 꿈꾸는 20세기 말 한국 청년의 감정으로. 시의 공간은 언어에서의 은유만이 아니라 감정에서의 'meta-phora'도 허용되는 꿈의 공간인가 보다.

노란 배와 들장미가

가득 매달린

호수 위의 땅,

너희 고결한 백조들.

입맞춤에 취한 채

성스럽게 담백한 물 속에

머리를 담근다.

슬프도다, 겨울이면 나는

어디서 꽃을 얻게 될까.

또한 어디서 햇빛과

지상의 그림자를.

장벽은 말없이 차갑게

서 있고, 바람결에

깃발이 펄럭인다.

Mit gelben Birnen hänget

Und voll mit wilden Rosen

Das Land in den See,

Ihr holden Schwäne,

Und trunken von Küssen

Tunkt ihr das Haupt

Ins heilignüchterne Wasser.

Weh mir, wo nehm'ich, wenn

Es Winter ist, die Blumen, und wo

Den Sonnenschein,

Und Schatten der Erde?

Die Mauern stehn

Sprachlos und kalt, im Winde

Klirren die Fahnen.

간결한 시어와 고도로 응축된 사유를 보여주는 걸작이다. 꿈과 동경으로 가득 찬 젊음, 그리고 사라진 청춘에 대한 그리움과 쓸쓸하게 조락한 현실 속에서도 놓치지 않으려는 희망이 영롱하게 빛을 발한다.

횔덜린의 시 세계에서 우리는 암울한 실향Heimatlosigkeit의 시대에 결코 꺼지지 않는 동경의 힘을 감지하게 된다. 그의 시어들은 공허하지 않다. 그의 삶이 그 시어들에 진정성을 부여해주고 있기 때문이다. 횔덜린은 내게 고통의 시간 속에서 삶의 아름다움을 음미하는 법을 가르쳐주었다. 그래서 늘 횔덜린 시의 한 구절을 마음속에서 되뇌이곤 했다.

오직 쓰라린 내면의 고통 속에서만

내가 사랑할 가장 아름다운 것 태어나느니.

Und unter Schmerzen nur gedeiht

Das Liebste, was mein Herz genossen.

시란 무엇인가

대학원에 다니는 동안 접했던 시인들 중에는 잉게보르크 바하만이 기억에 남는다. 바하만의 시가 특히 이지적이고 깔끔했기 때문일 것이다.

바하만의 시는 시에 관한 시, 메타 시라고 할 수 있다. 그의 시에는 시 자체에 대한 명징한 사유와 여성 특유의 감성이 함께 담겨 있다. 세계와 인간의 관계 맺음에서 감각적인 것과 가지적인 것의 관련성은 매우 중요하다. 그것은 신체적 실존과 이성적 사유 사이의 관련성이기도 하다. 근대적 합리성은 사물들을 공간화해 분석하고, 양화함으로써 함수화하고, 조작함으로써 변형했다. 시는 이런 흐름의 반대항을 구성했다고 볼 수 있으며, 이것은 자연히 사물의 시간적 유동성, 질적인 총체성, 조작 이전의 사물성의 추구를 함축한다. 다른 한편 시는 이미 범주화된 눈길로 사물을 보는 일상적 지각을 넘어 사물들의 특이성을, 진부한 눈길에 충격을 주는 존재의 새로운 모습을 찾았다. 이 두 가지면에서 시는, 적어도 시의 한 갈래는 근대성—물론 전형적인 의미에서의 근대성—으로부터의 탈주의 성격을 띠는 것으로 보인다.

원초적 현실 속에서 우리는 복합체들을 만난다. 분석적 사고란 복합체들을 나누어 '～자子', '～소素' 등을 발견하는 작업을 포함한다. 궁극적인 요소들은 가장 단순한 것, 즉 타자를 내포하고 있지 않은 것이다. 이런 요소들을 발견했을 때 우리는 사물들의 알파벳을 이해할 수 있게 된다. 이런 단순한 존재들이 어떻게 조합해 현실적인 복합체들을 이루는지를 설명하는 것은 그 다음 단계를 구성한다. 이렇게 부분과 전체의 투명한 그림이 그려졌을 때 합리적 사유가 형성된다. 그러나 시적 명징성은 다른 형태의 명징성이다. 그것은 사물들을 분절하는 새로운 방식을 창조하는 행위이다. 은유는 하나의 예이다. 은유는 일반적으로 형성된 존재론적 분절을 가로지르면서 새로운 존재론을 창조해낸다. 즉 시는 동일성과 차이의 격자를 무너뜨린다. 이렇게 형성된 시어들은 합리적 사유에서와는 다른 방식의 정확성을 형성한다. 시는 정확하지 않은 것이 아니다. 시는 시적으로 정확해야 하는 것이다.

이 정확성은 예측을 위한 것이 아니다. 예측은 세계의 결정성決定性을 파악해 미래를 제압하기 위한 행위이다. 그러나 시는 세계를 그 자체로서 드러내고자 한다. 시 속에서 세계는 자신의 모습 그대로 나타난다. 베르그송의 말처럼 시는 우리에게 새로운 형태의 지각을 준다. 그것은 존재의 빛의 드러남이다. 이 드러냄에서의 명징성은 예측이 함축하는 명징성과는 전혀 다르다. 바하만은 이렇게 표현하고 있다.

> 단어여, 우리들의 것이 되어,
> 자유롭고 명징하고 아름다워라.
> 이제 예견하는 일에는
> 종지부를 찍어야 하느니.

> Wort, sei von uns,
> freisinnig, deutlich, schön,
> Gewiß muß es ein Ende nehmen,
> sich vorzusehen.

시가 드러내는 것은 진리가 아니라 진실이다. 시는 우리가 알지 못했던, 우리에게 감추어져 있던 진리를 드러내지 않는다. 그것은 과학의 역할이다. 대신 시는 우리에게 이미 드러나 있으나 우리의 둔한 지각이나 때묻은 눈에 보이지 않는 진실을 드러낸다.

이런 드러냄은 기하학적 명징성과는 전혀 다른 형태의 명징성을 필요로 한다. 합리적 명징성은 사물들을 기하학화했을 때 성립한다. 모든 것을 우리의 시야 아래에, 투명한 이성의 빛 아래에 놓을 때 성립한다. 때문에 베르그송이 강조했듯이 합리적 명징성은 늘 공간을 지향한다. 사물들을 추상공간 속에 놓았을 때에만 그것들을 분석할 수 있다. 시적 명징성은 일반적 의미에서의 명징성과 상반된다. 합리적 명징성은 시간의 제거를 필요로 한다. 그래서 시간 속에서 흘러가고 변해가는 것은 합리적 지성으로 포착해 분석할 수 없다. 그러나 시는 시간을 따라가면서 사물들의 리듬을 노래한다. 이 점에서 공간적 합리성과 시간적 시성詩性은 대조된다. 예측한다는 것은 시간을 흐름으로서가 아니라 이미 결정되어 있는, 그래서 공간적으로 표상할 수 있는 것으로서 다룸을 뜻한다. 그에 비해 시는 주객이 함께 흘러가는 관조요 음미이다.

오, 위대한 해빙이여!
그 가슴 설레임이여!
오를레안더 꽃 속의 음절
녹음진 아카시아 속의 단어
벽에서 흘러내리는 폭포여.

O großes Tauen!
Erwart dir viel!
Silben im Orleander,
Wort im Akaziengrün,

Kaskaden aus der Wand.

바하만의 시들에는 시와 언어에 대한 고도의 사유가 응축되어 있고 그것이 명징한 시어로 표현되어 있다. 그런 점에서 독일어의 맛을 음미하기에 특히 좋은 작가라고도 하겠다. 바하만의 세계에 젖어 있었을 때가 내가 지적으로 가장 활활 불타올랐던 시간들 중 하나였다.

인간의 심연

삶의 애환을 그린 단편들과 (『목로주점』 같은) 장편들, 역사의 거대한 흐름 속에 등장하는 인물 군상들을 그린 『삼국지』 『수호지』 『임꺽정』 『전쟁과 평화』 같은 대하소설들, 그리고 횔덜린, 바하만을 비롯한 여러 시인들의 작품들을 읽으면서 많은 시간들을 문학적 감동 속에서 보낼 수 있었다.

이와 더불어 내 사유에 또 다른 영향을 주고, 지속적으로 지적 영감을 준 작품들은 인간의 심연을 다룬 소설들이다. 인간을 그 근저에서 탐구하는 이런 소설들이야말로 최고의 문학적 깊이를 갖춘 소설들이 아닐까. 인간 존재의 심연을 탐색하는 이 작품들을 통해 나는 많은 시간들을 성찰의 발자국들로 엮을 수 있었다.

중학생 시절 가장 몰두해서, 그랬기에 가장 짧은 시간에 읽어나간 소설은 『까라마조프 가의 형제들』(이하 『형제들』)이었다. 밥 먹는 시간, 화장실 가는 시간과 밤에 잠깐 잠든 시간을 빼곤,

이 소설을 손에서 떼지 않은 채 무엇인가에 홀린 듯이 읽어 나갔고, 이틀인가 사흘 만에 완독했다. 비길 데 없이 박진감 넘치게 흘러가는 이야기하며, 그 안에 담긴 인간에 대한 깊은 성찰이 나를 매료시켰다. 이렇게 빠른 시간에 '침식寢食을 잊고서' 몰두한 소설은 그 전에도 또 그후에도 없었다.

이번에 이 책을 준비하면서 이 작품을 다시 읽었는데, 『형제들』의 이번 재독再讀은 『전쟁과 평화』를 다시 읽을 때와는 판이한 느낌으로 다가왔다. 『전쟁과 평화』가 다소 범상하고 지루하기까지 했다면, 『형제들』은 예전만큼은 아니어도 역시 흥미진진하고 강렬한 독서의 시간을 다시 한 번 가져다주었다. 톨스토이와 도스또예프스키 사이에는 이광수와 염상섭 사이만큼이나 큰 거리감이 존재하는 듯하다. 톨스토이가 여전히 괴테의 시대에 속해 있다면, 도스또예프스키는 이미 카프카의 시대에 속하는 것이 아닐까.

반면 사상적 측면에서는 이와는 전혀 상반된 느낌을 받게 되었다. 사실 중학생 나이에 이 소설의 사상적 깊이에까지 다가서지는 못했을 것이다. 이 소설의 사상적 측면은 이번 재독을 통해서 비로소 내 눈에 분명하게 들어왔다고 해야 할 것이다. 그러나 이렇게 눈에 들어온 도스또예프스키의 사상은 고루한 보수주의와 편협한 배타주의 그 이상은 아닌 듯하다. 『형제들』의 재독은 양가적인 느낌으로 다가왔다.

인간 내면의 굴곡들

사흘간에 벌어진 부모자식, 형제들 사이의 갈등을 치밀하게 묘사하고 있는 이 소설은 인물들 하나하나에 대한 선명한 묘사가 두드러진다. 도스또예프스키는 까라마조프 가의 삼형제인 드미트리, 이반, 알료샤와 (사생아로 짐작되는) 스메르쟈코프 네 인물을 각각 일정한 하나의 정형으로서 형상화하고 있다.

배금주의자이자 호색한이며 비열한 인간인, 그에 대해 온전한 묘사를 하고자 한다면 형용사의 부족을 통감해야 할 어릿광대인 아버지 표도르 빠블로비치 까라마조프와 그를 쏙 빼닮은 까라마조프 가의 맏형 드미트리는 유산 상속을 둘러싼 싸움에 돌입한다. 그러나 드미트리는 아버지와 달리 직선적이고 어쩌면 순박하기까지 한 얼굴도 함께 가지고 있는데, 그를 묘사할 수 있는 정확한 단어는 아마 '정욕情慾'일 것이다. 드미트리가 동생 알료샤에게 하는 다음 말이 그의 내면을 가장 적나라하게 표현하고 있다. "아름다움이란 무시무시할 정도로 끔찍한 것이란다! 무서운 것이지, 아름다움은 규정되지 않은 것이고 결코 규정할 수도 없는 것이며 신이 던질 유일한 수수께끼이니까. 거기에는 양극단이 맞물려서 온갖 모순이 공존하고 있단 말이야. …… 이성의 눈에는 치욕으로 보이는 것도 마음의 눈에는 끊임없이 아름다움으로 보이니까. 그러니 아름다움은 소돔 속에 존재하는 것이 아니겠니?"(Ⅲ, 3)

그에게 아름다움은 곧 정욕이다. '무구無垢'의 존재인 알료샤는 역시 까라마조프인 자기 자신도 드미트리의 길을 따르게 되지 않을까 하는 강한 의구심에 사로잡힌다.

소설에서 가장 흥미로운 인물은 이반 까라마조프와 스메르쟈코프이다. 간명하게 정리되는 정형적 인간들인 드미트리와 알료샤와는 달리 둘째 이반과 사생아 스메르쟈코프는 불투명하고 중층적인 성격의 소유자로서 그래서 문학적으로는 더 매력적인 인물들이다. '사색思索'의 인간인 이반은 도스또예프스키의 사상(의 일면)을 전해주고 있는 인물이며, 그가 자신의 생각을 길게 설파하는 대목(V, 3~5)은 소설의 백미라 할 만하다. 이반은 이 소설에 결정적 깊이를 더해주고 있는 인물이다. 이에 비해 스메르쟈코프는 삶에 대한 극히 어둡고 비틀린 감정을 가지고 있는 '음험陰險'의 인간이다. 스메르쟈코프는 그에 대한 묘사(III, 6)를 읽고 나서도 정확한 이미지가 그려지지 않는, 도스또예프스키가 공들여 창작한 묘한 인물로서 소설 전체에 긴박감과 불투명성을 불어넣는다. 스메르쟈코프 자신의 입으로 말한 다음 말이 그를 이해하는 단초가 될 것이다. "어려서부터 다른 운명을 타고났더라면, 이 정도가 아니라 더 많은 능력을 가졌을 것이고 더 많은 것을 알았을 겁니다. 아비가 누군지도 모른 채 스메르쟈쉬차야 뱃속에서 태어났다는 이유로 나를 악당이라고 불러대는 놈은 결투를 신청해서 권총으로 쏘아 죽였을 겁니다. ……나는 러시아 전체를 증오합니다."

소설 전체를 이끌어가고 있는 것은 친부 살해 사건이다. 아버지인 표도르 빠블로비치가 살해당하고 그 범인으로 맏아들 드미트리가 지목 당한다. 드미트리는 그루셴카라는 여자와 3천 루불을 두고서 아버지와 대립하게 되고, 급기야 아버지를 살해하고 3천 루불을 강탈한 혐의로 체포되어 재판을 받게 된다. 사실 표도르 빠블로비치를 죽인 것은 그 사생아인 스메르쟈코프였으나 드미트리는 오심誤審 끝에 유죄 판결을 받는다. 소설의 대부분은 사흘 동안 까라마조프 가에서 벌어진 일들을 묘사하고 있으며, 마지막 부분에서는 재판 과정을 다루고 있다. 대부분의 뛰어난 소설들이 그렇듯이 단순하다면 단순한 한 사건을 끝도 없이 치밀하게 파고들어 인물들과 사상들을 서술하고 있다. 인물들 한 사람 한 사람에 대한 입체적인 묘사가 비길 데 없이 빼어나고, 현실에서는 있기 힘든 길게 늘어지는 대사들이 전혀 어색하거나 지루하지 않다. 세밀한 상황 파악이나 박진감 넘치는 재판 장면도 일품이다.

서구 계몽사상 vs. 러시아 보수주의

소설을 이끌고 있는 다른 한 축은 기독교 신학을 둘러싼 복잡한 논의들이다. 친부 살해를 놓고서 드미트리와 스메르쟈코프가 대립한다면, 기독교 신학을 둘러싸고서 이반과 알료샤가 대립한다. 이 소설은 일종의 기독교 소설이라 해도 될 만큼 철저하게 기독교적 배경을 염두에 두고 읽어야 할 책이다(이 책에는 '철학'이라는 말이 자주 등장하는데 이 말은 사실상 '기독교 신학'을 뜻한다). 내용 자체는 중세 신학·철학에서 익히 볼 수 있는 이야기들이지만 도스또예프스키의 빼어난 형상화를 통해 폐부를 찌르는 언어들로 표현되고 있다.

이 소설의 배경이 되는 19세기 후반 러시아라는 곳을 떠올려보자. 사람들은 '서양'이라는 말을 쓰지만 몹시 모호한 단어이다. 사람들이 서양이라는 말로 가리키는 것은 대개 영국, 프랑스, 독일을 비롯한 '서구'일 뿐 동구와 러시아는 포함되지 않는다. 로마가 양분된 후 동로마제국은 서로마제국과 다른 역사와 문화를 이어갔으며, 그런 전통은 동구 및 러시아로 이어진다. 소설에서도 자주 등장하지만 러시아는 영국·프랑스·독일 등의 '서방 국가들'과 스스로를 대립시키고 있으며 자신을 '동방'으로 이해한다. 서구 또한 러시아를 동방으로 인식하고 있으므로, 러시아는 '서양'도 아니고 '동양'도 아니다(이런 이분법은 버리자). 러시아는 서구가 볼 때는 동방 또는 '아시아'이지만, 더 동쪽에 있는 문명권에서 볼 때는 유럽 문명이다. 비잔틴-동구-러시아는 또 하나의 독자적인 문화를 이루고 있다. 서구, 동구-러시아, 이슬람, 인도, 중앙아시아, 동북아, 동남아 등은 모두 독자적인 문명들이며, '서양'과 '동양'이라는 말은 상대적 개념일 뿐이다(예컨대 이슬람이 볼 때 동구-러시아는 서방이지만, 인도는 동방이다).

그리고 19세기 후반의 러시아는 서구에서 생겨난 새로운 자유 사상들(계몽사상, 자유주의, 사회주의 등), 즉 '근대 사상들'에 대해 거의 공포에 가까운 불안감을 가지고 있었음을 소설의 곳곳에서 느낄 수 있다(이 점은 "훌륭한 옷과 깨끗한 셔츠, 그리고 반짝거리는 구두를 문명이라고 생각"하면서 프랑스를 동경하는 스메르쟈코프를 통해서 희화화되기도 한다). 예컨대 도스또예프스키 자신이 사회주의에 대해 곳곳에서 악감정을 내비치고 있으며(얄궂게도 도스또예프스키 이후 러시아는 사회주의·공산주의 국가로 재탄생하게 된다), 사상적으로는 철저하게 동로마제국·비잔틴 문명에서 연원하는 러시아 정교 그리고 서구 문명에 대한 국수주의를 배경으로 하고 있다(서구 문명이 밀려올 때의 유학자들을 연상하면 될 것 같다). 소설에는 도스또예프스키가 자신의 국가를 가리키는 '러시아'라는 말이 끝없이 등장하며, 소설 자체가 일종의 러시아론의 형태를 띠고 있는 것도 이런 맥락에서 이해된다. 러시아의 정체성에 대한 고민은 톨스토이와 도스또예프스키에게 공통된 화두이다.

이 소설은 친부 살해 사건을 둘러싼 가족 갈등 및 재판이라는 수평축과 기독교 신학을 둘러싼 논설조의 이야기가 전개되는 수직축으로 직조되어 있다 하겠다.

아버지인 표도르와 맏아들 드미트리, 사생아인 스메르쟈코프, 두 여인 까쩨리나와 그루셴카, 검사 끼릴로비치와 변호사 페쮸꼬비치 등이 전자의 중심 인물들이고, 이반과 알료샤 그리고 조시마 장로 등이 후자의 중심을 이루고 있다. 무엇보다도 인물과 인물이 맺는 복잡미묘한 객관적 · 심리적 관련성들에 대한 묘사가 빼어나다.

"모든 것이 가능하게 되는" 세상이란?

표도르 빠블로비치가 첫 번째 부인에게서 낳은 드미트리는 재산 문제로 아버지와 대립하게 되며, 이 문제를 중재하기 위해서 수도원에서 가족 집회가 열린다. 이 모임에서 이반이 쓴 논문이 화제가 되고, 뒤늦게 나타난 드미트리와 표도르 사이에 격한 말다툼이 벌어진다.

이 대목에서 등장하는 이반의 논문을 둘러싼 논의는 흥미로운데, 이반의 고민은 당대의 지식인 도스또예프스키의 고민을 그대로 드러내고 있다. 만일 기독교가 무너지고 '자유 사상들'이 세계를 지배하게 된다면 그 어떤 도덕적 기초도 수립될 수 없을 것이며, 그때에는 모든 것이, 심지어 사람을 잡아먹는 일까지도 허용될 것이다. 이 "모든 것이 가능하게 되는" 사태를 막기 위해서는 교회가 재판을 비롯한 가치판단 문제의 전권을 가져야 한다.

이에 대해 그것은 교황전권주의라는 비난, 나아가 '기독교 사회주의'(몹시 부정적인 뉘앙스를 담아)라는 비난이 인다. 그리고 이런 생각이 과연 교회를 국가로 만들려는 것인가, 아니면 국가를 교회로 만들려는 것인가를 둘러싼 논쟁이 오간다. 그것이 교황전권주의에 불과하며 다름 아니라 악마의 세 번째 유혹일 뿐이라고 보는 생각과 교회가 세상을 주재해야 한다는 생각이 맞선다. 겉으로는 후자의 입장으로 보이는 이반의 진짜 생각은 과연 무엇일까?

도스또예프스키는 이 집회에 등장하는 인물들과 주변 인물들에 대한 묘사를 통해서 19세기 후반 러시아 사회를 살아가던 사람들의 다종다양한 삶과 생각들—그 기본 구도는 기독교적 보수주의와 서구적 진보주의의 대립이다—을 입체적으로 묘사하고 있다. 따라서 이 대목은 당대 러시아 사회 및 그 속에서 살아가는 인물들, 사상들의 묘사이자 소설 전체를 관류하는 문제의식의 제시이기도 하다. 여기에서 가장 흥미로운 인물은 이반이다. 다른 인물들과는 달리 그는 어느 한 입장을 취하지 않고 한 극단에서 다른 극단에 이르기까지 사상의 넓은 진폭 사이에서 번뇌하기 때문이다.

도스또예프스키 자신의 생각이 어떤 것인가는 인물들에 대한 묘사를 유심히 보면 분명히 알 수 있다. 표도르 빠블로비치가 "빠리지앵이자 진보적인 신사분"이라고 비꼰 미우소프는 점잖게 보이기 위해 애쓰는 위선적인 인물이다. 또 "인간은 영생을 믿지 않으면서도 선행을 하며 살아갈 수 있도록 자기 자신에게서 그 힘을 찾아낼 거야! 자유와 평등과 박애에 대한 사랑을 찾아낼 거란 말이야"(II, 7)라고 자신의 생각(1870년대에는 공안당국의 요주의 인물로 찍힐 만한)을 피력하는 라끼찐은 냉소적 출세주의자로 묘사되고 있다.

이처럼 서구의 영향을 받은 진보주의자들은 대개 인간적으로 저열한 인물들로 그려진다. 진보적 성향의 인물들을 이렇게 '인간적으로' 문제가 있는 사람들로 그리는 것은 1980년대 한국의 공안당국이 진보 세력들을 '인간성에 문제가 있는' 존재들로 몰아가던 모습과 흡사한 데가 있다.

게다가 프랑스를 중심으로 한 서구 지역들에 대해서는 처음부터 끝까지 노골적인 악감정을 숨기지 않는다. 이는 철학자 디드로나 현대 생리학의 아버지 클로드 베르나르 같은 인물들에 대한 억지스러운 패러디에서 단적으로 나타난다. 결국 도스또예프스키의 사상은 고루하고 배타적인 기독교 보수주의에 다름 아니다.

신 없이 도덕이 가능한가?

표도르와 드미트리의 대립은 마침내 폭력 사태로 치닫고 알료샤는 사태를 수습하기 위해 동분서주한다. 이 과정에서 저자가 그리고 있는 인물들의 성격은 놀랍도록 선명하고 그들 사이의 관계들은 비길 데 없이 치밀하다. 그러나 가장 압도적인 부분은 알료샤가 이반과 만나 듣게 되는 이야기들이다. 이반의 이야기는 몇 가지로 나누어 이해할 수 있다.

수도원의 회합에서 이반이 쓴 논문이 화제가 되었는데, 그 논문에서 이반은 "교회가 국가 전체를 포함해야지 단지 국가의 한 구석만을 차지해서는 안 되며, 만일 지금 현 상태에서 그것이 어떤 이유 때문에 불가능하다면 현상의 본질상 반드시 기독교 사회 장래의 모든 발전에 직접적이며 가장 중요한 목표가 되어야 한다"는 논지를 펼친 바 있다. 이런 식의 문제가 19세기 후반에 여전히 논의되고 있었다는 것은 앞에서 말한 러시아 사회의 성격을 염두에 두어야 이해할 수 있다. 이반의 이 논지는 "교회는 이 세상에 속하지 않는다"고 한 그의 논적論敵에 대한 비판으로서 제시된 것이다. 조시마 장로는 이반의 말을 받아 "만일 지금 그리스도 교회가 존재하지 않는다면 어떤 범죄도, 악행에 대한 제지도, 훗날 그에 대한 징벌도 존재하지 않을 것"이며 "기계적인 것이 아니라 진정한 징벌, [육체가 아니라] 단지 마음을 자극할 뿐이며 자기 양심 속에 간직되어 공포를 불러일으키기도 하고 위안이 되기도 하는 정말로 효과적인 진정한 징벌"도 불가능하게 될 것임을 천명한다. 이반과 조시마 장로는, 훗날 미셸 푸코가 『감시와 처벌』에서 논구하게 될 근대적 훈육, 즉 내면의 훈육이라는 방식을 통해서, 교회에 의한 정치와 국가를 교회정치와 교회국가로 세우고 싶어 하는 것이다.

　그러나 교회국가의 희망보다 더 강하게 이반의 영혼을 사로잡고 있는 것은 훨씬 회의적인 생각이다. 만일 '영생'이 존재하지 않는다면, 영혼불멸이 존재하지 않는다면, 도덕의 기초는 수립될 수 없다는 생각이 그것이다. 영생에 대한 믿음이 없다면 인류의 모든 활력이 고갈될 것이며 '비도덕적인 것'이라는 개념도 존재할 수 없게 되는 것이다. 사람을 잡아먹는 일까지 포함한 모든 일이 가능하게 될 것이다. 그래서 이반은 좀더 단호한 결론을 내린다.

현재의 우리들처럼 신도 자신의 영생도 믿지 않는 모든 개인에게서 자연의 도덕률은 과거의 종교적인 것과는 완전히 상충되도록 급격히 바뀌게 되고, 극악한 이기주의조차도 인간에게 인정될 뿐만 아니라, [이런 결론이] 인간의 입장에서 보면 필연적이고 가장 합리적인 것이며 가장 고상한 결론으로 인정된다.(II, 6)

이반의 또 다른 생각은 알료샤와의 대화에서 등장한다. 이반은 "신은 인간이 고안해낸 것이 아닐까"라는 생각을 던진다. 18세기의 어느 파계자의 말처럼 "신이 존재하지 않는다면 고안해내야 할 것이다(S'il n'existait pas Dieu il faudrait l'inventer)." 여기에서 이반은 데카르트적인 논법을 구사한다. 즉 정말 놀라운 것은 인간이라는 "야만스럽고 사악한 동물"이 어떻게 신 같은 존재를 머리에 떠올릴 수 있었는가이다. 어떻게 유한한 인간이 무한한 절대자라는 관념을 가질 수 있었는가? 그러나 이반은 유한한 인간은 무한한 절대자를 인식할 수 없다고 말하면서, 그러면서도 자신은 신의 존재를 '인정'—인식이 아니라 인정—하 '겠다'는 칸트적 결론으로 치닫는다.

그래서 나는 기꺼이 신을 인정할 뿐 아니라, 게다가 우리들이 도저히 간파할 수 없는 신의 지혜와 목적까지도 인정하며, 인생의 질서와 의미를 믿고 또 우리들을 하나로 합치게 할 듯한 영원한 조화를 믿기도 하며, 전 우주가 지향하고 '하느님과 함께 있었고' 또 그 자체가 신이기도 한 그 말씀 등등을 믿으며 종국에 가서는 무한성을 믿는 거지.(V, 3)

그러나 이반의 정말 중요한 생각은 이것이다. 원한다면 신을 믿겠다, 하지만 그가 만든 세상은 용납할 수 없다. 신이 정말 존재하고, 그래서 최후의 심판시에 모든 선행과 악행이 신의 심판을 받을지도 모른다. 그러나 설사 그것이 사실이라 해도, 그래도 신이 만든 세상을 용납할 수 없다.

용납하기 힘든 신

신이 인간의 고안물일지도 모르듯이, 악마 역시 인간의 고안물일지도 모른다. 인간은 자신의 형상을 따라 악마를 만들었다. 어떤 잔인한 군인들은 젖먹이 어린애를 공중으로 던졌다가 총검을 수직으로 세워 꿰어버린다. 그것도 어머니가 보는 앞에서. 그래야 쾌락이 극대화되기에 말이다. 어떤 군인들은 어린아이를 쓰다듬어주고 얼르다가 그 아이가 웃으면 바로 코앞에서 권총을 겨눈다. 아이가 신기해서 고사리 같은 손으로 총구를 만지면 방아쇠를 당긴다. "동물들은 결코 인간들처럼 그렇게 잔인할 수 없어. 기교적이고 예술적일 정도로 잔인할 수는 없거든." 어린아이들이나 말 못 하는 짐승들을 사정없이 후려치는 인간들을 보라. 아이들, 짐승들의 방어 불가능한 상태가 그런 자들의 더러운 피를 더욱더 자극한다. 신이 있을지도 모른다. 최후의 심판이 있을지도 모른다. 그러나 그 사이에서 이런 세상을 살아가야 하는 사람들은 도대체 뭐란 말인가. (라이프니츠나 헤겔 등에게서 전형적으로 나타나는) '변신론辯神論'보다 더 억지스러운 논리가 어디에 있는가.

리샤르라는 자는 누군가의 사생아로, 부모들은 여섯 살밖에 안 된 그 아이를 스위스 산악 지방의 목동들에게 '선물로 주어' 버렸고, 목동들은 일이나 부려먹을 심산으로 그 아이를 키웠지. 목동들의 손에서 야생동물처럼 자라던 그 아이는 아무런 교육도 받지 못했고, 일곱 살 때부터 비가 오는 날이든 혹한이 심한 날이든 거의 헐벗고 굶주린 채 양치기로 내몰렸던 거야. …… 그 아이는 그렇게 어린 시절과 청년 시절을 보냈는데, …… 결국은 어느 노인을 살해하고 강도짓을 하게 되었지. 그자는 곧 체포되어 재판을 받은 끝에 사형선고를 받고 말았어. 그러자 감옥에는 목사들, 각종 기독교 사회단체들, 자선사업을 하는 귀부인 등이 줄을 섰던 것이야. 그들은 감옥에서 그에게 읽고 쓰는 법을 가르치고,

성서를 가르치고, 훈계하고, 설교하고, 위협을 가하기도 하고, 잔소리를 해대는 등 온갖 압력을 가했지. 그래서 그는 마침내 진지하게 자기 죄를 자인하게 되었던 거야. 그자는 손수 편지를 써서 법정에 보냈지. 자신은 천하의 악당이지만 그리스도의 광명을 받고 은총을 입었노라고 말이야. 제네바 사람들은 모두 흥분의 도가니에 빠졌으며, …… 사람들은 …… "자넨 우리의 형제야, 자네한테 은총이 내린 거야!"라고 떠들어댔어. "…… 주님을 몰랐으니 자넨 죄가 없어. 하지만 남의 피를 흘리게 했으니 죽어야만 해"라고 말하는 것이었어. 그리고는 최후의 날이 다가왔지. …… "오늘은 제 생애에서 가장 기쁜 날입니다. 주님께 가거든요!" 그러자 목사들, 판사들, 자선사업하는 귀부인들은 소리쳤어. "그래, 너한테는 가장 행복한 날이야. 주님께 가기 때문이지!"라고 말이야. 사람들은 마차를 타거나 걸어서 리샤르를 실은 죄수 마차를 따라 처형장까지 뒤쫓아갔어. 그리고는 처형장에 도착하자, "어서 죽게, 우리의 형제여, 주님의 품 안에서 죽으라고, 자넨 은총을 받았으니까!"라고 리샤르를 향해 소리치는 것이었어. 리샤르를 둘러싼 그 형제들의 입맞춤을 받으며 리샤르가 처형대로 끌려가 기요틴 아래 놓이자, 그에게 은총이 내렸다는 이유 때문에 박애적으로 목이 잘리고 말았지.(V, 4)

이 이야기 앞에서 무엇을 말할 수 있겠는가? 종교와 도덕의 이름으로 한 무지하고 기댈 곳 없는 인간에게 가해지는 얄궂은 폭력을 이 이야기보다 더 잘 보여줄 수 있겠는가? 뿐만 아니다. 러시아의 어떤 부모는 어린 딸이 밤중에 화장실에 가겠다는 말을 하지 않았다고(오줌을 쌌다고) 그 아이를 밤새 화장실에 가두고 심지어 얼굴에 똥칠을 하고 똥을 먹이기도 했다. 이뿐인가. 19세기 초 러시아의 한 귀족은 한 하인집 아이가 돌을 잘못 던져 자신이 아끼던 개의 다리를 다치게 만들자 아이를 그 어머니가 보는 앞에서 사냥했다. 아이를 발가벗겨 들판으로 내몬 다음 사냥개들을 풀어 그 아이를 갈기갈기 찢어죽이게 한 것이다. 이런 것도 다 신의 섭리라고? 언젠가 최후의 심판이 도래한다고? 인간으로서는 신의 뜻을 알 수 없다고? '신의 뜻'이라는 말만큼 잔인한 말이 또 어디에 있겠는가!

"고통으로 영원한 조화를 사기 위해 모두가 고통을 겪어야 한다면 아이들이 어째서 거기에 있어야 하는 거지?" 이반은 영원한 조화를 위해서 고통이 필요하다는 사실을 인정하는 경우라 해도, 왜 아이들이 그 고통에 포함되어야 하는지 묻고 있다. 어른들 세계의 그 숱한 고통들을 인정하는 경우에도 아이들의 고통은 인정할 수 없는 것이다.

어째서 그 애들이 고통을 겪어야 하는지 전혀 이해할 수가 없어. 어째서 그 애들의 고통으로 조화의 대가를 치러야 하는 거냐고? 어째서 그 애들이 밑거름이 되어서 누군가를 위한 미래의 조화를 이루어야 하는가 말이야? 인간들의 죄악 사이에 존재하는 연대성을 이해해. 응보의 연대성을 이해한다고. 하지만 아이들은 죄악과 아무 연관도 없어. 설사 [어떤 사람들의 말대로] 그 애들이 정말로 자기 조상들의 악행과 연결되어 있다 해도, 물론 그런 진실은 이 세상의 것이 아니니 난 이해하지 못해.(V, 4)

그래서 이반은 조화와 인식, 진리를 위해서 인류에 대한 사랑을 방기해야 한다면 차라리 그것들을 포기하겠노라고 고백한다(이때의 '조화'는 톨스토이가 삐에르의 입을 통해 말한 것과 같은 조화이다). "나는 조화를 원치 않아. 인류에 대한 사랑 때문에 원치 않는단 말이야. 난 차라리 보상받지 못한 고통과 함께 남고 싶어. '비록 내 생각이 틀렸다고 하더라도' 차라리 보상받지 못한 고통과 해소되지 못한 분노를 품은 채 남을 거야."

그러나 이반의 이런 생각은 기독교 문화라는 테두리와 (러시아를 포함한 범위에서의) 서구라는 테두리를 벗어나서 제시되지는 못한다. 이반은 "비록 내 생각이 틀렸다고 하더라도"라고 했으나, 사실상 이반의 생각이 맞지 않은가. 그런 조건을 달 필요는 없다. 결국 이반이 아무리 급진적인 생각을 제시하고 있다 해도, 그는 자신이 서 있는 문화의 테두리 자체를 벗어나 생각하지는 못하고 있다. 이반과 알료샤의 신은 사실상 히브리 민족의 신화 이외의 것이 아니다. 그리스인들, 인도인들, 중국인들, 오리엔트인들 모두가 자신들의 신화를 창조해냈고, (오리엔트의 일부인) 히브리의 신도 마찬가지이다. 그 히브리의 신이 로마의 힘을 통해서 서구의 종교가 되었고 러시아 정교도 그 연장선상에 있다. 이반이 정말 급진적이려면 히브리 신화를 신화 자체로서 봐야 할 것이고, 또 기독교 세계라는 테두리에서 이야기하면서 걸핏하면 '인류'나 '세계'를 이야기하는 우를 범해서는 안 된다. 이반의 이 모든 이야기가 히브리 신화와 기독교 세계라는 테두리 내에서 이루어지고 있는 것이다. 그것은 또한 도스또예프스키 사유의 테두리이기도 하다.

예수 vs. 대심문관

알료샤는 이반의 이런 생각에 예수라는 존재를 앞세워 대응하고자 한다. 그러자 이반은 이 책 전체를 통틀어 가장 흥미진진한 부분들 중 하나인 '대심문관' 이야기를 펼친다.

이야기는 16세기 즉 예수 사후 1천 5백 년 이상이 지난 시대를 배경으로 한다. 한편으로 예수의 재림이, 다른 한편으로 스페인에서 온갖 화형을 주도하던 대심문관의 종교 재판이 배경이 된다. 예수는 대심문관이 "하느님의 영광을 위하여ad majorem gloriam Dei" 100명이 넘는 "이단자들"을 불에 태워 죽인 그 다음 날에 재림한다. 대중들은 그를 알아보고서 감격한다.

민중들은 억누를 수 없는 힘에 이끌려 그분에게 달려가 그분을 둘러싸고, 그 수효는 점점 불어나면서 그분의 뒤를 따르는 거야. 그분은 끝없는 연민의 고요한 미소를 머금은 채 아무 말 없이 민중들 사이를 걸어가시지. 그분의 가슴속에는 사랑의 태양이 타오르고, 광명과 교화와 권능의 빛이 두 눈에서 흘러나와 사람들의 마음으로 들어가 화답 받는 사랑으로 몸을 떨게 하시지. 그분은 손을 뻗어 그들을 축복하시는데 그분의 몸에, 아니 옷자락에 손길이 닿기만 해도 병이 치유되는 기적이 일어나는 거야.(V, 5)

예수가 이런 기적을 행하고 있을 때 "쇠약한 얼굴에 두 눈은 움푹 패였지만 [그 눈에서] 불꽃 같은 광채가 빛나고 있는" 아흔 살에 가까운 대심문관이 지나가다가 그 광경을 보게 된다. 그는 예수를 체포하라고 명한다. 밤중에 그를 조용히 찾아온 대심문관은 그에게 말한다.

당신은 당신이 예전에 이야기한 것 이외에 다른 이야기를 덧붙여 설교할 권리가 없단 말이오. 당신은 어째서 우릴 방해하러 온 거요? 당신이 우릴 방해하러 왔다는 것은 당신 자신이 잘 알고 있겠죠. …… 난 내일 형을 선고해서 가장 사악한 이교도로서 당신을 화형에 처할 테니.

대심문관은 예수의 이름으로 자신의 권력을 누리고 있고 자신의 세상을 만들고 있다. 그런데 이제 자신이 팔아먹던 존재가 직접 나타난 것이다. 그래서 대심문관은 "모든 것을 당신 스스로 교황에게 인계했으니 이제는 모든 것이 교황의 소유이며, 이제는 제발 이곳에 찾아오지도 말며 적어도 때가 오기 전까지는 방해하지 말아달라"는 것이다.

당신이 다시금 소리 높여 전하려는 모든 것은 인간들의 신앙의 자유를 위협하게 될 것이오. 왜냐하면 그것은 기적으로 나타날 것이기 때문이오. …… "너희들을 자유롭게 하고 싶구나"라고 말한 사람은 바로 당신이 아니었소? 당신은 바로 그 '자유로운' 인간들을 지금 목격한 거요. …… 그렇소, 그 사업은 우리들에게 무척 소중한 것이었소. 하지만 우리들은 그 사업을 당신의 이름으로 마침내 완수했소. 그 자유 때문에 우리들은 15세기 동안 고통을 겪었지만 이제는 그것을 확고히, 확고히 완수했단 말이오. …… 알아두시오. 오늘날 인간들은 그 어느 때보다도 신심이 깊고 자유로 충만되어 있으며, 그들 스스로 자신들의 자유를 우리한테 가져와서 우리 발 밑에 공손히 바쳤다는 것을. 그러나 그걸 이룬 건 우리들이오. 당신이 기대했던 것은 그런 자유가 아니었소?

대심문관의 생각은 이렇다. 기독교 권력이 세계를—사실상 유럽을—꽉 틀어쥐고 있는 오늘날(당시)이야말로 마침내 인류의 행복이 도래한 시기이다[그러나 사실상 이 시대는 중세적 권력이 '최후의 발악'을 하던 시기가 아닌가!]. 사람들은 자유가 아니라 복종을 원한다. 그런데 당신[예수]은 다른 방식으로 이 행복을 이룰 수도 있었다. 바로 당신이 그[악마]의 유혹을 받아들였다면 말이다. 악마는 당신에게 정말이지 위대한 제안을 했던 것이다. 그런데 당신은 어리석게도 그것을 거절했다. 악마는 당신에게 힘을, 권력을 주려 했다. 기적의 힘, 신비의 힘, 그리고 교권敎權을 말이다. 바로 이 세 가지야말로 대중들을 지배해서 기독교 사회를 건설할 수 있었던 힘이 아니었던가. 그러나 당신은 세 가지 모두를 거절했다. '자유'의 이름으로 말이다. 그러나 당신은 심각한 착각을 했던 것이다. 대중들은 자유를 원하지 않는다. 양심의 자유만큼 거추장스럽고 부담스러운 것이 어디에 있단 말인가. 대중들은 바로 기적, 신비, 교권을 원했던 것이다. 예컨대 돌멩이를 빵으로 바꾸어줄 수 있는 그런 힘 말이다. 사람들은 "먹여 살려라, 그러고 나서 선행을 요구하라!"고 외치면서 성전을 파괴할 것이다['도덕성이 무슨 소용이냐? 경제가 중요하지!'라고 외치는 오늘날의 대중을 생각해보라]. 물론 당신을 따라 광야의 시험을 견뎌낼 사람들도 분명히 있다. 그러나 그들의 수가 도대체 얼마나 되겠는가. 당신의 수준 높은 요구를 받아들일 사람들이 도대체 몇 명이 된다는 말인가. 당신은 대중이라는 존재를 근본적으로 오해했다. 당신이 못한 것을 한 사람들은 바로 우리이다. 나 대심문관을 포함한 우리야말로 당신이 잘못 간 길을 바로잡아 사람들에게 행복을 주었다. 우리는 대중들에게 빵을 주었다. 안심하고 기댈 곳, 복종할 곳을 만들어주었다. 바로 당신의 이름으로 말이다. 그러나 사실상 우리가 따르는 것은 당신이 아니라 악마이다. 당신은 그저 껍데기일 뿐이다. 우리는 당신이 하지 못한 일을 악마의 뜻을 따라 그러나 당신의 이름으로 행하고 있는 것이다. 당신은 천상의 빵을 주지만 절대 다수의 사람들은 지상의 빵을 원한다. 천상의 빵을 원하는 일부 사람들 때문에 지상의 빵을 원하는 다수가 희생되어야 하는가? 우리에게는 그 힘없는 사람들도 소중하다. 그들을 행복하게 해주는 것은 우리이다. 사람들은 공통으로 경배할 대상을 찾고, 그래서 서로 다른 경배 대상들을 두고서 전쟁[종교전쟁]까지 벌인다. 만일 당신이 대중들에게 지상의 빵을 주었다면 기독교는 세계를 제패했을 것이다. 사람들은 당신이 준 그 자유 때문에 끝없이 싸움을 벌이는 것이다. 당신이 율법 대신 자유를 주었을 때 사람들은 혼란과 논쟁에 빠져든 것이다.

우리들은 당신의 위업을 손질해서 '기적'과 '신비'와 '교권'을 반석으로 삼았소. 그러자 사람들은 자신들을 다시 양떼처럼 인도해주고, 마침내 가슴속에서 극심한 고통을 안겨준 그토록 무서운 재능을 가슴속에서 제거시켜준다며 몹시 기뻐했소. …… 인류의 무능을 너무나 딱하게 여겨서 사랑으로 그들의 짐을 덜어주고 우리들이 허락하는 한 비록 죄를 지었다 할지라도 그들의 허약한 본성을 용납하는데도 우리들이 인류를 사랑하지 않는다고 할 수 있겠소? 당신은 무엇 때문에 우리를 방해하러 온 것이오? …… 우리들이 함께하는 것은 당신이 아니라 '그[악마]'요. 그것이 바로 우리들의 비밀이지.

대심문관은 자신들이 로마의 힘, 카이사르의 칼을 얻음으로써 비로소 위대한 사업에 착수할 수 있었음을 강조한다. 악마의 세 번째 유혹을 받아들인 것이다. 그 위대한 사업이란 무엇인가? "모든 사람들이 한몸이 되어 이의 없이 공동생활을 영위하는 개미처럼 단결하는 것"이 그것이다. 티무르나 칭기스칸의 무리들은 "비록 무의식적이긴 해도" 그런 위대한 요구를 품고 있었다. 예수가 카이사르의 칼을 얻었더라면 그는 세계 왕국[기독교 세계]을 건설할 수 있었을 것이고 세계 평화를 이룰 수 있었을 것이다. 그래서 바로 우리가 당신을 내세워, 그러나 사실은 악마를 따라 이 위대한 사업을 이룬 것이다. 지금은 "자유로운 지혜와 과학과 식인食人이 미쳐 날뛰는 세월"이 지속되고 있지만 결국 승리는 우리의 것이며 우리는 이 짐승을 깔고 앉아 축배를 들 터이고, 그 잔에는 '신비!'라고 적혀 있을 것이다. 자유로운 지혜와 과학을 따르던 당신의 추종자들조차도 결국 "당신들만이 그[예수]의 신비를 지니고 계십니다"라고 하면서 우리들에게 복종할 것이다. 그리고 그때에서야 우리가 주는 빵이 사실상은 그들이 만든 빵이라는 사실을 깨닫게 되겠지만, 사태는 변하지 않을 것이다. 그들이 갈망하는 것은 복종이기 때문이다. 자유야말로 그들이 영원히 버리고 싶어 하는 것이기에 말이다. 우리는 그들에게 얼마간의 죄도 허용할 것이다. 그러면 그들은 우리에게 감사하리라. 하느님 앞에서 그들의 죄를 떠맡는 것은 우리이기에. 이제 모든 사람들이 자유라는 무서운 고통으로부터 해방될 것이다. 그리고 진실을 알고 있는 우리들만이 불행해질 것이다. "그들[수억 명의 갓난애들]의 행복을 위해 스스로 죄를 떠맡은 우리들은 당신 앞에서 '우리들을 심판하라, 그것이 가능하며 또 그럴 능력이 있다면' 하고 말할 것이오."

세 단계에 걸쳐 펼쳐진 이반의 생각은 이렇다. 중요한 것은 신이 존재하느냐가 아니다. '신의 존재'라는 관념을 통해서(그것이 설사 거짓이라 하더라도) 좋은 세상을 만드는 것이 중요하다. 해야 할 일은 이 세상에 존재하는 그 수많은 극악한 고통들과 싸우는 것이다. 그 싸움을 위해서 필요한 것은 신의 존재나 예수가 준 영혼의 자유가 아니다. 실질적인 힘이 필요한 것이다. 그 실질적인 힘을 위해서라면 차라리 악마를 따르는 것이 좋지 않은가. 교회는 그 일을 할 수 있다. 심문관들은 신이나 예수가 아니라 오히려 악마를 따를 수도 있다. 그러나 중요한 것은 겉으로 신과 예수를 앞세워 사람들을 복종시키고 실질적인 세계 평화를 이루는 것이다. 사람들은 양심의 자유가 아니라 복종과 빵을 원하기 때문이다. 어쩌면 우리들이 신의 심판을 받을지도 모른다. 그러나 우리는 사람들의 고통을 외면하느니 차라리 심판의 고통을 떠맡겠다.

이반의 이런 이야기에 대해 알료샤는 그것을 "가톨릭 교도들의, 심문관들의, 예수회 중에서도 가장 나쁜 자들의 해석"이라고 외친다. 여기에서 우리는 이반과 알료샤의 대립이 서구 가톨릭(에 대한 도스또예프스끼의 해석)과 러시아 정교(에 대한 해석)의 대립이라는 사실을 눈치챌 수 있다.

알료샤: "그들은 로마 교황을 황제로 삼는 미래의 세계적 지상 왕국의 로마 군대에 지나지 않아요. …… 그것이 그들의 이상이지만 그 속에는 아무런 신비도, 고상한 비애도 없어요. …… 그것은 단순히 권력, 지상의 추악한 행복, 노예제에 대한 희망만 있을 따름이며 …… 그들이 지주가 되는 미래의 농노제와도 같은 것이에요."

이반: "예수회 교도들과 심문관들이 어째서 더러운 물질적 행복만을 위해서 단결했다는 거지? 그는 …… 만약 자유 의지를 완벽히 성취한다고 해도 그 도덕적 만족감이란 그리 대단한 일이 아니라는 사실을 문득 깨달은 인물이지. 이런 사실을 깨달은 그는 방향을 선회해서 현명한 사람들 편에 …… 가담했던 것이야."

알료샤: "그 심문관은 신을 믿지 않으며 그것이 그자가 지닌 비밀의 전부예요!"

이반: "그럴지도 모르지! 결국 너도 알아차렸구나. 그건 사실이고 바로 거기에 모든 비밀이 들어 있지. 하지만 광야에서의 위업을 위해 자신의 일생을 버렸고 인류에 대한 사랑을 치유하지도 못했던 그런 인간인데도 그것을 정말 수난이라 할 수 없을까? 그는 인생의 황혼기에 접어들어 무서운 대악마의 충고만이

허약한 반역자들, '조롱받도록 창조된 미완의 시험적 존재들'
이 그런대로 견딜 만한 상태에서 살 수 있게 할 수 있을 거라는
확신이 들었던 거야."

낡은 사상, 위대한 문학

이 소설은 "정말 잘 들어두어라. 밀알 하나가 땅에 떨어져 죽
지 않으면 한 알 그대로 남아 있고 죽으면 많은 열매를 맺는다"
라는 『신약』의 한 구절을 게사揭辭로 내걸고 있고, 소설의 화자
는 알료샤를 "내가 그토록 사랑했던, 내 소설의 젊은 주인공"
(VII, 2)이라고 말하고 있다. 결국 도스또예프스키 자신은 알료
샤의 입장을 취하고 있다고 하겠다. 이반과 알료샤의 대화 이후
6권에서는 조시마 장로에 대한 이야기가 길게 펼쳐지며, 7권에
서는 알료샤의 이야기가 전개된다. 조시마 장로는 삐에르가 안
드레이에게 설파했던 헤르더적인 생각을 설교조로 전개하는
데, 이반의 이야기에 비해 너무 상투적이고 문학적으로도 박진
감이 떨어진다. 그에게 과학, 개혁세력, 새로운 이념 등은 모두
거부해야 할 것들이다. 반면 러시아적인 것, '동방', 민중에 대
한 친밀감은 각별하다. 즉 과학과 자유 사상들에 대해서는 러시
아 정교를, 개혁세력들에 대해서는 장로들과 (그들의 말을 이의
없이 받아주는) 무지한 농민들을 대비시키고 있는 것이다. 이때

가 19세기 후반이라는 사실을 감안하면 상당히 시대착오적이고 배타적이라고 하지 않을 수가 없다. 게다가 러시아의 후진성과 봉건성을 타파하려 했던 당대의 개혁 세력들에 대한 유치한 인신공격("나는 감옥에서 흡연을 금지당한 '이념의 투사' 한 사람을 알고 있는데, 그는 온 힘을 박탈당하기라도 한 듯 너무나 괴로워서 담배 한 대만 얻어 피울 수 있다면 자신의 '이념'도 팔아먹을 수 있다고 했습니다")은 비열하게 느껴지기까지 한다.

그러나 놀라운 것은 도스또예프스키 사상의 이런 수준이 그의 문학적 빼어남을 조금도 훼손시키지 않는다는 사실이다. 이번의 재독 역시 문학적인 측면에서는 예전 못지않게 감동적이었다. 그래서 이반의 생각을 펼치고 있는, 사실상 저자 자신으로서는 비판적으로 보고 있는 대목이 저자 자신의 생각에 가까운 조시마 장로, 알료샤를 다룬 대목보다 훨씬 흥미진진하고 문학적으로 빼어나다는 얄궂은 사실에 직면하게 된다. 사상의 진부함과 문학적 천재성이 기이하게 엇박자를 형성하고 있는 것이다.

도스또예프스키의 문학적 재능은 작품의 후반부로 갈수록 더욱더 빛을 발한다. 이후 이어지는 이야기는 드미트리가 친부 살해범으로 몰리게 되는 상황을 중심으로 한, 외형적으로는 극히 단순하고 짧은 이야기이다. 그러나 저자는 이런 평범한 내용들을 복잡한 내적 갈등의 분석과 세밀한 상황 묘사를 통해서 더할 수 없이 격정적이고 미세하게 풀어 나간다. 그 중에서도 중요한 대목들은 드미트리의 재판, 이반의 정신분열, 스메르쟈꼬프의 행동 등이다.

　드미트리의 재판 부분에서 우리는 당대의 재판 분위기를 마치 현장에 앉아 있기라도 한 듯이 생생하게 느낄 수 있다. 그 압권은 물론 검사 끼릴로비치와 변호사 뻬쮸꼬비치의 공방이다. 검사 끼릴로비치는 이 사건이 당대 러시아의 문제를 응축하고 있다고 하면서 '운명의 삼두마차'를 강조한다. "개화와 문명을 위해 광포하게 질주하는 환영 앞에 튼튼한 장벽이 되어 우뚝 서서 그 미친 방종과 질주를 막으려" 유죄 판결을 요청하는 것이다. 뻬쮸꼬비치는 얼핏 보면 유죄를 인정하는 듯하면서도 형벌이 문제의 해결이 될 수 없음을 강조한다.

　　형벌은 다만 피고의 고통을 감해줄 뿐입니다. 피고의 양심의 가책을 덜어줄 뿐입니다. …… 여러분들은 러시아의 재판이 단순한 형벌을 내리는 것이 아니라, 파멸된 인간을 구원하는 데 있다는 것을 이미 잘 알고 있지 않습니까! 다른 나라 국민들에게는 법률과 형벌이 존재할 뿐이라면, 우리들에게는 영혼과 사상이, 파멸한 인간의 구원과 부활이 존재하는 것입니다.

　(한글 번역본으로) 약 100쪽에 달하는 분량으로 전개되는 검사와 변호사의 공방은 정말이지 일품이다.

　한편 이반과 스메르쟈꼬프의 관계도 흥미롭다. 현실에 대해 강한 불만을 품고 있는 스메르쟈꼬프는 섬세한 이반의 심기를 계속 건드리면서도 자신과 이반이 공모 관계에 있음을 확신한다. 그는 분명 이반의 급진적인 생각에 반했을 것이다. 그래서 그는 점점 분열증으로 치닫는 이반을 비웃는다. "항상 용감하셨었지요. '모든 것은 허용된다'고 하시면서 말입니다. 그런데 이제 와서 이렇게 떨고 계시다니!" 스메르쟈꼬프는 이반이 자신을 교사했다고 믿었으며 그래서 주범은 이반이라고 말한다. 이런 스메르쟈꼬프의 비난은 이반의 분열증을 증폭시킨다.

그러나 이반과 스메르쟈꼬프에 관한 묘사는 그다지 만족스럽지는 않다. 저자는 이반에게 나타난 악마―이반의 내면의 반쪽―를 등장시켜 이반의 분열증을 묘사하고 있으나, 자신의 입장을 이반에게 투영해 이반으로 하여금 자학과 반성의 분위기를 연출하게 함으로써 오히려 이야기의 긴박감을 떨어뜨리고 있다. 이반처럼 생각하는 사람은 이렇게 불행을 겪는다는 것을 보여줌으로써 이야기를 훈도적으로 이끄는 동시에, 자신이 창조한 독특한 인물의 매력을 스스로 약화시키고 있는 것이다. 이는 스메르쟈꼬프의 경우도 마찬가지이다. 스메르쟈꼬프의 자살로 극 전체의 긴박감이 크게 떨어지기 때문이다. 스메르쟈꼬프를 좀더 강도 높게 그렸더라면 이야기의 전개가 또 다른 힘을 얻게 되지 않았을까 싶다. 말하자면 저자는 악역들―만일 이들을 악역이라고 할 수 있다면―을 약화시킴으로써 결국 이야기 전체를 둔화시키고 있다. 에필로그 역시 마찬가지이다(이 에필로그는 차라리 쓰지 않았다면 더 좋았을 뻔했다).

이번에 『형제들』을 다시 읽음으로써 예전의 문학적 감동을 다시 한 번 맛볼 수 있었으나, 동시에 도스토예프스키의 사상적 위상을 분명히 알게 되었다. 그러나 방점은 어디까지나 문학적 감동에 찍힌다.

내가 문학작품들에 몰입했던 것은 고등학교 1학년 때까지였다. 고등학교 2학년이 되자 서서히 입시 준비에 들어가야만 했다. 당시만 해도 입시에 대한 중압감은 지금과는 사뭇 달라서 중학교 때까지는 여유롭고 즐거운 학창 생활을 보냈고(신일중학교 시절에는 합창반과 성가대로 활동했고 그래서 더 활기차고 재미있는 나날을 보냈던 것 같다), 고등학교 1학년 때까지도 입시를 별로 의식하지 않았다. 어릴 때부터(아마 중학교 때부터) 내가 줄곧 생각했고 또 마음속으로 결심했던 것은 '자유롭게 또 순수하게 살겠다'는 것이었다. 남들처럼 살지 않는 것, 사회가 만들어 강요하는 틀에 갇히지 않는 것, '결정론'적으로 살지 않는 것, 이것이 일찍부터 내 마음을 사로잡은 가치관이고 이제 쉰을 바라보고 있는 지금도 이런 생각에는 변함이 없다. 그 어떤 현실적인 어려움도 자유와 순수에 대한 내 신념을 꺾을 수는 없다고 생각했다.

그래서 늘 학교 공부보다는 교양을 쌓는 것을 더 중요시했다. 시험이니 성적이니 입시니 하는 것들에 대해서는 큰 반감을 가지고 있었기에, 입시에는 도움이 안 되지만 나로서는 중요하다고 생각한 미술사나 음악사 책을 사서 읽곤 했다. 반대로 상업 공부 등은 내 내면에 도움을 주지 않는다고 생각했기 때문에 (당시에 '예비고사'에서 상당한 비중을 차지했음에도) 아예 무시했다. 그래서 예비고사 성적에 타격을 받았지만 말이다. 어쨌든 나는 철저하게 인문적 교양을 중시했고 현실적인 요구들은 무시했다. 그러나 2학년이 되자 이제 입시 공부를 시작하지 않을 수가 없게 되었다. 결국 이 때문에 내 독서 생활은 치명적인 단절을 겪게 되었고 그후 문학에서도 멀어지게 된다. 가끔씩은 독서를 했지만 할애되는 시간이 많지는 않았고, 대학교에 들어간 후에는 본격적으로 과학을 공부하게 되면서 문학으로부터 더욱 멀어지게 되었다.

그러나 그런 와중에서도 읽었던 몇 편의 작품들이 있었는데, 『장 크리스토프』『백경』『이방인』『구토』『아Q정전』『성』『심판』 등의 작품들이 기억난다. 그 중 대학원 때 읽은 『이방인』은 특히 감동적이었고 또 여러 번 읽었다. 이 책을 여러 번 읽은 것은 물론 소설 자체의 매력 때문이었지만, 다른 한편으로는 프랑스어를 익히기 위해서이기도 했다. 고등학교 때부터 줄곧 독일어를 공부했고 대학에서 독문학을 전공할까 생각하기까지 했지만 프랑스어를 접할 기회는 없었다. 그러나 내게는 특히 소중한 만남인 소은 박홍규 선생님과의 만남, 그리고 소은 선생에게서 들은 베르그송 강의가 나로 하여금 뒤늦게 프랑스어를 공부하게 만들었다. 특히 신아사에서 나온 책들은 원문을 수록하고 그 아래에 문법 설명을 달아놓아 프랑스어 공부에는 제격이었다.

이 출판사에서 나온 책들을 여러 권 읽으면서 프랑스어 실력이 부쩍 늘었는데, 그 중에서도 결정적인 것은 『이방인』이었다. 카뮈의 문장은 최고의 프랑스어 글들 중 하나이다. 사실 『이방인』은 고등학교 때 읽은 적이 있었다. 그러나 그때는 잘 이해하지 못했고 재미도 느끼지 못했다. 대학원에 들어와 다시 읽으면서 그 감동에 깊이 빠져들었다.

'이방인'의 눈에 비친 '세상'

『형제들』을 읽고 나서 『이방인』을 읽자 한 세계에서 다른 세계로 옮겨간 사람이 겪는 낯섦이 잠시 온몸을 휘감는다. 내용상의 차이, 지역적 차이, 시대적 차이 못지않게 강렬하게 다가온 차이, 그것은 바로 그 문채文彩의 차이이다. 숱하게 굴곡지면서 길게 이어지는 『형제들』의 문채와 간결하고 함축적인 『이방인』의 문채. 그 간결하고 함축적인 문채 속에는 주인공 뫼르소의 즉물적이고 다소 냉소적인 의식이 함축되어 있다. 당장의 일에만 관심을 두며 사람들이 사물들과 사건들에 부여하는 의미들, 관례들에 무심한 주인공의 의식은 문채를 통해 고스란히 나타난다.

『이방인』은 현대인의 실존의 한 단면을 날카롭게 포착해 명료하게 그려 나간다. 이야기는 '일상성'을 다루며 시작한다. "오늘 어머니가 세상을 떠나셨다. 어쩌면 어제였는지도 모른다." 함께 살기에 버거운 어머니를 양로원에 보내고, 회사원 뫼르소는 사장의 눈치를 받으면서 휴가를 신청한다. 늘 식사하던 식당, 떠나는 버스를 잡기 위한 달음박질, 가솔린 냄새……『형제들』이 강렬하고 세밀한 유채화의 세계라면,『이방인』은 사물들의 특징을 선만을 써서 잡아낸 만화의 세계를 연상시킨다.

　뫼르소에게는 세상이라는 존재가 낯설다. 세상의 사건들, 의미들, 기호들이 그에게는 낯설기 그지없다. 그는 이 세상에서 이방인이다. 세상의 기호들에 익숙해지지 않은 그는 '사는 법'에 서툴다. 그의 의식은 세상에 동화되어 있지 않다. 그는 사건들의 통념적인 계열화에 무심하다. 그래서 그는 자신이 하는 말들과 행동들을 능숙하게 계열화하지 못하며, 그런 것들이 통념적 의식들에 의해 어떻게 의미화될 것인지도 깨닫지 못한다. 그러나 그의 몸은 자연과 친밀하다. 그는 기호에는 약하지만 감각에는 익숙하다. 그는 담배와 커피, 귀에 들려오는 소리들, 뜨거운 태양, 햇빛과 냄새에 민감하다. 그는 몸이 따르는 대로 살아가고, 사물들이 의식에 즉각적으로 나타나는 대로 인식한다. 그는 타고난 현상학자이다. 그는 주어진 것들에 익숙하지만 만들어진 것들에는 낯설다. 그런 것들이 그에게 판단과 반성을 요구할 때면 그는 늘 어떻게 해야 할지 몰라 한다. 그래서 그는 세상에 대해 영원한 이방인이다. 그의 몸과 즉물적 의식만이 세계와 자연스레 접촉한다.

　세상에 쉽게 적응하는 인간에게 세상이란 너무나도 친숙한 곳이다. 그런 사람은 출세하는 법, 남과 적절한 거리를 유지하는 법, 적당히 둘러대는 법, 사람들을 사귀는 법, 돈을 관리하는 법 등 요컨대 '사는 법'에 능숙하다. 그러나 세상에 적응하지 못하는 인간은 모든 것이 그 반대이다. 이방인 뫼르소는 양로원에서 어떻게 행동해야 하는지를 알지 못한다. 그는 담배 생각이 나서 어머니의 시신 앞에서 담배를 피우고, 문지기가 권하는 커피도 사양하지 않는다. 교외의 아름다운 경치를 보고서 "어머니 장례식만 아니라면 산책하기에 얼마나 즐거울까" 하고 생각한다. 그는 어머니의 시신을 보기를 원하지 않았고, 또 어머니의 정확한 나이를 잊어 대답하지 못한다. 그는 이런 일련의 사건들을 계열화하지 못한다. 그의 의식은 단편적인 이미지들로만 채워진다. 그 반대로 그의 몸은 자연과 친숙하다. 뫼르소는 사회와 불연속을 이루고 자연과 연속을 이룬다. 그는 해변에서 해수욕을 하고 다시 만난 마리와 동침한다. 마리에 대한 그의 감정은 간단히 한마디로 표현된다. "나는 성욕을 느꼈다." 그는 세상 사람들을 무심히 바라보면서 또 하루를 보낸다.

일요일이 또 하루 지나갔고, 어머니의 장례식도 이젠 끝났고, 내일은 다시 일을 시작해야 할 것이다. 그러니 결국 달라진 것은 아무것도 없다는 생각이 들었다.(I, 2)

뫼르소는 사물들과 사람들, 사건들을 구성하지 않는다. 그는 사건들을 구성하는 세상의 통념에 익숙하지도 않고 그렇다고 그 자신의 독특한 범주들을 가지고 있지도 않다. 그래서 그의 의식은 수동적이다. 외부에서 그의 의식에 나타나는 존재들은 아무런 구성 없이 그에게 수용된다. 그는 반反칸트적 존재이다. 그는 타인들을, 그들의 행동들을 구성하지 않는다. 뚜쟁이이자 양아치인 레이몽이 그를 집에 초대했을 때도 그는 거절하지 않는다. "끼니를 준비하지 않아도 된다고 생각"했기 때문이다. 어머니의 시신 앞에서 담배를 피우고 커피를 마시는 것, 레이몽 같은 자와 사귀는 것……. 이 모든 것이 그에게는 단지 특별히 거절할 이유가 없는 것들일 뿐이다. 그래서 그에게는 야심도 없다. 어떤 의미를 구성해내고자 하는 열망은 그와 거리가 멀다. 때문에 사장이 그에게 생활의 변화를 권했을 때 사양한다("이곳에서의 생활이 조금도 불편하지 않다고 대답했다.").

재판을 받는 자연인

그는 외부의 존재들을 비구성적으로 받아들이는 것과 꼭 마찬가지로 내부의 생각들을 아무런 왜곡 없이 표현한다. 그는 거짓말하거나 두 얼굴을 가지거나 복잡하게 계산하지 않는다. 그래서 마리가 자신을 사랑하느냐고 물었을 때도 "그런 것은 쓸데없는 말이지만 사랑하고 있는 것 같지 않다"고, 그러나 "그녀가 원한다면 결혼하겠다"고 대답한다. 그에게 감동적으로 다가오는 것은 '사랑'이나 '결혼' 같은 개념이 아니라 해변가에서의 그녀와의 수영, 부드러운 몸과의 접촉이다. "우리는 몸짓과 만족감에서 서로 일치함을 느낄 수 있었다."

가장 결정적인 순간에도 그는 능동적이고 구성적인 판단을 하지 못한다. "그 순간 나는 총을 쏠 수도 있고 쏘지 않을 수도 있었지만 쏘아도 좋고 쏘지 않아도 좋을 것이라고 생각했다." 그가 살인을 한 것은 어떤 적의敵意 때문도 심각한 판단 때문도 아니다. 훗날 재판정에서 그는 "태양 때문에" 살인했다고 말한다. 왜냐하면 그것이 사실이기 때문이다.

태양 빛이 강철 위에 반사되자 번쩍거리는 날카로운 칼날이 내 이마에 와서 부딪치는 것 같았다. 그와 동시에 눈썹에 맺혔던 땀이 한꺼번에 눈꺼풀 위로 흘러내려 미지근하고 두터운 막으로 내 눈을 덮어버렸다. 이 소금의 장막에 가려져 나는 앞이 보이지 않았다. 다만 이마 위에서 울리는 태양의 제금 소리와 단도로부터 여전히 내 앞으로 다가오는 눈부신 빛의 칼날을 느낄 수 있을 뿐이었다. 그 뜨거운 칼이 나의 속눈썹을 자르고 어지러운 눈을 헤집는 것이었다.

바로 그때였다. 모든 것이 동요하기 시작한 것이. 바다는 답답하고 뜨거운 바람을 실어 왔다. 하늘은 활짝 열리면서 불을 쏟아내는 듯했다. 나의 온몸이 긴장하면서 나는 총을 힘 있게 거머쥐었다. 나는 방아쇠를 당겼고, 권총 자루의 미끈한 배를 만졌다. 그리하여 짤막하고도 요란스러운 소리와 함께 모든 것이 시작되었던 것이다.(I, 6)

자연인自然人인 뫼르소는 자신에게는 가장 낯설 수밖에 없는 상황에, 즉 재판이라는 상황에 처한다. 사건들에 대한 모든 형태의 계열화가 논의되고, 생사이해를 둘러싼 모든 조작들이 횡행하고, 온갖 형태의 비리와 부정들이 개입하는 장, 갖가지 형태의 심리적·의미론적 투쟁이 벌어지는 장, 이제 뫼르소는 자신의 삶과는 가장 대조적인 장에 떨어지게 된다.

그래서 그에게 사람들이 하는 행동들과 말들은 모두 낯설게 느껴지거나 우습게 느껴진다. 얼굴이 잘 보이지 않는 어둠 속에서 그를 심문하는 예심판사의 모습은 그에게 두렵거나 권위 있게 느껴지지 않는다. "그 전에 나는 책에서 그러한 장면을 읽은 적이 있었고, 그것은 모두가 어린애 장난만 같았다." 그에게 법정에서 벌어지는 모든 일들, 사람들의 말들과 행동들은 모두 어리둥절하고 우스꽝스러운 것들이었다. 변호사가 그날(어머니의 시신을 묻은 날) 자신이 "슬픈 감정을 억제했다"고 대답하라고 요구했을 때에도 그는 그것을 사양한다. 그것은 사실이 아니기 때문이다. "그[변호사]는 내가 얄밉다는 듯이 이상스러운 눈초리로 나를 바라보았다." 뫼르소는 자신이 특별한 존재라고는 생각하지 않는다. 그는 다만 세상이라는 곳의 게임 법칙에 익숙하지 않을 뿐이다.

　그를 힘겹게 하고 말하고 싶지 않게 한 것은 자연적인 것들이다. 담배, 마리의 육체, 해변 등이 그를 힘들게 한다. 형무소 안에서 그는 점차 굳어진다. "그날 간수가 돌아간 뒤에 나는 쇠로 만든 밥그릇에 비친 내 얼굴을 들여다보았다. 내 모습은 아무리 마주 보며 웃으려고 해도 무뚝뚝한 채로 있는 듯했다. 나는 그 모습을 눈앞에서 흔들고 빙그레 웃었으나 비쳐진 얼굴은 여전히 무뚝뚝하고 슬픈 표정이었다." 감옥에서의 세월이 그렇게 지나간다.

의미의 거미줄

　『형제들』과 『이방인』을 논의거리로 택했는데, 그리고 보니 우연히 두 작품 모두 후반부를 재판 이야기로 장식하고 있다. 그러나 두 재판은 사뭇 다르다. 하나의 재판은 행동의 세부사항들 하나하나가 세밀한 의미로서 추적되고, 주인공들의 신경이 끝간 데 없이 곤두선다. 사건들의 각종 계열화가 치밀하게 계산되고 빛나는 논거들이 제시된다. 뫼르소의 눈에 비친 다른 한 재판은 다분히 어리석고 무미건조하다. "나는 그들이 배심원들이라는 것을 깨달았다. …… 전차의 좌석을 눈앞에 보고 있는 것이어서 그 이름 모를 승객들이 호기심 많은 눈빛으로 새로 타는 승객을 훑어보는 것 같았다."(II, 3) 뫼르소는 자신을 심판하는 재판정에서 자신을 불청객으로 느낀다. 그러나 두 재판에는 본질적인 공통점이 있다. 사람들이 심판하는 것은 사건이 아니라 인물이라는 점 말이다.

> 나의 변호사는 참다못해 두 팔을 높이 쳐들며 외쳤다.
> ……
> "도대체 피고가 어머니를 매장한 것으로 기소된 것입니까, 살인을 한 것으로 기소된 것입니까?"
> 방청객들이 웃었다. 그러자 검사가 다시 일어나서 법관복을 바로잡아 몸에 휘감고 나서, 존경할 만한 변호인이 순진성을 갖지 않고서는 그 두 가지 사실 사이에 근본적이며 충격적이요 본질적인 관계를 느끼지 않을 수 없다고 분명하게 말했다. "그렇습니다" 하고 그는 매몰차게 외쳤다. "범죄의 마음을 가지고 자신의 어머니를 매장했으므로 나는 이 사람의 죄를 논고하는 것입니다."(II, 3)

양로원에서의 뫼르소의 행동과 바닷가에서의 행동, 검사는 두 행동 사이의 관련성을 밝히고 그 사이에 의미의 다리를 놓는다. 그것은 즉물적인 상황의 단속斷續들을 살아가는 뫼르소의 삶의 방식과 정확히 대비된다.

검사는 이 관련성과 의미의 계열을 마침내 뫼르소의 영혼으로까지 이어간다. 행위의 계열들과 그 의미들은 영혼이라는 실체로 소급되어 설명된다. "검사는 나의 영혼을 들여다보았으나 아무것도 찾아볼 수 없었다고 배심원들에게 말했다. 아니 나에게는 영혼이라는 것이 도무지 없으며, 인간다운 점이 조금도 없고, 인간의 마음을 유지하는 도덕적 원리가 나와는 모두 인연이 멀다는 것이었다."(II, 4)

행위들·의미들을 영혼으로 소급시켜 설명한 검사는 이제 다시 이러한 영혼으로부터 파생될 사회적 효과들에 대해 우려를 표명한다. "이 사람에게서 볼 수 있는 것 같은 심리의 공허가 사회 전체를 삼켜버릴 수도 있을 경우에는……." 행위와 영혼 그리고 사회를 완벽하게 이어 수미일관한 논리와 가치를 부여하는 검사의 논고, 그 거미줄에 세상 바깥의 존재, 잉여존재être de trop인 뫼르소는 어리석은 벌레처럼 걸리고 만다.

검사의 거미줄과 성격이 다른, 그 내재적·사회적 거미줄보다 더 강력한 초월적·형이상학적 거미줄이 또한 뫼르소를 "구제하기" 위해 쳐진다. 예심판사는 뫼르소를 개과천선시키기 위해서 "은으로 만든 십자가를 꺼내 그것을 휘두르면서" 예수의 존재를 내세운다.

　　그러나 그는 나의 말을 가로막고 다시 한 번 몸을 일으켜 하느님을 믿느냐고 물으면서 나를 훈계했다. 나는 믿지 않는다고 대답했다. 그는 분연히 앉아버렸다. 그러고는 그럴 수는 없다며, 누구나, 비록 하느님의 얼굴을 외면하는 사람일지라도 하느님은 믿는 법이라고 말했다. 그것이 그의 신념이요, 만약 그것을 의심해야 한다면 그의 삶은 무의미해지고 만다는 것이었다. "당신은 나의 인생이 무의미하게 되기를 바랍니까?" 하고 그가 외치다시피 물었다. 내 생각으로는 그것은 나와 아무 관계가 없는 일이어서 그렇다고 대답했다. 그러자 그는 그리스도의 십자가 상을 책상 너머로부터 내 얼굴 앞으로 들이밀고는 소리를 지르는 것이었다.

"나는 기독교 신자야. 나는 이분에게 당신의 죄의 용서를 구하고 있어. 어찌하여 당신은 그리스도가 당신을 위해 고통을 당하셨다는 것을 믿지 않느냐 말이야?"(II, 1)

세계에 대해서, 삶에 대해서 완벽한 정답을 가진, 최종적인 '모범답안'을 가진 예심판사가 뫼르소에게는, 세상의 무의미를, 삶의 부조리를 있는 그대로 받아들이는 이 이방인에게는 무척이나 낯선 존재로 다가온다. 의미로 넘쳐흐르는 판사의 눈길 아래에서 뫼르소는 도무지 이해할 수 없는 인간으로 드러난다.

세계의 부드러운 무차이

완벽한 의미와 무의미 사이의 대결—일방적인 시비이지만—은 사형 전날에 다시 재현된다. 뫼르소는 늘 그랬듯이 다시 한 번 주어진 상황을 받아들인다.

다른 사람들보다 먼저 죽는 것은 사실이지만, 그러나 인생이 살 만한 가치가 없다는 것은 누구나 알고 있다. 결국 서른 살에 죽든지 예순 살에 죽든지 별로 다름이 없다는 것을 나도 모르는 바 아니었다. 그 어떤 경우에든지 그후엔 다른 남자들, 다른 여자들이 살아갈 것이요, 수천 년 동안 그럴 것이다. 요컨대 그것은 지극히 명백한 일이었다. 지금이건 10년 후이건 나는 죽을 것임엔 틀림이 없었다.(II, 5)

사형 집행 전날 밤에 찾아온 신부는 뫼르소에게 어떤 신념, 정답, 의미를 요구하고 구원을 베풀고자 하지만 뫼르소에게 그것은 "관심을 끌지 않는 일"이고 원하지도 않는 일이다. 정답을 가진 사람에게, 그 정답을 타인에게 가르쳐주고 그래서 타인을 '구원'하려 하는 열망에 불타는 사람에게 그 타인의 무관심과 사양만큼 답답한 것은 없다. 그는 그 타인을 응시한다. 그러나 뫼르소는 그것을 눈싸움 놀이로 받아들인다. 신부는 뫼르소에게 '죄'를 강요한다. 죄가 있어 구원이 필요한 것이 아니다. 구원을 위해서 죄가 필요한 것이다. "죄가 무엇인지 나는 모른다고 말했다. 내가 죄인이라는 것을 사람들이 내게 가르쳐주었을 뿐이다." 신부는 끈질기게 죄, 고백, 참회를 강요하고 뫼르소는 마침내 폭발하고 만다.

당신은 자신만만한 태도다. 그렇지 않고 뭐냐? 그러나 당신의 신념이란 건 모두 여자의 머리털만 한 가치도 없다. 당신은 죽은 사람 모양으로 살고 있으니 살아 있다는 것에 대한 확실한 자각조차 없지 않느냐? 나는 빈손인 것 같으나 확신이 있다. 나 자신에 대한, 모든 것에 대한 확신, 그것은 당신보다 더 강하다. 나의 인생과 닥쳐올 이 죽음에 대한 명확한 인식이 내게는 있다. 그렇다, 내게는 이것밖에 없다. 그러나 적어도 나는 이 진리를, 그것이 나를 붙들고 놓지 않는 것과 마찬가지로, 굳게 붙들고 있다. 내 생각은 옳았고 지금도 옳고 또 언제나 옳을 것이다.

현상학자이자 실존주의자인 뫼르소는 형이상학자—삼류 형이상학자—인 신부에게 공박을 가한다. 당신은 마치 세계와 인생에 대해 완벽하게 인식하고 있기라도 한 듯이, '진리'를 알고 있다는 듯이 행동한다. 그러나 내게 당신이 말하는 이야기들은 아무런 설득력도 현실감도 없다. 그런 공허하고 사변적인 주장들은 밝게 빛나는 태양빛의 한 줄기, 따스한 모래사장 한 구석, 여인의 짧은 체취, 어린아이의 미소보다도 무가치한 것이다. 당신이 삶에 대해서, 이 대지의 위대함에 대해서, 내 신체와 해변, 대지, 햇볕과의 일치감에 대해서 알기라도 하는가? 당신이 정말 살고 있다고 생각하는가? 그렇다. 나는 사형수다. 나는 그 사실, 그 진실을 명확하게 인식하고 있다. 그리고 그것으로부터 정신적으로 도피할 생각이 없다. 그 앞에서, 죽음 앞에서 나는 그 어느 때보다도 깨어 있다. 내 생각은 단순하지만 그러나 진실되다.

나는 이렇게 살았으나, 또 다르게 살 수도 있었을 것이다. 나는 이런 것은 하고 저런 것은 하지 않았다. 어떤 일은 하지 않았지만 이러저러한 일은 했다. 그래서 어떻단 말인가? 나는 마치 이 순간, 나의 정당함이 인정될 저 새벽을 여태껏 기다리며 살아온 셈이다. 아무것도 중요한 것은 없다. 나는 그 까닭을 알고 있다. 당신도 그 까닭을 알고 있는 것이다. 내가 살아온 이 허망한 생애에선 미래의 구렁 속으로부터 언제나 한 줄기 어두운 바람이 아직도 오지 않은 해들을 거쳐서 거슬러 올라와, 그 바람이 도중에 내가 살고 있던 때와 다름없이 현실적이라 할 수 없는 그때에 나로서 할 수 있는 일들을 모두 아무 차이도 없는 것으로 만들어버리는 것이다. 다른 사람들의 죽음, 어머니의 사랑, 그런 것이 무슨 중요성이 있는가! 당신의 그 하느님, 사람들이 선택하는 생활, 사람들이 선택하는 숙명, 그런 것이 무슨 중요성이 있다는 말인가! 단지 하나의 숙명이 나 자신을 사로잡고, 나와 더불어 당신처럼 나의 형제라고 하는 수많은 특권을 가지니 사람들을 사로잡는 것이 아닌가! 누구나 다 특권을 가지고 있다. 특권을 가진 사람들밖에 없는 것이다. 장차 다른 사람들도 사형을 받을 것이다. 살인범으로 고발되어 내가 어머니의 장례식 때 눈물을 흘리지 않았다고 해서 사형을 받는다고 한들, 그것이 뭐가 중요하단 말인가! 살라마노의 개나 그의 마누라나 그 가치를 따지면 매한가지다. 꼭두각시 같은 그 자그마한 여자도 마송과 결혼한 그 파리 여자나 마찬가지로, 또 나와 결혼하고 싶어 하던 마리도 마찬가지로 죄인

인 것이다. 셀레스트는 그 성품이 레이몽보다 낫지만 셀레스트나 마찬가지로 레이몽도 나의 친구라고 해서 그것이 무슨 중요성이 있으랴! 마리가 오늘 또 다른 한 사람의 뫼르소에게 입술을 내밀고 있다고 한들 그것이 어떻다는 말인가!

사람들은, 그리고 당신처럼 완벽한 의미체제를 갖춘 사람들은 내 행동들 모두를 꿰어 멋대로 의미를 부여했다. 그러나 정말 그런가? 내 삶이, 내 행동들이 정말 당신들이 만들어낸 그 거창한 의미의 거미줄에 붙들어 매어져야 하는가? 저 새벽, 당신들이 나를 다른 세계로 보내려고 감옥 문을 열 그 새벽, 그 새벽의 의미를 나는 깨달았다. 죽음이라는 절대적 진실을 나는 받아들인 것이다. 그 앞에서 당신들이 어쩌고저쩌고 하는 모든 것들은 의미를 상실한다. 그 앞에서 모든 것들은 평등하다. 나도 그 길을 걸어가고 다른 모든 사람들도 그 길을 걸어간다. 당신들이 설치해놓은 온갖 의미/기호의 거미줄들은 그 앞에서 무력한 것이다. 사형 선고를 받은 것은 바로 당신이다. 그러나 그것 앞에서 진실한 것은 바로 나이다. 당신은 의기양양하게 거창한 의미의 그물망을 던져 죽음을 극복했다고 생각하지만, 그 앞에서 단 한 번이라도 진실해진 적이 있는가? 나는 이미 헛된 차이들을 극복했다. 절대적인 무차이無差異 앞에 서봤느냐?

신부가 나가버린 뒤에 나의 마음은 조금씩 가라앉았다. 나는 기운이 없어 자리 위에 몸을 던졌다. 그러고는 잠이 들었던 모양이다. 왜냐하면 눈을 뜨자 별들이 보였기 때문이다. 들판의 소리들이 나에게까지 들려왔다. 밤 냄새, 흙 냄새, 소금 냄새가 관자놀이를 시원하게 해주었다. 잠든 여름의 그 희한한 평화가 밀물처럼 내 속으로 흘러들었다.

그때 한길 저 끝에서 사이렌이 울렸다. 그것은 이제 나에게는 영원히 관계 없는 세계로의 출발을 알리는 것이었다. 참으로 오랜만에 나는 어머니를 생각했다. 말년에 어머니가 왜 '약혼자'를 가졌었는지, 왜 생애를 다시 꾸며보는 놀음을 했는지, 나는 알 수 있을 것 같았다. 그곳, 생명들이 꺼져가는 그 양로원 주변도 저녁은 서글픈 휴식 시간 같았을 것이다. 그처럼 죽음 가까이에서 어머니는 자유로움을 느끼며, 모든 것을 다시 시작해볼 마음이 생겼을 것임에 틀림없다. 어느 누구도 어머니의 죽음을 슬퍼할 권리는 없다. 그리고 나도 또한 모든 것을 다시 시작해볼 수 있으리라는 생각이 들었다.

마치 그 커다란 분노가 나의 괴로움을 씻어주고 희망을 안겨주기라고 하듯이 표적과 별들이 가득 찬 밤하늘을 올려다보며, 나는 처음으로 세계의 다정스러운 무관심에 마음을 열고 있었던 것이다. 그처럼 세계가 나와 다름없고 형제 같음을 느끼며, 나는 행복했다고, 지금도 행복하다고 생각했다. 많은 것이 이루어지고 내가 외롭지 않다는 것을 느끼기 위해서 이제 내게 남은 소망은, 다만 내가 사형 집행을 받는 날 많은 구경꾼들이 증오의 함성으로 나를 맞아주었으면 하는 것뿐이다.

이 대목을 읽고 읽고 또 읽었다. 프랑스어 공부도 겸해서 『이 방인』을 여러 번에 걸쳐 정독했지만 특히 이 마지막 대목이 인상 적이었다. '세계의 부드러운 무차이/무관심tendre indifférence du monde'이라는 구절을 참으로 오랫동안 곱씹었던 기억이 난다. 그리고 나는 오랜 세월이 지난 후 '존재의 일의성'과 'haecceitas' ['이것'] 개념을 통해 다른 차원에서—현상학적 수 준이 아니라 존재론의 수준에서—이 구절을 되찾았다. 무차이 에서 무한한 차이들로.

의미가 완전히 발가벗겨진 세계, 그 세계에서 인간은 완벽한 무의미 앞에 서게 된다. 그 세계에서 인간은 이방인이다. 『이방 인』은 이런 세계 앞에 우리를 세운다. 그러나 그 세계는 무無의 세계가 아니라 '주어진 것'과의 원초적인 만남이 이루어지는 세계이다. 그 세계 위에 두터운 의미의 두께가 쌓인다. 『이방인』 은 그 두께를 덜어냈을 때 드러나는 무구한 세계로 우리를 데려 간다. 거기에서 우리는 완전히 새로운 자신의 의미, 세계의 의 미, 삶의 의미를 다시 써야 하는 것이다. 『이방인』은 존재론적 의식의 통과의례이다.

대부분의 문학작품들을 청소년 시절에 읽었고 『이방인』을 비 롯한 몇몇 작품들은 대학에 들어온 이후에 읽었지만, 청소년 시절부터 지금까지 지속적이고 반복적으로 읽어온 작가가 있다. 바로 카프카이다. 중학생 시절에는『변신』에 매료되었고, 대학에 들어온 후에는『성』과『심판』을 재발견하고, 한참 후에는 단편들에 매력을 느끼게 되었으니, 한평생 카프카를 읽어온 셈이다.

카프카의 변신, 장자의 변신

아마『변신』을 읽은 누구나 그랬겠지만, 이 작품을 읽으면서 다음 날 아침 나도 벌레로 변하는 것이 아닌가 하고 전전긍긍하던 기억이 난다. 그만큼 첫 대목이 인상적이다.

어느 날 아침 그레고르 잠자가 불안한 꿈에서 깨어났을 때, 그는 자신이 침대 속에 한 마리의 커다란 해충으로 변해 있는 것을 발견했다. 그는 갑옷처럼 딱딱한 등을 대고 누워 있었는데, 머리를 약간 쳐들면 반원으로 된 갈색의 배가 활 모양의 단단한 마디들로 나누어져 있는 것이 보였고, 배 위의 이불은 그대로 덮여 있지 못하고 금방이라도 미끄러져 내릴 것만 같았다. 나머지 몸뚱이 크기에 비해 비참할 정도로 가느다란 다리가 눈앞에서 힘없이 흔들거리고 있었다.(1)

이 구절을 처음 읽으면 깊은 충격과 전율에 몸을 부르르 떨게 된다. 카프카의 세계는 환각적이면서도 정밀해서 현실이라기에는 너무 꿈 같고 꿈이라기에는 너무나 현실 같다. 현실이라기에는 너무 낯설고 기이한 세계이고 꿈이라기에는 너무나도 세밀하고 현실감 넘친다. 『변신』에서 단 하나의 꿈 같은 설정은 그레고르가 거대한 곤충으로 변신한 것이다(그 설정이 모든 것이지만 말이다). 그후의 이야기는 어떤 상징도 은유도 교훈적 복선도 없이 지극히 사실적으로 전개된다. 너무나 사실적이어서 마치 어떤 사실을 기록해놓은 다큐멘터리처럼 느껴진다.

어떤 면에서 보면 이 소설의 '스토리'는 단 하나, 그레고르의 변신뿐이다. 그 외의 모든 것은 세밀한 '묘사'에 가깝다. 그런 점에서 이 소설을 개념적으로 재구성하거나 온갖 알레고리적인 의미를 부여하려고 하는 것은 부질없는 짓일지 모른다. 변신이라는 그 아연한 사건 자체 앞에 서야 하는 것이다("나는 항상 전달할 수 없는 것을 설명하려고 애쓰지요. 그리고 뼛속에 지니고 있고 또 이 뼛속에서만 체험할 수 있는 것을 이야기하려고 애씁니다").

하나의 삶, 하나의 세계, 하나의 상황이 극에 달하면 그 삶, 세계, 상황으로부터의 탈주를 꿈꾸거나 실제 어떤 식으로든 탈주가 발생하게 된다. 그레고르의 상황이 그렇다. "아아, 이렇게도 힘든 직업을 택하다니. 매일같이 여행이다. 이 일은 회사에서 하는 실질적인 일보다 훨씬 더 신경을 자극시킨다. 그 밖에 여행하는 고역이 있고, 기차 연결에 대해 늘 걱정해야 하며, 식사는 불규칙적이면서 나쁘고, 대하는 사람들은 항상 바뀌고 따라서 그들과의 인간관계는 절대로 지속적일 수 없으며 또한 진실한 것일 수도 없다. 이 모든 걸 악마가 가져갔으면!"(I) 그레고르의 이런 상황은 현대의 직장인 모두의 상황이며 따라서 변신 또한 일반적인 상황이라고 하겠다. 열심히 일해봤자 빚 갚는 데 급급하고, 늘 시간에 쫓겨 시계를 쳐다보면서 살아야 하는 현대인, 그러면서도 메마른 인간관계에 황폐한 가슴을 가지고서 살아가는 현대인, 그런 현대인의 상황의 극한에서 변신이 발생한다. 그것은 카프카 자신의 체험이기도 했다("잠시 동안 나는 갑주甲冑로 온몸이 둘러싸여 있음을 느꼈다." "나의 몸은 두려워 떨며 …… 천천히 벽 위로 기어 올라간다").

변신은 한 세계에서 다른 세계로의 이행이다. 그래서 변신한 그레고르와 식구들 사이에는 단절이 생기고 사람들은 그를 곤충으로 취급하는 데 점점 익숙해진다. 그레고르의 단절은 부분 단절이다. 그레고르는 일방적으로 식구들의 이야기를 듣고 식구들도 적어도 처음에는 그레고르가 아들/오빠임을 알아본다. 그레고르는 이미 자신에게서 멀어져가는 세계로 다시 진입하려 몇 번 시도하지만 그것이 그를 더욱더 그 세계로부터 떨어뜨려놓는다. 아들/오빠라는 이름-자리에서 곤충이라는 이름-자리로. 열심히 돈을 벌어다주는 그레고르는 집안의 기둥이었다. "그가 집에서 그 돈을 식탁 위에 올려놓으면 식구들은 놀라서 기뻐했었다. 정말 좋은 시절이었다."(II) 그레고르는 식구들에 대한 애정, 의무와 하루 빨리 벗어나고 싶은 현실의 무게 사이에서 흔들거린다. 그 흔들거림은 마침내 그에게 '출구'를 제공한다. 그러나 그 출구는 이미 이전의 세계 내에서의 출구는 아니다. 현실 속에 출구는 없다. 다른 세계로의 변신만이 그에게 출구를 제공해준다.

카프카의 변신을 생각할 때면 늘 장자의 변신(化而爲鳥)을 생각하게 된다. 암울하고 극한적인 카프카의 변신과 호방하고 초연한 장자의 변신, 나는 이 두 변신 사이에서 사유하고 살아왔다는 생각이 든다. 카프카 그리고 장자.

권력의 문제

카프카 문학이 보다 현실적인 맥락을 띨 때 그것은 권력의 문제를 농밀하게 함축한다. 대학생이 된 후 『성』과 『심판』을 다시 읽었는데, 이전에 깨닫지 못했던 의미들을 새롭게 발견하기 시작했다. 그리고 횔덜린 시를 읽을 때 그랬듯이, 그 의미와 1980년대의 시대 상황이 오버랩 되어 드러나곤 했다. 카프카, 맑스와 엥겔스, 그리고 베버. 나는 이들을 통해 권력론을 배웠지만 거기에는 늘 1980년대 한국을 살아야 했던 한 청년의 의식이 투영되곤 했다.

『성』을 읽으면서 가장 예민하게 주목하게 된 부분은 이 소설에 나타난 시공간 개념이었다. 아마 그것은 내가 이 소설을 읽을

당시(대학 2학년 때였던가?) 과학에 흥미를 가지게 되어 상대성이
론이나 양자역학, 열역학 등을 공부하고 있었기 때문일 것이다.
이런 이론들을 공부하는 동안 특히 시공간 문제에 흥미를 갖게
됐고 그것이 훗날 철학적 관심으로 이어졌다. 또한 당시 건축에
많은 흥미를 가지고 있었기에 자연스럽게 공간에 주목하게 되
었던 것 같다.

『성』은 권력에 대한 이야기이지만 나는 권력 문제를 시공간
의 관점에서 읽었다. 성의 거리를 묘사하는 대목이 한 예이다.
"이렇게 그는 다시 나아갔는데 먼 길이었다. 이를테면 거리, 마
을의 한 길은 성 언덕으로 통하는 게 아니라 가까지 가기만 했다
가 일부러 그러는 것처럼 휘어지며 설령 성에서 멀어지진 않는
다 해도 성에 가까워지는 것도 아니었다."(I) 카프카 특유의 이
런 공간 묘사는 『성』의 곳곳에서 발견된다. 전화하는 장면(II)은
카프카의 세계에서 공간, 시간, 그리고 현존/부재의 존재론을
극명하게 보여준다. 전화는 부재하는 상대와 오로지 목소리만
으로 접속하는 장치이다. K는 성과 통화하면서 소통의 부재를
절실히 체험한다. 전화는 공간적 부재를 시간적 현존으로 바꾸
어주지만 거기에서 확인하게 되는 것은 영원히 닿을 수 없을 듯
한 성의 모호한 정체이다. K는 성—당시 내게는 이 성이 파시즘
정권으로 표상되곤 했다—을 헤매고 돌아다니면서 "내내 길을
잃었거나 아니면 멀리 낯선 곳에 와 있다는 느낌"(III)을 받게 된
다. 그것은 "한 인간의 생존을 좌우하는 어처구니없는 미로"(V)

가 아닌가.

이런 점은 『심판』(『소송』이라고 번역하는 것이 나을 듯하다. 이하 『소송』)에서도 마찬가지로 확인된다.

"최근 어느 날 저녁 K가 그의 사무실과 중앙계단 사이에 있는 복도를 지나려는데 …… 아직 한 번도 직접 본 일은 없었지만 그 뒤에 헛간이 있다고만 생각했던 문 뒤에서 신음소리가 들려왔다. …… 억제할 수 없는 호기심에 끌려 그대로 문을 홱 열어보았다. 상상했던 대로 헛간이었다. …… 방 안에는 세 명의 남자가 서 있었다."(V)

늘 다니던 회사에 헛간이 존재하고 거기에서 태형이 벌어지고 있다는 악몽 같으면서도 코믹한 상황. 더구나 거기에서 태형을 당하고 있던 두 사람이 K를 체포하러 왔던 감시인들이라는 사실("K는 그것이 감시인인 프란츠와 빌렘이며, 제3의 사나이는 그들을 때리기 위해서 손에 매를 들고 있다는 것을 알았다"). 이렇게 『소송』은 권력의 문제를 보다 농밀하고 아이러니하게 표현하고 있다. 이 소설은 하나의 악몽이지만 그러나 가끔씩은 웃음이 터져 나오는 악몽이다. 그것은 비극이라기에는 너무 희극적이고 희극이라기에는 너무 비극적이다.

법 앞에서

"누군가가 요제프 K를 중상한 것이 분명했다. 왜냐하면 그는 아무런 나쁜 짓도 하지 않았는데 어느 날 아침 체포되었으니까 말이다."(I) 이 도입부는 몽환적이고 불확실한 『성』의 도입부와는 달리 시작부터 극한적인 상황을 보여주고 있다. 전체적으로 『소송』은 『성』보다 더 구체적이고 명료하다. 그러나 이런 구체성과 명료함은 소설 전체의 불가해함과 어리둥절함에 의해 상쇄되고 있다. 그런데 이런 이중적 성격은 곧 이 소설의 주제이기도 하다. 법과 권력의 구체성, 명료함과 불가해함, 어리둥절함. 카프카는 도스또예프스키, 카뮈와는 또 다른 방식으로 법과 권력을 다룬다. 도스또예프스키의 그것은 흥미진진하고 드라마틱하고 복잡하지만 또한 명료하다. 카뮈의 그것은 우스꽝스럽고 자의적이며 헛되다. 이에 비해 카프카의 그것은 기괴하고 아이러니하고 불가해하다. 하지만 그것은 그저 장난, 유치한 장난일 뿐이다. 카프카는 「법 앞에서」라는 짧은 글에서 법의 이런 성격을 극명하게 묘사하고 있다.

법 앞에 한 문지기가 서 있다. 이 문지기에게 한 시골 사람이 와서 법으로 들어가게 해달라고 청한다. 그러나 문지기는 지금은 그에게 입장을 허락할 수 없노라고 말한다. 그 시골 사람은 곰곰이 생각한 후, 그렇다면 나중에는 들어갈 수 있겠느냐고 묻는다.

"가능한 일이지" 하고 문지기가 말한다. "그러나 지금은 안 돼."
…… 수년간 그 사람은 문지기를 거의 하염없이 지켜보고 있다.
그는 다른 문지기들은 잊어버리고, 이 첫 문지기만이 법으로 들
어가는 데에 유일한 방해꾼인 것처럼 생각한다. …… 그가 죽기
전에, 그의 머릿속에는 그 시간 전체에 대한 경험들이 그가 여태
까지 문지기에게 물어보지 않았던 하나의 물음으로 집약된다.
…… "너는 이제 더 이상 무엇을 알고 싶은가?"라고 문지기가 묻
는다. "네 욕망은 채워질 줄 모르는구나." "하지만 모든 사람들
은 법을 절실히 바랍니다" 하고 그 남자는 말한다. "지난 수년 동
안 나 이외에는 아무도 입장을 허락해줄 것을 요구하지 않았는
데, 어째서 그런가요?" 문지기는 그 시골 사람이 이미 임종에 다
가와 있다는 것을 알고, 희미해져가는 그의 청각에 들리도록 하
기 위해서 소리친다. "이곳에서는 너 이외에는 아무도 입장을 허
락받을 수 없어. 왜냐하면 이 입구는 단지 너만을 위해서 정해진
곳이기 때문이야. 나는 이제 가서 그 문을 닫아야겠네."

그 문은 '오직' 그 사람을 위한 문이지만 "지금은" 들어갈 수
없다는 문지기의 말은 『소송』 IX장에서 '교도소 신부'에 의해
상세하게 분석된다.

K를 체포한 법도 이런 법이다. "우리 관청은 내가 알고 있는
한, 더군다나 나는 맨 밑의 사람들밖에 모르지만, 주민들에게서
어떤 죄를 찾아내는 것이 아니고 법률을 그대로 적용할 뿐이며

그래서 우리 감시인을 보내게 되는 것이오. 그것이 법률이라는 것이오. 어떻게 실수가 있을 수 있단 말이오?" K를 잡으러 온 사람의 이 말은 현대 사회에서의 법의 이미지를 간결하게 정리해 주고 있다. 법학사 카프카에게 법이란 곧 이런 것이다.

K는 그것을 잘 알고 있다. 그렇다. 사실 우리는 그것을 잘 알고 있다. 출세욕에 불타 인간관계, 교양, 사회봉사 등을 모두 도외시한 채 오로지 수험서들을 달달 외워서 '한 큐'에 인생을 보장받으려는 인간들, 출세에 눈이 먼 이런 이기적이고 편협한 존재들이 사람들을 '심판'한다. 그것이 법이다. 그래서 예심판사를 만난 K는 그들의 뻔한 수작들을 폭로한다. "그러면 여러분, 이 커다란 조직의 의미는 무엇이겠습니까? 그것은 무고한 사람들이 체포되고, 그들에게는 무의미하고 또한 대개는 나의 경우처럼 얻는 것이 없는 소송 절차가 행해진다는 점에 있습니다. 만사가 이처럼 무의미한데, 관리들의 극도의 부패를 어떻게 하면 피할 수 있겠습니까?"(Ⅱ) 그러나 무슨 소용이 있는가? 그들은 모두 '똑같은 휘장'을 달고 있는 것이다. 견고한 성城에 이런 질타는 결코 먹혀들어갈 수가 없다.

출구가 없다

『소송』에는 『형제들』에서와 같은 드라마틱한 재판도 또 『이방인』에서와 같은 반反의미론적 재판도 없다. 거기에는 오직 마지막까지도 모습을 드러내지 않는 법의 술책과 K의 희생이 있을 뿐이다. K는 진상을 알기 위해 동분서주하면서 많은 사람들을 만나고, 그들을 통해서 수수께끼 같으면서도 어린아이 장난 같은 법의 모습을 발견하게 된다. 그 중에서도 특히 화가 티토렐리와의 만남이 흥미진진하다. 티토렐리가 그린 정의의 여신이 K에게는 수렵의 여신처럼 보인다. 그리고 재판관의 그림은 변호사의 방에서 본 것과 비슷하다. 재판소 중개인이라는 티토렐리의 방에서 그는 K에게 무죄 판결에 관한 세 가지의 가설을 제시한다.(VII)

첫째, 진짜 무죄. 그러나 티토렐리는 "진짜 무죄 선고 같은 것은 본 일이 없다"고 말한다. 방 안은 몹시 덥고 창은 유리만 끼워 놓은 것이기 때문에 열리지 않는다. 바깥에는 무구하지만 방해만 되는 소녀들이 재잘거린다. 출구가 없다. K는 숨이 막힌다.

둘째, 외견상의 무죄. 결백 증명서를 만들어 재판관들을 찾아다니고 그들의 서명을 받아낸다. 일단 무죄가 선고되지만 그것은 외견상의 무죄일 뿐이다("그러나 단지 외견상만의 자유 혹은 좀더 정확하게 말하면 잠시 동안의 자유입니다. 즉 나와 친한 맨 밑의 재판관들은 최종적으로 무죄를 선고할 권리가 없고, 그런 권한은 오직 당신이나 나나 우리 모두가 접근할 수 없는 최고 법정만이 쥐고 있는 것입니다. 그곳이 어떤 곳인지는 우리들로서는 알 수가 없으며……"). 고소 상태는 사라지지 않으며 위로부터 명령이 내리면 언제라도 다시 작동한다. 문서는 폐기되지 않는다.

문서에 대해서 말한다면, 무죄의 증명, 무죄의 선고 그리고 무죄 선고의 이유에 대해서 더욱더 문서가 불어난다는 것 이외의 변화는 일어나지 않습니다. 그런데 문서는 여전히 수속 중이기 때문에, 재판소 사무국 사이의 끊임없는 교섭에 의해서 요구되는 대로 상급 각 재판소로 보내졌다가 다시 하급 재판소로 되돌려 보내져 대소의 흔들림, 장단의 머무름에 의해서 위아래로 흔들리는 것입니다. 이러한 도정은 예측할 수가 없습니다. …… 언젠가 재판관 중의 누군가가 문서를 조심스럽게 손에 들고, 이 사건에 있어서는 고소가 아직 살아 있음을 확인하고 즉시 체포를 명령합니다. …… 무죄를 선고받은 사람이 재판소에서 집으로 돌아가보니 그를 다시 체포한다는 명령을 받은 사람이 집에서 기다리고 있는 일도 똑같이 있을 수 있는 일입니다.(VII)

셋째, 지연 작전. 소송이 다음 단계로 넘어가지 못하고 낮은 단계에서 계속 빙빙 돌도록 만들기. 그렇게 만들기 위해서는 지속적인 노력이 필요하다. K는 두 번째와 세 번째 경우라면 유죄 판결을 막을 수 있겠지만 진짜 무죄 선고 또한 막아버린다는 점을 깨닫게 된다. 출구를 찾아 화가의 안쪽 방문을 연 K에게 재판소 사무국이 나타난다.

소송에 걸린 사람이 기대는 곳은 변호사이다. 그러나 여기에서도 K는 출구-없음에 봉착한다. 결국 변호사는 "청원서가 진척되고 있다는 것, 재판소 관리들의 기분이 좋아졌다는 것, 그러나 일은 여러 가지 큰 어려움에 직면하고 있다는 것—요컨대 싫증날 정도로 알고 있는 그러한 모든 일들을 들추어 또다시 K에게 분명치 않은 희망을 품게도 하고 분명치 않은 위협으로 자신을 괴롭히려 할 것이다."(VIII) 소송은 질질 끌며 이어지고 K의 생활은 엉망이 되어버린다. "그는 단 하루도 직장에서 내쫓기고 싶지 않았다. 이젠 다시 되돌아올 수 없지 않을까 하는 공포가 너무나 컸기 때문이었는데, 그 공포는 지나친 생각이라는 것을 매우 잘 알고 있었으나 그의 마음은 몹시 불안했다."(IX) 이것은 소송이 걸려 생활이 불안정해진 사람들 대부분이 겪는 심리 상태일 것이다.

『소송』의 세계는 파놉티콘의 세계이다. K는 어디에서나 소송과 관련되는 사람들, 장소들, 사건들을 만나게 되고 결국 영문도 모른 채 죽음을 당한다.

『성』과 『소송』은 당시 사회에 대한 비판적 의식으로 차 있던 내게 어떤 결정적인 작품들로 다가왔다. 그리고 세월이 한참 지난 후 다시 카프카와 만났는데, 이번에는 그의 단편들이 내 눈을 끌었다. 「유형지에서」, 「학술원에 드리는 보고」, 「단식 광대」, 「요제피네, 여가수 또는 서씨족鼠氏族」, 「나이 든 독신주의자 블룸펠트」를 비롯한 여러 단편들이 내게 예전의 독서 시간과 다름없이 몰입할 수 있는 시간을 주었다. 더불어 카프카의 아주 짧은 글들도 많이 읽었는데 참으로 인상적이었다. 카프카의 글들은 짧을수록 더욱 인상 깊은 것 같다.

프로메테우스에 관해서 네 가지 전설이 전해진다. 첫 번째 전설에 따르면, 그는 신의 비밀을 인간에게 누설하였기 때문에 코카서스 산에 쇠사슬로 단단히 묶였고 신이 독수리를 보내어 자꾸 자꾸 자라는 그의 간을 쪼아 먹게 하였다고 한다.

두 번째 전설에 의하면, 프로메테우스는 쪼아대는 부리가 주는 고통으로 자신을 점점 바위 속 깊이 밀어넣어, 마침내는 바위와 하나가 되었다고 한다.

세 번째 전설에 의하면, 수천 년이 지나는 사이에 그의 배반은 잊혔고, 신도 잊었고, 독수리도, 그 자신도 잊었다고 한다.

네 번째 전설에 의하면, 한도 끝도 없이 되어버린 것에 사람들이 지쳤다고 한다. 신이 지치고, 독수리가 지치고, 상처도 지쳐 아물었다고 한다.

남은 것은 수수께끼 같은 바위산이었다—전설은 그 수수께끼를 설명하려고 한다. 전설이란 진실의 바탕에서 비롯되는 것이므로 다시금 수수께끼 가운데서 끝나야 한다.

중학생 시절부터 동양 고전은 늘 내 곁에 있었다. 아버지의 서재가 동양 고전으로 가득 차 있었고 그 책들과 함께하는 것이 내게는 거의 생활의 일부였기 때문이다. 그런데 지금 생각해보면 그 서재에서 일본 책을 본 적은 없었던 것 같다. 전부 한문으로 된 중국과 한국의 고전들, 근현대 한국 문학작품들이었고, 유일하게 '세계문학전집'이 한 질 있었으며, 일본 책은 (한글로 번역된 것조차) 없었던 것이다. 그래서 일본은 내게 낯선 존재였다. 고등학교 때인가 유일하게 대하소설『대망』을 읽은 적이 있다. 이 책을 완독했더라면『삼국지』를 비롯한 다른 대하소설들과 함께 뇌리에 남았을 것이다. 그러나 두 번째 권인가까지 읽다 그만두었는데, 그것은 아마도 소설이 재미없어서라기보다는 그 책을 읽기 위한 사전 지식이 너무나 부족했기 때문일 것이다. 어쨌든 독서는 중단되었다.

그래서일까. 언젠가부터 나는 일본에 유독 강렬한 관심을 가지게 되었고 일본 관련 서적들이 내 책장을 가득 메우게 되었다. 나는 책을 두 부류로 나누어 가지고 있는데, 연구실에는 철학책들(자연과학, 사회과학 포함)을, 집에는 역사책들(문학, 예술 포함)을 보관하고 있다. 연구실에서는 (과학을 포함해) 철학 연구를 하고, 집에서는 문학과 예술, 역사와 더불어 지낸다(과학·철학책들의 경우에는 서구어 책들이 많고, 문학·역사책들의 경우에는 동북아 관련 책들이 많다). 그런데 집에 있는 책들을 유심히 보면 일본 관련 서적들의 비중이 상당히 크다. 그것이 어린 시절 일본을 접하지 못한 데 따른 보상심리 때문인지 아니면 다른 어떤 이유가 있는 것인지 모르겠지만, 여하튼 나는 약 10년 전부터 일본에 유독 관심을 많이 가져왔다.

일본 작가들 중에서는 특히 아쿠타가와 류노스케의 작품들이 눈길을 끌었다. 역사적인 배경들이 주는 이국적이면서도(우리와 다르기 때문에) 친숙한(동북아 문화이기에) 느낌들, 명징하기 이를 데 없는 언어, 치밀한 구성, 그리고 무엇보다도 인간의 심연을 들여다보는 그 치열하고 절박한 사유가 그의 작품들에 몰두하게 만들었다. 짧으면서도(그의 작품들은 대개 단편들이다) 인상 깊은 그의 작품들은 일본 문화가 이룩한 한 정점이다.

이기주의에 대한 치열한 사유

아쿠타가와 문학이 특히 깊은 감동을 주는 것은 그것이 인간의 이기주의, 삶의 부조리와 아이러니, 세계에 가득 차 있는 악 등을 치열하게 탐색하고 있기 때문이다.

「라쇼몽羅生門」은 악의 문제를 인상 깊게 제시하고 있다. 주인공인 하인은 해고되어 갈 곳을 잃고 떠돈다. 하인은 도둑이 되려고 하나 그것도 쉽지가 않다. 여기에는 힘겨운 삶의 상황과 그해결책으로서의 범죄라는 두 요소가 존재한다. 힘겨운 삶은 현실이고 '남의 물건을 훔치지 말라'는 도덕법칙이다. 힘겨운 삶은 주인공에게 도덕법칙을 저버리라고 유혹한다.

도덕법칙이란 무엇인가? 칸트가 강조했듯이, 도덕법칙은 개인들 사이에서 발생하는 모든 정념들을 초월해 있는 것이며 따라서 보편성을 생명으로 한다. 그리고 이런 도덕법칙은 개개인의 마음에 내면화되어 '양심'을 이룬다. 따라서 도덕법칙을 어기고 악한 행동을 할 때 사람들은 양심의 가책을 느낀다. 주인공하인은 이런 도덕법칙 아래에서 망설인다.

도덕법칙의 생명은 보편성에 있다. 따라서 그것은 사람들 사이에 공평하게 적용되어야 한다. 현실적으로 생각해, 사람들은 다른 사람들의 '눈치'를 살피게 된다. 이럴 때 도덕법칙은 그 아우라를 상실하고 결국 사람들 사이에 암묵적으로 존재하는 눈치, 즉 상호 감시로 전락하게 된다. 이것은 곧 사람들은 누군가가 그 법칙을 어기기를 원한다는 뜻이다. 그럴 때에 비로소 자기역시 마음 놓고 도덕법칙에 반反하는 쾌락을 추구할 수 있기 때문이다.

도덕법칙이 내면에 확고하게 자리 잡고 있을 때는 의義가 내면화되어 있을 때이다. 하인은 라쇼몽에 갔을 때 한 노파가 죽은 시체의 머리카락을 뜯고 있는 것을 본다. 그때 그는 그 노파에게 강렬한 '의분'을 느낀다.

머리카락이 한 올씩 뽑힐 때마다 하인의 마음속에서는 두려움이 조금씩 사라졌다. 그와 함께 이 노파에 대한 격렬한 증오심이 조금씩 싹터갔다—아니 이 노파에 대해서라고 하면 어폐가 있을지 모른다. 차라리 모든 악에 대한 반감이 매순간 강도를 더해간 것이다. 이때 누군가가 이 하인에게 아까 문 아래서 그가 생각했던 굶어죽느냐 도둑질을 하느냐 하는 문제를 새로 끄집어낸다면 아마 하인은 아무 미련도 없이 굶어죽는 쪽을 택했을 것이다. 그만큼 이 사나이의 악에 대한 증오심은 노파가 마루에 꽂아놓은 관솔불처럼 기운 좋게 타오르고 있었던 것이다.

하인이 노파에게 느끼는 의분은 그에게 내면화되어 있는 도덕법칙에 뿌리를 두고 있다. 나아가 '나쁜 짓'에 대한 의분은 그 나쁜 짓이 나에게 벌어질 수도 있음을 전제할 때 더 커진다. 즉 도덕법칙은 현실적으로는 상호성을 전제하는 것이다.

힘겨운 현실에서 악이 창궐하게 된다. 「라쇼몽」의 배경은 매우 참혹하다. 수도는 황폐화되고 라쇼몽은 산더미처럼 쌓여가는 시체를 버리는 장소로 전락했다. "귀뚜라미도 어디론가 사라져버린" 삭막한 풍경이다. 사람들이 암묵적으로 당연시하던 도덕법칙은 극한의 현실이 도래할 때 실험에 부쳐진다. 도덕법칙을 쉽게 이야기할 수 있는 것은 삶에서 시련의 강도가 약할 때이다.

하인은 머리카락을 뽑고 있는 노파에게 의분을 느꼈고 그것은 그의 마음속에 내재되어 있는 도덕법칙의 표출이다. 그러나 노파는 살기 위해 악을 저지르고 있다. 게다가 노파는 죽은 여자의 악행을 들어 자신의 행동을 정당화한다. 여기에는 악의 일반화가 존재한다. 즉 누군가가 악을 저질렀을 경우 거기에 대해서 악으로 응답할 수 있다는 것이다. 이것은 선의 상호성이 아니라 악의 상호성이다. 선을 절대화하기보다 상호화할 때 악 역시 상호화된다. 그래서 다시 반전이 발생한다. 하인은 죽은 여자의 악행이 노파의 행위를 정당화한다면, 노파의 악행은 자신의 행위를 정당화할 수 있다고 생각한다. 그래서 이제 그 자신이 노파에게 악행을 가한다.

이제 하인은 굶어죽느냐, 도둑질을 하느냐 하고 망설이기는커녕 굶어죽는다는 따위는 거의 생각할 수도 없을 만큼 먼 의식 밖으로 밀려나 있었다.

"정말 그래?"

노파의 말이 끝나자 하인은 비웃는 것처럼 다그쳐 물었다. 그리고는 한 발짝 앞으로 다가서더니 갑자기 오른손을 여드름에서 떼어 노파의 목덜미를 잡고는 물어뜯을 듯이 이렇게 말했다.

"그럼 내가 네 껍질을 벗겨가도 날 원망하지 않겠지. 나도 그렇게 하지 않으면 굶어죽을 판이란 말이다."

하인은 재빨리 노파의 옷을 벗겼다. 그리고는 다리에 매달리는 노파를 거칠게 시체 위로 걷어차버렸다.

이렇게 악은 보편성을 획득한다. 악은 순환하게 되며 해결의 고리는 발견되지 않는다. 하인은 다시 강도짓을 하기 위해 교토로 발걸음을 옮긴다(나중에 "하인의 행방은 아무도 모른다"로 바뀜).

아쿠타가와가 묘사한 악은 상대적 악이다. 그것은 그노시스파 등에서 볼 수 있는, 강한 이원론이 함축하는 절대 악이 아니다. 즉 그의 악은 순환적이다. 따라서 문제는 그 순환의 고리를 끊을 수 있는 행위이다. 그것을 아쿠타가와는 '사랑'으로 파악한다. 그러나 사랑은 늘 좌절된다. 에고이즘을 떠난 절대 사랑이 불가능하기 때문이다. 그래서 악은 계속 순환한다. 길은 있지만 가기가 힘들다.

영원히 닿을 수 없는 진실

아쿠타가와에게 악의 상호성은 인식론의 형태로도 나타난다. 「덤불 속」은 관점들의 상대주의가 어떻게 악에 의해 지배되는가를 그리고 있다. 그 인식론적 상대성은 너무나 강력해서 여기에서 악은 거의 절대적 악에 근접한다.

살인 사건이 벌어지고 재판관의 심문이 벌어진다. 나무꾼은 살인 사건을 증언한다. 그 다음 나그네 스님이 증언한다. 그는 살인 사건이 있던 전날 피해자를 만났다. 피해자인 사무라이는 부인과 칼, 활, 화살을 가지고서 지나가던 중이었다. 이 두 가지 증언은 비교적 투명하다. 즉 인식론적 장막이 아직 드리워지기 전이다. 적어도 일정 부분까지는 관점들의 교차가 가능하다.

나졸은 도적을 붙잡아 왔다. 그는 다조마루라는 유명한 도적이다. 그가 유달리 색色을 밝힌다는 사실이 중요한 복선으로 깔린다. 평범한 이야기가 전개된다면 다조마루가 사무라이를 죽였음에 틀림없다. 그러나 이제 다조마루, 여인, 사무라이의 어긋나는 증언이 전개된다.

다조마루:나는 사내를 유인해서 나무에 묶었으며, 그가 보는 앞에서 부인을 겁탈했다. 그러자 여인은 나에게 자살하거나 아니면 자기 남편을 죽여달라고 말했다. 나는 사무라이를 죽이고 싶은 생각이 들었다. 그의 밧줄을 풀어주었고 정정당당하게 결투해 승리했다. 그 사이에 여인은 사라졌다.

여인: 다조마루에게 겁탈 당했다. 나는 남편에게 가려 했다. 그러나 그 순간 남편의 눈빛에서 형언할 길 없이 차가운 경멸을 보았다. 나는 남편에게 같이 죽자고 했다. 그러나 남편은 노려보기만 했다. 나는 남편을 죽였고 곧 따라 죽으려 했으나 정신을 잃었다.

죽은 사무라이(무당을 통해 이야기함): 겁탈 당한 아내는 도적의 말에 넘어가 그를 따라가려 했다. 아내는 도둑과 함께 떠나면서 그에게 나를 죽이라고 했다. 도둑은 아내를 물끄러미 쳐다보더니 그를 내팽개쳤다. 도둑은 나를 쳐다봤고 아내는 갑자기 도망갔다. 도둑은 나를 반쯤 풀어주었고, 도둑이 가고 나서 밧줄을 완전히 푼 나는 떨어져 있던 단도로 내 가슴을 찔렀다. 의식이 사라지기 직전 누군가가 내 몸에서 단도를 뽑았다.

여기에서 확실한 것은 사무라이가 죽었고 다조마루와 여인은 죽지 않았다는 것, 다조마루가 여인을 겁탈했다는 것이다. 그러나 다른 이야기들은 모두 엇갈린다.

사무라이는 어떻게 죽었는가? 다조마루에 의하면 정정당당하게 결투해서 자신이 이겼다. 여인에 의하면 자신이 남편을 죽였다. 사무라이에 의하면 자신은 자살했다.

다조마루와 사무라이의 관계: 다조마루는 정정당당하게 결투해 자신이 그를 죽였다고 말한다. 사무라이는 아내의 변심에 충격을 받아 스스로 자살했다고 말한다. 다조마루는 여인의 말을 듣고 사무라이를 죽이고 싶었고 그래서 결투했다고 말한다. 사무라이는 여인의 말을 듣고서 자살했다고 말한다. 적어도 두 사람은 여인이 변심했음을 함께 증언하고 있다.

다조마루와 여인의 관계: 다조마루는 여인이 사무라이를 죽여달라고 말했다고 주장한다. 여인은 그렇게 말한 일이 없다고 주장한다. 다조마루는 자신이 결투를 통해 사무라이를 죽였다고 말하고, 여인은 자신이 남편과 동반 자살하기 위해 우선 남편을 죽였다고 말한다.

여인과 사무라이의 관계: 여인은 남편이 자신을 차갑게 노려봤다고 말한다. 사무라이는 여인이 도적을 따라가려 했다고 말한다. 여인은 계속 노려보는 남편을 죽이고 따라 죽으려 했으나 정신을 잃었다고 주장한다. 사무라이는 여인은 도적을 따라가려다 그에게조차 버림받아 도망갔고 자신은 자살했다고 말한다.

사무라이가 죽고 여인이 겁탈 당한 것 외에는 어느 것도 아귀가 맞지 않은 채 계속 겉돌고 있다. 다조마루와 사무라이 그리고 여인은 각자의 관점에서 사건을 조명하고 있다. 진실은 존재하는가? 진실이 존재하지만 누구도 그것을 총체적으로 드러내지 못하는 것인가, 아니면 누구나 자신의 관점에서 사태를 볼 뿐 진실을 총체적으로 파악할 수 없는 것인가?

그러나 이 이야기에서 문제는 순수 인식론적 문제가 아니다. 세 사람 모두 어떤 식으로든 거짓말을 하고 있기 때문이다. 다조마루가 진실을 이야기하고 있다면, 사무라이가 자살했다는 것과 여인이 남편을 죽인 것은 거짓말이다. 여인이 진실을 이야기하고 있다면, 사무라이가 자살했다는 것과 다조마루가 여인을 내팽개쳤다는 것은 거짓말이다. 사무라이가 진실을 이야기하고 있다면, 다조마루가 결투로 그를 죽였다는 것과 여인이 그를 죽였다는 것은 거짓말이다.

이 이야기에서 가장 극적인 것은 남편과 아내의 관계이다. 겁탈 당한 자신을 싸늘하게 노려보는 남편과 동반 자살하려 했다는 여인의 이야기, 반대로 자신을 겁탈한 도적을 따라가려다 그나마 버림받고 도망간 아내에게 환멸을 느껴 자살했다는 남편의 이야기. 이 이야기에는 영원히 만날 수 없는 쌍곡선과도 같은 허무감이 내재해 있다.

이 이야기를 분석하는 데 칼, 활, 화살, 단도 등이 중요한 단서가 된다. 그러나 그것이 핵심은 아니다. 만일 진실이 존재함에도 각자의 관점의 한계 때문에 말이 어긋난다면, 그것은 인간 인식의 취약함을 보여주는 것이다. 그러나 만일 진실이라는 것 자체가 애초에 누구도 알 수 없는 무엇이라면, 그것은 인생 자체, 삶 자체의 한계를 보여주는 것이다. 그리고 누구도 진실을 말하려 하지 않는 것이라면(이 이야기에서는 이것이 진실이다. 사태가 알기 어려울 정도로 복잡한 것이 전혀 아니기 때문이다), 삶이란 영원히 거짓된 것, 환멸스러운 것일 수밖에 없다.

사람들은 거짓말한다. 사랑이라는 길이 있지만 누구도 그 길을 걸으려 하지 않는다. 여기에 인생의 막다른 골목이 있다. 아쿠타가와의 작품들은 이런 삶의 거짓과 진실(둘은 같다)을 누구보다도 뛰어나게 형상화했다. 아쿠타가와는 평생을 거짓과 에고이즘 때문에 고뇌했다. 하지만 바로 그것이 그가 진실과 사랑을 포기하지 않았다는 증거가 아니겠는가.

과학의 세계

　지적인 성향으로 말한다면 나는 과학적 성향보다는 인문학적 성향이 더 강했던 것 같다. 대부분의 사람들이 그렇겠지만 어릴 때는 문학이나 음악, 미술, 공연 예술들, 그리고 영화, 만화를 비롯한 대중문화를 좋아했다. 또 중학교 2학년 이래 공부에 취미를 붙인 후에도 국어와 외국어(영어, 독어), 역사 같은 과목들을 좋아했고 성적도 이 과목들만큼은 최상위권을 유지했다. 반면 수학이나 자연과학, 사회과학 등에는 큰 취미가 없었다.

　늘 시인이나 화가, 작곡가 같은 직업들을 꿈꾸었던 나였지만, 부모님의 바람은 (세상 모든 부모님들의 바람이 그렇듯이) 내가 의사가 되어 안정된 삶을 구가하는 것이었다. 결국 나는 이과를 선택하게 되었다. 그러나 내가 병원에 몇 달씩이나 입원하게 되었을 때 의사라는 직업이 얼마나 고단한 것인가를 알게 된 어머니 덕분에 의사에의 길은 일찍 접을 수 있었다. 화가라는 직업은(그

때 가장 구체적으로 생각했던 길은 화가였고, 또 제법 그림도 잘 그려서 상도 많이 탔다) 당시의 우리 집 형편으로는 너무나 사치스러운 것이었나 보다. 그러나 당시의 선택이 지금 돌이켜보면 오히려 다행스러운 면도 있는 것 같다. 이과 학문을 전공함으로써 나에게서 약했던 부분을 보완할 수 있었고, 훗날 철학을 하는 데도 큰 도움이 되었기 때문이다.

과학의 세계에 접근하면서 나는 세계의 또 다른 차원을 볼 수 있었고, 그런 경험이 내 사유를, 아니 어쩌면 내 감성과 가치관까지도 상당히 바꾸어놓았던 것 같다. 과학을 공부하면서, 그리고 훗날 철학을 공부하면서 나는 예전과는 다른 종류의 인간이되었다는 느낌을 종종 받는다. 한 인간은 직업, 전공, 계층을 비롯해 자신이 속해 있는 장場의 영향을 결코 벗어날 수 없는지도 모르겠다. 그래서 장과 장 사이에는 거의 소통이 불가능할 정도의 간극이 패여 있고, 한 인간의 삶도 옮겨다니는 장들에 따라 뚝뚝 끊어지기도 한다. 훗날 나는 '가로지르기'의 개념과 실천을 통해서 이런 간극들을 극복할 수 있었다.

그러나 가로지르기는 가로지를 장들에 대한 기본적인 이해와 습득을 전제로 한다. 미술도 음악도 제대로 모르는 사람이 미술과 음악을 가로지를 수는 없는 것이다. 마찬가지로 제도권 학문을 충분히 익히지 않은 사람이 제도권을 가로질러 새로운 학문을 창조하는 것은 거의 불가능에 가깝다. 이런 점에서, 원치 않았던 길이었지만 이공계 학문을 공부했다는 것이 내게는 커다란 행운이었던 셈이다.

수학에서 왜 기하학에 각별한 관심이 갔을까? 아마 그것은 내
가 공학 중에서 건축에 관심이 많았고 또 실제로 건축에 종사하
려고 했기 때문일 것이다. 이과 학문 하면 의학과 공학이어서 일
단 공과대학에 들어가기는 했지만, 공부에 전혀 취미를 붙일 수
없었다. 1학년 때는 오로지 당구에만 몰두했다. 나는 공학자가
되기에는 여전히 너무 인문적이고 감성적인 인간이었다. 미술
에 대한 관심이 여전했기에, 공학들 중에서 유독 건축에 관심이
쏠렸다. 그러나 건축과에는 가지 않았다. 고등학교 때 기계 설계
를 하면서 큰 즐거움을 얻기도 했지만, 건축 설계를 하면서 신체
적으로 너무 고단하다고 느꼈기 때문이었다. 천성적으로 게으
른 내게는 아무런 도구들이나 활동들 없이 오로지 책만 보면 되
는 인문학이나 이론과학이 맞을 것 같았다.

어쨌든 무엇인가 전공할 분야를 찾아야 했다. 그때부터 물리
학, 생물학, 독일문학, 역사학 등 담론 세계를 가로지르는 긴 유
목이 시작되었다. 한참 후인 30대 중반까지도 그 유목이 힘들었
고 어딘가에 정착하고 싶었다. 그러나 어느 순간 깨달았다. 바로
그 유목이 내 사유라는 것을. 그때까지 힘겹게 했던 가로지르기,
바로 그것이 내 사유의 본질이고 스타일이라는 것을. 정처 없이
유목하던 나는 결국 유목 자체에서 삶의 의미와 가치를 깨닫게
되었고, 역설적으로 표현해서 유목에, 가로지르기에 안착하게

되었던 것이다.

곡선의 매력

아무튼 지금도 여전히 건축에 관심이 많고, 더 넓게 말해 공간에 관심이 많다. 한때는 '공간'이라는 말만 들어도 왠지 가슴이 뛰곤 했다. 자연히 수학의 분야들에서는 기하학에 관심이 갔다.

이런 내 관심을 채워준 최초의 책은 김용운 교수가 쓴 작은 책 『공간의 역사』였다. 그후 기하학에 관련된 책을 여러 권 읽었고, 학교 강의를 통해서도 미분기하학이라든가 위상수학, (일종의 기하학으로도 볼 수 있는) 텐서방정식 등을 접했다. 최근에 들어와 '다양체' 개념에 새삼스럽게 관심을 가지게 되면서 공간에 대한 과거의 관심이 새록새록 되살아남을 느끼고 있다.

인간은 시간 앞에서는 무력하지만 공간 앞에서는 무한한 능력을 발휘한다. 시간은 털끝만큼도 건드릴 수 없지만 공간은 오리고 붙이고 변형시키는 등 거의 무한에 가까운 조작을 행할 수 있지 않은가. 공간 앞에는 조작하는 인간이 있지만, 시간 앞에는 명상하는 인간이 있다. 과학이 공간과 더불어 사유해왔다면, 인문학은 시간과 더불어 사유해왔다는 생각이 든다.

공간(좁은 의미)과 장소는 다르다. 장소는 사물들로 이루어져 있지만 공간은 사물들을 담고 있는 무엇이다. 장소에는 인간관계, 의미와 가치, 역사가 묻어 있지만, 공간은 그저 빈 터일 뿐이다. 때문에 (장소가 아니라) 오로지 공간만을 배타적으로 연구하는 기하학이 성립한다. 반면에 장소, 예컨대 서울이라는 장소에 대한 연구는 기하학적 연구를 단지 그 일부분으로만 포함한다. 그래서 기하학은 색도, 맛, 냄새, 촉감도, 또 인간도, 의미와 가치, 역사도 없는, 오로지 형태만이 존재할 뿐인 추상성을 다룬다. 그러나 이 추상성의 세계에 입문해야만 비로소 과학의 세계에 들어갈 수 있다. 이 과학의 세계는 헬라스인들[그리스인들]의 발명품이다. 헬라스 존재론은 철학에서는 19세기가 되어서야 비로소 극복되었으며, 과학적 사유는 많은 '진화'를 거쳤음에도 여전히 헬라스 존재론에 입각해 있다. 그리스의 존재론과 기하학을 이해하는 일은 문명사 전체를 이해하는 데 빼놓을 수 없는 요소인 것이다.

기하학의 역사는 장구하고 그 내용 또한 방대하기 이를 데 없어 기억나는 것이 한둘이 아니지만, 고등학교 때 상당히 흥미 있게 보았고 그후에도 수학사를 읽으면서 유심히 보았던 대목은 '구분구적법區分求積法'이었다('착출법搾出法' 또는 '소진법消盡法'이라고도 부른다). 무한소미분의 '전사前史'로서의 구분구적법은 대부분의 독자들이 기억할 것이다. 이것은 곡선과 직선의 관계에 관련해 시사적이다. 예컨대 원의 면적을 구하기 위해 안으로 접하는 사각형과 밖으로 접하는 사각형을 설정한 후, 사각형들을 점차 다각형으로 바꾸어가면서 원에 접근시키는 그림을 본 적이 있을 것이다(중세 철학자 니콜라우스 쿠자누스는 이런 조작에서 거창한 신학적 함의를 이끌어내기도 했다). 또는 임의의 곡면의 넓이를 구하기 위해 주축主軸으로부터 세로로 긴 사각형을 여러 개 세운 후 사각형의 밑변(Δx)을 계속 좁혀 나가(dx) 기둥들 전체 면적의 합을 곡선 면적에 근접시키는 그림을 보았을 것이다. 이 구분구적법은 직선과 곡선이라는 통약 불가능한 두 형태의 관계, 'Δx→dx'로 가는 극한limit의 개념, 그리고 그 밑에 깔려 있는 무한론無限論 등으로 말미암아 무척 흥미로운 주제이다. 구상적인 이해를 위해 아르키메데스가 궁형弓形의 면적을 구한 예를 한번 보는 것도 좋을 것 같다(아래는 현대적으로 재구성한 것이다). 직선 AB와 포물선 APB로 둘러싸인 도형의 면적을 구하는 문제이다.

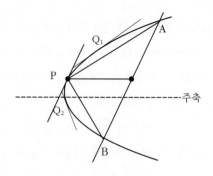

호 AB의 중점에서 주축과 평행으로 그은 직선과 현 APB의 교차점인 P는 현의 점들 중 호 AB에서 가장 먼 점이다. 먼저 삼각

형 APB의 면적을 구한다. 그후 남은 면적을 같은 방식으로 구하고, 이 과정을 무한히 계속해 원래 구하고자 하는 면적에 접근해 나간다(먼저 면적을 구한 삼각형을 떼어낼 때 남게 되는 두 부분의 면적이 같다는 것은 이미 증명된 명제이다).

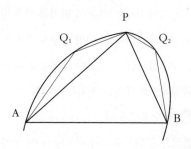

최초의 삼각형 APB의 면적을 △이라 할 때, 두 번째로 떼어낸 두 삼각형의 면적은 각각 $\frac{1}{8}$△이라는 점이 증명되어 있다. 즉 이 과정을 두 번 했을 때(삼각형 APB와 AQ1P, PQ2B의 면적을 구했을 때) 얻게 되는 면적은 △+$\frac{1}{4}$△이다. 결국 구하고자 하는 면적은 다음 등비급수의 합을 구성한다.

$$\triangle + \frac{1}{4}\triangle + \frac{1}{4^2}\triangle + \cdots\cdots$$

이 등비급수의 합은 다음과 같이 다시 쓸 수 있다.

$$\triangle + \frac{1}{4}\triangle + \frac{1}{4^2}\triangle + \cdots\cdots + \frac{1}{4^n}\triangle = \left(\frac{4}{3} - \frac{4}{3 \times 4^n}\right)\triangle$$

n이 무한으로 갈 경우 $\lim \dfrac{1}{3 \times 4^n}$ 은 0이 되므로 결국 구하려 했던 면적은 $\dfrac{4}{3}\triangle$이 된다.

정리해서 말하면, 곡선으로 구성된 면적을 구하기 위해 먼저 구하기 쉬운 근사치 직선 도형의 면적을 구한다. 그러면 남는 부분이 문제가 된다. 그래서 남는 부분의 면적을 같은 방법으로 다시 구해서 이전의 면적에 더한다. 이렇게 구한 면적은 원래 구하려 했던 면적에 좀더 접근한다. 이러한 과정을 반복한다. 무한한 과정. 그러나 현실적으로 무한한 과정을 실행할 수는 없다. 이때 극한 개념이 결정적 도움을 준다.

왜 곡선의 면적은 구하기 어려울까? 당시 이 문제가 뇌리를 가득 채웠다. 면적이란 무엇일까? 면적은 2차원 면 위에 선을 통해 닫힌 도형이 만들어질 때 이 도형의 외연을 통해 성립한다. 넓이를 구한다는 것은 이 외연을 말하자면 '휩쓰는' 것이다. 휩쓴다는 것은 마치 풀무의 운동처럼 어떤 주축을 놓고서 다른 한축이 그 한 끝에서 다른 한 끝으로 옮겨간다는 것이다. 그런데 이 옮겨감은 반드시 두 축이 직각일 때에만 겹치지도 않고 비지도 않고 완벽하게 이루어진다. 결국 핵심은 직각에 있다. 사각형 외의 도형들의 경우 면적을 구하기 위해 수직선을 긋는 것도 같은 맥락이다.

직선으로 된 도형들은 어떻게든 분할해서 면적을 구할 수 있다. 그러나 곡선의 경우는 다르다. 곡선이란 참 매력적인 존재이다. 얼마나 많은 화가들이 인체 특히 여체女體의 신묘한 곡선을 재현하기 위해 노력했던가. 곡선은 '매 순간' 계속 구부러진다. 이 구부러짐을 수학적으로 능숙하게 다루기 위해서는 라이프니츠의 무한소미분infinitesimal calculus을 기다려야 했다. 그러나 이때에도 일정한 패턴의 곡선이 아닌 임의의 곡선들일 경우 면적을 구하기는 어렵다.

나는 곡선들을 생각할 때면 윤형자를 떠올리곤 한다. 윤형자는 정형적이지 않은 곡선들을 그리기 위해 건축가들이 사용하는 도구이다. 모르는 사람이 보면 '도대체 무슨 자가 이렇게 생겼지?' 하고 의아해할 정도로 구불구불 묘하게 생긴 자이다. 이 자들을 사용해 건축에서 쓰는 웬만한 곡선들은 다 그린다. 그러나 이 경우에도 모든 임의의 곡선들을 그리기에는 역부족이다. 곡률曲律이 천변만화千變萬化하는 도형을 다루기란 어려운 일이다. 그래서 곡선은 늘 매력적이고, 특히 직선과 적절히 결합될때 더욱 큰 매력을 발한다. 기계를 설계하면서 캠을 즐겨 그렸었는데, 캠은 곡선과 직선, 곡선 운동과 직선 운동이 가장 단순하게 결합되어 있는 예라고 하겠다. 안도 다다오의 건축이 아름다운 것 또한 직선들을 쓰다가 결정적인 부분에서 곡선을 쓸 수 있는 그의 능력이 한몫을 하는 것 같다.

나는 고등학교 이래 곡선을 비롯해서 형태들에 관심이 많았고 그후에도 기하학과 건축을 비롯해서 공간에 관련된 이야기들에 관심을 가져왔다. 지질학, 재료공학, 유기화학 등을 공부하면서도 늘 유심히 보았던 것은 공간에 관련된 부분들이었다.

암석들의 결이나 기하학적 모양새, 재료를 구성하는 입자들의 구조와 그 조합 방식들, 고분자들의 아름다운 형태와 입체적 공간 구조에 따른 성질 변화 등 당시에는 '우주의 모든 것이 결국 공간 문제가 아닐까' 라고까지 생각했다.

지금 생각해보면 그런 관심 아래에는 무한, 극한, 연속성 등에 대한 존재론적 문제의식이 어렴풋이나마 깔려 있었던 것 같다. 그러나 대학교 3학년 때에야 비로소 철학을 접했기 때문에 처음에는 그런 사실을 몰랐고, 대학원에서 그리스 철학을 배우면서 비로소 그때까지의 관심을 존재론적 방식으로 개념화해 나갈 수가 있었다. '형상=이데아' 의 개념이라든가 아페이론의 문제, 정도degree 개념이 함축하는 의미, 질質들의 양화를 둘러싼 논쟁 등을 비롯해 그리스 존재론의 세계에 들어가면서 비로소 그때까지의 관심사를 철학적 언어로 다듬어갈 수 있게 된 것이다.

생각해보면 과학을 공부하면서 어렴풋이 품었던 의문들, 메타적 문제들을 철학을 공부하면서 다시 만나게 되고 그러면서 일정한 수준에서 나름대로의 해법들을 만들어 나가던 때만큼 큰 지적 희열을 느꼈던 때도 없는 것 같다. 특히 소은 박홍규 선생님을 만나서 존재론적으로 사유하는 법을 배웠던 것, '존재론' 이라는 담론을 익혔던 것이 학문적인 맥락에서 보면 내 생애에서 가장 결정적인 사건이었다. 존재론은 인간이 하는 모든 사유들이 결국 거기에서 종합, 극복되고 새로운 기초를 얻게 되는 곳, 모든 사유, 모든 학문의 핵核이다. 특히 과학이 존재론으로 넘어가고 존재론이 과학으로 넘어가는 대목에서 느끼는 지적 환희는 그 무엇과도 비교할 수 없을 듯하다.

시간과 공간

공간에 대한 이런 관심은 대학원에 진학한 후 점차 뒷자리로 물러나기 시작했다. 이것은 무엇보다도 박홍규 선생님께 베르그송을 배우기 시작하면서부터였다. 베르그송의 시간철학을 배우면서, 또 하이데거의 존재론을 배우면서 공간적 사유는 빤한 한계가 있는 것처럼 보였다. 말하자면 시간에 비해서 격이 떨어지는 주제라는 느낌을 가지게 되었다. 즉각적인 공간 지각, 예컨대 건축물들에 대한 관심은 여전했으나 이론적 차원에서는 더 이상 공간 문제가 내 마음을 사로잡지 않았다. 그 대신 시간 문제가 뇌리를 채웠다. 모든 것을 시간적 지평에서, 역사의 지평에서 바라보는 습관이 든 것도 이 즈음부터였다. 내가 가졌던 최초의 '철학적 화두'는 '연속과 불연속' 문제였다. 한동안 이 문제에 몰두했다. 그러나 이제 연속과 불연속의 문제는 내게 더 이상 공간의 문제가 아니라 시간의 문제였다. 아니 더 정확히 말해 '시공간 연속체'의 문제였다. 이렇게 공간 문제는 내 관심사의 뒷자리에 위치하게 된 것이다.

한참 세월이 흐른 후 나는 공간을 재발견하게 된다. 두 가지 계기가 있었다. 그 하나는 르네 톰과의 만남이고, 다른 하나는 미셸 푸코와의 만남이었다.

르네 톰은 이른바 '후기구조주의'로 통칭되는, 그러나 사실상은 그렇게 어떤 하나의 이름으로 묶일 수 없는 일련의 사상가들—푸코, 세르, 레비-스트로스, 라캉, 부르디외 등—을 공부하는 과정에서 매료된 인물이다. 톰의『구조적 안정성과 형태발생』을 읽는 것은 큰 즐거움이었다. 톰의 이론은 '위상수학(=토폴로지)'의 연장선상에서 성립한 급변론(急變論, théorie de la catastrophe)이며, 톰은 이 급변론을 특히 생물학에 적용해 대단히 흥미진진한 성과를 거두었다. 톰의 사유에 접하면서 나는 시간과 공간, 연속성과 불연속성이 화해되는 의미 있는 경험을 할 수 있었다. 톰의 책을 읽으면서 아키 톰슨에 대해 알게 되었는데, 그의『성장과 형태에 관하여』또한 각별히 감동적이었다. 이런 과정을 통해서 특이성singularité, 계열, 형태발생, 구조와 발생, 미분적 변이variation différentielle를 비롯한 많은 개념들을 익히게 되었으며, 이 개념들은 내 사유의 기본 용어들이 되었다. 아울러 어릴 때부터 읽었던『주역』에서 늘 관심 있게 생각했던 지도리[機] 개념을 이런 맥락에서 다시 사유하게 된 것 또한 더할 나위 없는 즐거움이었다. 나는 이런 성과를 나중에『사건의 철학』1부 5강 및『접힘과 펼쳐짐』5강에서 활용할 수 있었다.

푸코와의 만남은 또 다른 맥락에서 공간에 대한 관심을 부추겠다. 담론과 장소의 역동적인 관계를 빼고서는 푸코를 논할 수 없다. 『광기의 역사』 『임상의학의 탄생』에서의 의학적 지식들(정신병리학, 정신의학, 정신분석학, 임상의학 등)과 병원들의 관계, 『감시와 처벌』에서의 사법적 지식들(법학, 법의학, 형법학, 범죄학 등)과 장소들(감옥, 재판소 등)의 관계가 대표적인 예일 것이다. 푸코의 저작들은 '~의 역사'라는 제목을 달고 있음에도 아이러니하게도 그 내용은 대부분 공간론—더 정확히는 장소론—이다. 푸코는 공간에 대해 이전과는 전혀 달리 사유할 수 있게 해주었다. 즉 공간을 정치의 관점에서 볼 수 있게 해준 것이다. 그때까지 나는 공간을 과학이나 예술의 관점에서만 보아왔다. 푸코를 읽음으로써 비로소 공간을 정치적·역사적·사회적 지평에서 읽을 줄 알게 된 것이다.

최근에도 공간과 관련된 관심사가 내 마음을 채우고 있다. 하나는 라이프니츠―베르그송―르네 톰으로 이어지는 사유계열―여러 측면에서 이야기할 수 있지만 지금의 맥락에서 볼 때 이들은 모두 무한소 미분의 철학자들이다―을 이어서 앞의 여러 개념들(미분적 변이, 특이성/지도리, 형태발생 등)을 다듬어내고 그 토대 위에서 이전에 미진한 형태로 개진했던 작업들을 보다 정교화하는 것이다. 『접힘과 펼쳐짐』 『주름, 갈래, 울림』에서 몇 가지 생각을 전개했지만 너무 소략했다는 생각이 든다.

그리고 더 중요한 것으로는 이런 사유를 사회와 문화를 연구하는 개념틀로 변환시키는 것이다. 현대 사회를 탐구하는 한 패

러다임으로서, 그리고 현대 문화를 이해하기 위한 개념틀로서
발전시켜 나간다면 적지 않은 성과를 이룰 수 있지 않을까 생각
하고 있다.

구분구적법에서 시작된 공간에 대한 관심은 곡선의 미분적
변이, 무한소, 극한, 무한 등에 대한 관심으로, 그리고 과학 및
공학과 관련된 각종 공간론 및 문화·예술에서의 공간론으로,
더 나아가 '연속과 불연속'의 문제를 비롯한 철학적·정치적 공
간론으로 이어지면서 계속 내 사유를 자극해주었던 것 같다. 앞
으로도 (시간과 통합된 방식의) 공간에 대한 사유를 계속 이어갈
것이다.

물질의 심층

대학에 들어가서는 아예 공부와는 담을 쌓았다. 공학에 흥미가 있어 공대에 입학한 것이 아니었기에 자연히 애정이 가지 않았다. 1학년 때는 주로 공학을 위한 수학을 배웠는데 개념적인 사유는 거의 없고 오로지 복잡한 수식들을 푸는 것만 배웠다. 공부에 취미를 붙이기가 힘들었다. 내가 과학의 세계에 눈뜬 것은 2학년 때였다.

학부 2학년 때 여러 기초과학들을 공부했는데 그 중 가장 큰 흥미를 가졌던 과목은 물리화학이었다(물리학과 화학이 아니라 화학의 한 분야로서의 물리화학physical chemistry이다). 유기화학도 나름대로 아기자기한 맛이 있어 좋았지만 물리화학은 정말이지 심오한 학문이라는 생각이 들었다. 물리화학은 열역학(/통계역학)과 양자역학을 이론적 뼈대로 하면서 화학물질에 관련된 가장 원리적인 차원들을 탐구하는 학문이다. 나는 특히 양자역학과 열역학에 매료되었다.

많은 과학 이론들 중에서 양자역학은 나를 가장 매료시킨 것들 중 하나이다. 한때 여기에 푹 빠져서 시간 가는 줄 모르고 공부했던 기억이 새록새록 피어오른다. 그런데 당시의 나는 대부분의 이공계 학도들이 그렇듯이, 과학의 역사와 철학에 대해서는 잘 모르면서 교과서들—『물리화학』『양자역학』『열역학』같은 제목들이 붙은 크고 두꺼운 교재들—만을 가지고서 공부했다. 때문에 전문적으로 공부하긴 했으나 시야가 매우 좁았다. 실험 결과들과 수식으로는 잘 이야기할 수 있지만 그 역사적 흐름이 어떻게 된 것이지, 그 아래 깔려 있는 철학적 문제들이 무엇인지는 거의 몰랐던 것이다.

그런 공백을 약간이나마 메워주었던 것은 전파과학사에서 나온 조그만 문고본 책들이었다. 이 문고에 수록된, 일본 학자들이 쓴 책들을 읽으면서 비로소 넓은 안목에서 과학을 보게 되었다. 오로지 교과서들만을 가지고서 과학 공부를 하는 것은 결코 좋은 방식이 아닌 것 같다. 지금은 과학사, 과학철학도 발달하고 과학 교양서들도 서점을 가득 메우고 있어 상황이 많이 달라진 듯하다.

양자역학은 제목 그대로 역학이다. 즉 물리세계를 지배하는 힘에 관한 이론이다. 그러나 이 표현이 좋은 표현은 아닐 것이다. 양자역학의 세계는 'mechanics' 그 이상의 세계이기 때문이다. 더구나 '역학力學'으로 번역할 경우 더욱더 좁은 의미를 띠게 된다. 양자역학은 물질의 미시적 차원을 탐구한다. '물질'은 우리가 사는 이 우주를 구성하고 있는 근본적인 실체이다. 그 실체의 근본 성격을 규명하는 일은 곧 물리세계의 근저를 해명하는 것이며, 그만큼 양자역학은 비중이 큰 과학 이론이라 하겠다. 양자물리학은 이름 그대로 '양자量子'의 물리학이다. 그것은 막스 플랑크가 물질세계에서 양자라는 존재를 발견하면서 시작되었다.

고전 역학을 넘어서

잘 알려져 있듯이 양자역학 이전에 물리과학을 지배했던 것은 뉴턴의 역학이었으며, 더불어 뉴턴과는 다른 (라이프니츠를 경유한) 접근 방식을 취하고 있으나 수학적으로는 등가等價인 라그랑주와 해밀턴의 역학이 사용되어왔다. 19세기 후반에 이르러 물리과학은 열역학(과 그것이 발전된 통계역학), 파동역학, 광학, 전자기학 등이 발전하면서 새로운 전기를 맞이하게 된다. 이 담론들의 사유 양식은 뉴턴적 양식과는 전혀 다르며 훨씬 더 복잡하고 흥미롭다. 양자역학의 발단도 이런 담론들과의 관련성에 입각해 이해되어야 한다. 뉴턴, 라그랑주, 해밀턴의 수식들은 각각 다음과 같다.

$$\mathbf{F} = \mathrm{m} \cdot \frac{d^2\boldsymbol{x}}{dt^2}$$

$$\mathrm{L} = \mathrm{K}(\frac{dx}{dt}, \frac{dy}{dt}, \frac{dz}{dt}) - \mathrm{V}(x, y, z)$$

$$\mathrm{H} = (\sum p_j \cdot \frac{q_j}{dt}) - \mathrm{L}$$

첫 번째 수식은 대부분의 사람들이 알고 있는 뉴턴의 제2법칙
이다(굵은 글씨체는 해당 변수가 벡터량임을 뜻한다. 따라서 어떤 물
체가 방향을 바꾸는 것도 해당 변수의 변화로 간주된다. 훗날 양자역학
에서 이 사실이 중요한 역할을 한다). 모든 방정식이 시간 t를 독립
변수로 하고 있음에 주목하자. 왜일까? 과학은 세계의 변화를 다
루는 학문이고 모든 변화는 다름 아니라 시간에 대해서의 변화
이기 때문이다. 뉴턴의 방정식은 시간과 거리의 관계 즉 속도와
가속도의 개념을 함축한다. m은 질량으로서 계수coefficient이다.

두 번째 수식에서 L은 라그랑주Lagrange의 이니셜 L이다. 이
함수를 라그랑주 함수 또는 '라그랑지앙/라그랑지언Lagrangian'
이라 부른다. K는 운동에너지를, V는 위치에너지를 가리킨다.
여기에서 우리는 뉴턴의 방정식이 일반적인 물리력에 관한 공
식이라면, 라그랑주의 방정식은 에너지에 관한 공식임을 확인
할 수 있다. 라그랑주는 라이프니츠에 이어 에네르기를 다루고
있는 것이다.

세 번째 공식에서 H는 해밀턴Hamilton의 이니셜 H이다. 이 함

수를 해밀턴 함수 또는 '해밀터니언Hamiltonian'이라고 부른다. pj는 각각의 입자들을 뜻하고, qj는 각각의 공액 운동량conjugate momenta을 뜻한다. 이 해밀턴 함수는 계系의 전체 에너지를 구할 수 있게 해준다는 점에서 중요하며, 미시 수준에서는 대부분 이 함수를 쓴다. 그러나 이 세 공식은 수학적으로는 상호 변환이 가능하며 따라서 등가이다.

근대 물리학은 이 방정식들을 이용해 물체들의 운동을 완벽하게 설명할 수 있다고 생각했고, 이는 구체적으로 말해 한 물체의 초기 조건(위치 x와 운동량 p)만 정확히 알면 방정식들을 사용해 그 물체의 궤적(예컨대 진자의 왕복운동, 대포알의 궤적, 행성의 궤도 등)을 완벽하게 예측할 수 있다고 생각했음을 뜻한다. 유명한 '라플라스적 결정론'이다(이런 생각이 과장되어 모든 것—생명체는 물론, 인간의 정신, 사회와 문화까지도—을 결정론으로 보는 생각들이 유행하기도 했는데, 물론 이는 터무니없는 생각이다).

문제는 미시세계에서 발생했다. 그때까지 사람들은 거시세계에서 성립한 개념들, 수식들을 미시세계에 투영해서 생각했다. 말하자면 분자나 원자를 아주 작은 당구공 같은 것으로 생각했던 것이다. 이렇게 생각할 경우 거대한 행성들을 지배하는 개념들, 법칙들을 소립자들의 세계에도 적용할 수 있다는 이야기가 된다. 그러나 여러 실험 결과들—원자 스펙트럼, 원자핵의 구조, 광전자光電子 효과, 빛의 성격(입자인가 파동인가) 등에 관련된 실험들—은 고전 물리학이 더 이상 적용되지 않는 어떤 세계를 드러내고 있었다. 이제 완전히 새로운 개념들, 수식들, 장치들을 필요로 하는 물리학이 요청되기 시작했다.

새로운 사유를 요청하는 현상들

원자 스펙트럼의 문제. 분젠과 키르히호프가 분광기(프리즘을 이용해서 백광白光의 색들을 분리해내고 이 색광色光들을 화학물질에 통과시킬 수 있는 기구)를 발명하면서 드러나게 된 새로운 사실은 각각의 화학물질이 빛의 특정한 파장들을 흡수/방출한다는 것이었다. 따라서 분광기를 이용해 화학물질을 판명해낼 수 있다는 이야기가 되며, 실제로 세슘(Cs55)과 루비디움(Rb37)이 이런 방법을 통해서 발견되었다. 많은 화학물질이 이 방식을 통해서 분석되었는데, 특히 수소와 헬륨의 경우가 매우 간단하다는 것이 밝혀졌다. 왜일까? 왜 수소의 스펙트럼이 그렇게 간단할까? 고전 물리학으로는 이 물음에 답할 수 없었다.

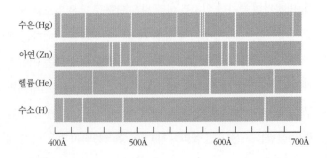

원자 구조의 문제. 19세기 후반에서 20세기 전반에 걸쳐 물리학이 이룩한 가장 빛나는 성과는 미시세계의 구조 즉 물질의 구조를 밝혀낸 일일 것이다. 달턴의 원자설에서 출발해 오늘날에는 초등학교 학생들에게까지 익숙한 원자 구조가 속속 밝혀졌다. 1870년대와 80년대에 약간의 기체를 담고 있는 진공 튜브에 전류를 흘려보내는 실험들이 유행했었다. 1890년대에 톰슨은 이 실험에서 방전放電이 전자기 복사/방사radiation 때문이 아니라 기체로부터 생겨난 일련의 입자들의 흐름이라는 사실을 밝혀냈다. 이 입자들의 전하–질량 비($\frac{e}{m}$)는 매우 컸고 톰슨은 전하가 매우 큰 것이 아니라 질량이 매우 작으리라는 가설을 제시했다. 음전기를 띤 이 입자— '전자(電子, electron)'라는 이름을 부여받았다—의 질량은 수소 원자의 1000분의 1도 되지 않는다. 이로부터 원자의 분할 불가능성이라는 가설이 깨지고 원자 이하의 세계에 대한 탐구가 시작되었다.

이름과 실재

당시 나는 이런 설명에 대해 고개를 갸우뚱했다. 만일 달턴이 생각했던 원자보다 더 작은 입자들이 발견되었다면 바로 그 더 작은 입자들을 '원자'라고 불러야 하지 않을까 하는 생각이었다. 달턴이 '원자'라는 말로 가리킨 것은 우주에서 가장 극미極

微인, 더 이상 분할 불가능한 입자였다. 그렇다면, 만일 이전 사람들이 생각했던 원자보다 더 작은 것이 발견되었다면 '원자'라는 말을 바꾸어야 하는 것이 아니라(새로 발견된 그 입자를 '원자'가 아닌 다른 말로 지칭해야 하는 것이 아니라) 오히려 '원자'라는 이 말이 가리키는 존재가 이제는 새로 발견된 그 더 작은 입자로 바뀌어야 하지 않겠느냐는 것이다. 엠페도클레스에게는 물, 불, 공기, 흙이 '원소들'이었다. 그러나 그후에 '더 작은 원소들'이 발견되었고, 그래서 지금은 수소, 산소, 질소 등을 '원소들'이라고 부른다. 물, 불, 공기, 흙을 계속 원소들이라 부르고 수소, 산소 등에 다른 이름을 쓴 것이 아니지 않은가.

당시에 이런 생각에 사로잡혔었는데, 지금 생각해보면 이때가 내가 존재론과 언어철학에서 매우 중요하게 다뤄지는 지시 reference의 문제를 처음으로 생각했던 때였던 것이다. 철학과 대학원에 들어간 직후 힐러리 퍼트남의 『의미와 표상』을 읽을 때 내가 고민했던 이 문제가 다루어지는 것을 보고 몹시 기뻤고, 그후 콰인의 『말과 대상』, 푸코의 『말과 사물』 등의 책을 읽으면서도 이 지시 문제를 만날 수 있었다(특히 푸코의 저작은 이 지시 문제를 좁은 인식론/과학철학에서 벗어나 방대한 지평에서 보여주었기 때문에 몹시 감동적이었다).

생각해보면, 나는 철학과에 가서 철학을 배우기 전에 물리화학을 공부하면서 나 스스로 철학적 사유를 (매우 서툴게나마) 했던 것 같다. 과학철학과 존재론에서 다루는 웬만한 핵심적인 문제들은 물리화학을 공부하면서 거의 대부분 한 번씩은 고민해 봤다. 그후 정식으로 철학을 공부하면서, 대학 2학년 때 잘 모르면서 내 나름대로 이리저리 생각했던 문제들을 하나하나씩 다시 만나게 되었고, 바로 그 체험이 내게 뜨거운 학문적 열정을 불어넣어주었던 것이다.

내가 그때 고민했던 문제는 이렇게 해결된다. 첫째 자연과학은 개념만이 아니라 수식으로 이루어진다. 따라서 '가장 작은'이라는 개념도 맥락에 따라 상대화될 수 있는 개념이 아니라 일정한 수數를 통해 규정된다고 할 수 있다. 그 수 이하의 양에 부딪혔을 경우 개념 자체를 바꾸어야 했던 것이다. 그러나 이것이 본질적인 이유는 아니다. '가장 작은'에 붙는 수 자체를 조정할 수도 있겠기에 말이다. 내가 보기에 더 중요한 것은, 기존의 원자 아래에서 전자, 양성자, 중성자 등 이질적인 존재들이 발견되면서 개념 체계를 바꾸지 않을 수 없게 된 사실이다. 실제 과정이 어땠는지는 확인할 수 없지만, 극미 세계의 이질성/다원성이 기존의 원자 개념 그 자체의 수정을 불가피하게 만들었다고 해야 할 것이다.

흑체의 등장

어쨌든 전자의 발견에 이어 밀리컨의 '기름방울 실험', 러더

포드와 마스덴의 금속 박箔 실험 등이 이어지면서 양성자, 중성자 등이 발견되고 이로부터 원자 구조에 대한 가설들이 속속 제출되었다.

원자핵과 그 주위를 도는 전자들—이 모델은 마치 태양과 그 주위를 도는 행성들을 연상시켰고 고대 퓌타고라스 학파의 이미지와 중첩되면서 많은 과학자들을 매료시켰다—이라는 그림은 맥스웰의 전자기학과 교차하는 대목에서 문제를 야기시켰다. 사유의 발전은 대개 다양한 담론들이 교차하는 지점에서 이루어진다. 전하를 띤 어떤 입자든 가속될 때 에너지를 방사한다. 그렇다면 음전기의 전자는 양전기의 양성자 쪽으로 당겨지면서 가속될 것이고 에너지를 방사할 것이다. 그렇다면 전자 자체가 소진되어버리지 않겠는가(운석이 지구로 떨어지다가 다 타버리는 것을 연상하면 되겠다). 양성자도 마찬가지일 것이다. 그렇다면 이 모델에서는 물질 자체가 소멸한다는 결론이 나온다. 이와 더불어 베끄렐이 발견한 방사능radioactivité의 β-입자가 전자라는 것이 밝혀지기에 이른다.

결국 당시 고전 역학으로는 설명되지 않았던 이 방사능 문제와 더불어, 물질 소멸 문제를 원자 구조 모델과 정합적으로 설명해야 할 과제가 대두되었다.

광전효과光電效果의 문제. 진공 속의 금속에 빛을 쪼일 때 여러 효과들이 생긴다는 사실은 헤르츠에 의해 발견되었다. 전자가 발견된 후, 폰 레나르트는 금속들이 빛—특히 자외선—에 쪼일 때 방출하는 것이 바로 전자들이라는 사실을 밝혀냈다. 빛의 진동수가 일정한 문턱을 넘어갈 때 전자들이 방출된다. 빛의 강도가 강해질수록 (더 빠른 속도의 전자들이 아니라) 더 많은 수의 전자들이 방출된다. 그리고 빛의 파장이 짧을수록 전자들이 더 빠른 속도로 방출된다.

이런 사실들이 강도強度는 파의 에너지에 관련된다고 본 이전의 가설과 부딪치게 된다. 전자들의 운동에너지($\frac{1}{2}mv^2$)는 빛의 강도가 아니라 진동수에 따라서 커졌던 것이다. 빛, 파동, 전자 등 여러 개념들을 한꺼번에 수정해야 할 상황이 도래한 것이다. 기존 이론의 테두리 내에서 일정한 수정을 가하는 것이 아니라 이른바 '패러다임'을 전환하는 작업이 요청되었다.

빛의 본성의 문제. 잘 알려져 있듯이, 빛의 파동설과 입자설의 대결에 있어서는 1801년 토머스 영의 실험을 통해서 파동설이 최종적인 승리를 거둔 듯했다. 그후 분광기가 발명되었고, 빛이 물체들에 의해 어떻게 흡수되고 발출emit되는가를 이해하기 위해서 빛과 물질의 상호작용에 대한 연구가 이어졌다. 양자역학은 빛과 물질에 대한 이런 연구로부터 시작되었다고 할 수 있다. 물체를 가열할 경우 빛의 모든 파장들로 구성된 연속적인 스펙트럼이 발출된다. 빛의 상이한 파장들의 강도들(intensities= 'power densities')이 측정되었고, 그것들(강도들)의 분포가 연구되었다. 그리고 이런 연구를 위한 적절한 이론적 장치로서 '흑체black body'가 고안되었다.

당시에는 몰랐지만, 흑체가 고안되기까지는 역사적 상황이 많은 영향을 미쳤다. 보불전쟁에서 승리한 독일은 50억 프랑이라는 막대한 배상금과 알자스-로렌 지방의 철을 받았고, 이 돈과 철을 이용해서 자국을 중공업 국가로 만들고자 했다. 이 과정에서 철이 어느 온도에서 어떤 색을 발출하는지 연구할 필요가 있었고, 이 연구를 위해 독일국립물리공학연구소를 세웠던 것이다. 물체를 가열할 때 빛이 적색에서 황색으로 그리고 다시 청색으로 옮겨간다는 것, 즉 점차 파장이 짧은 색으로 옮겨간다는 것은 누구나 알고 있던 경험적 사실이었으나, 이런 연구가 계기가 되어 이제 이 현상에 대한 본격적인 이론적 해명이 시작되었다. 이 과정에서 물체 고유의 성질에 관계 없이(물질은 자체가 발출하는 빛과 같은 파장의 빛을 흡수해버리기 때문에) 온도에 따라 여러 가지 빛을 내는 물체가 고안되었다. 이것이 곧 여러 가지 빛을 흡수하는 물체 즉 흑체黑體이다.

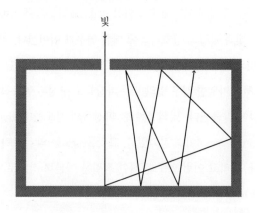

흑체가 검을 필요는 없다. 물리학적으로 '검다'는 것은 모든 파장의 빛을 흡수한다는 뜻이다. 비인은 아주 작은 구멍이 뚫린 이러한 '흑체'를 만들었고 일단 그 안에 들어간 빛은 계속 반사하면서 거의 다 흡수되어버린다. 이것이 '검다'는 말의 의미이다.

흑체에서 흡수/발출된 복사/방사의 분포는 절대온도에만 의존한다. 여러 온도에서 파장의 함수로서 방출되는 빛의 강도를 측정한 결과 다음과 같은 그래프를 얻을 수 있었다.

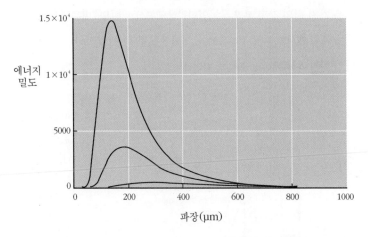

아울러 단위 면적당 총 'power'는 절대온도의 4제곱(σT^4)에 비례한다는 사실이 밝혀졌으며(σ는 슈테판-볼츠만 상수로서 5.6705×10^{-8} $-W/m^2 \cdot K^4$이다), 최대 강도(λ_{max})에서의 파장은 절대온도와 '$\lambda_{max} \cdot T = 일정$'의 관계를 맺는다(이때의 상수는 약 $2898\mu m \cdot K$이다).

연속과 불연속

1880년대 후반에 이루어진 이런 여러 실험 결과와 새롭게 제시된 이론들의 불만족스러움이 근본적으로 새로운 사유를 요청했다. 그러나 만만치 않은 장벽들이 계속 나타났다. 비인은 흑체 내부의 빛을 일종의 분자들로 가정하고(물론 이는 받아들여지지 않았다) 설명을 시도했으나, 그래프와 들어맞은 것은 짧은 파장을 가진 빛의 강도 분포뿐이었다('청색 공식'). 반면 (빛을 파로 보고 흑체 내의 작은 진동자들에서 그 연원을 찾은) 레일리의 시도는 긴 파장의 빛에만 들어맞았다('적색 공식').

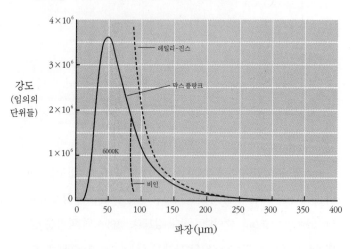

레일리와 진스가 함께 만든 법칙—$d\rho = (\frac{8\pi kT}{\lambda^4})d\lambda$—에 입각할 경우($\rho$는 단위 부피당 에너지 즉 '에너지 밀도'이며, λ는 파장이다.

k는 볼츠만 상수이다〔$1.3806503 \times 10^{-23}$ J/K〕〕 파장이 짧아짐에 따라
빛의 강도는 무한으로 가버린다.

결정적으로 문턱을 넘은 사람은 막스 플랑크였다. 플랑크의
가설은 이것이다. 빛은 물질 속의 전기적 진동들과 상호 작용한
다. 이 진동들의 에너지는 그것들의 진동수(ν)에 비례한다($E=h\nu$). 플랑크는 이 에너지를 '양자quantum'라 불렀고 이로부터 '양
자역학'이 시작되었다. 플랑크는 이 가설에 기초해 흑체 복사의
에너지 밀도 분포를 통계학적으로 이끌어냈다(λ는 빛의 파장, c
는 빛의 속도, k는 볼츠만 상수, T는 절대온도).

$$d\rho = \frac{8\pi kT}{\lambda^5}(\frac{1}{e^{bc/\lambda kT}-1})d\lambda$$

이 수식은 원래의 수식을 좀더 현대적으로 다듬은 것이다. 플
랑크가 상정한 상수 h는 후에 '플랑크 상수'라 불리게 되고 값
은 6.626×10^{-34} J·s임이 밝혀진다. 플랑크의 이 수식은 비인과
레일리의 것과는 달리 모든 파장, 모든 절대온도에서 실험 결과
와 일치했다. 나아가 이 수식을 응용해서 구한 총 'power flux'
의 공식—$\boldsymbol{\varepsilon} = (\frac{2\pi^5 k^4}{15c^2 b^3})T^4$—이 앞에서 이야기한 σT^4과 일치하면
서 슈테판-볼츠만 상수의 의미도 분명해졌다. 뒤의 이론이 앞
의 이론에 빛을 던져줄 때 우리는 인식이 진정 발전했다는 느낌
을 가지게 된다. 새로운 공식을 통해서 σ의 의미가 더 정교하게
밝혀진 이 경우가 좋은 예가 될 것이다.

양자가 진동수에 의해 결정된다는 것은 에너지의 불연속을 함축하며, 이것은 에너지를 연속적인 무엇으로 파악했던 이전의 생각을 무너뜨렸다. 이것은 물질에 대한 사유의 역사에서 중요한 한 지도리를 형성한다. 플랑크 자신도 처음에는 이 불연속의 의미를 알 수가 없었다. 양자역학이 진행되면서 이 불연속의 의미가 점점 분명해졌고, 플랑크 상수 h의 중요성도 점점 분명해졌다.

본격적인 사유를 시작한 이후 내가 가지게 된 최초의 존재론적 화두가 연속과 불연속의 문제였다. 20대 중반이었던 것 같다. 연속과 불연속의 문제에 관심을 가지게 된 것은 사회적·문화적 맥락에서였다. 즉 인간과 인간 사이의 화합 불가능성, 담론과 담론(그때는 아직 '담론'이라는 말이 들어오기 전이었지만) 사이의 소통 불가능성, 시대와 시대, 세대와 세대 사이의 장벽 등 넘어서기 힘든 선들, 벽들의 존재가 내가 부딪힌 절박한 문제였다(이공계에서 인문계로 넘어오면서 느꼈던 괴리감도 그 중 하나였다). 플랑크 가설이 제시한 물질세계에서의 불연속성이 이 최초의 화두가 형성되는 데 어떤 역할을 했는지는 잘 기억이 나지 않는다. 그러나 처음에 실존적·사회적 맥락에서 가지게 되었던 이 화두는 철학을 본격적으로 공부하면서 연속성, 무한, 극한, 아페이론, 운동 등의 문제틀problématique로서 다가왔다. 그러면서 말하자면 일반 위상학(후에는 '계열학'이라는 표현을 썼다)이라는 문제틀이 형성되었다. 지금은 다소 뒷자리로 물러났지만, 이 화두를 붙들고서 씨름하던 시절이 생각난다(특히 베르그송과 바슐라르의 대결이 주된 관심이었다).

원자 모형의 성립

미시세계의 불연속과 플랑크 상수의 의미가 서서히 밝혀지게 된 데에는 아인슈타인의 '광량자(光量子, photon)' 개념이 결정적인 역할을 했다(이름 자체는 루이스에 의해 명명되었다). 아인슈타인은 광전효과를 다루면서 플랑크의 양자화된 에너지 개념을 전기적 진동자들이 아니라 빛 자체에 적용했다. 즉 빛의 에너지를 $h\nu$로 파악한 것이다.

이렇게 가정할 경우 빛은 금속 내의 전자들에 의해 흡수되고 빛의 에너지는 전자의 에너지를 증가시킨다는 가설을 세워볼 만하다. 광량자 개념을 염두에 둔다면, 빛이 전자에 의해 흡수되었을 때 결합 에너지가 극복되어 전자가 금속으로부터 튀어나오게 된다고 보는 것이 가능하다(아인슈타인은 결합 에너지를 금속의 일[work]—함수로 보았고 그것을 Φ로 표현했다). 이럴 경우 잔여 에너지는 운동에너지로 전환될 것이다. 각 전자가 빛의 한 양자의 에너지를 흡수한다고 가정할 때 다음 관계가 성립한다.

$$h\nu = \Phi + \frac{1}{2}mv^2$$

요컨대 빛 에너지가 일-함수의 극복과 운동에너지로 전환된다는 이야기가 된다.

플랑크의 양자 가설과 아인슈타인의 광량자 가설은 결국 빛은 입자들의 흐름이라는 결론을 가져다준다. 그렇다면 빛은 파동인가 입자인가? 닐스 보어의 상보성相補性 원리와 루이 드 브로이의 물질파物質波 개념은 이 문제에 대한 핵심적인 통찰을 가져다주었다.

보어는 앞에서 언급했던 수소 원자 스펙트럼의 방출 선들을 연구하던 과정에서 원자의 구조에 대한 결정적인 모델을 만들어냈다. 원자의 구조를 태양계의 구조에 유비시켜 생각할 때 중요했던 것은 전자들이 원자핵으로 떨어져 타버리는 것이 아니라 (태양을 도는 행성들처럼) 원자핵을 빙빙 돈다는 생각이었다. 보어는 이때의 구심력이 전자의 음전기와 양성자의 양전기 사이에 존재하는 쿨롱의 힘이라고 가정했다. 그래서 다음 수식을 얻을 수 있었다.

$$\frac{m_e v^2}{r} = \frac{e^2}{4\pi \varepsilon_0 r^2}$$

좌변은 구심력이고 우변은 쿨롱의 힘이다. r은 원 궤도의 반경, e는 전자의 전하, m_e는 전자의 질량, v는 전자의 속도이다. ε_0는 자유공간의 전도성permittivity이라 불리는 상수로서 $8.854 \times 10^{-12}\,C^2/J \cdot m$의 값을 갖는다.

보어의 중요한 가정은 전자의 에너지는 그것이 궤도를 돌고 있는 한 일정하다고 생각한 점에 있다. 맥스웰의 전자기학에 위배되는 가정을 한 것이다. 이 문제 자체가 확연히 해결되지는 않은 듯하다. 많은 경우 우리는 '끝이 좋으면 모든 것이 좋다'는 속담을 좇아 결과적인 성공으로부터 과정 전체를 정당화하곤 한다. 그러나 과정의 매 단계 하나하나가 완벽하게 확연한 것은 아니다. 어쨌든 보어는 이 가정을 통해서 자신의 이론을 전개해 나갔다. 보어는 이 과정에서 광량자 개념을 활용했다. 전자의 공전은 에너지를 방출한다. 보어는 그 에너지가 곧 광량자라 보았고, 광량자를 잃을 때마다 전자의 궤도가 달라진다고(반지름이 축소된다고) 생각했다. 그리고 어느 단계에 이르면 더 이상 광량자가 방출되지 않는다고 가정했다. 말하자면 전자는 광량자를 흡수함으로써 한 궤도를 뛰어오르고 방출함으로써 한 궤도를 내려온다는 것이다(여기에서 이 뛰어오름과 내려옴이 불연속적이라는 사실이 중요하다). 그런데 궤도에 따라 에너지는 바로 광량자의 차이만큼 달라진다. 반지름이 작아질수록 에너지는 커진다. 요컨대 광량자의 흡수/방출과 궤도 사이의 (정확히 광량자만큼의) 에너지 차이가 상쇄되어 전자가 어느 궤도에 있든 그 에너지는 일정한 값을 유지하는 것이다. 전자의 운동에너지는 $\frac{1}{2} m_e v^2$이고 위치에너지는 $\frac{-e^2}{4\pi\varepsilon_0 r^2}$ 이다.

전체 에너지는 둘의 합이고, 그래서 앞의 수식은 다음과 같이 고쳐 쓸 수 있다.

$$m_e v^2 = \frac{e^2}{4\pi\varepsilon_0 r}$$

그 결과 전체 에너지는 $-\frac{1}{2} \cdot \frac{e^2}{4\pi\varepsilon_0 r}$ 이 된다.

이 대목에서 각角운동량이 중요한 역할을 한다. 보어는 각각의 궤도가 양자화된quantized 각운동량을 가진다고 보았다. 그런데 흥미롭게도 플랑크 상수의 단위와 각운동량의 단위는 일치한다(단위끼리 계산을 해서 그 결과로부터 역으로 추론해 나갈 때 흥미로운 결과가 등장할 때가 있다). 플랑크 상수의 단위는 J·s이고 이것은 결국 일정한 작용의 단위이다. 각운동량의 단위 ($\frac{kg \cdot m^2}{s}$) 역시 작용의 단위이다. 보어는 작용의 단위를 가지는 양들이 대개 h(플랑크 상수)와 관련된다는 점에 착상해 양자화된 각 운동량 L 즉 $m_e v r$은 h의 정수배(nh)일 것이라고 추정했다. 궤도의 지름은 2π이므로 각 운동량은 $\frac{nb}{2\pi}$ 일 것이고, 결국 $v = \frac{nb}{2\pi m_e r}$라는 수식을 얻게 된다.

앞의 수식 $m_e v^2 = \frac{e^2}{4\pi\varepsilon_0 r}$ 의 v에 이 식을 치환할 때 다음의 중요한 공식을 얻게 된다.

$$r = \frac{\varepsilon_0 n^2 h^2}{\pi \, m_e e^2}$$

여기에서 n을 '양자수quantum number'라 부른다. 이 수는 전자의 궤도를 결정하는 핵심 변수이다. 보어의 이런 작업으로부터 원자세계에 대한 전체적인 '그림'이 그려졌으며, 이 그림은 지금도 청소년을 위한 '과학관' 같은 곳의 입구를 장식하고 있다. 물론 지금은 이런 모델이 그대로 받아들여지지 않고, 더구나 보어가 그린 그림은 전자를 단 하나 가진 수소 원자에 대한 그림일 뿐이지만, 보어의 작업은 미시세계에 대한 최초의 '그림'을 그렸다는 점에서 심대한 의미를 가진다.

보어는 전자가 궤도를 바꾸면서 광량자를 방출하거나 흡수한다고 가정했다. 궤도가 바뀔 때 발생하는 에너지 차 ΔE는 광량자의 에너지인 $h\nu$와 같다. 여기에서 에너지 차이를 좌우하는 것은 결국 n이다. 보어는 이런 생각에 기초해 수소 원자의 에너지, 파동수 등 여러 가지를 확정할 수 있었고, 그 과정에서 수소 원자 스펙트럼에 있어서의 파동수에 관한 뤼트버그의 수식을 재확인하기도 했다. 앞에서도 말했듯이, 이전에 존재했던 사실, 이론, 수식이 뒤에 나온 사실, 이론, 수식에 의해서 재확인되고 또 새로운 의미를 부여받게 될 때 우리는 무엇인가가 진정 '발전했다'는 느낌을 받게 되는데, 이런 경우는 특히 물리학에서 자주 일어난다. 근대 과학이 물리학을 모델로 한 것은 이 때문일 것이다. 뤼트버그가 자신의 공식 $\dfrac{1}{\lambda} \equiv \upsilon = R_H \left[\dfrac{1}{n_2^2} - \dfrac{1}{n_1^2} \right]$ 에서(υ
는 파동수. n_1, n_2는 정수) RH로 처리했던 상수가 보어의 작업을 통
해서 $\dfrac{m_e e^4}{8\varepsilon_0^2 h^3 c}$ 임이 밝혀진 것은 그 전형적인 예들 중 하나이다.

닐스 보어는 빛이 파동으로 취급될 수도 있고 입자로 취급될
수도 있다는 사실을 '상보성complementarity 원리'라 이름 지었
는데, 일반적으로는 보어 하면 으레 이 상보성 원리가 거론되곤
한다(보어는 이를 음양陰陽과 관련지었는데, 흥미로운 생각이긴 하나
더 많은 논의가 필요할 것이다). 그러나 이는 이미 입증되어가던 사
실에 적절한 이름을 붙인 것일 뿐 보어 혼자만의 공헌은 아니라
고 할 수도 있다. 그래서인지 이 원리를 잘 언급하지 않는 책들
도 있다. 상보성 원리를 물리학적 구체성의 수준에서 개념화·
수식화한 것은 루이 드 브로이이다.

물질파 — 존재와 인식

플랑크로부터 보어에 이르기까지 사람들은 예전에 파동으로
취급하던 빛을 입자로 간주함으로써 커다란 진전을 이루었다.
그렇다고 빛의 파동적 성격이 파기된 것은 결코 아니다. 그렇다
면 빛 입자설에 입각해 새롭게 이루어진 성과들을 거꾸로 빛 파
동설 쪽으로 가져가면 어떻게 될까? 빛이 파동일 뿐만 아니라

입자이기도 하다면, 거꾸로 입자일 뿐만 아니라 파동이라고 말해서 안 될 까닭이 있겠는가? 드 브로이의 '물질-파matter-wave' 개념은 이런 발상에서 시작되었다.

본래 파는 물질을 이동시키는 것이 아니라 에너지를 이동시킨다. 호수에 돌을 던지면 파문은 돌이 전달한 에너지를 물을 '통해서' 이동시킨다. 우리 입에서 나는 소리도 공기를 이동시키는 것이 아니라 공기를 '타고서' 타인에게 전달된다. 결국 물질과 파는 전혀 다른 개념이다. 즉 입자들이 파를 전달시킨다고 말하는 것과 입자들이 파 '이다'라고 말하는 것은 전혀 다른 이야기인 것이다. 후자는 존재론적으로 파격적인 주장이다. 드 브로이 자신도 처음에는 이런 입장이 아니었지만 결국 이 입장에 도달하게 된다.

드 브로이는 이런 생각을 수식으로 전개했는데, 좀더 현대적인 방식으로 정리하기 위해 아인슈타인의 방정식 $E = mc^2$과 양자역학의 기본 공식들 중 하나인 $E = h\nu$를 등치시킬 수 있다. 이 경우 $c = \lambda\nu$이므로(빛의 속도는 그것의 파장과 주파수를 곱한 것이다) $mc^2 = \dfrac{hc}{\lambda}$를 얻게 된다. 여기에서 운동량 개념이 중요한 역할을 하게 되는데, $p = mc$를 이용해서 다음 수식을 얻게 된다('드 브로이 방정식').

$$\lambda = \frac{h}{mv} = \frac{h}{p}$$

결국 한 입자의 운동량은 그것의 파장에 반비례한다. 그런데 고전적인 개념으로 볼 때 한 입자 '의 파장' 이라는 개념은 성립하지 않는다. 입자가 파장을 가진다는 것은 곧 입자가 파라는 이야기이겠기에 말이다. 이제 물질세계에 대한 새로운 개념화가 요청되기에 이른다. 거시세계에서의 물체들—예컨대 당구공—에서는 이런 성격이 문제가 되지 않는다. 그러나 미시세계에서 이 사실은 극히 중요하다. 전자의 파장은 1.75×10^{-5}m로서 이것은 적외선의 파장에 일치한다는 사실도 의미심장하다. 드 브로이의 생각은 데이비선과 저머에 의해 실험적으로 확증되었다.

　드 브로이의 물질파 개념과 바로 뒤에서 이야기할 하이젠베르크의 불확정성 원리를 공부하면서 늘 생각했던 것은 '입자-파의 이중성이나 불확정성 원리 같은 것이 인간의 인식의 한계 때문에 성립하는 것인가 아니면 자연 자체의 본성인가' 하는 것이었다. 자연 자체는 이런 이중성이나 불확정성을 용인하지 않는 '완전한' 것인데 인간의 인식(수식, 장치들, 감각의 개입 등) 때문인가, 아니면 자연 그 자체가 바로 그런 이중성과 불확정성으로 되어 있을까 하는 문제이다. 이 문제는 고도의 존재론적 사변을 요구하는 것이지만, 물리학의 관점에서 본다면 물질파 개념과 불확정성 원리를 논박하는 어떤 새로운 현상이 나타나고 그 현상을 설명할 수 있는 새로운 이론(이중성과 불확실성을 포함하지 않는 이론)이 제시되기 전에는 일단 자연 자체의 속성으로 봐야 할 것이다. 철학사를 공부하면서도 늘 부딪히게 되는 이 문제(존재와 인식의 문제)는 아마 영원한 문제일 것이다.

막스 플랑크에 의한 양자 가설, 아인슈타인의 광량자 개념, 닐스 보어의 수소 원자 모형, 루이 드 브로이의 물질파 개념 등을 거쳐서 양자역학의 기본 개념들과 수식들이 마련되었지만, 아직까지 '양자역학'이라는 이름을 부여받을 만한 체계적인 이론이 세워진 것은 아니었다. 이런 개별적 성과들을 전반적으로 통합할 수 있는, 그리고 실험과 수학을 만족스러운 수준에서 결합할 수 있는 이론이 하이젠베르크와 슈뢰딩거에 의해 거의 동시에 제시되었고, 상이한 방식으로 제시된 두 이론 체계가 통약 가능하다는 점이 밝혀지면서 양자역학이라는 확고한 이론 체계가 섰다.

저열한 미국 물리학자들

'불확정성 원리'로 유명한 하이젠베르크는 많은 책들을 저술하기도 했다. 한참 과학의 세계에 눈뜨고 있을 때 하이젠베르크의 『부분과 전체』를 정말 감동적으로 읽었던 기억이 생생하다. 그 후에 『물리학과 철학』을 읽기도 했다.

사실 하이젠베르크만이 아니라 양자역학의 초기 건설자들 대다수가 위대한 물리학자들이었을 뿐 아니라 상당 수준의 철학적 소양을 갖춘 사상가들이었고 나아가 품격 높은 유럽적 교양과 도덕을 한몸에 갖춘 지식인들이었다. 그리고 이들은 물리학 논문들만 쓴 것이 아니라 상당량의 철학적 저작들을 쓴 저술가들이기도 했다. 한국에서는 유독 하이젠베르크의 책들만이 많이 소개되어 있는 것 같다. 플랑크를 비롯해 다른 사람들의 저작들도 소개되어야 할 것이다. 특히 루이 드 브로이가 쓴 책들(『물리학에서의 연속과 불연속』『물리학과 미시물리학』『빛과 물질』 등)은 매우 수준 높은 과학철학서들이다.

그런데 과학의 중심이 유럽에서 미국으로 옮겨가면서 분위기가 많이 바뀌었다. 유럽의 중후함과 깊이가 미국의 천박함과 오만방자함으로 바뀌면서 과학자들의 상像이 현저하게 변해간 것이다. 리처드 파인만을 비롯해 미국 과학자들이 쓴 저서들을 읽으면서 유럽적 교양과는 너무나도 판이한 세계를 만나고서 실망했던 기억이 많다. 더구나 책 중간중간 철학에 대한 이해하기 힘든 구절들, 무지와 악감정으로 가득 찬 구절들을 보면서 어이가 없다는 느낌을 받곤 했다. 가만히 생각해보면 내가 과학(특히 물리학)에 대한 적극적인 관심을 잃어버리기 시작했을 때가 바로 미국 과학자들의 이런 책들을 접했던 시기였다. 일급 물리학자의 말이라고는, 지식인의 말이라고는 도저히 믿어지지 않는 그런 구절들을 보면서 유럽 문화와 미국 문화가 어쩌면 이렇게도 다를까 하고 놀라곤 했다. 과학이 계속해서 유럽에서 발달했다면 과학기술 문명의 풍토가 지금과는 많이 다를 것이다. 나는 영어 책들 외에도 프랑스, 독일 등 유럽의 과학서들과 일본의 과학서들을 많이 읽지만 이런 실망스러운 경험을 한 적은 별로 없다. 미국이라는 거친 나라가 과학기술을 발달시켰고 오늘날 그 힘으로 세계를 제패하고 있다는 사실은 인류 모두에게 비극이다. 더욱더 불행한 것은 바로 한국이 미국의 우산 아래에 있고 문화 일반, 학문의 성격, 지식계의 분위기조차 거의 그대로 미국을 답습하고 있다는 사실이다.

미국 과학계의 이런 분위기가 가장 극단적으로 표현된 경우가 바로 소칼의 『지적 사기』일 것이다. 이 책은 프랑스 사상가들이 과학을 오용한 사례를 분석·비판하겠다고 했지만 그 근거가 너무나도 허무맹랑해서 한 편의 사기극 이상으로도 이하로도 볼 수 없다. 이 거칠기 짝이 없는 책이 논쟁의 대상이 되었다는 사실 자체가 잘 이해되지 않는다. 이 책은 인문학에 대한 미국 과학자들의 폭언, 유럽 문화에 대한 미국 문화의 악감정을 고스란히 드러낸다.

더구나 씁쓸한 것은 적지 않은 한국인들이 이 책에 동조했다는 사실이다. 그런 사람들 중에서 라캉의 『에크리』나 들뢰즈의 『차이와 반복』 같은 책들을 원어로는 그만두고 영어 번역본으로라도(아직 『차이와 반복』이 우리말로 번역도 되지 않았을 때였다) 읽어본 사람들이 있는지 의심스럽다. 현대 프랑스 철학의 고전들을 제대로 읽어본 사람이라면 소칼의 책에 별 관심도 갖지 않을 것이다. 누군가가 내게 이 책을 보내주었었는데(누가 보내주었는지 기억이 나지 않는다) 나는 몇 대목을 훑어보고서 어이가 없어 그냥 구석에 던져놓았다. 그런데 이 책이 화젯거리가 되고, 나아가 상당수의 사람들이 동조하는 것을 보고서 참으로 큰 당혹감을 느꼈다. 나는 이 씁쓸한 '지적 사기'를 보면서 학문의 세계, 지식인들의 세계가 사기와 폭력이 횡행하는 이 세상과 다를 바가 무엇이 있는가라는 심각한 의구심을 가지게 되었다.

'아낭케' 개념

『부분과 전체』 같은 책은 이런 분위기와는 너무나도 판이한, 20세기 초 과학계의 분위기를 그대로 전달해주는 소중한 기록이다. 여기에서 하이젠베르크는 자신의 생애에서 만났던 사람들, 나누었던 대화들을 기록하면서 양자역학이 탄생하는 과정을 생생하게 전달해주고 있다.

당시 내가 이 책을 읽으면서 깊이 생각했던 것은 '아낭케' 개념이다. 자연에 대한 합리적·수학적 사유를 펼쳤던 플라톤은 그러나 자연 속에 존재하는 비결정성에 예민하게 주목한다. 플라톤은 이 대목을 비유를 써서 설명하고 있는데, 누스[이성]가 멋대로 굴려는 아낭케를 잘 달래서 우주를 이끌어간다고 말하고 있다. 이 대목은 하이젠베르크의 불확정성 원리와 모종의 관계를 가지는 것으로 생각되었다.

나는 이런 불확정성을 약간 문학적으로 생각해서 '떨림'이라는 것으로 생각해보곤 했다. 사물들이 규정된다는 것은 극한limit을 가진다는 것이다. 즉 'apeiron(무규정성)' 상태를 벗어나려면 'peras(극한/경계)'들이 주어져야 하는 것이다. 그런데 아페이론이 저항을 한다. 완벽한 극한을 허용하지 않고 미세하게 떨리는 것이다. 이것이 아낭케이고, 나는 이렇게 아낭케 개념을 통해서 불확정성 원리를 상상하곤 했다.

그런데 헬라스 철학 전공자들은 대개 아낭케를 '필연'으로 번역한다. 나는 이 점이 잘 이해가 되지 않았다. 물리법칙이 필연이라면 아낭케는 오히려 거기에서 벗어나는 우연이라고 해야겠기에 말이다. 그 이유는 훗날에 가서 알 수 있었다. 플라톤의 목적론적 체계를 염두에 둔다면 아낭케는 이성으로서는 '어쩔 수 없는 것'이라는 뜻을 함축한다. 즉 목적을 전제할 때, 피할 수 없는 어떤 조건, 어쩔 수 없는 것이 필연인 것이다. 내가 글을 예쁘게 쓰고 싶은데 종이가 거칠어서 영 잘 써지지 않을 때 그 종이의 성격이 아낭케(=필연)이다. 그러나 만일 이런 인간중심적인 관점, 그리고 플라톤 특유의 목적론적 관점을 걷어내고 본다면, 아낭케는 오히려 우연이라 해야 할 것이다. 그러므로 이 개념은 차라리 번역하지 말고 '아낭케'라 적는 것이 나을 듯하다.

물론 어떤 면에서는 현대 물리학의 맥락에서도 인간중심적인 관점은 개입된다. 불확정성 원리란 측정의 문제와 관련되고 측정이 포함하는 한계의 문제이기도 하기에 말이다. 측정이란 극한을 부여하는 문제이다. 아낭케, 불확정성은 측정의 극한을 고정시키려는 인간의 시도를 좌절시키는 자연의 떨림이다. 어쨌든 아낭케 개념은 상당히 흥미로운 개념이고 하이젠베르크의 불확정성 원리와 연관되는 개념이기도 하다.

불확정성 원리를 좀더 이해하기 위해서는, 고전 역학에 근거한 결정론을 생각해봐야 한다. 고전 역학의 체계에서는 한 물체의 위치(x)와 운동량(=질량×속도. $p = mv$)을 동시에 인식한다면 그 물체의 궤적을 추적할 수 있다. 그래서 우주의 물체들에 대해 그 위치와 운동량을 완벽하게 알고 있는 전능한 존재가 있다면 우주 전체의 운행을 예측할 수 있다는 '라플라스적 결정론'까지 등장하게 된다(어떤 사람들은 천문학적 맥락에서 제시된, 그것도 하나의 이론적 가능성으로 제시된 이 생각을 생명체들, 인간들까지 포함한 세계 자체로 확대해서 이야기하는데, 물론 이것은 지나친 생각이다. 생명체만 해도 자신의 의지로 위치와 속도를 바꾸기에 말이다. 특정 과학의 결론을 마구 확장했을 때 항상 무리한 이야기가 나오게 된다). 하이젠베르크는 위치와 운동량을 동시에 완벽하게 고정시킬 수 없음을 말하고 있다.

$$\Delta x \cdot \Delta p \geq \frac{h}{2}$$

여기에서 ℏ는 $\frac{h}{2\pi}$로서 양자역학에 늘 등장하는 상수이다. 이 수식의 의미는 무엇인가? 위치에서의 불확정성을 줄여 나가면 운동량에서의 불확정성이 커지고, 운동량에서의 불확정성을 줄여 나가면 위치에서의 불확정성이 커진다는 뜻이다. 운동량은 mv이고 여기에서 m은 상수이다. 결국 질량이 큰 물체에 있어서는 불확정성을 무시할 수 있다는 이야기가 된다. 그러나 입자들의 질량이 작은 미시세계에서 이 원리가 중대한 결과를 가져온다는 사실을 알 수 있다.

막스 보른은 이 불확정성 원리에 기초해서 전자의 운동에 대한 확률론적 해석을 내렸다. 전자의 궤적을 대포의 궤적을 추적하는 것처럼 추적할 수는 없다. 그러나 전자의 운동 구역region을 확률적으로 포착할 수는 있다. 보른의 공식은 다음과 같다.

$$P=\int_{b}^{a} \Psi^{\star}\Psi d\tau$$

P는 확률이다. Ψ는 파동함수로서 흔히 y=Asin(Bx+C)+D의 형태를 가진다. $\Psi^{\star}$는 Ψ의 공액 복소수이다. τ는 여러 차원들을 대변한다. 예컨대 3차원의 경우 ($dxdydz$)가 되고 구형球形 극좌표들polar coordinates의 경우에는 ($r^2 sin\theta \, drd\theta \, d\phi$)가 될 것이다. 결국 위의 수식은 일정한 구역에서 전자를 찾아낼 수 있는 확률을 가리킨다. 이로써 미시세계에서는 고전역학의 결정론적 체계가 아니라 양자역학의 확률론적 체계를 사용해야 함이 분명해졌다.

적분상수들에 대한 기억

양자역학의 진행 과정에서 또 하나의 결정적인 문턱은 슈뢰딩거가 제시한 파동방정식이다. 슈뢰딩거의 방정식은 보른의 방정식과 달리 에너지와 관련된다. 슈뢰딩거는 해밀턴 함수를 이용해서 유명한 파동방정식을 작성했다. 운동에너지는 $\frac{1}{2}$ $mv^2 = \frac{P_x^2}{2m}$ 이다.

슈뢰딩거는 운동량의 연산자operator를 $-i\hbar\frac{\partial}{\partial x}$로 하고 위치 연산자를 $x\cdot$로 함으로써 전체 에너지(위치에너지+운동에너지)를 위한 연산자('해밀터니언 연산자')를 구성했다. $-\frac{\hbar^2}{2m}\frac{\partial}{\partial x}$ $+V(x)$ 여기에서 앞의 항은 운동에너지 연산자이고 뒤의 항은 위치에너지 연산자이다(x에 대해서만 쓴 것이며 대개 y, z까지 함께 쓴다). 파동함수 Ψ는 전체 에너지를 고유치eigenvalue로 가지며 이로부터 다음 공식이 도출된다.

$$\left[-\frac{\hbar^2}{2m}\frac{\partial^2}{\partial x^2} + V^*(x)\right]\Psi = E\cdot\Psi$$

물리학사에서 가장 유명한 공식들 중 하나인 이 공식은 시간–독립적 형태로 쓸 수도 있고 시간–의존적 형태로 쓸 수도 있다. 시간–독립적 형태는 에너지의 확률 분포가 일정하게 유지되는 경우에 사용하며, 시간–의존적 형태는 일정하게 유지되지 않는 경우에 사용한다. 물론 후자의 경우—Ψ(x, t)—가 보다 포괄적인 공식이라고 하겠다. 보다 완전한 형태의 슈뢰딩거 방정식('시간 방정식')은 다음과 같다.

$$H^* \boldsymbol{\Psi}(X, t) = i\hbar \frac{\partial \boldsymbol{\Psi}(x, t)}{\partial t}$$

슈뢰딩거 방정식을 공부하면서 가장 인상 깊었던 것은 네 개의 적분상수였다. 슈뢰딩거 방정식을 풀면 적분상수가 네 개 나오고 그 각각의 적분상수가 물리적으로 '해석'된다. 이 과정은 내게 깊은 과학적 감동을 주었다. 그런데 이 책을 쓰면서 그 네 가지 적분상수가 각각 무엇으로 해석되었던지 잘 기억이 나지 않아(그중 하나는 전자의 '스핀'의 방향이었던 것 같다) 내용을 확인하려고 서점에 갔다. 과학 코너에 가서 거기에 꽂힌 물리화학 교과서들을 죽 둘러보니 감회가 새로웠다(내가 공부했던 책들은 이미 볼 수 없었지만). 그 책들을 살펴보았더니, 전반적인 구성이나 내용은 25년 전과 크게 달라진 것 같지 않았다. 그러나 네 개의 적분상수에 대한 내용은 결국 찾지 못했다. 지금은 더 이상 받아들여지지 않는 이론이기 때문에 삭제된 것일까? 아니면 내가 봤던 책이 고급advanced 교재여서 그런 것일까? 그 책의 저자들이 기억나지 않는 것이 안타깝다. 언제 한번 시간이 나면 본격적으로 그 책을 찾아보고 또 이 내용에 대해 확인을 해봐야겠다.

어쨌든 이 네 적분상수 이야기는 내게 중요한 인식론적 사유를 하도록 만들었는데, 그것은 수학적 공식과 실재의 관계 문제였다. 과학은 세계를 수학적 공식으로 '표현한다.' 그리고 수학적 공식은 실재에 상응하는 것으로서 '해석된다.' 당시 내게 감동적이었던 것은 슈뢰딩거 방정식의 해解에 붙어 나오는 네 가지 적분상수가 실재의 어떤 항들로—예컨대 전자의 궤도, 스핀의 방향 같은 어떤 실재實在들로—'해석'된다는 사실이었다. 다시 말해, 이 과정은 실재들 즉 미시세계에서의 현상들을 확인해서 그것들을 기호화한 것이 아니다. 기호로서 제시된 것은 하나의 방정식이었고 그 방정식의 풀이 결과로서 나온 네 적분상수들이 실재의 특정 측면들에 상응했던 것이다. 이 '해석 interpretation'이 적당히 '가져다 맞춘 것'인지 아니면 정확한 객관성을 담지하고 있는 것인지는 쉽게 말할 수 없지만, 복잡한 수학 공식의 항들을 실재에 상응시키는 과정은 무척이나 인상적이었다.

그때 이런 생각을 했다. 수학 공식은 여러 가지로 변환될 수 있다. 가장 쉬운 예들 중 하나로 '$x^2-1=0$'과 '$(x+1)(x-1)=0$'을 들 수 있겠다. 이 경우 이 공식들에 등장하는 수학적 형식들 하나하나에 실재의 어떤 측면들이 남김없이 상응할까? 나는 당시 남김없이 상응할 리는 없고 상당 부분 자의적으로 대응시키는 것이 아닐까, 또는 상응할지라도 그것들을 일일이 확인할 수는 없으리라고 생각했다. 그런데 그후 과학철학 시간에 어떤 저자가(누구인지 기억이 나지 않는다) 과학 이론을 '부분적으로 해석된 형식체계partially interpreted formal system'라고 이야기하는 것을 보고 고개를 크게 끄덕이게 되었다. '형식체계'는 곧 수식들을 이야기하는 것이리라. 그렇다면 수식의 모든 변환 형태들이 아니라 그 중 어떤 형태, 가장 핵심적인 형태 또는 그 부분이 '해석'된다고 해야 할 것이다.

한편 반대로도 생각할 수 있다. '수식의 모든 측면들이 과연 실재에 상응할까'라고 물을 수도 있지만, 거꾸로 '실재의 모든 측면들이 수식으로 표현될 수 있을까'라고 물을 수도 있는 것이다. 후자의 물음이 더욱 근본적인 물음이다. 전자의 물음은 일단 성공한 수식을 두고서 제기되는 물음이지만, 후자의 물음은 실재와 인식의 관계에 대한 근원적인 물음이기 때문이다. 훗날 베르그송의 철학을 공부하면서 나는 이 문제에 대한 나 나름대로의 일정한 관점을 벼려내게 된다. 어쨌든 슈뢰딩거의 네 적분상수는—현재 이 내용이 어떻게 받아들여지고 있는지는 확인을 해봐야겠지만—과학과 메타과학에 관련해 내 사유를 강렬하게 자극했다.

지면 관계상 더 자세히 이야기할 수는 없지만, 불확정성 원리와 파동방정식의 등장 이후에도 가모브에 의한 '터널 효과' 연구, 주기율표에 대한 파울리의 해명, 런던에 의한 원자 파동함수의 합성, 마이너스 에너지에 대한 흥미진진한 상상력을 가져다준 '디랙의 바다', 도모나가의 재규격화 이론, 유가와 히데키의 중간자 발견을 비롯해서 미시세계 탐구의 흥미진진한 드라마가 전개되었다. 또 이런 연구 성과들이 실제 생활에서 다양하게 응용되면서 현대 사회의 환경을 크게 바꾸어놓았다고 할 수 있을 것이다.

이번에 양자역학에 관한 책들을 다시 보니 학창 시절 이 이론들에 심취해서 밤낮으로 공부했던 기억이 새록새록 피어올랐다. 그렇게 감동 깊게 공부했던 물리화학의 세계에서 왜 멀어졌을까. 그것은 아마도 한편으로는 앞에서 말한 것처럼 미국 자연과학자들(특히 물리학자들)의 무교양과 오만방자함이 나를 실망시켰기 때문이고, 다른 한편으로는 내 궁극적 관심이 인간이기 때문이었을 것이다.

내가 하는 모든 가로지르기는 인간의 문제로 귀결한다. 가로지르기가 그것 자체로 의미 있는 것은 아니다. 그 가로지르기를 통해서 기존의 담론 체계를 극복하는 새로운 사유를 창조했을 때 그것이 의미 있는 작업이 되는 것이다. 내가 지금까지 해온 가로지르기는 그저 막연한 유목이 아니다. 그 모든 가로지르기는 결국 '인간' 이라는 존재에 대한 관심을 둘러싸고 이루어졌고 앞으로도 그럴 것이다. 인간이라는 존재는 결코 어떤 한 담론으로 해명될 수 있는 존재가 아니기 때문이다. 생물학, 인류학, 언어학, 심리학, 정신분석학, 정치경제학, 사회학, 역사, 문학, 문화 연구들을 비롯한 다양한 담론들을 가로지르면서 그런 성과들이 철학적 사유를 매개로 정리되어 의미 있는 사상을 창출할 때에만 유목은 가치를 갖는다. 자연과학자들의 분위기 때문이기도 했지만, 본질적으로는 이런 이유 때문에 나는 서서히 물리과학으로부터 멀어져간 것 같다.

그러나 벌써 사반세기가 지나가버린 그 시절, 두꺼운 물리화학·유기화학 교과서들을 끼고서 과학의 세계에 빠져들었던 그 시절을 떠올리니 학문의 세계에 처음 들어가 호기심 어린 열정으로 공부에 몰두하던 그 시간들이 내게 얼마나 소중한 시간들이었는가 하는 느낌이 새삼스럽게 가슴을 가득 채운다.

우주론적 고뇌

양자역학과 더불어 깊은 흥미를 가졌던 분야는 열역학이다. 열역학은 화학 계통의 모든 과목들에 공통되는 기본 과목이다. 열역학이 없는 화학은 내과가 없는 의학과 같다 하겠다. 갈릴레오의 역학과 데카르트의 기계론에서 출발한 근대 물리학은 열역학에 이르러 거대한 변환을 겪게 된다. 이상하게도 열역학은 대중들에게 잘 알려져 있지 않다. 상대성이론이 대중적인 인기를 끄는 것과 대조적이다. 그러나 열역학이야말로 현대 물리화학의 초석이자 사상사적으로도 매우 중요한 담론이다.

열역학은 말 그대로 열에 관한 역학이다. 그런데 열은 그 존재론적 위상을 잡아내기가 쉽지 않은 존재이다. '존재한다'는 개념을 해명하는 것이 존재론의 일차적인 과제이거니와, 사상의 역사는 곧 이 말의 확장의 역사라고도 할 수 있다. '존재한다'는 말을 듣고서 누구나 떠올리는 것은 아마 개체들(과 그 속성들)일 것이다. 사람들, 동식물들, 물건들과 그 속성들(색, 모양, 감촉 등). 그러나 학문의 역사는 바로 이 상식적 '존재들'을 넘어서는 존재들을 끝없이 드러내왔다. 사실 열이라는 존재는 너무나도 상식적인 것이다. 감기에 걸리면 누구나 열이라는 것이 무엇인지 안다. 그럼에도 열의 존재론적 위상을 포착하기는 쉽지 않다. 열역학은 열이라는 존재를 한 계의 부피, 압력, 온도의 개념을 통해서 다룬다. 이것은 열역학이 열 현상을 철저하게 외부적 시선으로, 객관적 관점에서 접근한다는 사실을 의미한다. 여기에 '뜨겁다'라는 감각적 사실은 포함되지 않는다. 그러나 우리 몸의 차원에서는, 현상학적으로는 열이란 무엇보다 뜨거움을 통해 지각된다. 그렇다면 '뜨겁다'라는 감각과 압력, 부피, 온도의 측정을 통해서 진행되는 열역학의 관계는 무엇일까? 열은 과학과 현상학 사이의 대화·논쟁을 가능케 하는 미묘한 문제들 중 하나라 하겠다.

압력, 부피, 온도 외에도 열을 분자들의 운동 결과로서 파악할 경우 분자들의 수가 문제가 된다. 그래서 열역학의 기본 수식이 등장한다.

$$pV = nRT$$

여기에서 p는 압력을, V는 부피를, T는 온도를 나타내며, 이 세 항이 열역학의 기초 항들이다. n은 분자들의 수를 나타낸다.

이 방정식을 '이상기체 방정식'이라 부르고, R을 '이상기체 방정식 상수'라 부른다. 온도는 '절대온도'를 가리키며, 0°K는 −273.15°C에 해당한다(K는 '켈빈'). 분자들의 수 n은 물론 셀 수 없다. 때문에 22.4 L 내에 아보가드로의 수(6.02214199×10^2)만큼의 분자들이 들어 있는 경우를 하나의 단위로 사용하며, 단위로는 몰mol을 사용한다. 요하네스 반 데어 발스는 현실적인 기체에 좀더 잘 들어맞는 방정식을 제시했다.

$$\left(p + \frac{an^2}{V^2}\right)(V - nb) = nRT$$

여기에서 a, b는 반 데어 발스 상수들이다. 기체의 종류에 따라 달라진다. 열역학은 유래를 거슬러 가자면 근세 초의 보일, 샤를르 등에 의해 정초되었지만, 본격적으로는 19세기 후반 이 방정식들이 수립되면서 발달하기 시작했다고 하겠다(이런 유형의 방정식들을 총칭해서 '상태 방정식들'이라 부른다). 그리고 볼츠만이 분자들·원자들에 대한 과감한 가설을 제시한 이후 열역학은 통계역학의 형태로 발전해 나간다.

"ex nihilo nihil fit"에 대한 의문

고전 역학이 이른바 '뉴턴의 세 법칙'에 입각해 이루어졌듯이, 열역학 역시 세 가지의 기초 법칙을 바탕으로 하고 있다. 첫 번째 법칙은 이른바 '에너지 보존의 법칙'이다. 열역학은 근본적으로는 에너지에 관한 과학이다. 일work이라든가 열heat이 보다 현상적으로 다가오는 개념들이지만 더 근본적인 개념은 에너지이고, 일이나 열은 에너지의 현상적 형태들이다.

열역학에서는 고립계isolated system와 폐쇄계closed system를 구분한다. 고립계는 물질의 이동과 에너지의 이동 양자 모두가 막혀 있는 계이지만, 폐쇄계는 물질의 이동은 막혀 있지만 에너지의 이동은 가능한 계이다. 물론 현실 속에는 이런 계들이 없지만 (폐쇄계는 있을 수 있을 것이다) 열역학이 다루는 대상들은 대체적으로 인공적인 열적 계들이기 때문에 이 개념들은 필수적이다 (열역학이 자동차 엔진이나 화학 공장 등과 더불어 등장했다는 사실을 상기하자). 그런데 고립계의 경우 전체 에너지는 보존된다. 이것이 열역학 제1법칙이다. 다시 말해, 고립계의 경우 내부 에너지 U의 변화 ΔU는 0인 것이다. 그러나 이것은 개념적·이론적인 표현이고, 현실적으로 열역학은 서로 에너지를, 그리고 때로는 물질까지 주고받는 여러 계들을 다룬다(화학 공장을 떠올리면 되겠다). 그러한 주고받음은 현상적으로는 열과 일로 나타난다. 그래서 열역학 제1법칙은 다음과 같이 쓸 수 있다.

$$\Delta U = q + w$$

즉 계들 전체의 내부 에너지에서의 변화는 열(q)이나 일(w)로 전환되는 것이다. 내부 에너지는 측정하기 어렵기 때문에 실용적으로 엔탈피 개념을 사용한다. 엔탈피 H는 U+pV 즉 q+w+pV로 정의된다. dw=−pdV이므로 dH=dq가 되어 다음의 중요한 공식을 얻게 된다.

$$\Delta H = q_p$$

작은 p는 압력이 일정함을 뜻한다. 많은 에너지 변화들이 일정한 압력아래에서 이루어지기 때문에 이 공식이 보다 실용적으로 사용된다고 할 수 있다. 결국 일정한 압력 아래에서의 열의 크기는 엔탈피 변화의 크기와 등가라는 이야기가 된다. 한 계의 엔탈피 변화가 양일 때 그 계는 에너지를 흡수한 것이고, 음일 때는 방출한 것이 된다. 엔탈피 개념을 중심으로 하는 열역학 제1법칙은 화학 변화의 분석, 상전이相轉移—고체, 액체, 기체 사이의 전이—의 분석을 비롯해 화학에서의 다양한 문제들에 응용된다.

에너지 보존 법칙은 "ex nihilo nihil fit"라는 파르메니데스적 원리를 연상시키는 면이 있다. 무로부터는 그 어떤 것도 나올 수 없고, 이를 맥락을 달리해서 말하면 한 계에서 어떤 일이 벌어지든 그 에너지 총합은 일정하다는 이야기가 된다. 즉 모든 변화는 전체의 동일성 내에서 이루어진다. 라부아지에의 '질량 보존의 법칙'을 비롯해 다양한 '보존 법칙' 아래에는 이런 생각이 깔려 있다. 그러나 현실 세계에서는 완벽하게 닫힌 계가 존재하기 힘들다. 이 점에서 열역학 제1법칙은 상당 정도 인공적인 상황을 모델로 하고 있다 하겠다. 이 점에서 제2법칙과 제1법칙은 성격을 달리한다.

시간의 방향

열역학 제2법칙은 에너지의 변화가 '자연발생적으로 spontaneously' 이루어지는 현상에 관련된다. 뜨거운 물체와 차가운 물체를 붙여놓으면 평균적인 열로 등질화(=균질화)되고 결국 차가운 쪽으로 등질화된다. 실린더 안에 기체들을 담아 그대로 놔두면 한 군데에 모이지 않고 골고루 퍼진다. 가장 단적인 예로 소금을 물에 타면 소금물이 된다('자연발생적으로' 등질적인 열이 뜨거운 부분과 차가운 부분으로 갈라진다거나 퍼져 있던 기체 분자들이 한 군데에 모인다거나 소금물이 저절로 소금과 물로 나뉘는 현상은 발견되지 않는다). 이런 현상들은 자연발생적인 과정이며 따라서 물리세계의 변화 방향에 대해 시사하는 바가 크다. 그것은 있는 그대로의 물리세계의 방향성을 알려준다는 점에서 심오한 법칙이다. 물론 현실세계에서 열역학 제2법칙이 그대로 적용되는 것은 아니다. 사물들 사이의 복잡한 관계 속에서, 외부 환경과의 관계 속에서 제2법칙을 거스르는 현상이 얼마든지 발생할 수 있다(뒤에서 이야기하겠지만, 생명체들은 그 자체로 반反열역학적이다). 특히 프리고진은 엔트로피법칙에 대해 전혀 다른 해석을 내림으로써 과학사에 또 하나의 지도리를 마련했다. 그럼에도 이 등질화 현상은 물리적 계들을 연구할 때 핵심적인 역할을 한다.

대부분의 자연발생적 변화는 에너지 감소를 가져온다. 그러나 에너지 증가를 가져오는 자연발생적 변화들도 있다($NaCl + H_2O \rightarrow Na^+ + Cl^-$). 자연발생성을 규정하는 것은 쉽지 않은 작업이다. 그러나 화학적 맥락에서 어떤 변화의 자연발생성 여부는 중요한 역할을 한다. 사디 카르노는 1824년 증기기관의 열효율에 관한 연구를 통해 이 문제에 접근하는 길을 마련했다. 카르노는 열과정에 포함되는 각종 온도와 증기기관의 효율성 사이에는 밀접한 관련성이 있다는 점에 주목했다. 기사技師였던 카르노에게 엔진의 열효율은 그 무엇보다 중요한 관심사였다. 카르노는 기관은 어떤 고온의 저장소로부터 열(qin)을 받아 일(w)을 하고 남은 열(qout)을 저온의 저장소로 보낸다고 생각했다.

카르노는 최고의 효율을 얻을 수 있는 방식으로 공정들을 짰는데 이를 가리켜 '카르노 사이클'이라고 부른다. 이 사이클은 다음 네 단계로 이루어진다. 1) 가역적 등온(等溫, isothermal) 팽창. 2) 가역적 단열(斷熱, adiabatic) 팽창. 3) 가역적 등온 압축. 4) 가역적 단열 압축. 이 사이클을 그림으로 그려보자.

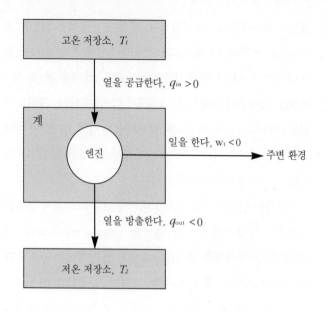

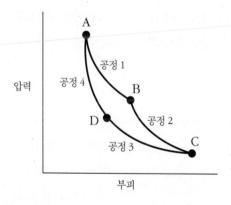

첫 번째 공정에서 기관은 고온 저장소에서 열($q_1 = q_{in}$)을 받아 일(w_1)을 한다. 두 번째 공정에서 열은 0이다. 그러나 기관은 팽창했고 따라서 일 w_2가 행해졌다. 세 번째 공정에서 열은 낮은 저장소로 빠져나가며($q_3 = q_{out}$) 이에 따라 일을 한다(w_3). 네 번째 공정에서 기관은 원래 상태로 돌아온다. 이 경우 q는 다시 0이 되고 일(w_4)이 행해진다. 그래프가 그리는 면적은 계의 p-V 일을 나타내고 있다. 카르노의 이 사이클은 실제 사이클이 아니라 사유를 위한 하나의 모델이다. 이 모델을 참고하면 열기관의 효율에 대해 여러 가지를 알 수 있다.

사이클이 원점으로 돌아오기 때문에 내부 에너지의 변화는 없다(U=0). 달리 말해 $\Delta H = q_1 + w_1 + w_2 + q_3 + w_3 + w_4 = 0$이 성립한다. w의 총합은 사이클이 수행한 일 전체이고, q의 총합은 사이클의 열 흐름 전체이다. 그리고 그 총합은 0이 된다($q_{cycle} + w_{cycle} = 0$). 달리 말해 $q_{cycle} = w_{cycle}$이라 할 수 있다. 기관에서 중요한 것은 열효율이다. 열효율이란 기관으로 흘러들어간 열 중 얼마만큼이 일로 전환되었는가를 뜻한다.

$$e = -\frac{w_{cycle}}{q_1}$$

기관에 대해서의 일은 마이너스이므로 e는 플러스 값을 가지게 된다. 이 수식은 다음과 같이 바꿔 쓸 수 있다.

$$e = -\frac{w_{cycle}}{q_1} = \frac{q_1 + q_3}{q_1} = 1 + \frac{q_3}{q_1}$$

$\frac{q_3}{q_1}$ 은 음의 부호를 가진다(분자는 음, 분모는 양이므로). 그리고

당연히 q_1이 q_3보다 더 크다. 이로부터 중요한 사실이 도출한다. 한 기관의 열효율은 언제나 0과 1 사이에서 성립한다는 것. 이 수식은 다음과 같이 쓸 수 있다.

$$e=1-\frac{T_{low}}{T_{high}}$$

이 공식은 엔진의 열효율이 고온 저장소와 저온 저장소의 비와 관련된다는 점을 잘 보여주고 있다. 고온 저장소의 온도가 더 클수록 또는 저온 저장소의 온도가 더 작을수록 열효율은 높아진다. 들어온 열을 모두 써버릴 경우 열효율은 1이 되어 카르노 사이클에 해당하는 경우가 된다. 물론 이것은 이론적인 모델이다. 실제로는 어떤 엔진도 100%의 효율은 가질 수 없으며, 열효율은 결국 0과 1 사이에서 성립한다. 100% 열효율을 가진 기관은 '영구기관'이라 불린다. 지금도 '재야 과학계'에는 극소수이지만 영구기관을 만들겠다는 사람들이 있다는 이야기를 들은 적이 있다. 그러나 도대체 물질이라는 것 자체의 본성이 그런 영구기관을 허용하지 않는 것이다.

영구기관이 불가능하다는 것은 에너지의 하락과 관련이 있다. 여기에서 하락하는 것은 에너지의 양이 아니다. 열역학 제1법칙에 따라 에너지의 양은 일정하게 보존된다. 하락하는 것은 에너지의 질이다. 에너지가 일을 한다는 것은 차이를 통해서이다. 댐은 물의 높이를 다르게 만드는, 즉 수압에서의 차이를 만들어내는 인위적 장치이다. 그러나 모든 차이가 무화되고 등질화될 때 '일을 할 수 있는 능력'으로서의 에너지는 의미를 상실하게 된다. 어떤 기계든 마모되며 시간이 지남에 따라 효율이 떨어진다. 스스로 발전해 나가는 기계, 외부의 개입 없이 효율을 증가시킬 수 있는 기계는 없다. 물질의 차원은 에너지의 질이 점차 떨어지고 에너지의 차이가 점차 무화되어 등질화되는 방향으로 흐른다. 카르노 사이클은 바로 이런 측면을 무시하고서 이론적으로 모델화된 영구기관인 것이다.

이런 내용을 개념화한 중요한 수학적 존재가 엔트로피이다. 엔트로피의 변화와 그 적분 결과는 다음과 같이 정의된다.

$$dS = \frac{dq_{rev}}{T} \qquad\qquad \Delta S = \int \frac{dq_{rev}}{T}$$

여기에서 'rev'는 가역과정을 가리킨다. 많은 화학적 공정들은 일정한 온도에서 일어난다. 이 경우 수식은 다음과 같이 다시 적을 수 있다.

$$\Delta S = \frac{1}{T} \int dq_{rev} \qquad\qquad dq_{rev} = \frac{q_{rev}}{T}$$

더 중요한 것은 불가역과정이다. 자연발생적 과정은 대개 불가역과정이다. 인위적으로 가역과정을 만들 수는 있지만, 자연발생적 과정들이 가역과정을 이룬다는 것은 시간이 거꾸로 흐른다는 것을 뜻한다. 사실 고전 역학 체계에서는 이것이 가능했다(수식상으로는 고전 역학에 등장하는 변수들의 포텐셜이 짝수 승이기 때문이다). 그런데 불가역과정에서 엔트로피는 증가한다. 엔트로피 개념을 결정적으로 개념화한 클라우지우스는 이 점을 중요한 원리로서 제시했다.

$$\Delta S > \int \frac{dq_{irrev}}{T} \qquad dS \geq \frac{dq}{T}$$

여기에서 등호는 물론 가역과정에서만 성립한다. 중요한 것은 불가역적·자연발생적 과정들에서 엔트로피는 증가한다는 사실이다. 이것은 우주의 진화와 관련해 심오한 의미를 함축한다. 결국 열역학 제2법칙은 다음과 같다. 고립된 계에서, 어떤 자연발생적인 변화가 일어날 경우 그 계의 엔트로피는 증가한다. 여기에서 어디까지나 '고립된 계'라는 조건이 추가된다는 점을 염두에 두어야 한다. 우주에 사실상 고립된 계는 없다. 따라서 이 엔트로피 법칙을 너무 쉽게 우주론에 적용할 경우 무리한 결론을 도출할 수 있다는 점을 음미해볼 필요가 있다.

과정이 등온 과정이 아닐 경우(dq=CdT, C는 'heat capacity'), 다음 수식이 성립한다.

$$\Delta S = C \ln \frac{T_f}{T_i}$$

여기에서 ln은 '자연로그'로서 'log₁₀'이 '상용로그'로 별도
취급되듯이 별도로 사용되는 로그이다. ln은 $\log_e$로서 여기에서
e는 무리수이다. 이 수식은 변화하는 양이 무엇인가에 따라 달
리 쓸 수 있다.

$$\Delta S = nR\ln \frac{V_f}{V_i} \qquad\qquad \Delta S = -nR\ln \frac{P_f}{P_i}$$

엔트로피 개념의 작동을 보다 잘 확인할 수 있는 경우로 흔히
실린더에 차 있는 기체들의 경우를 든다. 다음과 같이 온도와 압
력이 일정하고 등온인 계에 서로 다른 부피와 몰 수를 가진 분자
들이 분리되어 있다고 하자.

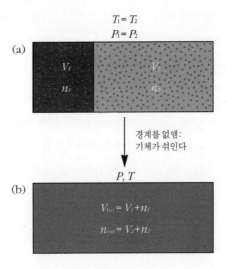

이때 방벽을 거두어내면 어떤 현상이 발생할까. 상식적인 관찰로도 알 수 있듯이 분자들이 골고루 섞일 것이다. 이 현상을 수학적으로 논증해보자. 부피는 두 부피의 합이, 몰수는 두 몰수의 합이 될 것이다. 이 경우 일도 없고 내부 에너지 변화도 없다. 그런데도 변화를 야기하는 것, 그것이 바로 엔트로피이다. 그런데 오른쪽으로 구획된 부분이 왼쪽으로 확산되는 경우와 왼쪽으로 구획된 부분이 오른쪽으로 확산되는 부분을 따로 생각하면 어떻게 될까. 전자의 경우 n_1의 분자들이 V_1에서 V로 퍼질 것이고, 후자의 경우 n_2가 V_2에서 V로 퍼질 것이다. 두 경우를 따로 적는다면,

$$\Delta S = n_1 R \ln \frac{V}{V_1} \qquad\qquad \Delta S = n_2 R \ln \frac{V}{V_2}$$

몰 수는 물론 양이다. 그리고 각 부분의 부피들이 전체 부피보다 클 수는 없는 노릇이므로 두 수식 모두 양의 값으로 귀착한다. 그래서 전체 엔트로피 변화의 부호는 양이다(엔트로피는 상태 함수이며 따라서 경로에 구애받지 않는다). 열역학 제2법칙에 따라, 엔트로피가 양이라는 것은 곧 그 계의 변화가 자연발생적임을 증명해준다.

볼츠만의 수난

열역학 제3법칙을 이야기하려면 먼저 절대 엔트로피 개념을 살펴봐야 한다. 볼츠만은 분자들의 세계에 통계학을 도입함으로써 통계역학의 초석을 마련했다. 하나의 계를 여러 작은 계들로 분할할 때 각 계들은 전체 계에 대해 통계적인 항들로서의 역할을 한다. 볼츠만은 미시 계들에 기체 분자들이 분포되는 방식들을 통계적으로 고찰했고 가장 개연성이 높은 분포가 분자들을 배열하는 Ω가지의 다른 방식들을 가지는 경우를 생각했다. 이 과정에서 볼츠만이 발견한 것은 계의 절대 엔트로피 S는 가능한 조합들의 수의 자연로그에 비례한다는 사실이었다. 이는 다음 수식으로 표현된다.

$$S = k \ln \Omega$$

k는 '볼츠만 상수'로 불린다(나중에 밝혀진 사실이지만 볼츠만 상수에 아보가드로수를 곱하면 다름 아닌 이상기체상수가 나온다). 볼츠만의 과감한 가설들은 많은 사람들에게 배척당했다. 볼츠만의 시대는 실증주의의 시대였고 마하의 그늘 아래 있던 당대의 많은 과학자들이 그의 가설들을 '형이상학'이라며 비웃었다(그러나 모든 과학이 처음에는 다 형이상학이다. 학문의 역사는 형이상학과 과학의 길항 과정인 것이다). 우울증에 시달리던 볼츠만은 결국

자살의 길을 택했고, 비엔나의 묘비에 새겨져 있는 그의 흉상胸像 위에는 이 유명한 공식이 씌어 있다.

나는 베르그송을 공부하는 과정에서 볼츠만의 중요성을 새삼스럽게 알게 되었고 그의 유명한 『기체론 강의』를 읽었다. 그러나 너무 방대하기도 하고 어렵기도 해서 중간에 포기하고 말았다. 언제 시간이 허락하면 다시 읽어보고 싶은 책이다. 과학책은 문학책이나 철학책처럼 재미있지만은 않다. 텍스트를 읽는 맛이 그다지 없다. 또 '결국 이 하나의 공식을 얻기 위해 이 구불구불하고 시행착오로 가득 찬 과정을 적어놓은 책을 꼭 읽어야 하나' 하는 생각이 들 때도 있다. 문학이나 철학과 달리 과학은 결과가 중요하지 그 과정에서 산출된 텍스트들이 중요하지는 않다. 그런 텍스트들은 오히려 과학사가들이 읽는다. 그럼에도 꼭 읽어야 할 과학 텍스트들이 있다. 볼츠만의 『기체론 강의』가 그 한 예일 것이다. 볼츠만의 이 공식은 '절대 엔트로피(ΔS가 아닌 S)'를 이야기하고 있다는 점에서 흥미롭다. 엔트로피의 절대치를 구한다는 그의 생각은 대단히 획기적인 생각이라 하겠다.

어떤 계가 완벽한 질서를 유지하고 있다면, 즉 그것이 완벽한 결정체를 이루고 있다면, Ω는 1이고(다른 질서의 가능성은 아예 없으므로) 따라서 S는 0이 된다. 물론 이런 경우는 존재하지 않는다. 그러나 극저온極低溫 상태가 되면 물질은 결정체가 되며 절대 엔트로피는 극소화된다. 즉 절대온도 0에서의 절대 엔트로피는 0이다(물론 이는 현실적 상황이라기보다는 일종의 극한으로 생각된 것이다). 다시 말해 완벽하게 결정체적인 물질에 대해서는 $\lim_{T \to 0K} S(T) = 0$인 것이다. 열역학 제3법칙은 다음과 같다. '절대 엔트로피는 절대온도가 0에 근접해감에 따라 0에 근접해간다.' 이 제3법칙은 절대 엔트로피를 이야기할 수 있는 이론적 근거이기도 하다.

엔트로피가 일으킨 고뇌

열역학의 세 법칙을 이야기했지만 그 중 가장 흥미롭고 또 대중적으로도 널리 알려져 있는 법칙은 역시 엔트로피의 법칙이다. 그것은 아마도 이 법칙이 물리세계가 진화해가는 방향을 이야기하고 있기 때문일 것이다. 엔트로피는 시간의 방향과 관련된다. 대학원에 들어가서 처음 읽었던 책들 중 하나가 한스 라이헨바하의 책들이었다. 『시간과 공간의 철학』과 『시간의 방향』이라는 두 권의 책을 읽었는데, 특히 『시간의 방향』은 바로 이 문제를 다루고 있었다. 고전 역학과 열역학이 시간을 다루는 상이한 방식을 이 책을 통해서 분명하게 알 수 있었다.

대학 2학년, 이 엔트로피 개념을 접했을 때 내게 큰 지적 고민이 도래했던 생각이 난다. 엔트로피 개념은 시간의 방향을 말해주고 따라서 천문학적 의미를 띤다. 당시 내가 읽었던 어떤 천문학 책은(아쉽게도 저자와 제목이 기억나지 않는다) 엔트로피 이론에 근거해서 우주의 미래에 대한 전망을 내놓았는데, 우주가 무에서 태어나 팽창하다가 시간이 지나면 다시 오그라들고 또 시간이 지나면 다시 폭발해서 팽창하는 과정을 거듭한다는 것이었다. 그때는 '영겁회귀'라는 말을 몰랐지만, 이 이론은 스토아학파의 영겁회귀설과 같은 생각을 전달해주고 있었다. 지금 생각해보면 과학 이론으로서는 약간 엉성한 사변의 성격을 띤 이론이었던 듯싶지만, 당시에 내가 받은 지적 충격은 대단한 것이었다.

세계가 말하자면 생로병사를 겪으면서 영겁회귀한다는 것을 곰곰이 생각해보니 그렇게 허무할 수가 없었다. 도대체 우주란 어떤 존재일까? 인간이란 무엇일까? 내가 살고 있는 이 삶이 도대체 어떤 의미를 가지는 것일까? 완전한 무의미인가? 이런 생각이 뇌리를 가득 채웠다. 그래서 밥도 제대로 못 먹고 잠도 제대로 못 자면서 마치 실성한 사람처럼 일주일을 보냈던 기억이 생생하다. 나는 개인적으로 이때의 체험을 '우주론적 고뇌'라고 부른다. 아마 과학의 세계에 진지하게 몸을 담은 경험이 있는 사람이라면 한 번쯤은 빠져들었을 법한 고뇌가 아닐까 싶다.

물론 얼마 되지 않아 이런 고뇌에서 빠져나왔는데 하나는 이론적인 근거에서고 또 하나는 심리적·사회적인 근거에서였다. 이론적 맥락에서 볼 때는 세계는 끝없이 변하고 미지의 차원들이 속속 드러나는데 지금 우리가 알고 있는 한 가지 이론을 확장해서 엄청나게 먼 미래를 예측하는 것이 무슨 설득력이 있겠는가 하는 생각이 들었다(훗날 베르그송을 공부하면서 이 생각을 다듬을 수 있었다). 그리고 현실적 맥락에서 볼 때는 눈앞의 문제들이 산적해 있고 삶의 문제들이 널려 있는데 그 먼 미래의 일 때문에 고민하면서 전전긍긍하는 것이 너무 어리석어 보였다(내가 '우주론적 고뇌'를 겪었을 때—1980년!—가 또한 동시에 역사적 고뇌를 겪을 때였다는 사실이 묘하게 느껴진다). 결국 나는 얼마 되지 않아 우주론적 고뇌에서 깨어나 다른 문제들에 몰두하기 시작했지만 이 젊은 날의 지적 고뇌는 내게 하나의 '추억'으로 남아 있다.

얼마 전에 우연히 한 천문학자의 강연을 들을 기회가 있었다. 그 천문학자는 여러 자료들을 근거로 우주의 미래를 예측하면서 내가 접했던 '영겁회귀설'과 더불어 우주 사멸설 등 몇 가지 가설들을 예측해주었다. 그 강연을 들으면서 나는 이제는 먼 과거가 되어버린 젊은 날의 지적 방황을 떠올리면서 빙그레 미소 짓고 있는 나 자신을 발견할 수 있었다. 자연과학을 전공했다면 어쩌면 지금 나는 이 문제를 '전공'하고 있을지도 모르겠다. 나이가 든다는 것은 관심이 점차 좁아진다는 것을 뜻한다. '가로지르기'의 사유를 해온 나조차 나이가 들면서 어느 정도는 사유의 범위를 제한할 수밖에 없었다. 만일 인생을 여러 번 살 수 있다면 꼭 한 번은 내 젊은 날의 한 시점을 고뇌로 가득 채웠던 이 문제에 종사해보고 싶다는 생각을 해본다.

생물학은 내가 꾸준히 공부해온 담론이고 또 앞으로도 평생토록 많은 시간을 바칠 영역이다. 인간을 이해하는 데 생물학이 중요한 한 축을 담당한다고 생각하기 때문이다.

인간의 이해를 위하여

인간을 이해하려면 세 층위의 지식들이 복합적으로 배치되어야 한다. 첫 번째 층위는 기저 담론으로서의 생명과학이다. 일본에서는 '생명과학'이라는 말이 '생물과학'과 구분된다. 생물과학이 개별 학문으로서의 생물학이라면 생명과학은 생명에 관한 종합적인 사유를 펼치는 새로운 개념의 과학이다. 생명과학은 21세기의 핵심을 구성할 담론들 중 하나이다. 두 번째 층위는 일반 담론으로서의 인간과학이다. 언어학, 심리학, 사회학, 정신분석학, 인류 등 인간이라는 존재를 일반적이고 법칙적인 층위에서 연구하는 인간과학이다. 특히 구조주의 인간과학은 특정 개별 과학의 맥락에서가 아니라 인간과학 일반이 서로 영향을 주고받으면서 일정한 장을 형성하고 있다는 점에서 중요하다. 좁은 맥락에서의 구조주의 사유는 이미 극복되었지만 인간에 관한 학문을 보다 종합적인 지평에서 바라볼 수 있게 해주는 출발점으로서 여전히 중요하다. 세 번째 층위는 구체 담론으로서의 역사 및 문화 연구이다. 이것은 구체적인 사건들, 인물들, 텍스트들, 작품들을 연구하는 좁은 의미의 '인문학'이다.

생명과학은 직접 인간을 다루지는 않지만 인간도 한 측면에서는 생명체이므로 인간을 이해하기 위한 기저를 제공해준다. 인간과학은 인간이라는 존재를 언어, 심리, 사회관계, 무의식 등 다양한 차원에서 해명해준다. 그리고 인문학은 특정한 역사적 사건들이나 인물들, 문학적 텍스트들, 예술작품들 등 개별적이고 구체적인 존재들을 다룬다.

이 세 차원의 지식들이 골고루 소화되고 입체적으로 종합되었을 때 비로소 인간이라는 존재를 총체적으로 이해할 수 있는 것이다. 물론 이런 종합적이고 입체적인 인식에 도달하려면 철학적 사유의 매개를 거쳐야 할 것이다. 생명과학과 인간과학을 하나로 본다면 결국 과학, 인문학, 철학의 공동 작업을 통해서만 인간이라는 존재의 복잡미묘하며 중층적이고 신비하기까지 한 모습에 가까이 갈 수 있다.

학문의 세계에 널리 퍼져 있는 오류들 중 하나는 인간을 다루는 학문들이 자연과학에 비해 과학적으로 미성숙한 상태라는 생각이다. 이것은 과학성의 기준을 법칙성, 보편성, 검증 가능성 등에 두기 때문이다.

그러나 인간 관련 과학들이 그토록 다채로운 것, 또 쉽게 통약 불가능한 것은 그 과학들의 성격 때문이 아니라 인간이라는 존재 자체의 성격 때문이다. 인간에 대한 인식들은 당연히 다양할 수밖에 없다. 그것들이 높은 과학성에 도달하지 못해서가 아니라 인간이라는 존재가 바로 그런 다양한 관점들로 포착되는 존재이기 때문에 그런 것이다. 어떤 균일하고 보편적인 법칙성을 통해서가 아니라 다양한 관점들의 **입체적인 종합**을 통해서만 인간에 대한 이해에 도달할 수 있다. 위와 같은 오해가 널리 퍼져 있는 까닭은 근대 이후의 과학들이 자연과학 특히 물리학을 모델로 과학성을 생각해왔기 때문이다. 그러나 인간이라는 존재에 대해서는 근본적으로 달리 생각해야 할 것이다. 인간이란 과

인문학 (사건들, 인물들, 텍스트들, 작품들……)	철학 (비판적· 종합적 사유)
인간과학 (언어, 사회, 의식/무의식, 정치, 경제……)	
생명과학 (신체, 환경, 면역, 기억……)	

학적 사유 못지않게, 아니 그보다 훨씬 더 인문적인 방식으로 이해해야 하는 존재이다. 그래서 인간 이해를 위해서는 이런 다양한 담론들이 종합되어야 하는 것이다.

동일성과 차이

'생물은 무생물과 어떻게 구분되는가'라는 물음에 대해서는 신진대사부터 시작해 여러 가지의 답들이 나와 있다(가장 결정적인 답은 생식과 유전에 있을 것이다).

그러나 좀더 추상적인(존재론적인) 수준에서 본다면 생명체의 본질은 차이들을 수용하면서도 동일성을 유지한다는 것이다. 물질 차원에서의 '시간의 방향'은 엔트로피의 법칙을 따른다. 적어도 거시적이고 전체적인 관점에서 본다면, 물질세계의 변화는 차이들을 없애는 방향으로 흐른다. 개체들 사이의 차이를 비롯해 모든 차이들이 등질성의 방향으로 와해되어나간다. 그러나 생명체들의 경우는 반대이다. 생명체들 역시 시간의 흐름에 따라 변화를 겪으면서 살아가지만, 물질과는 반대로 생명체에서의 차이들은 오히려 점점 증가한다.

발생의 차원에서:그저 동그란 공 같던 수정란이 계속 접히면서 새로운 차이들을 만들어낸다. 분화differentiation를 통해 복잡해지는 생명체.

성장의 차원에서 : 어린 아기가 환경과 부딪치면서 시간에 마멸되기보다 오히려 차이들을 흡수하면서 점점 더 성숙한 존재로 화한다.

유전/진화의 차원에서 : 우주의 시간이 흐르면 물질들은 마모되고 와해된다. 그러나 생명체들은 계속 새로운 동일성들/형식들을 창조해내면서 복잡해진다. 생명이란 시간 속에서 차이들을 보듬어 나가며 그로써 더 복잡한 동일성을 만들어 나간다.

생명체의 동일성은 A=A와 같은 논리적 동일성도, 시간 속에서 해체되어가는 물질적 동일성도, 또 인간의 작위를 통해서 만들어지는 문화적 동일성도 아니다. 생명체의 동일성은 차이들을 보듬으면서 점차 복잡해지는 동일성이다. 생명체가 자신의 동일성을 계속 바꾸어 나가지 못하는 경우는 그것이 이미 죽은 경우이다. 베르그송은 생명체의 이런 특성을 "엔트로피의 사면斜面을 거슬러 올라가려는 노력"이라고 말한다. 슈뢰딩거는『생명이란 무엇인가』라는 소책자에서 이런 생각을 보다 과학적인 방식으로 표현했다. 대학 시절 이 소책자가 책이라기보다는 거의 복사물에 가까운 형태로 돌아다녔다. 상당히 흥미롭게 읽었던 책이다. 생명체는 음의 엔트로피negentropy를 만들어낸다. 즉 엔트로피를 낮추어 나갈 수 있는 존재인 것이다. 음의 엔트로피는 '정보' 개념과 통한다. 현대 생물학은 기계론적 입장을 취하고 있지만 고전적인 기계론에는 등장하지 않는 정보 개념을 필수적인 요소로 가지고 있다. 물질, 에너지와 더불어 정보가 생명체 이해의 근간을 이루는 것이다. 엔트로피에 따라 와해되지 않고 어떤 동일성을 이룬다는 것은 그만큼 정보를 가지고 있다는 뜻이다. 그러나 슈뢰딩거가 이 책을 통해서 하고 싶었던 말은 생명체의 이런 특수성에도 불구하고 그것이 궁극적으로 엔트로피 법칙을 일탈하는 것은 아니라는 점이었던 것 같다. 생명체는 오히려 엔트로피 법칙을 이용하고 있다는 것이다.

화학적 회로들의 의미

어쨌든 생명체에게 중요한 것은 동일성을 유지해 나가는 것, 더 정확히 말해 차이들의 흐름 속에서 와해되지 않고 그 흐름들을 보듬으면서 오히려 자신의 동일성을 성장시켜 나가는 것이다. 우리는 진화의 과정 전체를 이런 관점에서 볼 수 있다.

그런데 이런 동일성을 파고들어갈 때 우리는 생명체의 화학적 기초를 발견하게 된다. 생명체의 동일성은 추상적이고 균일한 동일성이 아니라 거의 무한에 가깝게 복잡한 동일성이다. 여기에는 여러 가지 맥락이 있거니와 특히 화학적 기초는 빼놓을 수 없는 요소이다. 담론체계로 말한다면 물리화학→유기화학→생화학→분자생물학으로 가는 사유계열이 생명과학 전체를 떠받치는 이론적 기초라고 할 수 있다(물론 이런 미시적 계열 못지않게 진화론, 생태학 등 거시적인 계열 또한 중요하다. 그리고 미시계열과 거시계열이 교차하는 지점들에서 흥미로운 과학적 성과들이 이루어진다고 하겠다). 생명체의 근본 성격은 이 화학적 사유계열들을 유심히 볼 때 잘 드러난다.

생명체가 하나의 동일성을 유지하고 또 새로운 동일성으로 스스로를 확장한다는 것은 곧 생명체가 포함하고 있는 화학적 회로가 일정한 동일성을 유지한다는 뜻이다. 적어도 그 핵심적 의미의 하나로서 화학적 회로의 동일성을 들 수 있다. 회로는 동그라미의 이미지를 가지고 있다. 즉 화학적 변화들이 어떤 일정한 공정을 거쳐서 한 바퀴 돌아 닫힘으로써 하나의 동일성을 형성한다는 것이다. 이 점에서 카르노의 사이클을 연상시키는 면이 있다. 물질의 세계에서 이런 영구기관은 성립하지 않는다. 그러나 생명의 세계에서는 적어도 그 회로 자체만 본다면 각각의 회로는 영구기관처럼 작동한다. 뿐만 아니라 생명체는 시간이 가져오는 차이들의 흐름에 대처하면서 자신의 동일성을 확장해 나간다. 그것은 지금의 맥락에서 본다면 새로운 회로를 개발하거나 아니면 (마치 중세 천문학에서의 주전원들처럼) 기존의 회로를 더 복잡하게 만듦으로써 가능하다. 즉 새로운 사이클을 만들어내기도 하고 기존 사이클에 새로운 공정을 덧붙이기도 하는 것이다. 사실 오늘날의 생명체들은 우주의 그 긴 시간을 버텨내면서 바로 그런 동그라미들(=회로들)을 줄기차게 만들어왔고, 그래서 지금 거의 무한에 가까운 화학적 회로들을 작동시키며 생존하고 있는 것이다. 크고 작은 무수한 이심원異心圓들이 거의 완벽하게 공명하면서 생명체의 동일성을 유지시키고 있는 광경은 경이 그 자체이다. 마치 거시세계에서는 소박한 사변이 되어 버린 성리학적 '원융圓融'의 세계가 미시세계에서 다시 부활하기나 한 듯이.

끝없이 접히고 펼쳐지는 회로들

생명체에서 일어나는 화학적 반응들은 열역학적 법칙에 따른다고 가정된다. 예컨대 가장 기초적인 반응들 중 하나인 글루코스(포도당)의 산화작용을 들 수 있다. 일상적인 개념으로 하면 호흡이다.

$$C_6H_{12}O_6(s) + 6O_6(g) \rightarrow 6CO_6(g) + 6H_2O(l)$$

이 반응은 음식물을 우리 몸속에서 에너지로 바꾸는 대표적인 과정들 중 하나이다. 포도당 1몰(180.15g)이 산화되면 −2799kJ/mol의 엔탈피 변화가 발생한다. 즉 2799kJ의 에너지가 발생하는 것이다. 이것은 상당량의 에너지이다. 인체 자체가 거대한 에너지원인 것이다.

식물들이 이산화탄소와 물 그리고 빛 에너지로부터 포도당을 만들어내는 과정이 광합성이다. 화학식은 다음과 같다.

$$6CO_2(g) + 6H_2O(l) \rightarrow C_6H_{12}O_6(s) + 6O_2(g)$$

광합성은 포도당의 산화와 반대의 과정으로 이루어진다. 포도당이 산화되어 물과 이산화탄소로 화하는 과정을 거꾸로 하면, 이산화탄소와 물로 포도당과 산소를 만들어내는 과정이 된다. 식물들은 이산화탄소로 포도당과 산소를 만들어낸다. 동물들은 이 포도당과 산소를 섭취해서 자신의 에너지원으로 삼는다. 그리고 식물들이 필요로 하는 이산화탄소를 배출한다(물론 식물도 일정 부분 호흡한다). 상생의 관계이지만 동물들이 식물들에 크게 빚지고 있다 하겠다.

여기에서 산소가 CO_2에서 생길까 아니면 H_2O에서 생길까 하는 문제가 생긴다. 화학식만 보면 얼핏 CO_2에서 생길 법하지만 현재까지의 연구에 따르면 사실은 H_2O에서 생겨난다. 이 과정에서 NADP(니코틴아미드아데닌 이인산二燐酸)가 중요한 역할을 한다. 식물이 물을 빨아올리면 엽록체 내에 존재하는 NADP가 그것을 산소와 수소로 분리해서 산소는 내보내고 자신은 $NADPH_2$로 화한다.

식물이 빨아들인 이산화탄소는 탄소와 산소로 갈라져 탄소는 탄소 화합물을 만드는 데 쓰이고 산소는 NADP가 만들어낸 수소 화합물을 매개로 해서 물로 화한다.

이 회로가 생명체가 가동시키는 회로들의 전형적인 예들 중 하나이다. 그러나 이런 회로들은 단독으로 움직이는 것이 아니

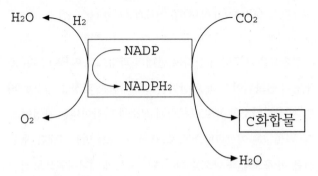

다. 거대하고 복잡하기 짝이 없는 회로 집합체의 한 고리를 맡고 있을 뿐이다. 탄소가 포도당으로 나아가 녹말로 화하는 과정은 '캘빈 회로'를 형성한다. C_2가 PGA(포스포글리세르산)을 거쳐 —C_2에 이산화탄소의 탄소가 들어가 C_3 물질인 PGA가 된다— C_6 물질이 되는 것이다. 물론 이 과정에서도 여러 다른 고리들이 함께 작동한다.

포도당($C_6H_{12}O_6$)은 광합성을 통해 만들어지는 가장 기본적인

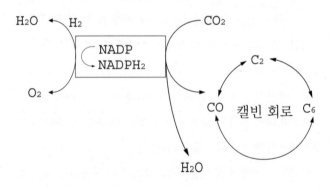

$$6CO_2 + 12H_2O \rightarrow C_6H_{12}O_6 + 6O_2 + 6H_2O$$

당糖이다. 포도당이 두 개 이어진 것이 맥아당이고, 여섯 개가 결합되면 덱스트린이 된다. 그리고 3백~1천 개가 길게 이어지면 녹말이 되고, 그 이상으로 훨씬 많이 결합되면 셀룰로오스가 된다. 당이 이렇게 길게 늘어선 물질들을 다당류라 부른다. 또 포도당과 과당이 결합하면 자당이 되고, 갈락토오스와 결합되면 젖당이 된다. 포도당, 과당, 갈락토오스가 결합되면 라피노오스라는 3당류가 된다. 갈락토오스 두 분자와 포도당, 과당이 결합될 경우에는 4당류인 스타키요오스가 된다.

이렇게 포도당은 다른 물질들과 결합해 여러 종류의 당들을 만들어낸다. 이 당들은 대개 우리 몸속에서 에너지원으로 사용된다. 탄소가 척추처럼 이어지고 그 옆으로 수소, 산소 등이 붙은 이런 유형의 분자들을 고분자라고 부르며, 이것은 유기화학에서 중요한 자리를 차지하는 물질이다.

녹말은 아밀라아제에 의해 분해되고 이 과정에서 만들어지는 당이 에너지원으로 활용된다. 우리는 이 과정을 거치지 않고는 생존할 수 없다. $\mathring{a}$-아밀라아제는 포도당 하나하나를 끊어내는 반면 $\int$-아밀라아제는 포도당 두 개씩을(즉 맥아당으로) 끊어낸다. 맥아당은 다시 말타아제에 의해 포도당으로 끊어진다. 이런 식의 분해 과정을 통해서 포도당이 만들어지고 몸의 신진대사가 원활해진다. 이 모든 과정이 에너지의 과정이다. 분자들이 결합된다는 것은 에너지를 담는다는 것이고 분해된다는 것은 에너지를 방출한다는 것을 의미한다. 이것이 화학과 생물학에 함축되어 있는 근본적인 존재론이다. 분자들의 결합은 일정한 '정보'를 전제하며 이 정보는 또한 음의 엔트로피를 전제한다.

생명의 역사는 이렇게 엔트로피의 법칙에 따라 물질로 해체되어가는 사면을 거슬러가면서 새로운 정보 형식들을 창조해내온 과정, 엔트로피를 낮추고 새로운 환경에 적응해온 과정, 나아가 새로운 환경을 만들어온(환경을 실체화해서는 곤란하다. 환경 개념은 생명체의 고등성과 상관적으로 이해되어야 한다) 과정, 즉 동일성을 진화시켜온 과정이다. 생명체의 동일성은 고착화된 추상적인 동일성이 아니다. 그것은 시간이 불러오는 무수한 차이들을 헤쳐나가면서 새로운 반복 형식들을 만들어온 그런 동일성인 것이다.

포도당을 만드는 과정은 C, H, O를 결합해 에너지를 온축시키는 과정이고 호흡으로 에너지를 발하는 것은 C, H, O의 결합 관계를 부수는 것이다. 이 해체 과정은 해당解糖 과정이다. 이때 당에 인(P)이 결합해 두 분자의 피루브산으로 분열하며 이 과정에서 ATP(아데노신트리포스페이트 삼인산)가 생겨난다. 두 피루브산은 탄소를 하나씩 떼어내고 C_2 물질이 되었다가 C_4 물질인 옥살빙초산에 흡수되어 C_6 물질인 시트르산이 된다. 그리고 이 시트르산은 시스-아코니틴산(C_6), 이소-시트르산(C_6)을 거쳐 옥살숙신산(CC_6)이 된다. 옥살숙신산은 산화되어 이산화탄소를 방출하며 C_5 물질인 α-케토글루타르산이 된다. 이 α-케토글루타르산은 산화되어 이산화탄소를 방출하고 차례로 C_4 물질인

푸마르산, 말산, 옥살빙초산이 된다. 옥살빙초산은 다시 피루브
산에서 생겨났던 C_2 물질과 결합해 시트르산으로 화한다('TCA
회로' 또는 '크렙스 회로'). 이 과정에서 다량의 ATP 분자들이 생
겨나는 것이다.

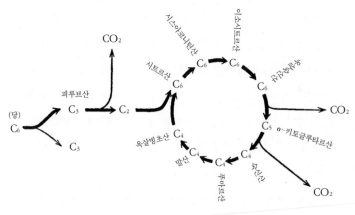

ATP에서 인이 한 개 떨어져나가면 ADP(아데노신 이인산)가
된다. $ATP + H_2O \leftrightarrow ADP + P$. 여기에서 P는 $H_2PO_4^-$, HPO_4^{2-},
PO_4^{3-} 등 여러 종류의 무기 인 이온들을 대표한다. 이때 1만 2천
칼로리의 에너지가 방출된다. 그리고 ADP에서 다시 인이 하나
떨어져 나가면서 AMP(아데노신 단인산)가 될 때 3천 칼로리의
에너지가 방출된다. 이 점에서 ATP와 ADP는 우리 몸속에서 일
종의 에너지 저장소와도 같은 역할을 한다 하겠다(이런 분해가
불완전하게 일어나면 발효 현상이 생겨난다. 알코올, 젖산, 프로피온
산 등은 이런 과정에서 만들어지는 물질들이다. 숯이나 술 등은 이런

현상을 이용해 일부러 불완전연소시킴으로써 만들어낸 것들이다).

생명체의 화학 회로에서 가장 대표적인 것들 중 하나인 광합성(과 그 역과정인 호흡)을 이야기했는데, 이런 회로들이 무수한 이심원들을 그리면서 하나의 생명체를 떠받치고 있다는 것을 생각하면 놀라지 않을 수가 없다. 더구나 지금까지의 설명은 충분한 설명이 아니라 기본적인 구조만 엉성하게 설명한 것이다. 완벽한 설명은 불가능할 것이다. 비행기 산업에 종사하는 어떤 사람으로부터 그 누구도 비행기 전체를 알지는 못한다는 말을 들은 적이 있다. 자기가 맡은 부분들만 알고 나중에 그것들을 조립한다는 것이다. 그러나 생명체의 이심원들과 그 조립은 비행기의 그것에 비할 바가 아니다. 사변적인 생명철학으로 돌아가지 않아도(사변적인 생명철학은 정치적으로 악용된 적이 많기 때문에 조심해야 한다) 생명의 이 놀라운 복잡성과 단순성 앞에서 거의 신비에 가까운 감정을 느끼게 된다. 어떤 사람들이 오해하는 것처럼 생명을 과학적으로 연구할 때 그것이 탈신비화되는 것이 아니다. 과학적 연구가 깊어지면 깊어질수록 우리는 그 앞에서 경외심에 젖게 된다.

생명체의 동일성을 형성하는 무수한 회로들은 거대한 회로들의 이심원들일 뿐 아니라 각 회로 내에 계속 접혀 있는 주름들이기도 하다. 한 회로의 한 공정은 다시 하나의 회로를 이루고 그 작은 회로의 한 공정은 다시 하나의 회로를 이룬다. 이렇게 회로

안에 다시 회로가 무수히 접혀 있는 주름들의 두께, 이 두께가 생명체의 복잡함과 깊이를 형성하고 있는 것이다. 상대적으로 큰 회로들은 상대적으로 작은 회로들을 접고 있으며, 작은 회로들은 큰 회로들로 펼쳐진다. **접힘과 펼쳐짐의 놀이**가 생명체의 동일성을 떠받치고 있는 것이다. 따라서 이 동일성은 정적인 동일성이 아니라 **무한히 입체적이고 역동적인 동일성**이다. 그리고 더 핵심적인 것은 이 동일성은 시간을 초월해 있는 이데아가 아니라 시간 속에서 스스로를 계속 수선해 나가는 동일성이라는 점이다.

진화의 과정이란 결국 생명체들이 시간에 처해서, 차이들의 운동에 처해서 스스로의 동일성을 계속 바꾸어 나간 역사 이외의 것이 아니다. 그리고 그 성과들을 가장 단적으로 보여주는 것이 바로 생명체의 회로들이다. 무한히 입체적으로 주름 접힌 회로들, 접힘과 펼쳐짐의 역동적인 운동을 통해 생명체를 떠받치는 그 아름다운 회로들.

계급투쟁의 역사와 정치경제학

1980년에 나는 대학 2학년생이었다. 박정희 정권의 몰락과 전두환-노태우의 신군부 세력의 등장이 있었고 학생들의 격렬한 저항이 있었다. 대학은 학문의 전당이라기보다는 데모의 전당이었다. 교문 앞에서 시위하다가 이른바 '지랄탄'이 터지면 뒤로 빠져서 달려갔다가 다시 교문으로 달려가는 일이 반복되었다. 봄에 대규모 투쟁이 일어났고 그후 휴교령이 내려졌다. 캠퍼스 곳곳에 전경들이 진을 치고 있어 학교에는 아예 갈 생각도 못했다. 이런 와중에 계급투쟁으로서의 역사에 눈떴던 것 같다.

한국 현대사를 공부하면서 믿기지 않는 그 수많은 역사적 사실들 앞에서 경악했다. 삶이라는 것 자체가 너무 힘겹게 다가왔다. 나는 늘 역사를 좋아했고 또 열심히 공부했다. 역사 시험은 거의 다 만점에 가까운 점수를 받곤 했다. 그러나 내가 공부했던 역사는 역사가 아니었다. 고등학생의 눈에도 현대(특히 해방 후)

에만 이르면 모든 것이 다 잘되어가는 것처럼 씌어진 국사 교과서가 잘 믿기지 않았다. 또 이런저런 경로를 통해 한국 현대사의 문제점들을 듣지 않은 것도 아니었다. 그러나 본격적으로 역사를 공부하면서 인간이라는 존재에 대해, 사회라는 것에 대해 전혀 다른 눈을 가지게 되었고 그후 실제 우리의 역사란 무엇인가를 체험하게 되었다. 이런 체험이 내 사유에 어떤 근본적인 각인을 만들어낸 것 같다.

당시 이런 현실과 연관된 공부를 하는 것을 '사회과학 한다'고 표현하곤 했다. 사회과학 서적들이 음으로 양으로 엄청나게 쏟아져 나왔다. 내 책장에도 이런 책들이 꽂혀 있었다. 그런데 언제부터인가(1990년대에 들어와서) 그런 책들을 보지 않게 되었고, 고단한 강사 생활 시절 거의 매년, 심할 때는 일 년에 세 번씩 이사를 다니면서 그 많던 책들이 하나둘 사라져버렸다. 지금 내가 가지고 있는 역사책들과 사회과학 서적들은 그 수난을 겪으면서 용케 살아남은 정예병들이다.

이런 책들을 다시 보기 시작한 것은 얼마 전부터이다. 왜일까? 그 핵심적인 이유는 경제 공부에 대한 필요성 때문이다. 경제학을 본격적으로 공부해야겠다는 마음을 먹은 후에 거의 10년 넘게 보지 않던 옛 책들을 다시 펴보게 되었다. 현대 사회를 보다 심도 있게 해명해 나가기 위해서는 경제 분야를 좀더 보강해야겠다고 생각했기 때문이다.

역사학과 사회과학

역사와 사회과학은 맞물려 있다. 사회과학은 사회 현상을 모델화해 그 법칙성을 탐구한다. 그러나 사회 현상이라는 것이 자연 현상처럼 균일하지는 않다. 시간의 지배는 자연 현상보다는 사회 현상에 훨씬 더 크게 작용하기 때문이다. 뉴턴 역학은 지금도 거시 수준에서는 거의 보편적으로 적용된다. 그러나 모든 사회에 보편적으로 적용되는 사회 이론은 지금까지 없었으며 앞으로도 없을 것이다. 문화적 다양성이라는 공간적 측면에서도 그렇고 시간에 따른 변화라는 측면에서도 그렇다. 이 점에서 사회과학에서의 이론이란 좀 허망한 데가 있다. 이와 대조적으로 역사는 철저하게 우발적인 과정들을 다룬다. 역사는 사건들로 점철되어 있으며 사건들이란 자연과학에서의 '경우들'과는 전혀 다른 존재론적 위상을 가진다. 자연과학에서의 '경우들'은 한 함수의 함수값, 어떤 법칙의 실현태들일 뿐이지만, 역사에서의 사건들은 발생 자체, 일어남 자체, 도래함 자체이기 때문이다. 물론 역사학자들은 그런 사건들을 추수追收해서 그 원인, 경과, 결과를 따지고 인과관계를 파악한다. 그러나 그것은 사후적事後的 정리정돈이며 역사에서의 사건들은 근본적으로는 우발적 성격을 띠고 있는 것이다. 푸코가 이런 우발성들을 거대한 드라마로 추수해서 정리하는 역사학—헤겔·맑스의 변증법적 역사이든 꽁트·스펜서의 실증주의적 역사이든—을 비판하는 것도 이 때문이다.

그래서 사회과학은 이런 사건들과 다양성들을 소화하지 못한다는 점에서 자칫 공허한 틀에 그칠 수가 있고, 반면 역사학은 '과학'이 될 수 없다는 한계를 안게 된다(물론 꼭 과학이 되어야 할 필요는 없다. 역사는 '인문학'이기 때문이다). 사회과학과 역사학이 상보적이어야 하는 것은 이 때문이다(앞에서 말한 틀로 하면, 사회과학은 일반 담론이고 역사학은 구체 담론이다). 역사는 세계에 도래하는 차이들을 차이들 자체로서 추수한다. 사회과학은 그러한 차생(차이생성)에서 반복하는 면을 포착한다. 즉 사회과학은 세계의 보편적 법칙성이 아니라 반복하는 규칙성을 포착하는 담론이다. 사회과학은 역사의 단면들—반복된다는 점에서 중요한 단면들—을 파악하고 역사는 시간 속에서의 차생을 세밀하게 파악한다. 사회과학 없는 역사는 맹목적이고 역사 없는 사회과학은 공허하다. 역사는 사회과학적 방법을 도입할 때 과학적 성격을 띠게 되고 사회과학은 역사적 방법을 도입할 때 자체에 결여되어 있는 인문학적 측면을 보완할 수 있다. 페르낭 브로델과 임마누엘 월러스틴의 접근이 그 예가 될 것이다(물론 이들의 접근은 인문학보다는 과학에 더 중점을 두고 있다).

자본주의의 성립 문제

1980년대에 대부분의 젊은이들이 그랬듯이 나도 맑시즘 역사학과 정치경제학을 공부했다. 그러나 대학 시절에는 원전들을 접하기가 어려웠고 또 읽을 능력도 없었기에 당시 서점들(이른바 '사회과학 서점들')을 가득 메웠던 맑시즘 계통의 입문서들, 개론서들을 많이 읽었다. 그러나 개론서, 입문서, 해설서 등은 결국 기억에서 사라지는 것 같다. 어떤 책을 '원전'으로 간주할 수 있게 해주는 날카로운 기준이 있는 것은 아니지만 결국 뇌리에 남는 것은 이른바 '원전'들이다. 시간이 어느 정도 지나서 대학원에 들어가 본격적인 공부를 시작한 후에야 보다 심도 있는 독서를 하게 되었다.

1990년대에 들어와서는 후기구조주의 등 새로운 시각들을 받아들이게 되었고 맑시즘 역사학과 정치경제학에서 어느 정도 멀어지게 되었지만 이정전 교수의 『두 경제학의 이야기』를 흥미롭게 읽은 기억이 남아 있다. 이 책은 이른바 '주류 경제학'과 맑시즘 경제학('정치경제학')을 균형 있는 시각으로 비교하고 있어 경제학의 이해에 큰 도움을 준다.

이정전 교수도 말하고 있듯이 주류 경제학의 가격결정이론은 '완전경쟁 시장'이라는 모델을 전제로 한다. 주류 경제학은 자연과학의 사고 모델을 가지고서 경제 현상을 수치화하고 함수화하는 데 몰두한다. 그러나 맑스는 사유를 역사적 실제에 굳게 뿌리내릴 것을 강조한다. 예컨대 18세기 사회사상에서의 '개인'의 개념은 "역사적으로 성립된 것으로서가 아니라 자연에 의해 주어진 개인으로서 아른거리고 있다"고 말한다(『정치경제학 비판 요강』). 맑스는 우리에게 철저하게 역사적 지평에서 사유할 것을 강조하고 있고 그가 생각한 역사는 계급투쟁의 역사이다. 이 점에서 주류 경제학과 맑시즘 정치경제학의 차이는 결코 경제학 내적인 것이 아니다. 그것은 경제학이라는 개념 자체에 있어서의 차이인 것이다.

바로 이런 맥락에서 접했던 여러 논의들 중 흥미로웠던 문제는 자본주의의 발생 문제였다. 이른바 '이행 논쟁'으로 불린 이 논쟁이 흥미로운 이유는 정치경제학이란 결국 자본주의를 설명하는 담론이기 때문이다. 따라서 그 발생에 관심이 갈 수밖에 없었다. 그때 읽었던 책으로는 모리스 돕 등이 쓴 『자본주의 이행 논쟁』이 기억에 남는다. 아울러 막스 베버의 잘 알려진 책인 『프로테스탄티즘의 윤리와 자본주의』 또한 재미있게 읽었다(막스 베버의 책들은 여러 권 읽었는데, 그것은 신입생 때 배웠던 역사학 개론 시간에 담당 교수로부터 막스 베버 이야기를 여러 차례 들었기 때문이다. 공학도들을 위해 마련된 인문학 교양 강좌였는데, 담당 교수는 E. H. 카의 『역사란 무엇인가』와 더불어 베버의 책들을 소개해주었다. 학문의 세계에 발을 들여놓았을 때 처음 만난 교수들이 끼치는 영향은 참 큰 것 같다). 돕의 책은 주로 경제에 초점을 맞추고 있고 베버의 책은 종교에 초점을 맞추고 있다는 점에서 비교가 된다(베버가 '막스' 베버여서 '마르크스'와 착각한 공안요원들이 그의 책까지 다 수거해갔다는 웃지 못할 이야기가 있다).

이 발생의 문제에서 여러 계열들의 교차라는 문제는 중요하다. 예컨대 원시축적이 있었고 인클로저 운동으로 인한 산업예비군의 형성이 있었다 해도 그 두 계열이 만나지 않았다면 자본주의의 형성은 쉽지 않았을 것이다. 또 17세기의 절대왕정이 도시의 성벽들을 허물고 전국 규모의 유통망을 깔지 않았다면 자본주의가 원활히 형성될 수 있었을까? 물론 이런 이유들 외에도 수많은 역사적 계열들의 교차로에서 근대 자본주의가 형성되었음에 틀림없다.

이 이유들 중 잘 지적되지 않는 것으로서 공간의 문제도 빼놓을 수 없다. 아리스토텔레스 장소론에서 데카르트 공간론으로의 변환은 심대한 의미를 함축한다. 사물들의 '자연적인' 장소로부터 사물들의 좌표로 기능하는 완전히 텅 빈 공간으로의 변환은 사물들을 바라보는 눈을 근본적으로 바꾸어놓았다. 사물들이 완벽하게 화폐화되고 등질공간에 투사되어 양적인 비교의 대상이 된 데에는 이런 인식론적 전환이 배경으로 깔려 있다 하겠다. 우리가 생각하는 것 훨씬 이상으로, 데카르트의 기계론은 서구 근대 문화의 저변에 끈질기게 흐르고 있는 것이다.

이름이 기억나지 않지만 한 일본 경제학자—스스로는 맑시즘 경제학자라고 밝히고 있지만 책은 맑시즘 냄새가 전혀 나지 않게 쓴 학자—가 쓴 상당히 작은 책자를 읽은 적이 있다. 이 책이 내 기억에 선명히 남아 있는 이유는 이 책의 내용이 사회라는 것, 경제 현상이라는 것을 완벽하게 수학적 체계로 설명하고 있었기 때문이다. 즉 사회를 구성하는 다른 측면들을 완전히 배제하고 그것을 극단적인 추상 공간으로 환원시켜 수학적으로 설명하고 있었다. 현대 물리학자가 한 사물의 의미나 기능, 장소 등은 물론이고 그 색, 맛까지 완벽하게 추상시키고 오로지 그 양적 측면들, 함수적 측면들에만 주목하는 것과 같은 방식이었다.

사실 맑스의 자본주의 분석은 상당 부분 이런 성격을 띤다. 산업자본의 경우 화폐(G)가 투자되어 상품(W)이 만들어지고 이것이 다시 화폐가 된다. 고전적인 방정식은 다음과 같다. $G \rightarrow W(=Pm+A) \rightarrow P \rightarrow W \rightarrow G'$. 여기에서 Pm은 생산수단, A는 노동력, P는 생산과정을 가리킨다. 상업자본의 경우에는 화폐가 상품을 매개해 증식한다. $G \rightarrow W \rightarrow G'$. 그러나 금융자본의 경우 화폐는 자기지시적으로 증가한다. $G \rightarrow G'$.

그런데 이런 탐구 방법은 사회를 전적으로 화폐의 측면에서 보는 데에서부터 시작한다. 자본주의 사회에서 모든 것은 화폐로 전환된다(물은 이미 전환되었고 어느 날엔가는 공기도 전환될지 모르겠다). 그리고 우리는 그 양적 크기들 사이의 함수관계를 추적해낼 수 있다. 그럴 경우 사회와 경제 현상은 수학적 함수들의 체계로 인식된다. 이것은 사물들이 데카르트적 공간('res extensa'의 공간)으로 환원되어 설명되는 것과 유사하다. 나는 이런 시도를 비판적으로 보았지만, 다른 한편 무척 인상 깊기도 했다.

자본주의는 이렇게 여러 요인, 여러 역사적 갈래들이 교차함으로써 성립했다. 자본주의 성립사는 지금 우리의 삶의 성립사이기도 하다는 점에서 여전히 중요한 문제라 하겠다.

기업의 경제학과 노동자들의 경제학

맑스의 전기 저작들이 철학적·윤리적 성격을 띠고 있다면, 후기 저작들은 자본주의에 대한 과학적 분석에 치중하고 있다. 『자본론』은 그 결정판이며 특히 '잉여가치'의 개념은 그의 경제학 전체를 이해하는 데 핵심이다. 『자본론』을 읽음으로써 우리는 우리가 살고 있는 자본주의 사회에 대한 가장 기초적인 인식을 얻을 수 있다.

맑시즘 경제학에서 생산양식은 핵심적인 위치를 차지한다. 이 개념이 맑시즘에서 역사가 차지하는 위상, 계급투쟁의 개념, 경제적 차원의 중요성 등을 모두 압축하고 있기 때문이다. 생산양식은 생산력과 생산관계를 함께 고려했을 때 성립하며 생산력은 노동력과 생산수단을 함께 고려했을 때 성립한다.

생산양식=생산력(노동력+생산수단)+생산관계

생산양식은 역사를 통해서 변화한다. 그 변화의 요인들은 물론 노동력, 생산수단, 생산관계이다. 여기에서 생산관계는 바로 계급투쟁의 장소가 되며, 자본주의 사회에서는 생산수단을 소유하는 부르주아 계급과 노동력을 소유하는 노동자 계급의 관계로 파악된다. 따라서 생산관계는 변증법적 사유의 핵심 대상이 된다. 맑시즘 경제학은 이렇게 경제를 역사의 한 추진력으로 본다는 점, 계급투쟁이 함축하는 모순에 대한 변증법적 사유를 행한다는 점에서 인간의 이기성과 합리성에 근거한 추상적 사유 모델과 (헴펠 등이 말하는) 가설-연역적 방법 및 함수적 관계들의 발견을 중시하는 주류 경제학과는 근본적으로 다른 접근법을 취한다.

주류 경제학이 인간과 인간의 관계에 비교적 소홀하고 오로지 경제적 측면에만 주목한다면, 맑시즘 경제학은 경제학 자체로서 고립되어 있는 것이 아니라 역사학, 윤리학, 정치학 등과 결합해서 맑시즘 철학이라는 보다 거대한 사유 체계의 한 고리를 형성한다. 바로 이 때문에 주류 경제학과 맑시즘 경제학을 같은 지평에 놓고서 비교하기가 쉽지 않은 것이다.

주류 경제학의 핵심 개념은 수요와 공급이다. 고등학교 때 우리가 배우는 경제학이란 바로 이 경제학이다. 이 경제학은 자연과학적 인식 방법을 모델로 한다. 갈릴레오는 진공 상태 및 마찰이 없는 바닥을 가정하고 역학적 법칙을 세운 후, 거기에 실제 현실에서 고려해야 할 변수들을 부가해서 물체의 운동을 위한 함수를 세웠다. 이런 인식 방법은 근대 과학의 인식론에 지대한 영향을 끼치게 되고 주류 경제학 역시 이런 방법을 구사한다. 주류 경제학이 우선 전제하는 '완전경쟁 시장'의 모델이 그것이다. 이 시장에서 이기성과 합리성을 본질로 하는 개인들이 수요와 공급의 법칙에 따라 물건을 사고판다. 이기적이고 합리적인 개인은 자유주의 정치철학의 개인이기도 하고 그래서 우리는 자유주의 정치철학과 주류 경제학이 맞물려 있음을 간파하게 된다.

경제학이 자본주의의 학문이라는 점은 주류 경제학의 욕망론에서 확인할 수 있다. 주류 경제학은 탈역사적 공간에서 어떤 보편 법칙을 이야기한다고 말하지만(이는 정치경제학을 명확히 자본주의에 대한 학문으로 보는 맑스의 시각과 대조적이다) 그 욕망론 자체가 자본주의 사회를 전제하고 있는 것이다(삐에르 클라스트르의 저작들은 미개 사회에서의 욕망이 현대인의 욕망과 얼마나 다른 것이었나를 보여주었다). 인간의 욕망(특히 경제적 행위에서의 욕망)을 총효용의 극대화에서 찾는 관점은 '거욕去欲'을 이상으로 삼았던 전통 철학의 관점과 얼마나 대조적인가. 따라서 우리는 '경제학'을 어디까지나 자본주의 경제학으로 이해해야 한다. 주어진 소득을 가지고서 '파레토 개선改善'을 통해서 최대의 효율을 추구하는 것을 합리성으로 보는 주류 경제학의 방법은 바로 근대 시민 계급을 모델로 하고 있다(파레토 개선이란 '한계효용 체감의 법칙'에 입각해 주어진 소득으로 가장 합리적인 소비 방식을 찾아가는 방법이다). 무차별곡선 이론이 이야기하는 '한계대체율 체감의 법칙'(한 재화를 많이 가지고 있을수록 그것의 한계대체율— 그것과 대체할 수 있는 다른 재화의 양—에 대한 주관적 가치는 감소한 다는 법칙)을 비롯한 여러 개념들도 마찬가지의 욕망론에 기대 고 있다. 나는 늘 주류 경제학이 전제하는 욕망론이 너무나도 단 순하다는 생각을 가지고 있었다. 어떤 대목에서는 잘 들어맞기 도 하지만 인간이라는 존재 그리고 실제 역사를 분석하기에는 너무 추상적인 모델이라는 생각을 금할 수 없었던 것이다.

주류 경제학의 기초는 수요와 공급의 개념을 기반으로 가격 결정의 이론을 창출하는 것이다. 수요론은 가격과 수요의 상관 성에 초점이 맞추어진다. 수요량의 변화와 가격 변화의 비율인 '가격 탄력성' 개념의 활용이라든가 가격이 일정한데도 수요가 변하는 경우들에 대한 추적을 비롯한 여러 기법들을 동원해 가 격과 수요의 상관성을 탐구한다. 또 수요론과 쌍을 이루는 공급 론 역시 '생산성 지표'라든가 '한계생산' 등의 개념에 기초해 서 가격과 공급의 상관성을 파악한다. 주류 경제학이 기업을 위 한 경제학, 자본주의를 위한 경제학이라는 것은 공급론에서 두 드러지게 나타난다. 예컨대 한계생산이란 노동의 투입량이 전 체 총생산량에 기여하는 정도(다른 생산요소들을 고정시켰을 때의 노동량 변화가 가져오는 변화의 정도)를 뜻한다. 우리는 이런 사고 가 열역학적 사고와 유사하다는 것을 어렵지 않게 알 수 있다(이 렇게 주류 사회과학은 자연과학을 모델로 삼고자 하며 바로 여기에 근본적인 문제가 있다). 그리고 이런 식의 사고가 노동자들의 입장이 아니라 철저하게 기업의 입장에서 성립하는 경제학이라는 사실도 눈치챌 수 있다. 이익을 최우선으로 하는 기업의 욕망을 뒷받침하는 것을 경제학의 지상 과제로 삼고 있는 것이다.

주류 경제학과는 달리 맑시즘 경제학은 노동자들의 관점에서 성립한 경제학이다. 즉 맑시즘 경제학의 주체는 기업이 아니라 노동자이다. 주류 경제학이 최소의 비용으로 최대의 이익을 얻으려는 부르주아 계급의 욕망을 대변한다면, 맑시즘 경제학은 자본에 짓눌리는 노동자가 겪는 모순에서 시작한다. 헤겔에게서 모순은 형상철학에서처럼 막다른 골목이 아니라 세계를 움직이는 원동력이다. 맑시즘 역시 헤겔적 변증법에 입각해 사회적 모순과 그 역동적 운동에 주안점을 둔다. 그래서 모든 논의의 출발점에는 노동 개념이 놓인다.

맑스는 사용가치와 교환가치 사이에 존재하는 모순을 강조하며, 그러한 모순 밑에는 더 근본적인 모순 즉 구체적 노동과 추상적 노동 사이의 모순이 존재함을 밝힌다. 자본주의 경제가 발달해서 상품의 종류가 계속 증가하면 교환가치의 비중이 점점 커진다. 오늘날 우리는 자신이 사용하기 위해 어떤 물품을 제작하는 경우는 거의 없는 시대를 살고 있다. 물론 이런 상황을 가능케 한 것은 모든 상품들의 등가물인 단 하나의 상품(?) 즉 화폐이다. 맑스는 교환가치와 그 화폐적 표현인 가격에 중점을 두고서 논의를 전개하지만, 그리고 상품의 교환가치가 그것에 응결

된 노동의 비율과 일치하는 단순상품 생산의 상황을 모델로 논의를 전개하지만(여러 가지 단순하고 이상적인 상황을 설정하고 있는 이 모델은 맑시즘 경제학도 그 과학적 측면에서는 갈릴레오의 모델을 따르고 있다는 사실을 보여준다. 이 점에서는 맑시즘 경제학 역시 근대성 및 과학이라는 테두리 속에 있다고 할 수 있다), 그의 궁극적인 관심은 그 아래에 깔려 있는 사람과 사람의 관계이다. 교환의 추상적이고 양적인 관계만이 아니라 그 아래에 깔려 있는 사회적 관계와 역사적 맥락을 망각한다면 그것은 더 이상 맑시즘 경제학이 아니다.

잉여가치의 문제

맑시즘 경제학의 출발점은 역사적으로 도래한 생산양식으로서의 자본주의이다. 자본주의 사회에서는 자신이 사용할 물품을 직접 만드는 경우는 극히 드물다. 자본가들은 팔기 위해서 상품을 만들고 노동자들은 임금을 벌기 위해서 노동한다. 즉 생산자들끼리의 교환관계가 아니라 자본-노동 간의 관계가 자본주의의 초석이다. 자본가는 생산수단을 가지고 있고 노동자는 노동력을 가지고 있다. 따라서 논의의 출발점은 계급이다(그래서 계급 개념은 신분 개념과 다르다). 노동자들의 노동은 이제 상품이 되며 시장의 변동에 따라 움직이게 된다. 산업자본주의는 자본의 집중과 노동력의 집중, 거기에 결정적으로 산업혁명을 통한 생산의 기계화 등이 결합되어 탄생했으며 이로써 대량생산 사회가 도래했다. 사유재산제도는 노동자와 자본가를 꽉 묶어두는 역할을 하며, 때문에 노동자들은 자신들의 유일한 재산인 육체를 팔아서 생계를 유지해야 한다. 자본가와 노동자는 당당하게 서로 '계약'을 하지만 사실상 노동자는 자신의 유일한 재산인 노동력을 자본가에게 맡기는 결과에 직면한다. 과거의 귀족-천민 간의 신분적 구분이 자본주의 사회에서는 자본가-노동자의 계급 분화와 계약관계로 변환되는 것이다.

기업의 입장에서 볼 때 $G-W-G'$에 있어 G'는 G보다 커야 한다. 여기에서 $G'-G$가 맑스주의 경제학에서 중요한 위치를 점하는 '잉여가치'이다('자본'이란 결국 잉여가치를 창출할 수 있는 돈이다). 잉여가치는 잉여노동에서 나온다는 것이 맑스의 기본 관점이다. 즉 자본가들은 노동자들로 하여금 필요노동(자신의 생존을 위해 필요한 노동) 이상의 노동을 시키고 그로부터 잉여가치를 얻어낸다는 것이다. 이것을 맑스는 '착취'라고 부른다. 중요한 것은 이 착취는 쉽게 나타나지 않는다는 사실이다. 착취를 인식하려면 현상을 넘어 자본주의를 작동시키고 있는 근본 메커니즘에 도달해야 한다. 맑스가 한 일은 바로 이 근본 메커니즘을 드러낸 것이다. 자본주의 사회에서 자본가와 노동자는 어디까지나 자유로운 계약관계를 맺고 있다. 그러나 사실은 그렇게 보이기만 할 뿐이다. 자본가는 노동자에게 잉여노동을 강요하고 그로부터 잉여가치를 착취한다. 이 메커니즘을 밝힌 것이 『자본론』의 핵심 과제들 중 하나이다.

맑스는 잉여가치의 원천은 노동에 있음을 역설한다(이것은 매우 복잡한 논의를 필요로 하는 대목이다). 자본주의 사회에서 노동자들의 노동력은 상품이 된다. 인간의 생명이나 의지를 비롯한 형이상학적 가치들은 여기에서는 설 자리가 없다. 노동자들의 노동력은 철저하게 상품 생산의 회로 속에서 잉여가치의 창출 도구로서 계산된다. 그래서 노동력에도 시장가격이 적용되며 이 시장가격은 대개 '최소 생활비'를 기준으로 해서 책정된다. 맑스의 핵심 주장은 자본가가 노동력에서 이끌어내는 사용가치(잉여생산물을 생산해낼 수 있는 능력)와 그 결과 발생한(시장가격, 교환가치로 구체화되는) 잉여가치 사이에는 필연적으로 어떤 차이가 있다는 것이다. 상품의 가치는 그것의 제작에 투입된 노동에 의해 결정된다. 노동에는 죽은 노동과 산 노동이 있다(죽은 노동이란 과거의 노동을 말하고 산 노동이란 현재의 노동을 말한다. 과거 노동에 투입된 자본은 불변자본이고 현재 노동에 투입된 자본은 가변자본이다). 그래서 다음 관계가 성립한다.

상품의 가치=죽은 노동+산 노동

산 노동은 최소 생활비를 위한 노동과 잉여노동을 포함한다. 그래서 이 관계는 다음과 같이 쓸 수 있다.

상품의 가치=죽은 노동+필요노동+잉여노동

　그러나 잉여노동을 통한 잉여생산물이 가져다주는 이익은 자
본가에게 돌아간다. 노동자는 '소외' 된다. 자본가의 입장에서
보면 죽은 노동은 불변자본과, 필요노동은 가변자본과 같다. 그
래서 다음 공식이 성립한다.

상품의 가치=불변자본+가변자본+잉여가치

　맑스가 규정한 중요한 한 개념은 잉여가치율이다. 잉여가치
율은 잉여가치가 가변자본에 대해 가지는 비율이다.

$$잉여가치율 = \frac{잉여가치}{가변자본}$$

　이와 더불어 또 하나의 핵심적인 개념은 착취율이다. 착취율
은 노동자가 자신의 생계를 위해 일한 노동(편의상 '지불노동'이
라 하자)과 여분의 노동 즉 자본가에게 해준 잉여노동의 비율이
다. 잉여가치율과 착취율은 사실상 같은 개념이다(이것은 수식
으로 증명된다). 맑스는 이 잉여가치율과 착취율의 개념을 통해
서 자본주의 사회에서의 자본가에 의한 노동자의 착취가 어떤
메커니즘을 통해 발생하는가를 과학적으로 증명하고자 했던 것
이다.

가장 기초적인 도입부만 보았지만, 주류 경제학의 출발점이 기업의 이익 창출이라면『자본론』으로 대변되는 맑시즘 경제학의 출발점은 노동자들의 노동이다. 말하자면 주류 경제학과 맑시즘 경제학은 한 사태를 파악하는 데 있어 '주체'를 서로 반대로 정립하고 있는 것이다. 철학적·도덕적 정당성을 가지는 것은 맑시즘 경제학이다. 그러나 주류 경제학이 개발해낸 분석 도구들과, 일정 범위와 맥락에서는 설득력이 있는 학문적 성과들 또한 가치가 있다. 주류 경제학이 원천적 한계가 있는 것도 사실이지만, 맑시즘 경제학으로 오늘날의 경제 현상을 온전히 파악할 수 있다는 생각 역시 순진한 것이다. 맑시즘 경제학의 문제의식에서 출발하되 주류 경제학의 과학적 성과들도 부지런히 흡수할 때 과학적인 동시에 윤리적인 정치경제학을 수립할 수 있을 것이다.

창조적 종합의 길

당시 내가 읽었던 책들 중 상당수는 제국주의를 다루고 있었다. 맑스와 엥겔스 자신들이 이미 자본주의는 제국주의의 시대로 접어들었음을 밝히고 있다.

부르주아는 모든 국가들로 하여금 부르주아 생산양식을 택하든가 아니면 멸망하든가의 양자택일을 강요하며, 이른바 문명이라는 것을 받아들이기를 강요한다. 다시 말해, 그들 자신도 부르주아가 되기를 강요한다. 달리 말해, 부르주아는 온 세상을 자기자신의 형상에 따라 재창조하려고 한다.(『공산당 선언』)

제국주의에 관한 수많은 책들이 나와 있었지만 원전을 번역한 경우는 그다지 많지 않았던 것 같다. 다만 종속이론 계통의 책들이 상당수 나와 있어 많이 논의가 되었다. 제국주의에 대한 이론은 다양하다. 맑스는 그것을 이윤율 저하의 경향을 막기 위한 수단으로 파악했고, 룩셈부르크는 과소소비 이론에 기초해 판로와 원자재, 노동력의 문제를 중심으로 그것에 접근했다. 그리고 힐퍼딩은 독점 문제를 통해 접근해 자본 수출의 메커니즘을 밝히고자 했다. 종속이론은 중심부-주변부 관계의 분석을 통해 제2차 세계대전 이후의 세계 경제 질서를 분석했다. 최근에 나온 네그리와 하트의 『제국』은 제국주의론을 또 다른 방향으로 이끌어가고 있다. 오늘날에는 미국의 세계 제패, 네오콘들의 통치술, 중동-미국-중국 등의 관계, 일본의 새로운 동향, 남북 관계 등 다양한 문제들이 도래했다. 이 모든 문제들을 맑시즘 정치경제학만으로 해결할 수는 없겠지만, 맑시즘은 이런 모든 문제들을 종합적이고 비판적으로 볼 수 있는 틀로서 여전히 가치가 있다고 생각한다.

이것은 서로 불연속을 이루고 있는 1980년대 학문과 90년대

학문을 보다 넓은 안목에서 이음으로써 창조적인 사유를 창출하는 문제와도 연결된다. 지금 우리 지식계는 1990년대 학문(특히 후기구조주의)에 아직 입문도 못한 채 과거에 자신이 공부했던 틀에 집착하는 사람들과 1980년대의 경험을 언제 그런 적이 있었냐는 듯이 잊어버리고 최근의 사상들에만 몰두하는 사람들로 채워져 있다. 지난 시대 이 땅에서 전개되었던 다양한 사조들을 충분히 섭렵한 상태에서, 지금의 맥락을 가지고 자신의 사유를 펼치는 사람은 정말이지 보기 힘든 것 같다. 이미 다른 곳에서 생성되어 우리에게 전해진 어떤 사조들 중 하나를 (마치 사지선다형에서 하나를 선택하듯이) 선택하고 그것을 추종하는 것이 아니라 그 다양한 사조들을 균형 있게 섭렵하고 그 위에 올라서서 자기 사유를 펼쳐야 할 것이다.

수학, 물리학·화학, 생명과학, 역사·사회과학 등 여러 분야에서 나에게 많은 영향을 끼친 사유들을 더듬어보았다. 지면이 허락했다면 한의학 그리고 구조주의 계열의 인간과학들도 다루었으면 좋았을 것이다. 한의학은 학문적 차원 이전에 어린 시절부터 내 곁에 있었으며, 동양적 사유를 철학적 사유의 구도 안으로 끌어들이게 된 후부터는 내게 더욱 중요한 의미를 띤 담론이 되었다. 언젠가 본격적인 논의를 할 날이 오리라고 본다. 소쉬르 언어학, 레비-스트로스 인류학, 라캉 정신분석학, 부르디외 사회학, 바르트 문예비평, 아날 학파 역사학 등 '구조주의' 계열의 인간과학 또한 내 학문적 편력에서 빼놓을 수 없는 요소이다. 이 계통은 다른 저작들에서 자주 언급한 바 있으므로 이 책에서는 생략했다.

……철학 마을 가로지르기……

최초의 텍스트들

　지적 유목을 시작한 후로 자연과학, 사회과학, 역사, 문학 등 여러 담론의 세계를 유랑했지만, 결국 철학에 정착하게 되었다. 그러나 그후에도 과학철학, 그리스 철학, 프랑스 철학, '동양' 철학 등 철학세계 내에서의 유랑은 계속되었고, 지금은 결국 철학의 테두리에서도 벗어나버렸다. 물론 오랜 기간 동안 철학에 몰두했기 때문에 철학이 내 사유에서 큰 비중을 차지하기는 하지만, 지금은 내가 철학자라고도 또 다른 무엇이라고도 생각하지 않는다. 그저 사유하는 사람, 저작 활동과 교육 활동을 하는 사람 정도라고 생각할 뿐이다. 오랜 시간 동안 유목을 해왔기 때문에 이제 와서는 유목이 특별히 유목으로 느껴지지 않는다. 내 사유가 흘러가는 대로 사유하고 글을 쓸 뿐이며, 그런 가로지르기의 사유, 유목의 사유가 내게는 오히려 더 편안하고 친숙한 것이 되어버렸다. 사람들이 갈라놓은 범주들은 내게는 의미가 없다. 오직 내가 지금 생각하고 있는 문제, 다루고 있는 주제에 따라 관련되는 연구와 사유를 할 뿐이다. 내 학문은 다음 한마디로 압축할 수 있다. '선택하지 말고 창조하라.'

철학이라는 담론을 처음 접한 것은 대학 2학년 2학기 때였던가 오병남 교수의 미학개론(미학입문?)이라는 과목을 통해서였다. 오병남 선생님의 열정적이면서도 명료한 강의가 내게 철학으로 가는 길을 마련해주었다. 미학개론 강의가 계기가 되어 미학을 부전공으로 공부했고 대학원도 미학과를 가려고 했으나, 오병남 선생님은 우선 철학과에 갈 것을 권유하셨다. 나는 1983년 공과대학을 졸업하고 철학과 대학원에 입학했으며 그때부터 숱한 철학 텍스트들과의 씨름이 시작되었다.

철학적 사유는 텍스트, 오로지 텍스트와 더불어 논의할 때에만 정식으로 철학적 사유라 할 수 있다. 여기저기 떠돌아다니는 이야기들, 무수한 개론적 저술들, 철학과 관계도 없으면서 '철학'이라는 말을 남발하는 담론들 등은 아무런 의미도 없다. 철학은 오로지 원전 텍스트, 그것도 원어 텍스트를 가지고서 이야기할 때에만 엄밀한 의미에서의 철학이다. 헬라어로 『티마이오스』를 읽고, 한문으로 『주자어류』를, 독일어로 『정신현상학』을, 프랑스어로 『차이와 반복』을 읽을 때에만 엄밀한 의미에서 철학을 한다고 말할 수 있는 것이다. 학부 시절에 숱한 개론서들, 입문서들을 찾아 읽었지만 머리에 남아 있는 것이 거의 없다. 오직 어려운 텍스트들을 붙들고 읽고 읽고 또 읽으면서 사유를 단련시킬 때에만 그 내용이 자기 것이 되는 것이다.

　내가 엄밀한 의미에서 철학 텍스트를 처음 읽은 것은 졸업반 시절에 역시 오병남 교수의 강의를 들으면서였다. 어느 것이 먼저였는지는 기억이 나지 않지만 비트겐슈타인의 『철학적 탐구』와 메를로-퐁티의 「눈과 마음」이 처음으로 접한 철학 텍스트였다. 그 전에 무수한—정말 많은 책들을 읽었다—입문서들, 통사들, 해설서들을 읽었지만 이 두 텍스트를 읽으면서 비로소 엄밀한 의미에서 철학에 입문했다고 할 수 있으리라.

언어의 보다 넓은 지평

　『철학적 탐구』는 처음 읽으면 묘한 느낌이 든다. 상투적으로 생각하는 '철학책' 같지가 않기 때문이다. 예컨대 누군가가 물리학책을 집어들었을 때 거기에 수식과 그래프가 하나도 없다면 고개를 갸우뚱거리게 될 것이다. 모든 분야가 마찬가지이지만 우리가 어떤 분야의 책들에 대해 가지고 있는 일반적인 이미지가 있다. 철학책이 가지고 있는 가장 일반적인 이미지는 고도의 추상성, 복잡한 개념들, 서술의 논리성과 정치함 등일 것이다. 철학은 메타적인 문제들을 다룬다(예컨대 '1+1'이 2인가 3인가를 다루는 것이 아니라, 2라 답했을 때 '옳다'고 하고 3이라 답했을 때 '틀렸다'고 할 때 이 '옳다', '틀렸다'는 말이 도대체 무엇을 뜻하는

가를 사유하는 것이다). 그래서 당연히 논의의 수위가 매우 높고 추상적이다. 또 2천 5백 년 이상 진행되어온 거대한 철학사를 바탕에 깔고 있기 때문에 전제되는 지식들이나 사용되는 개념들이 고도로 난해할 수밖에 없다(이는 물론 철학사의 뒤쪽으로 갈수록 점점 심해진다). 나아가 논리적 정치함과 치밀함을 생명으로 하는 담론이기 때문에 읽어 나가기가 '빡빡하다.' 칸트의 『순수이성비판』, 헤겔의 『정신현상학』, 하이데거의 『존재와 시간』, 화이트헤드의 『과정과 실재』, 들뢰즈의 『차이와 반복』 같은 책들이 가장 전형적인 철학책들일 것이다. 그러나 『철학적 탐구』는 우리의 이런 선입견을 뒤집는다.

이 책은 기본적으로 언어에 관한 책이다. 논의되는 문제들은 분명 언어철학의 핵심적인 문제들이다. 그러나 서술이 지극히 평이하며 일상용어를 사용해 논지를 펼치고 있다. 표면상으로는 어렵지 않다. 그러나 내용상으로는 어렵다. 이 책은 이 점에서 독특하다. 철학사를 가득 메우고 있는 전문 용어들도 거의 등장하지 않는다. 논리 전개도 얼핏 보면 그다지 치밀하지 않다. 그런데도 거기에 담겨 있는 사유는 심오하다.

내게 이 책이 가지는 의미는 '인문학' 적 사유가 무엇인지를 가르쳐준 점에 있다. 이공계 학문에 익숙해 있던 나에게 이공계 적 사유와 인문계적 사유가 얼마나 다른 것인지를 일깨워준 책이 바로 이 책이었다. 묘하게도 비트겐슈타인 역시 공학도에서 철학도로 변신한 인물이다. 어쩌면 비트겐슈타인의 이런 이력을 나 자신의 이력에 중첩해 보았는지도 모르겠다. 『철학적 탐구』가 자연과학의 논리에 중점을 두었던 『논리-철학 논고』의 극복으로서 씌어졌다는 사실 또한 시사적이다. 공학에서 철학으로 관심을 돌린 후 내가 처음 본격적으로 읽은 책이 바로 이 『철학적 탐구』였다는 사실은 우연이지만 꽤나 의미심장한 우연이었다는 생각이 든다.

이공계 학문을 공부할 때는 언어에 대해 거의 생각하지 않는다. 사용하는 언어가 대개 정형화된 언어이고 일상어보다는 수식으로 사유하기 때문이기도 하고, 또 이미 정리된 결론들을 공부할 뿐 그 역사적 과정이나 메타적 문제들에 대해서는 거의 생각하지 않기 때문이다. 그래서 그저 하나의 단어가 하나의 대상을 가리킨다고 단순히 생각할 뿐, 언어 자체에 대해 생각할 기회는 없었다. 이공계 지식인들이 생각하는 언어관은 바로 비트겐슈타인이 『논리-철학 논고』에서 전개한 그런 언어관이다. 『철학적 탐구』는 『논리-철학 논고』에서 애매하고 나아가 무의미하기까지 한 언어로 치부되었던 일상어가 자체의 또 다른 논리를 통해서 작동하고 있다는 점을 보여주고 있다. 따라서 이 저작에서의 언어론은 과학적 언어 특유의 단순명료한 언어가 아니라 우리 삶 속에서 작동하는 복잡하고 애매모호한 그런 언어에 대한 사유이다. 그러나 그 복잡함과 애매모호함에는 사실상 극히 미묘하고 섬세한 논리들이 작동하고 있다는 점을 『철학적 탐구』는 설득력 있게 보여주고 있는 것이다. 나는 이 책을 통해서 처음으로 본격적으로 인문학적 사유를 배웠다. 인문학적 감성, 직관, 지식들 등이 아니라 인문 '학적' 사유를.

이 책이 담고 있는 중요한 생각들 중 하나는 반反본질주의이다. 본질주의는 각 사물에는 본질이 존재하고 그 사물에 대한 정의定義는 그 본질을 언어로 표현하고 있다고 생각한다. 이것은 또 다른 각도에서 본다면 하나의 기호는 하나의 사물(특히 그 사물의 본질)을 지시하고 있다는 생각이다. 비트겐슈타인은 이런 본질주의를 언어적인 측면에서 비판한다. '놀이'라는 개념을 보자. 우리는 놀이라는 개념이 지시하는 어떤 핵심, 어떤 본질이 있다고 막연히 생각한다. 그러나 놀이라는 이 친숙한 개념이 지시하는 대상들을 열거하다 보면 우리는 그 대상들 사이에 도대체 완벽한 의미에서의 공통성이 존재하는가 하고 회의하게 된다. 우리는 하나의 개념이 꼭 하나의 대상/본질을 지시하지 않을 뿐만 아니라, 설사 여러 가지를 지시하는 것으로 생각한다 해도 그 여러 가지가 정확히 규정되지 않는다는(이른바 '퍼지' 집합을 형성한다는) 사실을 알 수 있다. 그들 사이에는 '가족 유사성'만이 존재하는 것이다. 한 언어의 의미는 인공적 언어들에서처럼 정확히 일의적으로 정해져 있는 것이 아니라 그것이 사용되는 맥락 안에서 다채롭게 이해되어야 하는 것이다. 공사장에서 한 인부가 '벽돌!'이라고 외치면, 이 사람은 단지 하나의 명사만을 언표했을 뿐인데도(우리는 문법 시간에 하나의 명사만으로는 의미가 구성되지 않는다고 배운다) 공사장의 다른 인부들은 무슨 말인지 알아듣고 벽돌을 던져준다.

지시의 특정한 체계는 그 맥락을 이미 알고 있는 사람들에게
는 설득력이 있다. 하지만 그런 맥락을 공유하고 있지 않은 사람
들의 경우는 다르다.

우리말을 알아듣지 못하는 사람, 예컨대 외국인은 누군가로부
터 '석판 가져와!'라는 명령을 여러 번 듣는다고 해도 이 음성계
열 전체가 한 단어이며 자기 나라 말로는 어쩐지 '건재'라는 말
에 해당하는 것 같다고 생각할지 모른다.(§20)

또 다른 예를 든다면, 누군가가 강아지를 가리키면서 '강아
지'라고 했을 때 우리말을 전혀 모르는 어떤 사람은 그가 강아지
전체를 가리키는지, 그 털 빛깔을 가리키는지, 생김새를 가리키
는지 알 수 없을 것이다. 이것은 지시에서의 불확정성의 문제이
다. 어찌 보면 지극히 상식적이고 단순한 관찰이라고 해야겠지
만, 자연과학적 사유에 익숙하던 나에게는 대단히 참신한 이야
기였다.

사실 이런 반본질주의는 이미 니체-베르그송에 의해 확립된
것이었다. 그러나 당시 나는 철학사를 꿰뚫어볼 능력이 없었고
니체와 베르그송을 잘 알지도 못했다. 비트겐슈타인 또한 철학
사에 밝은 인물이 아니었다. 그래서 그는 철학사적 맥락을 전혀
도외시한 채 논의를 전개시키고 있다. 사실 이런 현상은 일급의

철학자들에게서도 자주 나타난다. 훗날 철학사를 넓게 공부하면서, 나는 서로 다른 문화권, 언어권에 속하는 철학자들이 서로를 얼마나 잘 모르는지를 알고서 놀라곤 했다. 같은 언어권 내에서조차 마찬가지이다. 우리는 어떤 특정한 언어권에 속하는 사람들이 서로를 잘 알고 있다고 생각하지만 사실은 그렇지도 않다(우리가 지금 한국 지식인들이 하고 있는 작업들을 얼마나 알고 있는가를 생각해보면 될 것이다). 비트겐슈타인이 니체–베르그송을 잘 알고 있었다면 어떤 변화가 생겨났을까 궁금하다. 지역과 언어권을 넘어 보다 넓은 지평에서 사유하는 것이 중요하다.

어쨌든 비트겐슈타인과의 만남은 내게 섬세한 사유, 인문적 사유가 자연과학적 사유와 얼마나 다른 것인지를 알게 해준 소중한 계기였다.

세계와 주체가 겹치는 곳—몸

거의 같은 시기에 메를로–퐁티가 말년에 쓴 논문인 「눈과 마음」을 접했다. 『철학적 탐구』와는 전혀 다른 느낌을 주는 이 논문은 읽기가 몹시 어려웠다. 메를로–퐁티는 과학적 탐구들이, 우리들이 몸을 가지고서 살아가는 세계 즉 지각된 세계에 뿌리박고 있음을 망각하고 수치들과 함수들, 도구들, 그래프들을 조작하는 데 열과 성을 다한다는 비판적 지적으로부터 시작한다.
메를로-퐁티에게 '세계'는 우리 바깥에 존재하는, 우리가 대상
으로 삼는 존재가 아니라 이미 우리의 몸에 의해, 지각에 의해
물들여진 존재, 이미 우리 안에 들어와 있는 존재이다. 마찬가지
로 우리는 세계의 한 부분 또는 전체와 논리적으로 거리를 두고
있는 존재가 아니라 이미 세계에 의해 물들여진 존재, 자신에 대
한 이해 자체가 이미 세계의 존재를 담고 있는 그런 존재이다.
말하자면 전통 인식론이 대상/세계와 주체/의식이라는 두 개의
동그라미가 마주보고 있는 사유라면, 메를로-퐁티의 사유는 세
계와 주체의 두 동그라미가 겹쳐져 있는 부분(지각된 세계인 동시
에 몸의 차원)에서 시작된다. 그래서 메를로-퐁티에게 사물들을
숫자, 함수, 그래프, 추상적 존재들로 환원하는 과학은 사물들
에 대한 작위적인 조작일 뿐이다. "따라서 과학적인 사유, 곧 위
에서부터 바라보는 사유, 대상 일반을 생각하고 있는 사유는 그
밑에 깔려 있는 '존재하다il y a'에로 내려가지 않으면 안 된다."

　메를로-퐁티의 이런 과학 비판, 그리고 그후에 접하게 된 현
상학, 해석학, 변증법, 비판이론 등이 이야기하는 과학 비판을
나로서는 좀 납득하기 어려웠다. 메를로-퐁티에 따르자면 엠페
도클레스의 사원소설이 현대 화학보다 더 참되다는 이야기가
되는데, 과학의 세계를 아는 나는 이런 주장을 도저히 받아들일
수 없었다. 차라리 (훗날 알게 된) 바슐라르처럼 실재 탐구는 과학
이 하는 것이고 현상세계의 음미는 시학(바슐라르적 의미에서)에

맡겨야 한다는 것이 더 설득력 있게 들렸다. 바슐라르는 이런 맥락에서 엠페도클레스의 사원소설에 새로운 의미를 부여했고, 『물과 꿈』『대지와 의지의 몽상』『불의 정신분석』 같은 저작들은 내게 커다란 미학적 감동을 주었다.

메를로-퐁티의 사유, 나아가 현상학 일반은 그 이름이 뜻하듯이 현상세계를 탐구하는 담론으로서 의미가 있다고 생각한다. 우리는 현상세계에서 살아간다. 우리는 물을 마시면서 그 맛을 보고, 폭포를 보면서 그 웅장함을 음미하고, 잔잔한 호수를 보면서 명상에 잠긴다. 과학 공부를 하거나 그것을 응용해 기술적 개발을 할 때에만 물을 H_2O로 보는 것이다. 귀여운 여자아이를 보고서 누가 세포니 호르몬이니 하는 것을 생각하겠는가? 과거에도 그랬고 지금도 그렇고 미래에도 우리는 현상세계를 살아가는 것이다. 물론 현상세계 자체가 과학기술에 의해서 변모된다. 여자들은 성형수술을 하고, 도시는 기하학적으로 말끔하게 다듬어지고, 우리가 먹는 음식들까지 유전자 조작을 통해 만들어진다. 그럼에도 어쨌든 우리는 그렇게 변화하는 현상세계를 살아가는 것이다. 이것을 현상학에서는 '생활세계 Lebenswelt'라 부른다. 내게는 현상학의 이 대목이 흥미로웠고 분석적 · 합리적 세계 인식과는 전혀 다른 또 다른 지평이 열리는 것처럼 보였다.

그러나 그 결과 나는 실재와 현상의 이원론, 나아가 존재의 여러 층위들 사이의 불연속의 문제에 부딪히게 되었다. 훗날 나는

'실재'와 '현상' 사이의 이런 괴리, 나아가 존재의 여러 층위들의 문제를 '접힘과 펼쳐짐', '주름, 갈래, 울림', '世界의 모든 얼굴', '의미론적 거리' 같은 개념들을 통해서 극복할 수 있었다.

메를로-퐁티의 사유가 매력을 발하는 분야들 중 하나는 예술철학이다(「눈과 마음」 또한 예술철학 논문이다). 메를로-퐁티에게 존재를 개시하고 실재를 인식할 수 있게 해주는 차원은 지각의 차원이다. 그래서 그에게 세잔느는 특별한 의미를 갖는다. 지각으로부터 떠 있던 회화가 인상파에 의해 지각의 차원으로 내려왔고 인상파의 표면성表面性이 다시 세잔느에 의해 깊이를 부여받았기 때문이다(그러나 이 깊이는 지각의 차원으로부터 '인식론적으로 단절된' 바슐라르적 깊이가 아니다). 관점들의 입체적 조직은 그 구체적 방법들 중 하나였다. 그러나 이 대목에서도 나는, 시간이 많이 흐른 후의 이야기이지만, 회화를 지각의 차원에 정박碇泊시키는 그의 입장이 어떤 존재론적 편파성을 담고 있다고 보게 되었고 그래서 회화란 특정한 존재론의 가시화가 아니라 가능한 모든 존재론들의 가시화라는 입장을 가지게 되었다. 물론 그럼에도 우리가 몸을 가지고 살아가고 모든 존재론들이 그것과 어떤 형태로든 관계를 맺을 수밖에 없는 그 존재론은 현실의 존재론이다. 과학도 예술도 다른 모든 것들도 현실과 상관적으로 이루어질 때 우리 삶으로부터 괴리되지 않을 수 있는 것이다. 메를로-퐁티의 존재론적 환원주의는 거부해야겠지만, 우리로 하여금 지각된 세계의 의미를 계속 생각하게 해준다는 점에서 현상학의 의미를 찾을 수 있다.

과학과 메타과학

석사 과정 후반에 처음으로 번역을 하게 되었는데 텍스트는 한스 라이헨바하의 『시간과 공간의 철학』이었다. 그후로 번역을 참 많이 했다. 거의 20권에 이르는 책들을 번역한 것 같은데, 그 중 라이헨바하의 저작과 푸코의 『지식의 고고학』, 들뢰즈의 『의미의 논리』, 프랑수아 자콥의 『생명의 논리』 등이 중요 작품들이다.

번역은 참으로 중요한 작업이다. 텍스트를 꼼꼼하게 읽는 훈련이 된다는 점, 글쓰기 실력을 향상시킨다는 점(번역을 할 때 번역되는 언어보다 더 중요한 것은 번역하는 언어이다. 번역을 통해 외국어 실력도 늘지만, 더 본질적으로는 국어 실력을 향상시킬 수 있다), 그리고 (번역되는 텍스트가 주요 텍스트인 경우) 의미 있는 학술적 성과를 이룰 수 있다는 점 등에서, 번역은 학자들이 반드시 거쳐가야 할 필수적인 과정이다. 번역 작업이 몹시 고단하고 또 흔히 하는 말로 '잘해야 본전'이고 못하면 욕먹기 일쑤이지만, 운동선수들에게 '웨이트 트레이닝'이 필수적인 것처럼 학자들에게는 번역의 훈련이 반드시 필요하다. 나 개인의 학문적 이력에서도 번역은 중요한 여정이었다는 생각이 든다.

라이헨바하를 번역하고자 한 것은 역시 학부 시절에 공부했던 자연과학에 대한 관심 때문이었다. 이 책을 쓰기 위해서 이 번역서를 찾아서 다시 보니 감회가 새롭다. 워낙 오래전의 일이어서(벌써 20년 전의 일이 되었다) 내가 이런 책을 번역했던가 하는 느낌까지 든다. 「옮긴이의 말」을 읽어보니 과학을 토대로 형이상학적 문제들에 접근하려는 내 사유 방식이 이미 이 시절에 확고하게 수립되어 있었음을 확인할 수 있었다. 이런 식의 사유를 하는 사람들이 반드시 부딪히게 되는 문제들 중 하나가 바로 시간과 공간의 문제이다. 「옮긴이의 말」 첫대목을 읽어보니 다음과 같다.

시간과 공간의 문제는 일과 다多의 문제, 인과율의 문제, 존재의 문제, 물질과 정신의 문제 등과 더불어 예로부터 철학적 사유를 함에 있어서 나타나는 기본적인 존재론적 원리이다. 시간·공간은 한편으로는 그것이 존재의 문제이고, 즉 물질, 변화 등의 담지자로서의 성격을 가지고 또 한편으로는 인식의 문제, 즉 인식 주체자가 가지는 기본적인 조건들 중 하나라는 점에서 복잡한 문제들을 제기해왔다. 공간이 주로 물질의 문제와 운동의 문제 또는 기하학의 문제 등과 연관되어 논의되어온 반면에 시간의 문제는 운동과 변화 또는 생성의 문제, 인과의 문제, 죽음·의식·영혼·신·역사 등의 문제와도 밀접하게 연관되어 논의되어왔다.

이 책에 덧붙어 있는 카르납의 서문을 읽어보니 칸트가 말한 '아프리오리한 종합판단'에 대한 비판이 보인다. 카르납에 따르면 수학적 명제는 아프리오리한(경험에 근거하지 않는) 분석명제이다. 물리학의 명제는 아프리오리하지 않은(경험에 근거하는) 종합명제이다(여기에서 근대 철학자들이 말하는 '경험'은 '지각'과 거의 동의어라는 사실을 염두에 두어야 한다). 이 때문에 칸트가 말하는 '아프리오리한 종합판단'이라는 개념은 파기되어야 한다는 것이다.

그러나 문제가 간단한 것은 아니다. 종합판단이란 지각에 근거하는 판단이고 따라서 얼핏 '아프리오리한 종합판단'은 일종의 형용모순인 것처럼 보인다. 칸트의 이 개념은 다른 각도에서도 많은 비판을 받았다. 그러나 문제의 본질은 차라리 칸트가 '종합적synthetisch'이라는 말을 양의적으로 썼다는 점에 있는 것이 아닐까. '아프리오리한 종합판단'에서 '종합'의 의미는 지각에 근거한다는 뜻이 아니라 새로운 지식을 가져다준다는 뜻이다. 즉 여기에서 종합판단은 단순한 동어반복이 아니라 지식의 양을 늘려주는 명제라는 뜻이다. 분명 리만 기하학은 유클레이데스 기하학보다 더 풍부한 지식을 가져다주었다. 종합의 의미를 이렇게 해명할 때 '아프리오리한 종합판단'이라는 개념이 그렇게 간단하게 파기할 수 있는 개념이 아니라는 것을 알 수 있다. 그리고 만일 물리학에서 아프리오리한 종합판단이 성립할 수 있다면, 그것은 물리학이 비경험적이라는 뜻이 아니라 물리학적 명제들이 경험에 근거하고 있음에도 단순한 경험적 우발성들을 넘어서 보편적이고 필연적인 수준에 도달했다는 뜻이다. 이것은 곧 수학이 자연세계에 적용된다는 사실과 관련된다. 결국 여기에서 '종합적'이라는 개념은 지식의 확장과 동시에 지각에 근거함이라는 두 의미를 동시에 담고 있다. 위의 수학에서의 '종합적'과 의미가 다르다. 수학은 분석적이고 물리학은 종합적이기에 '아프리오리한 종합판단'이라는 생각은 파기되어야 한다는 카르납의 비판은 일단 칸트에 대한 정확한 비판이 아니다.

이 책은 공간론, 시간론, 시공간론의 순서로 논의를 전개하면서 특히 현대 물리학을 배경으로 시공간론의 다양한 문제들을 다루고 있다. 특히 3장의 '중력장이 없는 시공간 다양체'와 '중력으로 채워진 시공간 다양체'에 대한 논의는 특수상대성이론과 일반상대성이론에 대한 정교한 개념화로서 뛰어나다. 메타과학적 관심을 가지고 있는 사람이라면 꼭 읽어봐야 할 대목이다.

위대한 고전들의 의미

대학원에 들어가 독일 계통의 철학을 많이 접했다. 그러나 대부분 사변적이고 고답적인 면이 있어 내게는 썩 설득력 있게 다가오지 않았다. 어찌 보면 영미 계통의 철학과 독일 계통의 철학은 정확히 대조적인 것 같았다. 현상학, 해석학, 변증법, 실존주의, 비판이론 등 독일 계통의 철학들로 구성된 합동강의를 들은 적이 있다. 그런데 그 강좌는 그야말로 '자연과학 성토장'이라고 하면 딱 어울릴 것 같았다. 합동강의여서 각 분야 교수들이 연이어서 강의했는데, 그야말로 처음부터 끝까지 자연과학, 나아가 과학 일반에 대한 성토가 줄을 이었다. 그러니까 내가 이 계통의 철학을 가까이 할 수 없었던 것은 영미 계통의 철학들이 만족스럽지 않았던 것과 정확히 대칭적인 이유였다. 인문학이 없는 과학과 과학이 없는 인문학. 그 두 가지 모두 내게는 마음으로 다가오지 않았다.

내가 독일 계통의 철학들에 보다 깊숙이 들어가고 그 가치를 깨닫게 된 것은 박사 학위를 준비하면서 치러야 했던 이른바 '종합 시험'을 통해서였다. 시험을 보기 위해서 '할 수 없이' 칸트의 『순수이성비판』, 헤겔의 『정신현상학』, 하이데거의 『존재와 시간』 등을 읽었는데, 오히려 이때 이 책들의 심오함에 깊이 빠져들었다. 그리고 이 책들의 연장선상에 있다고 할 수 있는 사르트르의 『존재와 무』, 메를로-퐁티의 『지각의 현상학』에도 매료되었다. 『순수이성비판』에서 감성과 오성을 잇는 도식의 의미라든가, 『정신현상학』에서의 부정Negation의 의미와 인정투쟁론, 또 『존재와 시간』에서의 죽음론이나 『존재와 무』에서의 응시론[視線論] 등 빼어난 사유들을 이 고전들로부터 읽어낼 수 있었다.

물론 나는 푸코에 관한 박사 학위 논문에서 칸트 이래의 이 '근대 주체철학'의 전통을 비판했다. 그러나 그렇게 비판할 수 있었던 것은 바로 이때 이 사유들에 깊이 매료되었었기 때문이다. 무엇인가에 매료된 적이 없는 사람이 그것에 대한 의미 있는 비판을 할 수는 없다.

최근에는 이런 책들을 다시 보면서 내가 그때 놓쳤던 많은 점들을 다시 발견하고 있다(물론 근대 주체철학의 전통에 대한 이전의 생각이 근본적으로 바뀐 것은 아니다). 위대한 고전들은 오를 때마다 또 다른 얼굴을 보여주는 높고 험준한 산과도 같은가 보다.

사유를 시작하다
— 소은과의 만남

1983년에 희망을 안고 철학과 대학원에 들어갔지만 공부를 하면서 마음을 잡지 못했다. 모든 일이 다 그렇지만 바깥에서 보는 것과 안에서 보는 것은 다르다. 철학을 전공하려 한 것은 한편으로는 대학 시절 공부했던 자연과학을 메타적인 맥락에서 이어가기 위해서였고, 다른 한편으로는 역시 학부 시절 경험했던 역사적 고뇌를 철학적 수준에서 해명해 나가기 위해서였다.

그러나 철학과 대학원에 와서 배운 과학철학은 너무 형식주의적인 논의라는 생각을 떨쳐버릴 수가 없었다. 내가 언제나 관심을 갖는 것은 내용이지 형식이 아니다. 그러나 당시 내가 배운 과학철학은 실제 내용을 파고드는 메타과학(존재론적 담론)이 아니라 논리적 분석을 위주로 하는 과학철학이었다(후에 라이헨바하의 책을 번역한 것도 이 책이 비교적 내용을 갖춘 책이라는 생각 때문이었다). 물론 논리적인 분석도 중요하지만 나로서는 공허한 느껌을 떨쳐버릴 수가 없었다. 나는 내용은 접어두고 공중에 붕 떠서 형식주의적인 논의를 하는 과학철학이 아니라 실제로 과학의 내용들에 깊숙이 들어가서 거기에서 존재론적 논의를 하는 과학철학을 갈망했다.

다른 분야들도 모든 배우는 바는 있었지만 내 마음을 꽉 채워주지는 못했다. 분석철학에서는 논리적·분석적 정교함을 배웠지만 삶의 근저를 치열하게 고뇌하는 면이 별로 없다는 생각이 들었다. 사회철학 분야는 역사적 의식은 나의 고민과 맞닿아 있었지만 철학으로서는 그다지 내 지적 열망을 채워주지 못했다. '사회철학 전공자들'의 독선적인 태도에도 거부감이 들었다. 독일 계통 철학은 흥미로운 통찰들을 많이 제시해주었지만 너무 사변적이고 고답적이라는 생각이 들었다.

사실 내 관심을 쏙 잡아끈 분야가 하나 있긴 했다. 바로 그리스 철학이었다. 그리스 철학에서 비로소 내가 원했던 철학적 사유를 만날 수 있었다. 나는 그리스 철학, 아니 그리스라는 세계에 푹 빠져들었다. 철학은 물론이고 그리스의 역동적인 역사, 호메로스의 활기찬 서사시들, 인간을 깊이 응시하는 드라마들의 깊이, 유클레이데스(유클리드) 기하학의 명료함과 정확함. 그 모든 것이 내 지성에 활활 불을 붙였다. 헬라어도 열심히 공부했다. 그러나 여기에서조차 온전히 만족할 수는 없었다. 나는 현대의 사유를 공부하고 싶었고 또 철학 '을 하고' 싶었지 먼 고대에 머물러 철학사 연구자, 고전학자가 될 생각은 없었다. 그리스 철학에 매료되긴 했으나(지금도 그리스 존재론은 내 사유의 핵심 요소들 중 하나이다) 나는 직업적인 문헌학자가 될 생각은 없었다.

대학원에 들어와 이렇게 많은 것을 배웠지만 결국 처음에 가졌던 철학에의 열망이 점점 식어가는 것을 느꼈다.

소은 선생과의 만남

내가 원하는 철학은 무엇이었을까? 당시에는 정확히 정리되지 않았지만, 세 가지 조건을 채우고 있는 철학이다. 하나는 세계, 인간, 역사의 근저를 파고드는 사유, 다른 한 측면은 어떤 이야기를 하더라도 다른 실증과학들(자연과학, 사회과학, 역사)을 충분히 섭렵한 수준에서 이야기하는 사유, 또 하나 욕심을 부린다면 문학적 생기가 넘치는 사유. 이 세 가지 측면을 모두 갖춘 사유였다. 철학적 깊이와 과학적 근거 그리고 문학적 생기 모두를 갖춘 철학. 나는 항상 철학, 과학, 문학 세 가지가 혼효混淆되어 있는 사유를 원했고 지금도 그렇다. 그후 소은 박홍규 선생님을 만나 존재론을 배우면서, 그리고 그후에는 '후기구조주의'라고 통칭되는(그렇다고 결코 하나의 집합으로 묶일 수는 없는) 사유들을 접하면서 바로 이런 사유를 발견하게 됐다.

그러나 대학원에 들어와 처음으로 공부했던 여러 분야들은 이런 내 바람을 충족시켜주지 않았다. 마음이 공허했고 자꾸 다

른 생각이 들었다. 결국 나는 철학을 포기하고 다른 직업을 가지
려 했다. 당시 구체적으로 생각했던 것은 전공을 또다시 바꾸는
것과 학문을 그만두고 문화 관련 직업에 종사해볼까 하는 것이
었다. 그래서 여기저기 기웃거리면서 많은 고민을 했다. 바로 그
때 학자로서의 내 인생에서 가장 결정적인 사건, 즉 소은 박홍규
선생님과의 만남이라는 사건이 발생했다. 그 만남의 순간들, 강
의 내용, 끓어오르던 내 지적 열망이 수십 년이 지난 지금도 생
생하게 기억난다. 이 만남이 없었다면 사유하는 인간으로서의
오늘날의 나 역시 없을 것이다.

   석사 과정 마지막 학기(사실 나는 이때 이미 다른 일들을 해볼까
생각하고 있었다) 나는 박홍규 선생님의 강의를 듣게 되었고 거기
에서 사유에의 길을 발견했다. 그때 내가 들었던 강의는 베르그
송의 『창조적 진화』 4장, 그 중에서 '근대 과학' 부분이었다. 박
홍규 선생님은 극히 세밀한 강의를 하셨고, 그래서 하나의 텍스
트를 몇 년(아니 몇십 년!)에 걸쳐 읽곤 하셨다. 그러니까 나는 매
우 길게 이어지던 강의의 중간에 불쑥 들어간 셈이다.

   소은 선생의 강의는 서구 존재론사 전체를 눈앞에 놓고서 하
는 강의였다. 대부분의 철학 교수들이 하는 것처럼 그 중 한 토
막만 잘라서 그 안에 침잠하는 강의, 그야말로 '아는 것이라고
는 오로지 그것밖에 없는' 사람들의 강의가 아니었다. 플라톤의
영원의 철학과 베르그송의 지속의 철학을 두 축으로 놓되 서구
존재론사 전체를 굽어보면서 펼쳐지는 소은의 강의는 내게 감

동적이었다. 마침 그때 다뤄진 것이 베르그송이 서구 학문사 전체를 시간의 망각이라는 관점에서 일관되게 해명하는 『창조적 진화』 4장이었다는 점도 내게는 행운이었다. 더구나 그 중에서도 정확히 내게 철학을 하게 만든 동기인 메타과학적 관심사가 다루어지는 '근대 과학' 대목에서 강의를 듣게 되었다는 것은 그야말로 운명이라는 말을 떠올리게 만든다.

박홍규 선생의 베르그송 강의를 들으면서 나는 결정적으로 철학적 개안開眼을 체험하게 되었다. 그때의 환희를 어떤 말로 표현할 수 있겠는가. 내가 철학을 하게 된 데에는 두 가지 실마리가 있었다. 하나는 자연과학을 공부하면서 가지게 된 물질, 생명, 정신에 대한 형이상학적 관심사이고, 다른 하나는 1980년대의 역사 체험을 통해 가지게 된 윤리적·정치적 문제의식이다. 박홍규 선생을 만나면서 나는 그 두 실마리 중 하나를 결정적으로 풀게 되었다(나머지 한 실마리는 미셸 푸코를 만나면서 풀렸다).

나는 그후에도 박홍규 선생의 강의를 계속 들었다. 강사 생활로 지방을 전전하게 되어 더 이상 강의를 들을 수 없을 때까지 몇 년 동안 지속된 선생과의 만남이 내 사유를 결정적으로 모양 지었던 것 같다. 선생의 강의는 플라톤을 중심으로 하는 그리스 철학과 베르그송을 중심으로 하는 현대 철학(특히 프랑스 철학)을 아우르면서 거대한 존재론적 사유를 펼치는 명강의였고, 한국 현대 철학사의 한 지도리를 형성했다고 해야 할 것이다.

형상철학의 근저

소은 선생의 강의들은 훗날 녹취·정리되어 나왔는데, 그 중에서도 전집 2권인 『형이상학 강의 1』의 도입부에 등장하는 「고별 강연:플라톤과 베르그송」이 선생의 사유 전반의 모습을 가장 잘 보여준다. 그리고 이 책의 뒷부분에서는 소은 선생과 제자들이 함께 이 고별 강연을 길게 재론再論한다. 본래의 강연 내용과 이 「'고별 강연' 검토」를 함께 읽어야 한다.

우리가 서양의 학문을 이해하려면 데이터에서 출발한다는 이 특징을 아무리 강조를 해도 부족합니다. …… 데이터 없는 학문이라는 것은 도대체 희랍 철학, 플라톤이나 아리스토텔레스에서는 생각할 수가 없습니다. 항상 데이터에서 출발합니다. 그래서 철학이란 모든 이론에 앞서서 데이터에서 출발하여, 그 데이터를 학문적으로, 어떤 철학체계로 정리를 해보고, 그리고 그것을 다시 반성해보는 학문이죠. 모든 개별 과학이라는 것은 데이터가 가지고 있는 그 고유한 성격(quality) 때문에 여러 학문으로 나누어진 것이고, 그 데이터를 어떻게 정리하느냐에 따라서 또 나누어집니다. …… 그 데이터가 없다면, 그것은 공중에 뜬 어떤 주관적 견해나 사상이죠. 물론 그런 철학도 있을 수가 있습니다. 그런 것을 우리가 인생관이나 혹은 세계관이라고 말하죠. 그런 것들은 다 자기의 주관적인 견해일 뿐이죠. 그런 철학은, 희랍 철학에서 본다면, 플라톤이나 아리스토텔레스 입장에서 본다면 좀 곤란합니다.

소은의 강의에서 가장 많이 등장하는 단어들 중 하나가 '데이터'이다. 학문은 철저히 데이터에 입각해야 하며 해석이나 이론, 가치 평가 등은 그 다음 문제라는 것이다. 이 점에서 소은은 실증주의적 태도를 강하게 지녔던 분이라고 생각된다.

이런 관점에서 볼 때 플라톤은 독특하다. 다른 철학자들과 달리 플라톤에게서는 고유명사의 입장에서 데이터가 주어지기 때문이다. "철학적인 데이터라는 것은 개별 과학적인 데이터와는 달리 모든 데이터의 총체를 의미합니다. 플라톤은 그 데이터의 총체에 접근할 때에, 우선 직접적인 어떤 역사적 사건으로서, 다시 말하면 우리의 추상적인 사고가 하나도 들어가지 않은 상태에서부터 데이터를 이해합니다." 플라톤에 대한 이런 이해는 우리의 상투적인 이해와 완벽히 대조된다. 우리가 접하는 플라톤은 이미 해석되고 정리된 플라톤, 그의 어떤 일반적이고 추상적인 테제들로서 이해되나, 플라톤 자신의 텍스트들은 철저하게 구체적이고 개별적인 인물들의 '이야기들'일 뿐인 것이다.

그렇다면 이런 성격을 가진 플라톤을 도대체 어디에서 어떻게 이해해 나갈 것인가? 소은은 '잰다'는 행위 즉 측정한다는 행위로부터 이야기를 풀어 나간다.

왜 재느냐? 요컨대 데이터에서 우리에게 주어진 것이 연장성 속에 들어 있기 때문입니다. 직접적인 것은 연장성 속에 들어 있는 질質이죠. …… 우선 인식의 주체는 여러 가지여서 개도 있고, 말도 있고, 소도 있지만, 그 주체는 아무리 인식을 해도 주체는 자기 자신은 변하지 않는다는 가정이 하나 들어갑니다. 또 대상도 우리가 어떠한 인식을 하든지 간에 변하지 않는다는 가정이 들어갑니다. 만약 인식하는 동안에 변해버렸다면 인식하나마나입니다. 변해버린다면 그것은 우리가 인식이라 하지 않고 행동이나 행위 혹은 제작이라고 합니다. …… 재지 않는다면 모든 사물에 대한 정확한 지식은 없고 주관적임을 면할 수 없다는 것입니다. 사물을 정량적으로 재야 합니다. 잰다는 것은 또한 그것이 되풀이될 수 있다는 것을 의미합니다. 재어진 것과 재어진 것 사이에 일정한 관계가 있고 그것이 되풀이될 때, 우리는 그것을 법칙이라고 합니다. …… 다만 질을 잴 때에는 정도차(degree)가 문제된다는 것만 다릅니다.

"우리에게" 나타난 대로의 사물과 "그 자체로서의" 사물의 구분이 "객관적인" 인식의 출발점이다. 그리고 그 자체로서의 사물을 인식하는 핵심적인 방법은 측정이다. 측정의 결과가 양量으로서의 데이터들이고, 그것들 사이의 반복적인 관계를 법칙이라 한다. 여기에서 소은은 서구에서의 '과학적 사유'의 근간을 이야기하고 있다.

그러나 문제는 질이다. 질은 정도차를 함축하며 따라서 연속성을 함축한다. 나아가 질은 계속 변한다. 질들이 정확히 고정될 경우 그 질들을 통해서 공간이 분절되며 구분된다. 반면 운동은 질들의 경계가 허물어지고 연속성이, 타자화가 이루어질 때 성립한다. "질이 각각 자기동일성을 가지고 있으면 운동은 성립하지 않습니다. 이 운동이라는 것은 따라서 질이 연결되어야만, 묶여져야만 성립합니다. 그러니까 한마디로 말해서, 시간, 운동이라는 것은 질의 연속 과정, 연결되는 과정이라고 얘기할 수 있습니다." 운동은 시공간에서 성립한다. 운동에 있어 질들은 연속성을 형성하고 있으며 시간 속에 들어 있다. 만일 운동과 시간을 빼버린다면 질들은 연결에서 떠나서 전부 흩어지게 된다(소은은 이런 사고를 '분석'이라고 부른다). 질들은 공간 속에서 'flux'를 이룬다. 공간은 질들이 연속성을 이룰 수 있게 해 주는 바탕이다. 질들과 운동을 뺄 때 공간적 분절들이 드러난다. 공간적 분절들은 되풀이된다. 예컨대 동그라미는 여기저기에서 되풀이된다. 그러한 공간들이 합동合同을 이루어 하나가 될 때 공간은 끝나고 거기에서 형상(idea, eidos)이 성립한다.

유클리드 기하학은 요컨대 모든 운동을 빼는 데서 성립합니다. 그러니까 유클리드 기하학이 희랍에서 학문에 기여한 바는 대단히 큽니다. 왜냐하면 아까도 말한 바와 같이 철학이라고 하는 것은 모든 데이터를 취급해야 하는데, 그러려면 모든 데이터가 들어가는 공간이 있어야 한다는 것은 분명합니다. 그런데 모든 데이터가 하나의 공간 속에 들어갈 수 있느냐 하는 문제가 생깁니다. …… 사물을 정의한다는 것이 문제 해결의 핵심입니다. 정의란 형상=에이도스의 성격을 규정하는 것입니다. …… 그러면 이제 모든 데이터가 동일한 공간 속에 들어갈 때에 그 일반적인 성격을 무엇이라고 정의할 것이냐 하는 문제가 나옵니다.

소은은 여기에서 헬라스 철학의 핵들 중 하나인 본질주의를 설명하고 있다. 우리에게 주어진 것은 多와 운동이다. 즉 사물들 사이의 다양한 차이들—공간적 차이들과 시간적 차이들—이다. 그래서 헬라스의 철학은 '왜 이렇게 여러 가지로 갈라지느냐? 그 갈라지는 차이difference가 나오는 이유는 무엇인가? 그원인이 무엇이냐?'라고 묻게 된다. 이 물음에 대한 헬라스인들의 대답은 '아페이론'이다. 아페이론에서 존재와 무 사이의 간극(=모순)은 뭉개진다. 아페이론에서는 모순율이 성립하지 않으며 연속성, 무규정성, 비일정성의 성격이 나타난다. 그것은 존재도 아니고 무도 아니다. 모순율에 있어 각 존재는 배타적이다. 그것은 그것이 아닌 것이 아니다. 차이들의 생성에서 이런 배타성은 반복으로 나타난다. 그리고 그 반복들은 어떤 동일성 identity을 나타낸다.

다름[차이]이라는 것은 어떠한 성격을 가지고 있느냐 하면, 모순하고는 달라서 점점 다름의 정도를 극대화시키면 반대적인 opposite 것이 되고, 반대적인 것은 모순으로 갑니다. 그러나 다름은 반대가 아니에요. 그 다름의 이면에는 어딘가 또 닿는 데가 있다는 얘깁니다. 그러니까 다름의 성격 자체가 공존과 비공존의 양면을 지니고 있죠. 그래서 비공존에서 나타날 때에는 시간이라고 하고, 공존에서 나타날 때에는 공간이라고 합니다. 그러니까 요컨대 어떤 것이 아페이론에서 나타나는 것은 항상 시간과 공간과 함께 나온다, 다름을 통해 나올 때에는 항상 시간과 공간이 동시에 다 나온다고 알아두면 좋겠습니다.

차이는 정도를 형성한다. 그래서 차이의 운동, 말하자면 미끄러짐은 어디에서 단절되지 않고 '어딘가 또 닿는 데가 있다.' 그런데 차이는 정적인 차이와 동적인 차이(나는 이것을 '차이생성' 또는 '差生'이라 부른다)가 있다. 즉 차이는 공존의 측면과 비공존의 측면을 가진다. 공존의 측면은 공간에서 나타나고 비공존의 측면은 시간에서 나타난다. 달리 말해 아페이론에서는 시간과 공간이 항상 함께 나오는 것이다. 그런데 그 미끄러짐은 어느 한 계에 도달하면 끝을 만나게 되고, 양방향에서 만나는 두 끝은 'opposite'를 형성하게 된다. 그러나 시간과 공간은 그것들 자체로 대립적인 것들이어서 동시에 설명되지 않는다. 이것이 플라톤 철학에서의 중요한 한 아포리아이다. 사물이 성립하려면 시간과 공간 속에서 그것의 동일성이 성립해야 하지만, 그 두 동일성이 서로 대립하기 때문에 도대체 어떤 관계가 있는지를 알기 어렵다는 것이다. 이것이 플라톤에게서 생성/변화가 단적으로 부정되거나(전기) 단지 '그럴듯한 이야기(뮈토스)'를 통해서만 논의될 수 있는 것으로 이해되는(후기) 이유이다.

이에 비해 아리스토텔레스는 시간을 공간에 종속시키고, 질료를 형상에 종속시킴으로써 목적론적 체계를 구축한다. 즉 시간과 공간의 대립을 목적론적 체계 속에서 해소시키려 한 것이다. 아리스토텔레스에게서 질료의 시간은 형상의 공간에 종속되며 이로부터 '잠재태'라는 개념이 핵심적인 역학을 떠맡게 된다. "질료는 형상을 그리워한다." 그리고 이런 관점에서 개별 분야들 전체를 조직함으로써 '백과전서encyclopédie'의 전통을 형성하게 된다.

사물들에 부딪쳐보는 사유

아리스토텔레스는 데이터를 다룸으로써 자신의 철학 체계를 세웠지만 중세 스콜라 철학은 데이터를 다루기보다 텍스트들을 다루었다. "데이터를 다루는 사람은 대체로 공학자, 가령 다리를 놓는 사람이나 건축가, 연금술사 같은 사람들이었죠. 그 사람들은 실지로 데이터를 가지고 싸우는 사람들이죠." 즉 사물들과 맞붙어 지식—체계적인 학문은 아니었지만—을 쌓아간 사람들은 오히려 이런 중인 계층의 사람들이었다는 이야기가 된다 (그렇다면 이 중인 계층이 상업 부르주아지로 성장했을 때 근대적 사유가 시작되었다는 사실은 의미심장하지 않은가). 스콜라 철학은 데이터가 아니라 텍스트와 만났고, 말의 이빨이 몇 개냐고 물었을 때 마구간에 가서 직접 세어보는 대신 아리스토텔레스의 생물학 책을 들여다보았다고 한다. 학문의 핵심은 그 텍스트를 분석하는 것이었고 그래서 자연히 논리학이 고도로 발달하게 된다. 중세 말기에 도시가 발달하고 사물들과 직접 만나는 사람들의 세력이 신장되면서 스콜라 철학도 무너지게 된다.

아리스토텔레스의 물리학에서는 "형상/본질이 사물의 운동의 자기동일성[법칙성]을 준다." 지상의 물질과 하늘의 물질은 그 형상/본질을 달리 한다. 따라서 지상의 물리학과 천상의 물리학은 다르다. 그러나 이런 물리학은 새로운 데이터의 등장으로 무너진다. 갈릴레오가 자신이 제작한 망원경으로 천체들을 관측하기 시작하면서 지상과 천상의 경계는 무너지게 되고 이런 과정은 근대 물리학의 공간인 '등질공간'의 등장에 결정적인 촉매가 되었다(그러나 데카르트를 통한 이 등질공간의 일반화는 오히려 역효과를 낳게 되며 기계론의 폐단을 낳게 된다). 또 '자연적 장소' 개념을 통한 형상/본질의 파악 및 이런 파악에 붙어 있던 '무게' 개념의 역할은 피사 사탑에서의 실험을 통해서(이 실험이 허구라는 이야기도 있다) 무너진다.

소은은 근대 물리학에서 시작해 지식의 세계를 전반적으로 바꾸어놓은 몇백 년간의 흐름을 꽁트를 거쳐 베르그송으로 가는 길에 초점을 맞추어 설명한다. 근대 학문의 토대를 놓았다고 평가받는 데카르트는 소은에게는 낮은 점수를 받는다. "데카르트는 데이터에서 도피합니다. 믿음belief을 갖든 혹은 'ego cogito(생각하는 자아)'를 갖든, 그런 것들은 데이터를 데이터 그 자체에서 인식하는 것이 아닙니다." 데카르트는 방법적 회의를 통해서 코기토cogito에 도달하지만 그것은 세계로부터의 데이터에 충실한 것이 아니라 자신의 주관으로 들어간 것이라는 이야기이다. 거기에서 데카르트는 명석·판명한 관념들을 발견하고 그 근거로서 신을 끌어들인다. 소은이 보기에 이 길은 데이터로부터 멀어지는 길이다. 소은이 데카르트를 잇고 있는 독일관념론을 낮게 평가하는 것도 이 때문이다. 이렇게 본다면 소은의 입장은 경험주의에 가깝다고 하겠다. 소은이 근대 학문의 적자嫡子로서 오귀스트 꽁트를 지목하는 것은 이 때문이다. 꽁트를 통해서 데이터에 충실한 철학, (세계로부터 눈을 돌리는 관념론적 철학이 아니라) 세계가 주는 데이터들에 부딪쳐가면서 행하는 철학의 전통이 확립되었고 그런 전통이 특히 프랑스에서 줄곧 이어졌다는 것이다. 우리의 내면까지도 "실증적으로 증명을 해야지 데카르트 같은 '코기토' 가지고는 모른다"는 것이다. 그래서 19세기에 프랑스에서 발달한 병리학이 소은의 특별한 관심을 끄는 것 같다.

이렇게 실증적 과학과 실증주의 철학이 풍부하게 전개되면서 등장한 것이 결정론 문제이다. "도대체 이 과학이란 것은 무엇이냐 하는 반성이 생깁니다. 왜냐하면 오귀스트 꽁트처럼 나가면 결정론으로 기울어지기 때문입니다." 결정론적 입장이 팽배한 가운데 뒤엠, 푸앵카레, 보렐, 부트루 같은 비결정론자들도 등장한다(그 전에 결정적인 인물로서 꾸르노가 언급되어야 할 것이고, 또 멘느 드 비랑, 라베송의 계열도 언급되어야 할 것이다). 이런 과정을 통해서 형이상학—고대·중세의 형이상학이 아니라 '메타과학'으로서의 형이상학—이 새로운 활기를 띠게 된다. 바로 이런 흐름의 정점에서 베르그송을 만나게 되는 것이다.

'지속'의 의미

베르그송은 결정론과 자유의지 논쟁이 한참 절정에 올랐을 때 사유를 시작했으며 그래서 그의 사유에는 이 문제의식이 계속 깔리게 된다. 베르그송은 이 문제가 해결되려면 우선 무생물과 생물이 정확히 정의되어야 한다고 본다. 파스퇴르의 자연발생설 논박과 멘델의 유전법칙 발견에 힘입어, 베르그송은 무생물에서 반복되는 것은 인과법칙이지만 생명체에게서 반복되는 것은 유전을 통한 그 무엇이라는 점을 강조한다. 그런데 그 무엇은 과연 어떻게 해명되는가? 기계론에서 모든 인과관계는 외적 인과로서 성립하며, 목적론에서 형상은 질료 바깥에서 주어진다. 즉 고대 목적론과 근대 기계론은 둘 다 유전을 설명하지 못한다는 이야기이다. 유전되는 것은 형질이 아니라 기능이다. 이 기능은 어떤 외적 원인이나 질료-형상설에서의 형상을 말하지 않는다. 만일 생명체가 결코 끊어지지 않는 어떤 기능의 유전을 보여준다면, 그 기능은 결코 멈추지 않는 운동성의 성격을 띠어야 한다. 즉 생명체는 'spontanéité(자발성)'을 가져야 한다는 것이다('volontaire'와 혼동하지 말 것). 이 자발성은 생명 개념이 함축하는 연속성과 운동성 즉 연속적 운동성(또는 운동하는 연속성)이 띠는 능동성activité의 근원이다. 이것은 물질적 존재의 핵심 성격인 엔트로피와 대조적이다. 이렇게 해서 연속성, 운동성, 능동성으로 정의되는 생명과 열사熱死의 성격을 핵심으로 하는 물질이 뚜렷이 대조된다. 이로부터 생명의 근본적인 특성으로서 '지속la durée' 개념이 성립하게 된다.

그러면 그 자발성, 그 기능이 어떻게 작용하느냐? 그것은 우선 반反엔트로피이고, 또 하나는 그것이 언제든지 변칙 속에 살고 있기 때문에 자신의 생존existence을 유지하기 위해서는 자기 자신의 여러 가지 기능을 자기 자신이 조절할 수 있는 능력이 있어야 한다는 것은 분명합니다. …… 가령 달걀이면 달걀에서 모든 기능이 분화되어 나오는데, 그 내부에 정보가 있어서 그 정보가 자신의 외부에 대해 조절해가면서 자신의 내부의 여러 가지 기능을 분화시켜 나간다고 말합니다. 그런 얘기는 분자생물학만 빼

면 베르그송 이론하고 거의 같은 것입니다. 발생론적genetisch이
니까요.

생명의 이런 능동성, 연속성은 보다 넓게 말해 '기억'의 일종
이라고 할 수 있다. 생명체에게는 이 기억의 능력이 본질적이다
(유전도 일종의 기억이다). 그러나 이 기억은 어떤 동일성의 보존
이 아니다. 생명체는 기본적으로 시간 안에서, 계속 변화하는 환
경과 상황 안에서 살아가는 존재이다. 때문에 생명체에게는 '조
절 능력'이 필요하고 고등 생명체일수록 더 높은 조절 능력을 발
휘한다. 아리스토텔레스는 종種 개념을 본질주의의 맥락에서
이해한다(헬라어 'eidos' 자체가 종의 뜻을 가지고 있다). 그러나 본
질주의는 베르그송에게서 무너진다. 생명의 연속적 흐름의 과
정은 환경·상황에 대한 조절 능력의 발휘를 통해서 역동화되며
그 과정에서 종들이 분화한다. 생명체는 항상 미래에 대해 열려
있다. 종의 개념은 환경과 상관적이다. 종이란 영원의 하늘 아래
각인되어 있는 형상이 아니라 환경의 변화에 따라서 변화해가
는 통계적인 존재인 것이다.

베르그송의 이런 생명철학은 철학 일반에도 거대한 영향을
끼친다. 첫째, 본질essentia에서 실존existentia으로. 인간을 추상
적 본질이 아니라 생명체로서 살아가는 실존에 입각해 파악한
다는 것이다(이때의 '실존'은 실존주의자들의 실존과는 뉘앙스가 다
르다). 기존의 '호모 사피엔스homo sapiens' 개념은 크게 수정된

다. 인간은 어떤 면에서는 열등한 존재이다. 식물은 자체로서 자족한다. 때문에 '대상화'를 필요로 하지 않는다. 사유할 필요가 없다. 인간은 행위 사이사이에 사유(=반성)를 매개로 한다. 식물은 전혀 그럴 필요가 없다. '호모 사피엔스'는 성인을 모델로 한 편협한 개념일 뿐이다. 그 핵심은 '이성(=로고스)'이다. 그러나 베르그송에게서 인간은 생명 진화의 과정 전체를 배경으로 이해된다.

여기서 과거의 '호모 사피엔스'의 세계가 완전히 뒤집어진다는 것을 알아야 합니다. 즉 과거 희랍의 '호모 사피엔스'의 입장에서는 성인을, 그것도 이성을 가진 성인을 모델로 삼았지만, 베르그송에서는 종에서 성인이 되어서 종[배아]으로 가는 전 과정을 봐야하는데, 그 밑에 있는 공통치를 빼내면 조절 능력 즉 인식 능력이 나옵니다. 그것이 무의식입니다. 무의식이 중심이며 대상화된 인식은 극히 일부분이라는 것입니다.

인간의 대상화 능력은 극히 제한되어 있다. 바로 이 제한의 이유를 파고드는 책이 『물질과 기억』이다. 이런 맥락에서 행해지는 '인식론'은 과거의 인식론과는 성격이 판이할 수밖에 없다. 인식론은 동물의 생태학[동물행동학], 식물학, 분자생물학에서부터 미생물에 대한 학습이론 등을 통해 식물·동물·인간에 대한 데이터를 종합적으로 파악하고 거기에서 어떤 핵심을 읽어낼 때 가능한 것이다. 예컨대 동물이 대상화하지 않는다는 사실에 중요성이 있다. 비둘기는 어디에 옮겨다 놓든 자신이 태어난 장소로 되돌아온다고 한다. 이것은 본능의 문제이다. 그러나 인간은 이런 능력이 없고 때문에 끝없이 대상화를 행해야 한다. 그래서 인간에게서는 가르침·학습이 초미의 관심사가 된다. 경험론, 합리론 등 기존의 인식론들은 크게 재고되어야 한다는 것이다. 이렇게 이성이란 어떤 초월적인 존재로서가 아니라 생명 진화의 한 갈래로서 이해되기에 이른다(그래서 베르그송의 'intelligence'는 '지능'을 뜻한다고 봐야 한다).

둘째, 과학에 대한 해석도 달라진다. 플라톤은 철학을 재는 것[측정]에서 실마리를 잡아 전개했다. 이것은 공간 중심의 사유이다. 아리스토텔레스 역시 사물들을 양화하는데, 그의 양화는 논리학에서의 '판단의 양'으로 나타난다. 실증과학은 잰다는 것에서 출발한다. 그러나 베르그송은 고대 학문과 근대 학문 전체, 말하자면 '학문'이라는 것 자체의 한계를 근원적으로 비판한다.

베르그송은 질이라는 것은 서로 다른 것이다, 다른 것을 어떻게 재냐, 공통치가 있어야지, 양을 재는 것이지 어떻게 해서 질을 재느냐 하고 말합니다. 또 운동은 물리학의 기본 문제인데 운동 즉 과정process을 어떻게 재냐, 정지된 것만 잰다는 것입니다. 그러니까 운동 자체는 사실은 잴 수 없고 운동이 지나간 그림자, 스쳐간 공간을 잰다는 것입니다. 그러면 스쳐간 공간에서 모든 이론이 생기는 것이 됩니다. 그러니까 모든 학문은 실제 있는 변치 變置[변화량]로서의 세계를 스쳐갈 따름이라는 이론이 나옵니다. 또 중요한 것은 우리 내면적인 세계를 잴 수 있느냐는 심리학적 문제죠.

베르그송은 질을 양적으로 비교해서 수량화하는 행위의 문제점을 지적하고, 운동하는 것·변화하는 것을 재는 것이 아니라 운동·변화가 공간에 남기고 간 흔적을 재는 것일 뿐임을 지적하며, 나아가 내면의 세계를 측정한다는 것이 가능하냐고 역설했다. 그의 존재론이 특정한 맥락, 분야, 이론이 아니라 이렇게 서구 학문의 성격 그 자체를 근원적으로 비판했다는 점에서, 베르그송은 사유의 역사에서 진정으로 혁명적인 인물이라 할 수 있다. 질들을 재는 것, 운동/변화를 재는 것, 내면의 흐름을 재는 것, 이 모두가 이 존재들을 공간으로 환원시켜 수량화하는 것에 불과하다. 만에 하나 이것들을 수량화한다 해도, 그것은 항상 어떤 모델에 입각한 '실험실 상황'에서 수량화되는 것일 뿐이다. 거기에는 상황이나 맥락, 계속 변해가는 삶 등 요컨대 '지속'이 없다. 베르그송은 이렇게 '과학적 사고'라는 것 자체에 근원적인 비판을 가하고, 형이상학을 지속을 사유하는 것으로 재정의한다. 소은은 특히 베르그송이 심리학에 준 충격을 강조한다. "생명 현상의 기본은 자발성이고 자발성은 자기를 조절하는 능력인데, 자기를 조절하는 능력은 외부에서 어떠한 척도도 받아들이지 않는다는 것이 그 기본적인 특징이기 때문입니다. 척도를 받아들이면 그것은 인과법칙에 빠져야 합니다. 자율적인 것을 어떻게 잴 수 있겠습니까? 잴 수 없다는 것입니다."

셋째, 철학 역시 근본적인 변화를 겪는다. 소은은 플라톤과 베르그송이야말로 어떤 형식의 재인récognition이 아니라 세계와의 마주침rencontre을 통해서 사유한 인물들이라는 점을 강조한다. 이들에게 중요한 것은 어떤 아프리오리하게 상정된 개념들, 이론들, 도식들이 아니라 사건들, 사건들 자체이다.

어떤 영원한 법칙이 있다는 것은 의미가 없습니다. 모든 것은 사건으로서 성립합니다. 법칙도 사건으로서 성립합니다. 가령 2+3=5가 성립하는 공간을 수학적 공간이라고 합시다. 그러면 우선 수학적 공간이 왜 성립하느냐가 문제이고, 그 다음에 그 공간에서 2가 성립하느냐 아니냐 하는 것은 추상적 공간에 대해서 우연입니다. 왜냐? 우리에게는[소은의 입장에서는] 모순율이 최고입니다. 모순율이 최고라는 것은 그것이 성립하지 않을 수도 있다는 얘기예요. 그러니까 2가 성립하느냐 않느냐는 것은 결과적으로 우연입니다. 또 2는 정적靜的인 것이고 보탠다는 것은 동작, 운동인데, 2를 보탠다는 것은 2에 대해서 밖에서 주어진 운동이에요. 따라서 2에 보탠다는 운동이 주어지느냐 아니냐는 2에 대해서 순전히 우연적이에요. 그러면 추상적인 법칙이란 추상적인 공간에서 이루어지는 사건입니다. 어떠한 영원한 법칙이 미리 아프리오리하게 있다는 것은 얘기할 수 없습니다. 그렇기 때문에 학문은 데이터에서 출발합니다. 어떤 이론에서 출발하지 않아요. 선험적인 어떤 법칙이 있다는 것은 전부 무의미합니다. 그러한 추상적 공간이 무한정적indefinite이라는 것은 운동이 무한정적인 것과 다 똑같습니다. 그래서 우리는 확정된definite 것에서 출발합니다. 아까도 말한 바와 같이 플라톤은 전부 구체적인 고유명사로 썼습니다. 베르그송은 플라톤의 하나의 특수한 계승자입니다. 구체적인 데이터는 어떠한 추상적 사고도 안 들어간 바로 그러한 데이터이지만, 그러나 또한 존재론적으로 보면 바로 그것이 실재reality입니다. 다시 말하면 항상 그 확정된 것의 극한치까지 가야 합니다. 그 확정성의 극한치에서 무한정성의 극한치까지 본다는 것이 플라톤입니다.

소은 선생은 서구 존재론사 전체를 눈앞에 두고서 사유한다. 이것은 그 누구에서도 볼 수 없는 소은 사유의 크기이다. 만일 오늘날의 우리 사유가 서구 학문, 그 중에서도 그 핵이라 할 존재론사存在論史를 터득하고 그 위에서 자기 사유를 펼쳐야 할 시점에 도달했다면, 소은의 사유야말로 우리의 출발점이라 할 것이다.

사유한다는 것은 구체와 추상을 끝없이 오르내리는 것이다. 아마 이것이 내가 소은 선생에게서 배운 핵심적인 사유 방식인 것 같다. 가장 구체적인 것(개체들, 사건들, 마주침들)에서 가장 추상적인 것(존재, 우주, 생명) 사이를 끝없이 왕복 운동하기. 그 사이에 분포되어 있는 어떤 분야, 전공, 영역, 사조에 정주定住하는 것이 아니라 그것들의 한쪽 끝에서 다른 한쪽 끝까지 가로지르면서 사유하기. 이 오르내림, 가로지르기, 유목에의 깨달음으로부터 철학자로서의 내가 탄생했다.

전통, 근대, 탈근대

『철학적 탐구』, 「눈과 마음」에서 『지각의 현상학』에 이르기까지 최초의 텍스트들을 통해서 철학 수업을 받고, 그후 소은 선생님과의 만남을 통해 결정적인 개안을 한 것이 20대 중반이었다. 그후 20대 말에 이르러서는 이제 나 자신의 관심사를 본격적으로 천착하기 시작했다.

기억해보면 1984, 85년이 철학적 개안을 이룬 해인데 학위를 받은 것이 1994년이었으니 그 사이 상당히 긴 시간을 보낸 셈이다. 5년 정도로 가능할 수 있었던 일이 10년이나 걸린 것이다. 이 사실이 그 사이 내 삶의 과정이 그만큼 험난했다는 것을 새삼 확인해주는 것 같다.

나 자신의 사유를 본격적으로 시작한 이래 한동안 몰두했던 작업은 베르그송과 바슐라르의 비교였다. 내가 두 사람을 비교하려 한 것은 베르그송의 연속주의와 바슐라르의 불연속주의에 대한 관심 때문이었고, 넓게 보면 베르그송의 반합리주의와 바슐라르의 합리주의를 대결시키려는 의도에서였다. 플라톤에서 바슐라르까지의 철학사, 그리고 양자역학, 열역학, 진화론 등 자연과학에 관련된 주제들이 한동안 내 시간을 채웠다. 나는 소은 선생의 가르침에 입각해 서구 과학사와 존재론사를 계속 연구해 나갔다. 그러나 시간이 어느 정도 흐르자 다시 정치와 역사에 대한 관심이 고개를 들었다(더 정확히 말해 본격적인 작업을 할 생각이 들었다. 관심이야 늘 가지고 있었으니까). 사실 나는 늘 존재론과 정치·역사 사이에서 진동해왔고 어느새 그 진동 자체가 내 사유의 핵심 성격이 된 것 같다. 어쨌든 한동안 과학과 존재론의 주제에 몰두하던 나는 다시 정치·역사에 대한 관심으로 선회해서 대학 시절 시위에 참여하면서 고민했던 문제들로 돌아갔다. 그래서 학자로서의 내 본격적인 경력은 존재론이 아니라 사회철학·문화철학에서 시작되었다.

1990년대, 그 혼란의 시절

내가 이렇게 관심을 선회한 중요한 동기는 '1990년대 한국 사회'에 대한 당혹스러움, 아니 분노 때문이었던 것 같다. 1980년대를 불태웠던 역사의식은 갑자기 '옛날 이야기'가 되고 너무나도 다른 현실이 도래했기 때문이다. 일간신문에는 거의 매일

같이 여배우들의 사진이 대문짝만 하게 실리기 시작했다. 1980년대 분위기에서 숨을 죽이고 있던 딴따라 문화가 이제 사회의 전면으로 부각되기 시작한 것이다. 심지어 한겨레신문까지도 민중문화가 아니라 대중문화를 적극 선전하기 시작했다. 대중매체 종사자들의 딴따라 근성은 1990년대 한국에서 거의 핵폭탄처럼 폭발하기 시작했고 그런 분위기는 지금까지 이어지고 있다. 그토록 선명하고 치열했던 세상이 어느 한순간에 거대한 판타지의 세계로 둔갑한 것이다.

나는 이 시대의 본질적 모순을 문화에서 찾았다. 정치적으로는 파시즘이 물러가고, 경제적으로는 노사 갈등이 다소 둔화되었으나, 문화 분야에서는 후기자본주의 사회의 모순들이 여기저기에서 솟아올랐기 때문이다. 거꾸로 말하면 문화에서의 이런 변화가 여전히 남아 있던 정치적·경제적 모순들까지 희석시켜버렸다고 해야 하리라. 나는 이런 상황을 '문화적 모순'이라는 개념으로 포착했다. 따라서 이때의 '문화'란 일상에서의 '문화' 개념과 완전히 반대의 뉘앙스를 갖는다. 정치·경제의 안정 위에서 누리는 향락으로서의 문화가 아니라 거꾸로 사회의 모순이 가장 노골적으로 분출되는 장으로서의 문화인 것이다. 나는 이런 문화에의 저항을 내 일생의 정치적 저항으로서 확립해나가겠다고 마음먹었다.

이런 변화는 지식인 세계에서도 마찬가지였다. 저항과 자유의 공간이었던 대학 사회가 점차 대중문화에 의해 정복당해갔다. 학생들은 학문이나 사상가들에 관심을 가지기보다 영상매체에 열광했다. 신자유주의 논리는 인문학을 붕괴시켰다. 대학 교수들은 신자유주의 논리의 파상공격에 저항하기보다는 그저 살아남기에만 급급했다. 과거에 독재에 욕설을 퍼붓던 사람들, 다른 철학들을 '부르주아 철학들'이라고 매도하던 사람들이 거꾸로 '포스트모던'한 분위기를 연출했다. '포스트모더니즘'이라는 모호한 사조가(솔직히 나는 지금도 이 '포스트모더니즘'이라는 말이 무엇을 뜻하는지 잘 모르겠다) 지식세계를 뒤덮었고 이 와중에 프랑스 철학자들도 휩쓸려 들어가 우스꽝스럽게 패러디되었다. '유목', '해체' 같은 말들이 그 본래의 철학적·정치적 맥락에서 탈각되어 어이없게도 저질 딴따라 문화들을 서술하는 용어들로 둔갑했다. 아둔한 '맑시스트들'은 '근대도 안 왔는데 무슨 탈근대냐'라는 우스꽝스러운 논리(근대적인, 참으로 근대적인 논리!)를 내세우면서 새로운 사상을 창조하려 하기보다는 자신들의 '화려한 과거'에 집착했다. 1980년대의 의식과 사유를 잇되 변화한 현실을 따라가면서 새롭게 사유하려 노력하는 인물은 눈을 씻고 봐도 찾아보기 힘들었다.

이 모든 현상들이 우리 사회가 이른바 '포스트모던' 시대로 접어들었음을 알려주는 현상이기도 했다. 20세기 전반의 제국주의와 후반의 파시즘을 거쳐 이제 한국이 후기자본주의 사회로 본격적으로 진입한 것이다. 내게 이렇게 '포스트모던'이라는 말은 문화적 모순으로서 인식되었지만, 정확히 말하면 이 말은 이중의 의미로 이해될 수 있다. 부정적 뉘앙스에서는 후기자 본주의 사회(특히 신자유주의적 상황), 생명까지도 조작하는 첨단 기술 시대, 모든 것이 영상 이미지로 패러디되고 대중문화에 의해 판타지와 멜로드라마로 바뀌어버리는 시대가 '포스트모던' 시대이다. 그러나 이 말을 '탈근대'라는 말로 번역할 때에는 긍정적 뉘앙스를 띠며, 오히려 초근대超近代에 이르러 극에 달한 근대성을 비판하고 삶의 새로운 철학을 찾아내려는 운동으로 해석할 수도 있다. 이렇게 '포스트모던'이라는 말은 전혀 반대의 의미, 즉 초근대의 의미와 탈근대의 의미를 동시에 뜻할 수 있다. 전자는 현실에 대한 서술적 용어이고 후자는 새로운 현실을 지향하는 당위적 용어이다. 나는 '포스트모던'은 서술적 용어로서 초근대라는 뜻으로 쓰고, '탈근대'라는 말은 근대성이 배태한 모순들을 극복하려는 사유 운동의 뜻으로 쓰는 것이 좋다고 생각한다. 이렇게 본다면 1990년대 한국 사회의 현실은 '포스트모던'적이고, 근대성 및 그 극단화인 '포스트모던'에 대한 극복의 노력은 '탈근대'적이라 할 수 있다.

나는 바로 이런 맥락에서 1990년대에 '전통, 근대, 탈근대'의 문제틀에 몰두했다. 출발은 근대성이다. 우리가 근대성의 연장선상에 있는 초근대의 시대에 살고 있기 때문이다. 그렇다면 근대성이라는 것을 어떻게 이해할 것인가가 관건이다. 그 결과에 따라 탈근대의 의미도 달라진다. 근대가 '전前근대'의 이름으로 묻어버렸던, 특히 한국 같은 곳에서는 자율적인 방식이 아니라 타율적인 방식으로 내던져졌던 전통 문화를 어떻게 이해할 것인가? 만일 탈근대가 근대의 극복이라면 근대가 묻었던 전통 문화가 탈근대에 대해 가지는 관계는 무엇인가? 이런 물음들이 내 마음을 사로잡았다. 이렇게 1990년대는 내게 한국 사회의 문화적 모순들에 주목하게 한 시기였으며, 나아가 전통, 근대, 탈근대의 문제로서 다가왔다. 1997년에 출간한 『가로지르기』는 한국 사회의 문화적 모순을, 1999년의 『인간의 얼굴』은 전통, 근대, 탈근대의 문제를 각각 다룬 책들이다.

새로운 사유—미셸 푸코를 읽다

이런 내 시도를 이론적으로 도와준 결정적인 인물이 미셸 푸코이다. 푸코와의 만남은 내 기억이 맞다면 아마 1985년 또는 86년의 일이었을 것이다. 1980년대 말부터 그를 본격적으로 읽기 시작했다. 그와의 첫 만남은 『광기의 역사』를 통해서였다. 프랑스어본이 아니라 'Madness and Civilization' 이라고 제목을 바꾸어 번역된 영어본이었다. 영어본이 상당히 잘 된 번역이어서 원작의 맛을 그런대로 제대로 음미할 수 있었다.

이 저작을 처음 보았을 때의 충격과 감동을 어떻게 묘사할 수 있을까. 대학 시절 이른바 '사회과학' 서적들을 많이 읽었지만 1990년대 한국의 상황을 이해하기에는 뭔가 불충분하다는 느낌을 받았다. 어떤 새로운 사유가 필요했고 나 스스로 그것을 만들 능력은 아직 없었다. 그때 푸코를 만났고 그를 통해 비로소 새로운 사유에 눈을 떴다. 앞에서도 말했지만 사회과학은 현실을 이해하기 위한 형식적 틀이고 역사는 현실 자체의 기록이다. 형식적 틀은 어디까지나 틀일 뿐이다. 그것이 현실에 딱 들어맞지는 않는다. 복잡하고 우발적이고 생성하는 현실을 이론적 틀이 온전하게 포착하지는 못한다. 반면 역사는 현실을 충실히 기록해주지만 현실을 꿰뚫어보는 이론적 깊이가 없는 경우가 많다(또 사실 '기록' 그 자체가 이미 어떤 이론적 틀을 전제한다). 두 담론의 수준 높은 통합이 필요한 것이다. 그리고 그러한 통합은 또한 치밀한 철학적 사유를 요청한다. 푸코는 이렇게 역사와 철학, 사회과학의 어느 한 범주에 고착되기보다는 그것들을 가로지르면서 정말이지 독창적인 사유를 보여주었다. 그것은 그 전에 내가 본 어떤 사유와도 달랐다. 아마 학문의 역사에서 푸코만큼 독창적인 인물도 그리 많지 않을 것이다.

여기에 또 하나, 그 눈부신 글쓰기가 있다. 어쩌면 내가 푸코에게 매료된 결정적인 이유가 그 글쓰기에 있을지도 모르겠다. 그의 글은 역사적이면서도 철학적·과학적이고 또 동시에 문학적이기도 했다. 베르그송과 바슐라르의 글도 매력적이지만, 푸코의 글처럼 그토록 매력적인 글쓰기는 그 전에는 본 적이 없다. 당시에 그의 책을 찬찬히 읽어보지도 않은 채, 그 프랑스어의 눈부신 문채를 음미하지도 않은 채, 역사와 철학이 교차하는 그 감동적인 대목들을 이해하지도 못한 채, 기존의 분과학문적인 의식을 가지고서 '그게 무슨 철학이냐', '수사가 심하다'며 매도하는 아둔한 인간들을 참 많이 봤다. 앞에서 언급했던『지적 사기』의 소칼도 자신이 꼼꼼하게 독해해내지 못한 텍스트들을 '흐리멍덩하다'고 매도해버린 인간이다. 텍스트를 치밀하게 독해하지 못했기에, 한 문장 한 문장을 정확히 이해하지 못했기에 그 전체가 '흐리멍덩' 하게 느껴지는 것은 당연할 것이다. '흐리멍덩' 한 것은 그 텍스트가 아니라 바로 그런 인간들 자신이다. 인간이란 참 묘해서 자기에게 있는 원인을 대상에게 투영하곤 한다. 자신의 지적 무능력을 대상의 문제로 치부해버리는 이런 인간들을 1990년대 내내 정말이지 많이 만났다. 이런 현상은 푸코에 대해서만 일어나는 것이 아니다. 1990년대 이래 한국 지식계의 일상적 풍경인 것이다. 지적인 용량容量이 작은 인간들이 낯선 사유를 이해한다는 것은 정말 어려운 일인 것 같다.

『광기의 역사』를 읽으면서 나는 참으로 많은 것을 배웠다. 그 도입부의 몇 구절만 보자.

중세 말에 나병이 서양세계에서 사라진다. 이에 따라 마을의 변두리나 도시의 성문 근처에는 넓은 빈터가 생겨나는데, 이곳은 이제 역병이 엄습하지는 않았지만 예전에 만연했던 역병으로 인해 오랫동안 사람이 살 수 없는 장소가 되었다. 여러 세기가 지나는 동안 이 장소들은 비인간적 공간으로 되어 있을 것이다. 그

러다가 14세기에서 17세기까지 이 장소들에서 새로운 악의 화신
化身, 또 다른 괴기스런 공포, 정화淨化와 축출의 주술이 마치 요
술처럼 되살아난다.

우선 푸코가 '철학자'라는 선입견을 가지고서 이 책을 대했
을 때 그 역사적 서술 방식에 놀라게 된다. 푸코의 책들(과 다른
'후기구조주의'로 통칭되는 저작들. 물론 '후기구조주의'라는 학파는
없다. 이 말은 그야말로 순전히 편의상 부르는 이름일 뿐이다)은 기존
의 범주로 환원시켜 읽을 수 없다. 자꾸 기존의 범주들을 작동시
켜 이것이 문학이냐 역사냐 철학이냐 하고 따지는 것은 무의미
하다. 그것 자체로서 읽고 그 자체로서 이해해야 하는 것이다.
이 구절을 읽는 순간 나는 철학 '과'라는 곳에서 탈주하기 시작
했다. 그 탈주가 내게 현실적인 많은 힘겨움을 가져다주었지만
후회는 전혀 없다.

우선 장소에 대한 관심. 하나의 장소가 어떤 고착적인 이미지
를 띤다는 것. 다시 말해 하나의 장소가 어떤 고유의 의미를 띠
고 그래서 그 의미가 그 장소에서 반복된다는 것, 이 한 구절에
서 우리는 장소, 이미지, 의미가 얽혀 역사를 이루어 나가는 과
정을 읽어낼 수 있다. 또 상투적인 역사의 전복. "14세기에서 17
세기까지 이 장소들에서 새로운 악의 화신化身, 또 다른 괴기스
런 공포, 정화淨化와 축출의 주술이 마치 요술처럼 되살아난다"
는 구절에서 우리는 철학사책들이나 예술사책들을 통해서 알고

있던 르네상스, 근세 초(또는 바로크)라는 시대에 대한 이미지가 총체적으로 전복되는 것을 느낀다. 철학 '과'라는 좁은 울타리 안에 침잠해 있는 사람들은 꿈도 못 꿀 어떤 '진리'가 드러나기 시작했던 것이다.

푸코는 이렇게 운을 뗀 후 이 시기에 발생했던 여러 역사적 사건들을 실증적 자료들을 바탕으로 꼼꼼히 제시한다. 그런 후에 자신이 앞에서 운을 떼어놓았던 이야기를 정교화한다.

나병을 신성불가침의 영역 안에 존속시키고 나병을 어떤 전도된 열광상태 속에 붙들어놓기 위해 마련된 비천한 장소와 의례는 그대로 남긴 채, 나병이 물러간 것이다. …… 바로 나환자라는 인물에 달라붙은 가치와 이미지이고, 사람들이 이 인물의 주변에 신성불가침의 원을 그린 후에야 비로소 떨쳐버릴 수 있는 것은 바로 이러한 축출의 의미, 이 인물이 사회집단에서 차지하는 중요성이다.

나환자가 세계에서 그리고 가시적인 교회 공동체에서 사라진다 해도, 나환자의 존재는 전적으로 신의 노여움을 가리키고 신의 선의善意를 표시하므로 변함없이 신을 드러낸다. …… 그들은 죄악의 엄숙한 증인으로서 축출의 상태에서 축출에 의해 구원을 찾는 것이다. 많은 공덕과 기도로 이뤄지는 전환성과 대비를 이루는 어떤 이상한 전환성을 통해 그들은 누가 손을 내밀지 않는데도 구원을 받는다. …… 그에게는 유기遺棄가 곧 구원이다. 축출됨으로써 그는 다른 형태의 성체 배령을 하게 되는 셈이다.

나병이 사라지고 나환자가 사람들의 기억에서 사라지거나 거의 사라져도 이러한 구조는 계속해서 남아 있게 된다. 두세 세기 후에도 이상할 정도로 유사한 축출의 장치가 동일한 장소들에서 숱하게 재발견되는 것이다. 예전에 나환자가 맡은 역할을 가난한 자, 부랑자, 경범죄자, 그리고 '머리를 돈 사람'이 다시 맡게 되면서……

'전도된 열광상태'라는 말은 나환자와 종교적 열광을 인상 깊게 교차시키고 있다. 나환자는 신의 현현顯現을 보여주는 징표이고 그래서 거기에는 전도된 형태의, 역설적 형태의 신성 divinity이 현존한다. 이렇게 나환자라는 인물에는 어떤 '가치와 이미지'가 들러붙게 된다. 그래서 이들은 신성불가침의 존재가 되고, 이들을 신성시하는 동시에 감금하는, 역설적이며 이중적인 의미의 원이 그려진다. 이 기묘한 축출. 푸코가 일생을 통해 관심을 가졌던 분할division, 감금의 문제가 이렇게 모습을 드러낸다. 나환자들은 중세 말이라는 시대가 요청한 푸닥거리가 되고 '죄악의 엄숙한 증인'이 된다(이 모순적인 표현!). "누가 손을 내밀지 않는데도"(누가 나환자들에게 손을 내밀겠는가) 신성으로의 전환성—아이러니하고 역설적인 전환성—을 통해 나환자들은 "구원을 받는다". 그래서 바로 그에게는 유기가 구원이고, 그의 유기는 역설적인 의미에서의 '성체 배령'인 것이다. 지금은 이미 익숙해졌지만 푸코의 이런 언어들을 처음 만나서 그 맛을 음미할 때의 기억이 생생하다.

『광기의 역사』를 읽으면서 인상 깊었던 것들 중 하나는 역사의 불연속이었다. 1장에서 묘사되는 르네상스 시대의 광기와 2장에서 묘사되는 '대감호大監護' 사이의 놀라운 단절이 뇌리에 깊이 박혔다(이 단절은 내게 1980년대와 90년대 사이의 단절로 전이되어 이해되었다). 이렇게 시작된 푸코의 분석은 끝도 없이 계속되어 (2003년의 한글 번역본으로) 800쪽이 넘게 계속된다.

그후 『임상의학의 탄생』과 『말과 사물』을 비롯해 푸코의 저작들을 하나씩 읽어 나갔다. 지금도 푸코의 책들은 내 사유가 막히고 어떤 자극이 필요할 때면 꺼내드는 책들 중 하나이다.

학위 논문을 쓸 때는 『광기의 역사』를 다루지 않았다. 철학과 학위 논문으로 『광기의 역사』를 쓴다는 것이 지금도 마찬가지이겠지만 당시로서는 받아들여질 리 없었기 때문이다. 그래서 학위 논문에서는 푸코의 좀더 이론적인 책들인 『말과 사물』과 『지식의 고고학』을 다루었고, 19세기 주체철학의 형식들(현상학, 해석학, 변증법)과 푸코의 고고학을 대결시키는 구도를 취했다. 학위 논문은 1994년에 『담론의 공간』으로 출간되었고 이 책이 내 처녀작이 되었다.

소은 선생과 만나 존재론의 축을 세운 후, 이렇게 『광기의 역사』를 시작으로 푸코와 만남으로써 윤리적·정치적 축을 세울 수 있었다.

담론학의 모색과 응용

학위 논문을 끝내고 내가 주로 몰두했던 작업은 좁게는 1990년대 한국 사회의 '문화적 모순'을 사유하는 것이었고, 보다 넓게는 전통과 근대 그리고 탈근대를 사유하는 것이었다.

그러나 그 과정에서 여러 각도에서의 방법론적 모색도 필요했다. 우선 푸코에게서 배운 담론학談論學을 '비교담론학'으로 전환시켜 나가는 방법을 모색했다. 이것은 전통-근대-탈근대를 사유하고자 할 때 반드시 부딪쳐야 할 문제 즉 동양과 서양의 문제를 배경으로 깔고 있다('동양'과 '서양'이라는 말의 문제점은 앞에서도 이야기했지만 여기서는 그대로 사용하도록 하겠다). 만일 근대성이라는 것이 적어도 상당 부분 동양의 서구화를 뜻한다면, 그리고 '탈근대'라는 개념이 함축하는 복잡한 의미들 중 하나가 근대성의 주체인 서구의 극복을 뜻한다면, 전통-근대-탈근대의 사유는 동양과 서양의 비교라는 문제를 떼어놓고 생각할 수 없다. 이것은 '비교사상사'나 '비교철학' 등을 필요로 하며 '비교담론학'이란 바로 이 문제를 다루려는 나 자신의 방법론을 확립하기 위한 개념이었다.

또 하나 이것은 '상대주의' 문제와도 관련된다. 만일 근대성을 가치의 보편성을 추구했던 시대, 근대적 뉘앙스에서의 이성을 절대화했던 시대라고 한다면, 탈근대를 형성하는 중요한 한 갈래는 그러한 생각이 함축하는 유럽중심주의, 성인중심주의,

남성중심주의 등 중심주의의 극복이다. 이것은 상대주의의 문제를 야기시킬 수밖에 없다. 그리고 이 문제는 공간적으로는 동서東西의 문제를 포함하며 따라서 앞의 문제와 연계된다. 나는 이렇게 썼다.

비교는 다多의 인정과 소통에의 욕구가 공존할 때 발생한다. 비교는 열린 상대주의, 대화하는 상대주의의 맥락에서 발생한다. 열린/소통하는 상대주의에게 비교의 작업은 필연적으로 요청된다.(『가로지르기』 2장)

비교담론학은 비교존재론, 비교주체론, 비교구조론으로 구성된다. 『가로지르기』에서 나는 과학사, 그 중에서도 생명과학사를 주제로 삼았는데, 이는 당시에 메이에르송-바슐라르-깡길렘-푸코로 이어지는 과학사 연구에 많은 관심을 가지고 있었기 때문이다. 학위 논문에서 푸코를 바슐라르-깡길렘의 연장선상에서 보았고, 베르그송-메이에르송은 내가 한동안 몰두했던 주제였다. 이런 과정에서 이들의 사유를 이해하는 데 과학사가 필수적이라는 사실을 알게 되었고 그래서 과학사 저작들도 여러 권 읽었다.

이 장의 참고문헌들 중 과학사 관련 저작들을 보니 마쓰나가의 『박물학의 욕망』, 이마카와의 『분류에서 진화론으로』, 스티븐 굴드의 『다윈 이후』, 리처드 도킨스의 『눈먼 시계공』, 알렉상

드르 꼬제브의「갈릴레오와 플라톤」, 이토 준타로의『갈릴레오』, 루도비코 게이모나트의『갈릴레오 갈릴레이』, 카씨러의 『실체 개념과 함수 개념』, 마에가와 등의『기의 사상』, 가노 요시미츠의『동양의학과 철학』, 이시다 히데미의『기, 흐르는 신체』, 만프레트 포커트의『중국의학의 이론적 기초』, 양계초 등의『음양오행설의 연구』, 프랑수아 자콥의『생명의 논리』, 드니 뷔캉의『진화의 혁명』, 마들렌드 바르텔레미—마돌르의『라마르크, 선구자의 신화』, 레옹 브렁슈비크의『수학적 철학의 단계들』, 장—클로드 뽕의『대수위상학』, 미셸 세르의『기하학의 기원』, 르네 톰의『예측하는 것이 설명하는 것은 아니다』 등이 보인다. 이 글에는 인용되어 있지 않지만 모리스 클라블랭의『갈릴레오의 자연철학』은 내가 가장 감명 깊게 읽은 과학사 저작들 중 하나이다. 내가 읽은 책들 중에는 특히 생명과학 분야의 저작들이 많은데, 과학사에 대한 이런 관심은 지금까지도 계속되고 있다.

과학사 관련서들을 읽으면서 주로 생각했던 것은 서구의 과학적 사유와 기학氣學으로 대변되는 동북아 사유의 비교였다. 이것은 방금 이야기했듯이 전통—근대—탈근대의 사유에서 전통의 재고再考, 동서의 비교, 상대주의의 검토 등이 당시 내게 중요한 화두들이었기 때문이다. 또 이런 과정을 통해서 어릴 적부터 친숙한 담론이었던 한의학을 내 사유 구도 속에 끌어들일 수 있었다.

그후 이런 비교담론학적 연구를 그것 자체로서 몰두하지는 않았지만 이 관점은 내 사유 전반에 자연스럽게 스며들었다. 즉 어떤 이야기를 하든 특정한 시대, 특정한 문화/언어권에 시각을 고착화하기보다는 넓게 가로지르기를 하면서 사유하는 것이 내 사유의 기본 스타일이 되었던 것이다.

하늘과 땅 사이에서

비교담론학과 더불어 당시 내가 몰두했던 또 하나의 방법론적 모색은 동북아 담론사를 어떻게 연구할 것인가 하는 문제였다(이 문제는 『인간의 얼굴』 2장 '하늘과 땅 사이에서:동아시아 담론사 연구 서설'에서 다루어졌다). 푸코 연구를 통해서 '담론학'을 얻었으나 중요한 것은 담론학을 통해서 어떻게 동북아 담론사를 연구할까 하는 것이었다. 때문에 동북아 담론사의 연구 방법론 모색에 착수했다.

이때 내가 가장 고민했던 문제는 '시대'라는 것을 어떻게 규정해야 할 것인가, 그리고 동북아 담론사 전체를 어떤 시각에서 접근해야 하는가 하는 문제였다. 그 결과 시대 개념을 '사건'의 개념을 통해서 접근해야 한다는 것('시대의 위상학位相學'. 이때 이후 '사건' 개념은 내 사유의 핵으로 자리 잡았다), 그리고 동북아 담론사는 하늘과 땅 사이 즉 형이상학과 사회경제사 사이에서 접근해 들어가야 한다는 결론을 얻게 됐다.

이런 모색을 하고 있을 때 읽었던 책들 중 하나는 조셉 니담의 『중국의 과학과 문명』이었다. 이 책은 엄청난 분량의 연작으로서 중국 연구의 한 금자탑으로 손꼽힌다. 나는 원서를 다 읽지는 못하고 한글로 번역된 세 권의 책을 읽었다. 그러나 니담의 그 방대한 지식과 정치한 논의에 감탄하면서도 한 가지 중요한 점에서 이 책을 비판적으로 보게 되었는데, 그것은 그가 던진 'why not?' 물음에 관련해서였다. 이것은 '중국이 그토록 뛰어난 문명을 이루어왔는데 왜 근대 과학은 중국에서 탄생하지 않았을까?' 라는 물음이다. 그러나 내가 보기에 이 물음은 베르그송이 강조했던 '추후적追後的 사고의 오류'가 아닐까 싶었다. 즉 이미 일어난 일을 결정론적으로 해석해서 과거에 이미 그렇게 되게 되어 있었다고 생각하는 오류이다(베르그송의 이 생각은 극히 중요한 생각으로서 『사유와 운동체』에 들어 있는 「가능한 것과 실재적인 것」을 읽어볼 필요가 있다). 그러나 서구에서 근대 과학이 탄생한 것에는 과학적 원인들은 있을지 몰라도 형이상학적 이유는 없다. 즉 우발적인contingent 것이다. 달리 말해 '중국에서 왜 근대 과학이 탄생하지 않았는가?' 라는 물음이 우문愚問일 수도 있다는 것이다. 중국적 맥락에서 보면 도대체 '근대 과학이 꼭 탄생할 이유가 무엇인가?' 하고 반문할 수 있다는 뜻이다. 그 문화에서 별 필요가 없었던 것을 두고서 '왜' 탄생하지 '않았을까?' 라고 묻는 것은 우문일 것이다.

또 하나의 의문은 네이산 씨빈의 『동아시아의 과학과 기술』

을 읽으면서 일어났다. 뛰어난 과학사가인 씨빈은 중국 문화에서의 존재론의 결여를 지적했는데, 내가 보기에 실은 그 반대인 것 같았다. 동북아에서의 존재론은 다름 아닌 음양오행설이며 존재론의 결여가 아니라 오히려 음양오행설의 강고強固한 군림이 개별 과학에서의 창조적인 사유를 방해했다는 것이 내 생각이다. 서구 과학 역시 존재론—이때의 존재론은 중세 존재론을 말한다—의 그늘 아래 있다가 그 자신의 존재론 즉 우발성에 기초하는 '사실fact'의 과학으로 나아갈 수 있었다. 반면 중국 문화는 더 오랫동안 음양오행설의 그늘 아래에 있었다. 따라서 문제는 존재론의 결여가 아니다.

이때 여러 번에 걸쳐 세심하게 읽었던 책들로는 마루야마 마사오의 『일본 정치사상사 연구』와 노리모토 준이치로의 『동양 정치사상사 연구』가 있다. 두 책 모두 빼어난 저작들이다. 이 두 저작이 내게 인상 깊었던 것은 담론사 연구의 방법에 관해서였다. 노리모토는 마루야마의 저작을 역사적 맥락이 결여되어 있다고 비판하고 있다. 그러나 내가 보기에는 오히려 노리모토의 저작이 상당 부분 사회학적 환원주의에 젖어 있는 듯이 보였다. 특히 불교의 교리까지도 다 사회학적으로 설명하는 대목들은 좀 조야하게 느껴졌다. 물론 노리모토의 저작은 뛰어나다. 우리는 이 저작에서 사상사를 역사적 맥락에서 읽어내는 법을 배울 수 있다(그의 『일본사상사』도 번역되어 있으니 꼭 읽어보기 바란다). 그러나 어떤 대목은 다소 지나친 면이 있고, 또 마루야마의 저작이 역사적 맥락을 결하고 있다는 비판도 좀 부적합하다는 생각이 들었다. 이 두 저작을 독해하면서 나는 담론사의 내부적 연구와 외부적 연구 사이에서 균형을 잡는 법을 배웠고, '하늘과 땅 사이에서'라는 제목은 바로 이 점을 반영하고 있다.

자생적 근대성을 찾아서

전통-근대-탈근대를 사유하면서 나는 전통에 대한 전면적인 재독再讀에 착수했다. 탈근대의 모색에 있어 중요한 한 갈래를 형성하는 것이 전통의 재고라고 생각했기 때문이다. 강화도 조약 이래 군정시대에 이르기까지 그저 '서구화'를 외치면서 앞만 보고 달렸던 한국, 그래서 근대성의 말류인 천민자본주의가 삶의 기본 양식이 되어버린 한국, 이 한국에서 살아가는 지식인으로서 탈근대 사유를 시도한다는 것은 결국 '탈주와 회귀 사이에서' 사유한다는 것이 아닐까(이 구절은 『인간의 얼굴』의 부제가 되었다). 맹목적 탈주도 시대착오적인 회귀도 아닌, 탈주와 회귀 사이에서 근대성을 재고한다는 것, 그로써 전통-근대-탈근대가 모두 균형 있게 성찰되는 사유를 시도한다는 것, 그것이 내 목적이었다. 이런 과정에서 내가 발견한 인물이 바로 다산 정약용이었다.

고전을 읽는다는 것은 내게는 익숙한 일이었다. 어릴 때부터 아버지께 한문을 배웠고 아버지의 서재를 가득 메우고 있던 고전 서적들을 친숙하게 보아온 내게 고전 읽기는 '공부'나 '학문'이 아니라 그저 하나의 생활이었다. 하지만 나는 거기서 얻은 내용을 철학으로 연계시키지는 않았던 것 같다. 동북아 문헌들에는 문학, 역사, 철학 같은 범주가 명료하게 적용되지 않는다. 현대의 학문 범주를 고전에 투영시키는 것은 전혀 다른 문화에서 생성된 문헌들에 서구의 범주를 투영하는 것이다. 『장자』는 문학인가 철학인가, 『한비자』는 역사인가 사회과학인가 철학인가, 『황제내경』은 의학인가 철학인가. 이 문헌들은 그저 『장자』, 『한비자』, 『황제내경』일 뿐이다. 그래서 나는 학교에서 하는 철학(서양철학)과 집에서 거의 생활처럼 영위했던 고전 읽기를 특별히 연결시켜 생각한 적이 별로 없었던 것 같다.

그러나 언제인가부터(아마 1990년대에 들어와서였을 것이다) 그때까지 틈나는 대로 읽었던 고전들을 내 사유로 끌어들여서 함께 논의해야겠다는 생각을 하게 되었다. 지금 생각해보면 이것은 전통–근대–탈근대를 사유하는 과정에서 생겨난 필연적인 과정이었던 듯싶다. 어릴 때부터 읽어온 '전통'과 당시 내가 추구했던 '탈근대'가 '탈주와 회귀 사이에서'라는 문제의식 속에서 자연스럽게 만난 것이다.

내가 다산에 관심을 가지게 된 것은 근대성의 말류인 천민자본주의가 아닌, 우리 문화 속에서 형성되었고 근대성의 씨앗을 뿌렸으나 불행하게도 꽃피지 못한 어떤 사유로 회귀해서 그 의미를 재론해보려는 것이었다. 나는 이것을 '자생적 근대성'이라 부른다. 18세기에 시작되어 19세기에 본격적으로 전개되었으나 결국 내적 역부족과 외적 강압 때문에 좌절되고야 만 사유, 근대성에 대한 자생적 모색을 시도한 사유로 돌아가 그 의미를 다시 한 번 읽어보고 싶었던 것이다. 그 결과 19세기 조선에서 나는 세 사유를 발견했다. 다산, 혜강, 그리고 동학.

내가 다산에게서 발견한 것은 자본주의적 주체와 대비되는 '도덕적 주체'였다. 때문에 다산론茶山論(『인간의 얼굴』 3장)의 제목을 '도덕적 주체의 탄생'이라고 붙였다. 이 글에서 나는 그때까지 읽었던 동양 고전들에 대한 지식을 총동원해서 성性의 문제를 정리한 후 다산의 성론性論—인간존재론—을 해명하려 했다. 동양 고전들을 체계적으로 읽은 것은 아니었기 때문에 가장 고전적인 작품들인 선진先秦의 고전들(『논어』 『맹자』 『도덕경』 등)과 성리학 저작들 중 흥미롭게 읽었던 주자朱子의 저작들을 논한 후 다산을 논했으며, 특히 서구 철학과의 비교에 중점을 두었다. 지금 다시 보니 전통-근대-탈근대를 사유하기 위해 만들어놓은 방법론('비교담론학' 및 '하늘과 땅 사이에서')을 이 논의에 충분히 적용하지 못한 것 같다. 특히 외부적 논의들—사회경제사적 논의들—은 제대로 다루지 못했다.

내 기억이 맞다면, 나는 다산을 연구하기 위해서 경인문화사에서 발간한 『여유당전서』(전6권)와 여강출판사에서 발간한 『여유당전서』(전20권)를 보았다. 그런데 이 전서들은 불완전한 것들로서 현재 보다 완전한 판본을 발간하기 위한 노력이 이루어지고 있는 것으로 알고 있다. 다산 자신이 자찬묘지명自撰墓誌銘에서 자신의 문집 편찬의 구조에 상당한 관심을 표명했기 때문에 그에 따라 일관되게 정리된 판본이 나와야 할 것이다.

다산은 주자를 넘어서기 위한 노력을 한평생 게을리하지 않았다. 조선을 지배했던 전통 사상이 주자학이었고 따라서 다산은 전통을 넘어 근대성의 새로운 지평을 열기 위해 필히 주자와의 대결을 벌여야 했다. 우리가 '실학'이라고 통칭하는 담론들이 대체적으로 '실사구시實事求是'의 성격을 띤 담론이었던 데 비해, 다산만은 동북아 전통의 핵을 형성하는 '경학經學'의 세계를 정면 돌파하려 했던 것이다. 바로 여기에 철학자로서의 다산의 위대함이 있다. 물론 이때의 경학은 좁은 의미의 경학만이 아니라 사서四書까지 포함한다. 사서를 편찬한 것이 주자이고 보면 다산에게 사서의 새로운 독해는 무엇보다 중요한 의미를 띤다 하겠다.

다산의 다른 측면들보다는 '도덕적 주체의 탄생'에 관심을 가졌던 나는 주로 이 대목에 관심을 집중했다. 그래서 다산의『논어고금주』,『맹자요의』,『대학공의』,『중용자잠』등을 주로 보았다. 특히 다산의 사유를 '도덕적 주체'의 탄생이라는 관점에서 독해하려 했기 때문에『맹자요의』가 주된 텍스트가 되었다.

다산과 주자의 대결을 읽어내기 위해서는 주자 역시 읽어야했다. 사실 주자는 예전부터 조금씩 읽어오던 인물이어서 그다지 힘들지는 않았다. 일본 학자들이 쓴 주자 연구서들도 여러 권 읽었던 터여서 다산보다 오히려 주자가 더 익숙했다. 주자의 저작들 중에서 특히 재미있게 읽은 것은 『주자어류』이다. 주자가 제자들의 질문에 답하는 형식으로 씌어진 이 책에는 주자가 다룬 거의 모든 주제들이 망라되어 있다. 내용이 명료하고 흥미진진해서 주자의 다른 책들보다 재미있게 읽을 수 있다. 나는 지금도 틈틈이 이 책을 들여다본다. 동북아 사상사, 특히 성리학을 본격적으로 공부해보려는 사람들에게 가장 먼저 권하고 싶은 책이다.

다산은 『맹자요의』를 통해서 도덕적 주체를 다루고 있거니와 그가 맹자의 해독을 통해서 말하려 했던 것은 주자와 상반된다. 주자와 다산의 맹자 이해—사실 맹자는 두 가지 해석을 다 허용한다고 생각한다—는 칸트와 스피노자의 대립을 연상시키는 면이 있다. 칸트가 현실적인 좋음과 나쁨으로부터 아예 단절을 이루는 '도덕'을 세우려 했다면, 스피노자는 기독교적인 선악善惡을 넘어서 현실 내재적인 '윤리'를 세우려 했다. 이와 유사하게 다산은 주자의 본질주의 및 초월적 도덕주의를 비판하고 노력을 통해 얻을 수 있는 윤리를 세우려 했던 것이다. 자주 인용되는 다음 구절이 이를 잘 보여준다.

인의예지仁義禮智라는 말은 실천이 이루어진 이후에 성립한다. 따라서 사람을 사랑한 이후에 인이 성립하며, 사람을 사랑하기

전에는 인이 성립하지 않는다. …… 어찌 인의예지가 복숭아씨,
살구씨처럼 네 개의 씨로서 마음 한가운데에 들어 있겠는가?(『맹
자요의』)

주자에게 성性으로서의 인의예지는 일종의 본질/실체로서 마
음[心] 안에 들어 있다. 즉 도덕형이상학적 본체—이론적 본체
만이 아니라 실천적이기도 한 본체—가 현실적 마음 안에 들어
있는 것이다. 반면 다산에게 도덕적 주체성은 인간이 현실 속에
서 노력을 통해 도달할 수 있는 어떤 이념이다. 도덕적 주체가
된다는 것은 본래 깨끗했으나 때가 묻어 더러워진 거울을 잘 닦
아 그 맑음을 되찾는 것이 아니다. 원래는 더러운 어떤 것을 갈
고 닦아서 빛나는 존재로 만들어가는 노력인 것이다. 물론 여기
에는 리理를 중심으로 하는 주자의 본질주의 존재론과 경험주의
적 입장을 취하는 다산의 이론적 입장 차이가 깔려 있다.

다산이 세우고자 했던 도덕적 주체의 이념은 성리학의 본질주
의를 거부하고(이 작업이 충분히 수행되었는지에 대해서는 더 많은
논의가 필요하다고 본다) 현실적인 노력을 통해서 점차 자신을 완
성해가는 주체의 이념이다. 그러나 이 주체의 이념은 본격적으
로 시험에 부쳐지기도 전에 외부의 힘에 의해 차단되어버렸다.

이것은 혜강 최한기와 동학의 경우도 마찬가지라 해야 할 것
이다. 최한기가 『기학』이나 『신기통神氣通』 등에서 시도했던 독
창적인 사유들 역시 그 후계자도 찾지 못한 채 묻혀버렸다. 민중

의 뜨거운 염원을 담았던 동학도 외세의 총칼 아래 무참히 짓밟혔다. 영문도 모른 채 무조건 따라가던 근대성이 그 막다른 골목에 다다르고 새로운 길을 모색해야 하는 오늘날, 우리는 이러한 근대와는 다른 근대를 꿈꾸었으나 좌절되고 만 그 사유의 요람으로 다시 한 번 돌아가보아야 한다. 물론 중요한 것은 다산이나 혜강, 동학을 고전으로서 주석을 다는 데 있는 것이 아니다. 다산이나 혜강, 동학이 하려 했던 일을 우리 자신이 지금 이 시대에 하는 것이 중요하다.

욕망의 세계사

다산이 강진에 유배 갔던 때(1800년)로부터 두 세기가 지난 지금, 우리는 왜 이토록 강퍅한 세상에서 살게 되었을까. 왜 우리는 다산이 꿈꾸었던 '도덕적 주체'와는 그야말로 상반되는 존재, 그런 존재로 살아가고 있을까. 나는 이런 현대인의 모습을 '대중'이라는 개념으로 포착했다.

당시 나는 '대중'이라는 것에 대해 많이 생각했는데, 특히 대중의 인식론에 주력해서 『가로지르기』 4장(「담론의 시대와 언어의 수난」)과 『인간의 얼굴』 4장(「현대인의 얼굴:대중사회의 담론학」)에서 그 윤곽을 다루었다. 이 인식론은 말하자면 거꾸로 뒤집힌 의미에서의 인식론일 것이다. 어떤 인식이 진리인가를 다룬 것이 아니라 우리가 얼마나 반反진리의 세상 속에서 살고 있는가를 보여주려 했던 것이다. 이 '인식론' 부분을 다시 읽어보니 당대의 문화 현상들에 대해 내가 품었던 분노가 다시 느껴진다. 1980년대를 살아온 사람으로서 천민자본주의와 결탁한 대중자본주의와 대중의 인식론을 도저히 용납할 수 없었던 것이다. 그러나 이제 감정적 분노보다는 좀더 과학적인 분석이 필요하다고 생각한다.

다산에게서 '자생적 근대성'의 원래 모습을 찾았던 내가 이제 해야 할 작업은 도대체 왜 그런 자생적 근대성이 좌절되었고 오늘날 우리가 살고 있는 이런 천민자본주의 사회가 도래했는가를 해명하는 일이었다. 대중의 얼굴에 대한 현상학적 묘사로는 부족하고 그 이유를 추적해야 했던 것이다. 물론 우리는 그 이유를 잘 알고 있다. 구체적으로 내게 필요했던 것은 쇄국정책, 열강침입, 한일합방, 부패정권, 군정독재, 외세의존으로 이어지는 역사를 도래시킨 근원적 이유를 철학적으로 해명하는 일이었다. 이것은 곧 역사를 움직이는, 특히 이런 부정적인 방식으로 움직이는 근본 동인動因은 무엇인가를 해명하는 일이었다.

물론 이런 식의 해명이 안고 있는 위험은 이미 잘 알려져 있다. 19세기 식의 역사형이상학('거대 이론')을 다시 시도한다는 것은 부질없는 짓이라 해야 할 것이다. 일반론을 펼친다면 너무 뻔한 이야기를 늘어놓는 것이 될 것이고, 그렇다고 전통-근대-탈근대를 전반적으로 사유하려는 당시의 맥락에서는 푸코가 했던 것 같은 구체적인 작업을 따로 할 생각은 없었다. 또 그런 식의 작업 자체가 사실상 이미 암암리에 역사존재론·역사인식론을 깔고 있기 마련이다. 인간, 사건, 시간, 인과, 가치 등에 대한 분명한 인식 없이 일관된 역사 서술은 불가능한 것이다. 때문에 당시 나는 역사를 바라보는 어떤 전반적인 틀만을 서술하고 전통−근대−탈근대의 사유라는 목적에 맞는 정도로만 논의를 전개시키려 했다. 즉 다산의 (현실에서 벌어진 근대화와는 전혀 다른) 근대화 기획으로부터 오늘날의 강팍한 현실로 이행하게 된 과정을 지배한 어떤 근본적인 철학적 원리를 읽어내려 한 것이다. 그 결과 이끌어낸 것이 『인간의 얼굴』 5장에서 다룬 '욕망의 세계사'와 '대중자본주의'였다(그래서 이 장의 부제를 '대중자본주의란 무엇인가'로 붙였다).

이 논의에서 나는 인간의 핵심적인 성격을 욕구에서 찾았다. 그리고 역사 속에서 구체화된 욕구를 욕망으로, 욕망의 구체화된 형태들을 권력으로, 또 한 사회에서의 권력의 체계를 코드라 불렀다(마지막의 용어는 재고할 필요가 있을 것이다). 내가 (원칙적으로 일의적인 규정이 불가능한) 인간의 핵심 성격을 욕구/욕망으로 보기 시작한 것은 매우 오래되었다. 어쩌면 중학생 시절 문학작품들을 읽으면서부터였을 것이다. 대학에 다닐 때에는 분명하게 인간을 욕망의 관점에서 보게 되었다(아마 이것이 내가 1980년대의 '사회과학'에 뭔가 부족함을 느끼게 된 이유들 중 하나일 것이다).

인간을 욕망의 관점에서 보게 되면서 관심은 자연스럽게 자본주의와 연결되었다. 거기에서 나는 현대인의 얼굴, 바로 '대중'을 보게 되었고 결국 '대중자본주의'에 대해서 생각하게 되었다. 이것은 곧 사회·정치경제적 현상을 문화, 언어/기호, 대중매체 등을 매개로 해서 본다는 것을 뜻한다. 다시 말해 자본주의를 경제나 정치만의 문제가 아니라 문화—일반적으로 이 말에 부여하는 뉘앙스와는 반대의 뉘앙스에서—의 문제로 본다는 것을 함축하는 것이다.

이것은 또한 푸코의 가르침을 잇는 것이기도 하다. 푸코는 19세기의 지식−권력에 초점을 맞추었다. 정신병리학, 범죄학, 인구학, 위생학 등 '지식들'이 그의 주된 분석 대상이었다. 그러나 나는 오늘날 우리의 삶을 이해하기 위해서는 20세기의 지식−권력들 즉 TV, 신문, 영화, 잡지, 만화, 패션 등을 연구해야 하고 이런 매체들이 어떻게 자본주의와 결탁해 현대의 대중을 만들어내는가를 연구해야 한다고 생각한 것이다. 바로 이런 맥락에서 '상업자본주의', '산업자본주의', '금융자본주의'를 잇는 '대중자본주의'를 생각하게 되었다. 오늘날의 자본주의는 대중매체는 물론이고 과학과 예술조차도 자신을 위해 동원시키는 대중자본주의이다. 이렇게 욕망의 세계사를 개념화하고 그 끝에서 대중자본주의를 논하기 위해 상당히 많은 책들을 읽어야 했다.

먼저 읽기 시작한 것은 인류학, 신화학, 종교학 계통의 저작들이었다. 인간이 자연에서 벗어나 문화·역사의 영역으로 건너왔다고 할 때 그 경계선상에 존재하는 인간을 연구하는 것이 이런 담론들이기 때문이다. 이때 집중적으로 많이 읽었던 인물이 레비−스트로스였다. 레비−스트로스의 『구조주의 인류학』 『야생의 사고』 『슬픈 열대』 등은 특히 흥미롭게 읽었던 책들이다.

레비−스트로스의 '구조주의'는 우리에게 전혀 새로운 하나의 사유를 가르쳐주었다. 곰, 독수리, 거북이를 각각 토템으로 가지는 세 부족이 있었다. 그렇다면 이 토템들의 의미는 무엇인가? 어떤 사람들은 실재적인 것le réel에서 답을 찾았다. 예컨대 기능주의가 그런 경우이다. 토템들은 어떤 실질적 기능을 한다는 것이다. 어떤 사람들은 상상적인 것l' imaginaire에서 그 답을 찾았다. 예컨대 토템이 그 부족과 맺는 심리적 관계에 주목했다. 구조주의 사유란 실재적인 것이나 상상적인 것이 아니라 상징적인 것le symbolique에서 답을 찾는다. 즉 각 토템은 그 자체로서는 의미를 가지지 않는다. 예컨대 A, B, C 부족의 토템이 곰, 독수리, 거북이가 아니라 거북이, 독수리, 곰이어도 상관없고 또 다른 조합이어도 상관없다. 소쉬르의 언어학이 가르쳐주었듯이 각 부족과 토템의 관계는 '자의적인' 것이다. 중요한 것은 각 토템들 사이의 '변별적différentiel' 관계이다. 곰과 독수리의 차이, 독수리와 거북이의 차이, 거북이와 곰의 차이 즉 '차이들의 놀이'가 만들어내는 토템 '체계'가 중요한 것이다. 이것은 곰을 토템으로 하던 부족이 두 부족으로 갈렸을 때 더 잘 확인된다. 한 부족은 흑곰을, 다른 부족은 백곰을 토템으로 삼았으나 그것이 거꾸로 되어도 아무 상관없다. 변별적 체계가 중요한 것이다.

이런 식의 구조주의는 실재적인 것과 상상적인 것에 주목하던 기존의 사유와는 전혀 다른 사유이다('후기' 구조주의로 편의상 묶이는 사상가들은 '실재적인 것'을 재발견한다. 그러나 이렇게 재발견된 실재적인 것은 물론 구조주의 이전의 실재적인 것이 아니다). 그의 사유는 자연과학의 사유와 동질적이다.

맑스가 내게 가르쳐준 것은 물리학이 감각소여sense data에서 출발해 체계를 세운 것이 아닌 것처럼, 사회과학도 사건들을 기반으로 성립된 것이 아니라는 사실이었다. 사회과학의 목적은 하나의 모델을 설정하여 그것의 특성과 그것이 실험실에서의 테스트에 반응하는 갖가지 방식을 검토한 후, 이어서 그 관찰 결과를 경험적인 차원에서 일어나는 문제의 해석—예견했던 바와는 아주 거리가 먼 것이 나타날 수도 있지만—에 적용시키는 것이다. …… 그것은 바로 감성과 이성에 있어 전자의 특성 중 아무것도 상실함이 없이 후자에 통합시키려고 노리는 일종의 '초합리주의'인 것이다.(『슬픈 열대』)

레비-스트로스의 세계는 교환을 근간으로 해서 사회의 평형을 유지하는 사회이다. 이것은 내가 생각했던 세계사 즉 욕망(과 권력)의 세계사의 입장에서 볼 때 아직 욕망과 권력이 탄생하기 이전의 사회를 뜻한다. 내가 보기에 레비-스트로스의 관점은 그 가능성이 좀 의심스러웠고, 사람 사는 곳에 과연 욕망과 권력이 없을 수 있을까 하는 의구심이 들었다. 그런 맥락에서 다른 인류학 저작들도 많이 읽었는데, 그 중에서도 마셜 살린스와 삐에르 클라스트르의 저작들은 큰 도움이 되었다. 예컨대『국가에 대항하는 사회』에서 클라스트르는 다음과 같이 말한다.

게다가 이렇게 말하고자 하는 것이 아닌지 묻지 않을 수 없다. 즉 고대적 사회는 정치적인 사회가 아니기 때문에 진정한 사회가 아니라는 것이다. 요컨대 민족지 학자는 고대적 사회의 정치권력을 포착하려는 행동 자체가 그것을 소멸시키기 때문에, 이런 사회에서는 정치 권력을 생각할 수 없다는 식으로 정당화할 수도 있다. 그러나 민족학이 스스로 해결할 수 있는 문제만을 제기한다고 가정해볼 수도 있다. 그래서 어떤 조건에서 정치 권력을 사고할 수 있는지를 묻지 않을 수 없다. …… 정치 권력을 사고하는 데 필요한 조건은 금욕적이라고 할 정도로 고대적 세계가 이국적이라고 보는 견해를 버리는 것, 요컨대 고대적 사회에 대한 소위 과학적인 담론을 거시적으로 규정하는 견해를 폐기하는 것이다. …… 좀더 단순하게 말하자면 서구 문화가 원시인들이 어린애가 아니라 그들 각자가 성인이라는 것을 마침내 인정한 것처럼 원시 사회가 서구 사회와 동등한 사회로서 성숙하였다는 것을 인정한다면……

내게는 레비-스트로스의 투명한 '초합리주의' 보다 클라스트르의 이야기가 더 설득력 있게 다가왔다(이와 더불어 클라스트르의『폭력의 고고학』도 꼭 읽어보기 바란다. 클라스트르의 인류학은 과거에 대해서만이 아니라 미래에 대해서도 시사하는 바가 크다).

인류학 다음으로는 신화학과 종교학 관련 저작들을 읽었다. 신화와 종교란 기본적으로 거대 권력을 장악했던 귀족 계층이 자신들의 권력을 공고히 하기 위해 만들어낸 담론적 전략들이라 할 수 있다(한국에서는 이런 맥락이 완전히 탈각되고 신화가 일종의 판타지 소설로서 붐을 형성하고 있다. 다른 이야기 할 때는 멀뚱멀뚱하던 학생들이 신화 이야기만 나오면 눈이 빛난다. 과연 판타지의 세상인가 보다. 그런데 더욱 씁쓸한 것은 그리스 신화나 히브리 신화에는 그토록 익숙하면서 막상 우리가 살고 있는 이 땅의 동북아 신화를 이야기하면 또 멀뚱멀뚱해진다는 사실이다). 이 분야의 저작들을 읽으면서 여러 지역들(중국, 일본, 이집트, 그리스, 한국 등)의 신화·종교의 세계를 접할 수 있었는데, 신화·종교라는 것이 적어도 그 기본 성격은 대동소이하지 않을까 하는 결론을 얻었다.

다음으로는 역사의 범주에 속하는 저작들을 읽었는데, 물론 이 범주에 속하는 저작들은 거의 무한대라 해야 할 것이다. 나는 전문적인 역사가는 아니기에 어찌 보면 닥치는 대로 역사서를 읽는다. 집에도 양으로 보면 역사서가 가장 많다(너무 많아서 일일이 제시할 수 없을 정도로). 특히 즐겨 읽는 역사서들은 동북아 역사 관련 저작들이다. 한·중·일 삼국의 역사를 자주 읽는데, 최근에는 중앙아시아 관련 저서들도 틈틈이 읽고 있다. 개별적인 저작들보다 몇 종류의 총서를 언급한다면, 소명출판에서 간행하고 있는 한국·일본 저자들의 책들, 이산에서 간행하고 있는 중국사·일본사 관련 책들, 삼인에서 간행하고 있는 동북아 관련 책들, 책세상의 문고본들, 문학과지성사에서 간행하고 있는 동아시아 관련 책들 등이 떠오른다. 또 이와나미문고와 강담사문고는 아주 작아 주머니에 들어가기 때문에 늘 가지고 다니면서 짬짬이 읽는 맛이 있다.

그 다음 읽은 것은 현대 사회에 관련된 저작들로서 특히 자본주의에 관련되는 저작들이 주조를 이룬다. 앞에서 정치경제학을 이야기하면서 언급했던 맑시즘 계통의 저작들이 특히 많고, 그 외에 푸코와 그 주변 인물들의 저작들도 큰 비중을 차지했다. '욕망의 세계사'를 쓰면서 특히 많은 책들을 봤던 것 같다.

그러나 (『인간의 얼굴』의) 마지막 장에는 아쉬움이 많이 남는다. 2,3장에서 동북아 사상사 연구 방법론과 다산의 도덕적 주체론을 논하고 4,5장에서 강퍅한 현대인의 얼굴과 그 역사적 이유로서 욕망의 세계사를 다룬 대목까지는 지금 읽어도 그런대로 읽을 만하다는 느낌이 들지만, 6장에서는 맥이 빠져버리는 것 같다. 욕망의 세계사까지 이야기하고 1990년대 한국까지 논의를 이끌어왔으니 이제 당대의 한국 사상들을 검토하고 내 생각을 적극적으로 개진할 대목이었다. 그러나 이 중요한 대목이 오히려 빈약한 대목이 되고 말았다. 한국(넓게는 동북아) 현대 사상사를 굽어보는 안목도 부족했고, 당대 한국 사상의 흐름을 짚어낼 수 있는 눈도 없었다. 본격적으로 나 자신의 생각을 전개해야 할 대목에서 그저 김빠진 일반론을 제시하는 데 그치고 말았다. 앞으로 내가 할 모든 윤리적·정치적 작업들은 이 부분을 보완해 나가는 방식으로 진행될 것이다.

1990년대라는 시간의 지도리에 서서 전통과 근대 그리고 탈근대를 고민하면서 30대라는 나이를 보냈다. 그 성과들이 마음에 차지는 않지만, 30대로 다시 돌아가 그때의 고민들, 모색들, 좌절들, 또 때로의 환희들을 다시 반추해보니 흔히 말하듯이 '그때는 참 젊었구나!' 하는 생각이 든다. 다시 오지 않을 그 시간들.

존재론의 구상

『인간의 얼굴』을 쓰고 나자 이제는 다시 관심이 존재론 축으로 옮겨갔다. 소은 선생께 존재론을 배웠으나 막상 학위 논문은 푸코를 썼고 그후에도 몇 년간 문화·역사에 대해서 읽고 썼다. 그러나 『인간의 얼굴』로 전통—근대—탈근대 문제에 관한 내 사유가 일단 정리되자 이제 관심이 자연스레 다시 존재론으로 옮겨간 것이다. 1990년대 말에서 2000년대 초까지 나 나름대로의 존재론적 구도를 세우는 데 몰두했다. 그 결과 나온 것이 『시뮬라크르의 시대』『삶, 죽음, 운명』『접힘과 펼쳐짐』『주름, 갈래, 울림』이었다(『시뮬라크르의 시대』와 『삶, 죽음, 운명』은 후에 합본·개정되어 『사건의 철학』으로 재출간되었다).

이 강의록들에서 내가 추구한 것은 세 가지 사유계열이 종합된 존재론이었다. 그 하나는 라이프니츠—베르그송—들뢰즈로 이어지는 존재론 계열이고(물론 내게 이 모두는 소은 선생을 배경으로 이해된다), 또 하나는 현대 과학(특히 카오스 이론, 급변론, 프락탈 이론)이며, 마지막 하나는 전통사상(특히 역易, 기학, 그리고 불교)이었다. 지금 이 책들을 읽어보니 엉성하기 짝이 없는 부분들이 곳곳에서 눈에 띄지만, 그래도 서구 철학, 현대 과학, 전통 사상을 모두 종합해 어떤 거대한 그림을 그리려 했던 젊은 날의 용기와 모험이 생생하게 기억난다.

주름, 갈래, 울림 : 역易에서 라이프니츠로

라이프니츠에 대해서는 일찍부터 관심이 있었다. 스피노자와 라이프니츠 두 사람에게 늘 관심을 가졌던 것은 베르그송 때문이었다. 베르그송 자신이 어디선가 자신의 철학을 "거꾸로 뒤집힌 스피노자주의"라고 한 적이 있으며, 또 라이프니츠 또한 그의 저작들 곳곳에 스며들어 있다.

내게 두 사람은 대조적인 인물로 다가왔다. 스피노자의 텍스트는 중세 철학을 모르면 읽기 힘들 정도로 철저히 중세적 개념들로 차 있다. 스콜라 철학은 물론이고 때로는 유대 계통의 종교사상이나 이슬람 계통의 종교사상도 포함되어 있다. 그러나 스피노자는 그런 개념들 및 사유 문법들을 사용해 철저하게 중세를 종식시키고 있다. 이와 대조적으로 라이프니츠의 텍스트에는 근대적이고(아니, 어떤 면에서는 상당히 현대적이고) 참신한 생각들이 가득 차 있다. 그러나 아이러니하게도 라이프니츠가 그런 개념들 및 사유 문법들로 하려 한 작업은 철저한 중세적 사유, 이른바 '변신론辯神論'의 사유이다. 스피노자가 중세적 사유로 근대의 문을 활짝 열려 했다면, 라이프니츠는 근대적 나아가 현대적 사유로 중세를 굳게 지키려 했다는 점에서, 두 사람은 묘하게 엇갈린다. 물론 어차피 17세기라는 동시대에 활동한 사람들이기 때문에 같은 지평에서 비교해볼 만한 측면들도 적지 않은 것이 사실이다.

나로서는 철학적 입장이나 전체적인 사유 구도로 볼 때는 단연 스피노자의 입장에 서지만 부분부분 흥미롭게 활용할 수 있는 개념들, 사유 문법들은 라이프니츠에게서 더 많이 발견했던 것 같다. 말하자면 스피노자가 그 전체로서 받아들여지는 인물이라면(『에티카』는 언제나 내 옆에 있는 몇몇 텍스트들 중 하나이다), 라이프니츠는 그 전체는 받아들이긴 힘들지만 그것을 구성하고 있는 부품들은 매우 유용하게 재활용할 수 있는 그런 인물이라고 하겠다.

어쨌든 오랫동안 라이프니츠를 읽어왔고 수업 시간에도 몇 번 다루었는데, 그 중에서도 내게 가장 흥미진진했던 것은 그의 가능세계론可能世界論과 미세지각론微細知覺論이었다.

그런데 신의 관념들 안에는 가능한 무한한 세계들이 존재하며 그들 중 하나만이 실존할 수 있으므로, 신이 그 하나만을 특별히 선택해야 했던 충분한 이유가 존재함에 틀림없다.(『모나드론』
§53)

그래서 창조된 각 모나드가 우주 전체를 표상하긴 하지만, 각
각은 사실상 특히 자신에 관련해 변양되는 그리고 자신이 그것에
관련해 완성태로서 존재하는 신체를 보다 분명하게 표상한다.
그리고 이 물체가 플레눔 내의 모든 물질의 연결을 통해서 우주
전체를 표현하기 때문에, 영혼 또한 특수한 방식으로 그에 속해
있는 신체를 표상함으로써 우주 전체를 표상한다.(§62)

가능세계론은 내가 일생을 두고서 발전시켜 나가야겠다고 마
음먹었던 이론이고 그래서 많이 연구했던 이론이다. 야코 힌티
카 등의 연구 성과들이 큰 힘이 되었다. 내가 생각했던 것은 어
떻게 가능세계론을 내재화할 것인가, 즉 내재적 가능세계론을
구축할 수 있을 것인가 하는 것이었다. 다른 여러 작업들 때문에
아직 본격적으로 손대고 있지 못하지만 이 작업은 내게는 언젠
가는 반드시 착수해야 할 작업이다.
내가 라이프니츠에게서 읽어낸 것은 '접힘과 펼쳐짐', '주
름', '갈래', '울림' 같은 개념들이었는데, 사실 이런 개념들은
라이프니츠 이전에 『주역』이나 기학 관련 책들을 읽으면서 자주
생각했던 개념들이다. 주름은 음/양 속에 음양이, 그 음양 각각
속에 다시 음양음양이 계속 접히는, 또 반대 방향으로 보면 거꾸

로 펼쳐지기도 하는 그림을 보면서, 갈래는 역易의 핵심 개념들 중 하나인 '기機' 즉 지도리에 대해 생각하면서 마음에 떠올렸던 개념들이고, 울림은 기氣에 대해 생각하는 동안 늘 마음 한구석에 있었던 개념이다. 라이프니츠론을 펼치면서 처음 이 개념들을 제목으로 썼지만, 사실 '철학'이라는 담론을 알기도 전에 이 개념들은 내 마음속에 형성되어 있었던 것이다.

그러나 라이프니츠를 읽는 과정에서 놀랍게도 이런 개념들이 그의 사유에서 작동하고 있음을 깨달았고 그의 개념들이 내가 우리 고전에서 길어내었던 개념들과 하나하나 연결되기 시작했다. 고전을 읽으면서 다소 막연하게 생각했던 그런 생각들이 라이프니츠를 공부하면서 하나하나 구체화되었던 것이다. 그때의 지적 환희를 무엇으로 표현할 수 있을까.『접힘과 펼쳐짐』『주름, 갈래, 울림』은 이렇게 라이프니츠와 우리 고전이 만나는 교차로에서 쓸 수 있었던 저작들이다.

들뢰즈—서구 존재론의 용광로

또 한 사람 이 시기에 내 존재론 작업에 큰 힘을 보태준 인물은 들뢰즈이다. 들뢰즈의 세계는 거대한 용광로와도 같다. 서구의 대부분의 존재론들이, 그리고 때로는 소략하긴 하지만 동북아의 전통까지도 그의 사유에 녹아 들어가 웅장한 그림을 그리고 있다. 나는 들뢰즈를 읽으면서 소은에게서 배운 플라톤-베르그송, 그후 나 나름대로 읽었던 스피노자와 라이프니츠를 포괄적으로 사유할 수 있는 큰 힘을 얻었다. 플라톤-스피노자·라이프니츠-베르그송으로 이어지는 존재론의 끈이 들뢰즈로 이어지고 있었다. 내게 들뢰즈는 말하자면 '업그레이드' 된 베르그송으로서 다가왔다. 사실 들뢰즈를 만난 것은 1980년대 중반이었다. 베르그송을 공부하면서 그가 쓴 「베르그송에서의 차이의 개념화」라는 논문을 읽었던 것이다. 논문을 읽으면서 대단히 뛰어난, 흔히 하는 말로 '눈이 번쩍 뜨이는' 글이라고 느꼈다. 그러나 그때만 해도 내게 들뢰즈는 베르그송에 대해 좋은 논문을 쓴 사람 정도로만 기억되었다. 그에게 좀더 관심이 간 것은 1990년대 중반 정도였고 본격적으로 연구하기 시작한 것은 1990년대 말부터였다. 특히 『차이와 반복』『의미의 논리』 두 책을 집중적으로 읽었다(『의미의 논리』는 한길사의 요청으로 번역하기도 했다).

들뢰즈 이전에 1980년대부터 계속 관심을 가지고 읽었던 두 인물이 미셸 세르와 르네 톰이었다. 세르는 푸코, 라이프니츠, 자콥 등과 연계되어 내 사유 속으로 들어왔다. 푸코를 읽으면서 언표장, 담론장 등 '장場'의 사유를 터득하게 되었고 그 연장선상에서 세르를 읽었던 것 같다. 1990년대 초인가 후배들과 함께 세르의 대작 『라이프니츠와 그 수학적 체계들』을 강독하기도 했다. 이 책은 대단한 노작勞作으로, 라이프니츠 이해에도 큰 도움을 주었고 내게는 라이프니츠와 현대를 잇는 가교 역할을 해주었다. 자콥이 쓴 『생명의 논리』를 번역할 때도 세르의 이 책과 푸코의 『말과 사물』이 큰 도움을 주었다. 세르를 공부하면서 나는 '객관적 선험le transcendantal objectif'을 생각하게 되었는데, 이 개념은 그 앞으로는 푸코의 『지식의 고고학』과 그 뒤로는 들뢰즈의 『의미의 논리』와 연결되었다. 이렇게 내 안에서 푸코, 세르, 들뢰즈가 하나의 끈으로 연결되었으며 거기에 르네 톰에게서 배운 특이성singularité 개념이 추가되면서 비로소 어떤 그림이 그려졌는데, 이 모든 것이 결국 '사건'이라는 개념으로 집약되었다. '사건의 철학'은 이렇게 해서 탄생했다.

『차이와 반복』 『의미의 논리』 두 권의 책은 내게 참으로 많은 가르침을 주었다. 푸코도 "위대한 책들 중의 위대한 책들"이라는 표현을 썼지만, 철학의 역사에 솟아오른 드높은 준봉峻峰들 중에서도 가장 높은 봉우리들에 속하는 걸작들이라고 생각된다. 『차이와 반복』이 세계의 심층을 다룬다면, 『의미의 논리』는 표층을 다룬다. 즉 전자가 잠재성의 세계를 다룬다면, 후자는 현실성의 세계를 다룬다. 나에게 『차이와 반복』은 기氣의 사유로, 그리고 『의미의 논리』는 역易의 사유로 다가왔다. 세계의 잠재성은 기氣이고 기화氣化의 결과로서의 생성이 역易이기 때문이다(그래서 『사건의 철학』에서는 『의미의 논리』가 더 큰 도움이 되었다). 『차이와 반복』이 칸트가 물자체로서 남겨놓은 차원에 대한 심오한 가설을 제시하고 있다면, 『의미의 논리』는 현상계에 대한 참신한 사유를 새롭게 개념화하고 있다.

『차이와 반복』은 1장에서 '차이의 존재론사'를 펼친다. 존재론의 역사를 차이의 관점에서 해명하면서(이것은 베르그송의 '시간의 존재론사'라든가 하이데거의 '존재의 존재론사' 등을 연상시킨다) 동일성에 사로잡힌 차이가 아닌 '순수 차이'를 발견하며 그러한 발견의 토대로서 '존재의 일의성'을 확립한다. 알랭 바디우처럼 일의성을 일자성一者性과 혼동하면 곤란하다. 일의성은 반드시 순수 차이와 함께 이해되어야 하는 것이다. 2장은 들뢰즈의 인성론이라 할 만하다. 시간, 무의식, 습관, 기억, 신체 등 멘느 드 비랑 이래의 '반성철학'의 길을 잇고 있다. 3장은 들뢰즈의 인식론이다. 상—식sens commun과 양—식bon sens에 기반한 재현/표상의 사유 전통을 비판하고 독특한 인식론을 전개하고 있다. 내가 가장 감동 깊게 읽은 곳은 4장이다. 이 장이야말로 들뢰즈를 플라톤 이래 위대한 '메타—퓌지카'의 전통을 잇는 인물로 볼 수 있게 만드는 명장면이다. 20세기 후반에 기라성 같은 인물들이 명멸했지만 들뢰즈야말로 이들과 '격格이 다른' 사상가라고 말할 수 있게 해주는 대목이다. 여기에서 들뢰즈는 잠재성의 차원에 대한 포괄적인 존재론적 가설을 내놓음으로써 '메타—퓌지카'가 소멸하지 않았음을 웅변적으로 보여준다.

4장 중에서도 특히 2절이 중요하다. 여기에서 들뢰즈는 우선 잠재성의 차원을 '발생적 요소들'을 통해서 접근해 들어간다. 그러나 이 발생적 요소들은 '요소들'이라는 말이 풍기는 뉘앙스와는 달리 어떤 고정된 '자子'나 '소素'가 아니라 dx, dy 등으로 표현되는 변량變量들이다. 그것은 어떤 '것'이긴 하지만 공간적 방식으로 마름질된 무엇이 아니라 선線을 이루면서 계속 연속적 변이variation continue를 겪는 어떤 것이다. 이 '발생적' 요소들은 미규정의 존재들이지만 그것들 사이의 관계는 일정한 규정을 낳는다.

dx와 dy는 특수한 것에 있어서나 일반적인 것에 있어서나 전적으로 미분화未分化되어 있으나, 보편자 안에서 또 그것[보편자]에 의해 전적으로 미분화微分化되어 있다. dx와 dy의 관계는 분수 형식과 같은 관계가 아니며, …… 각 항은 절대로 다른 항과의 관계하에서만 존재한다. 독립변수를 가리키는 것은 필요하지도 않고 가능하지도 않다. 그래서 이제 바로 상호적 규정의 원리가 관계의 규정 가능성에 상응하게 된다. 이념이 효과적으로 종합적인 자신의 함수를 확립하고 또 전개하는 것은 바로 이런 상호적 종합 안에서이다.

구조주의와 비교할 경우 구조주의에서의 정적인 요소─위치들('~소'들)은 동적인 변량들(dx, dy 등)로 대체되며 그 결과 '변별화'는 '미분화微分化'로 대체된다(같은 'différentiation'이지만 의미가 크게 달라진다는 점에 주목). 그리고 구조주의의 정적인 '구조'는 들뢰즈에게는 미분량들의 상호 규정의 총체(미분방정식들의 총체)로 대체된다(이 대목은 내게 특히 흥미로웠다. 기氣를 사유하면서 늘 이런 생각을 해왔기 때문이다. 기氣는 '～자'와 같은 공간적으로 마름질된 입자들의 총체인가? 아니면 연속적인 어떤 장場인가? 이 이원론을 극복하는 한 방식으로서 계속 생각해온 바가 바로 들뢰즈가 잠재성을 규정하는 방식과 거의 일치한다는 사실을 알았을 때의 그 지적 환희!).

여기에 또 하나의 단계가 온다. 구조주의가 한 층위의, 말하자면 한 겹의 구조를 파악한다면, 들뢰즈에서의 미분량들의 상호 규정은 중층적이다(이 중층성은 수학적으로는 거듭제곱의 차수次數로서 나타난다). 들뢰즈에서의 'puissance'라는 말은 이렇게 '역능(=잠재력)'이기도 하고 또 수학적인 '차수'이기도 하다. 층위가 하나 내려간다는 것은 방정식들이 미분되어 차수가 하나 내려감을 뜻하고, 층위가 하나 올라간다는 것은 적분되어 차수가 하나 올라감을 뜻한다. 허파의 미분방정식은 무수한 허파 꽈리들의 방정식들이다. 즉 허파의 미분방정식은 허파꽈리들의 미분방정식의 해解이다(들뢰즈는 언급하고 있지 않지만 여기에서는 2부에서 슈뢰딩거를 이야기하면서 언급했던 '적분상수'가 핵심적인 역할을 한다). 이렇게 차수가 하나씩 올라가면서, 즉 적분되면서 잠재성의 차원이 점차 현실성의 차원으로 올라오는 운동을 들뢰즈는 'différen-ciation' 즉 '분화'라고 부른다('différentiation'과 혼동하지 말 것).

이 구도를 정교화하는 데 결정적으로 동원되는 두 개념이 특이성과 강도이다('강도'는 5장의 주제이며, 『천의 고원』을 비롯한 홋

날의 텍스트들을 이해하는 데 핵심적인 개념이다). 아울러 들뢰즈의 이런 구도가 이념Idee, 다양체多樣體, 문제(틀), 구조 등으로 이어지는 4장은 들뢰즈 사유 전체에서도 압권이다.

『의미의 논리』는 표면의 세계, 사건의 세계를 다룬다. 『차이와 반복』이 우리 식으로 말해 기氣를 다룬다면 『의미의 논리』는 기화氣化의 결과 세계의 표면에서 발생하는 사건들, 역易을 다룬다고 할 수 있다. 이 책은 『차이와 반복』의 자매편이지만 『차이와 반복』과는 또 다른 맛을 풍기는 걸작이다. 이 책은 세 부분으로 나뉜다. 1~17계열까지가 『차이와 반복』의 논제들을 다시 취해 그것을 표면의 논리학으로 전환시키고 있다면(이 대목이 들뢰즈 존재론 전체를 요약해주고 있다고 볼 수 있다. 『사건의 철학』에서도 이 구도를 활용했다), 18~26계열까지는 들뢰즈의 스토아주의가 펼쳐진다. 마지막으로 27~34계열에서는 '의미의 발생'이라는 난해한 문제를 정신분석학의 성과들을 활용해 풀어헤치고 있다. 특히 이 책 16계열의 다음 구절은 내가 오랫동안 사유해오던 라이프니츠, 세르와 역易이 들뢰즈와 교차하면서 사건의 철학의 구상을 구체화하는 데 결정적인 도움을 준 구절이다.

그래서 하나의 세계는 계열들이 수렴하는 한에서 구성된다(하나의 '다른' 세계는 만들어진 계열들이 발산하게 되는 그러한 점들의 이웃관계로부터 시작할 것이다). 하나의 세계는 이미 수렴에 의해 [논리적으로] 선별된 특이성들의 체계를 내포한다(enveloppe). 그리고 이 세계 내에서, 체계의 얼마간의 특이성들을 선별하고 내포하는, 이 특이성들을 그들 자신의 신체가 구현하는 특이성들과 조합하는, 또 그것들[특이성들]을 보통의 점들의 선분들 위에 펼치는, 나아가 그것들을 내부와 외부를 접촉하게 만드는 막들 위에서 다시 형성시킬 수 있는 개체들이 구성된다.(16계열)

잠재성의 차원이 현실성의 차원으로 분화되면서 '개체들'이 성립하게 되는 과정을 서술하고 있다. 그후 인칭, 사건, 의미 등의 형성이 치밀하게 논의된다. 이 16계열과 17계열은 『차이와 반복』 4장에 직접 맞닿는 핵심적인 부분이다.

내게 있어 들뢰즈는 그때까지의 모든 존재론들이 흘러들어가는 호수이자 이제 내가 거기에서 새롭게 출발해야 할 수원水源이기도 했다. 소은 선생께 배웠던 '플라톤에서 베르그송까지'가 이제 내게는 '플라톤에서 들뢰즈까지'가 된 것이다.

새로운 존재론을 구축하기 위해서 동원한 두 번째 기초는 현대 과학이었다. 그런데 이때 동원된 현대 과학은 양자역학과 열역학이 아니라 프락탈 이론, 카타스트로피 이론, 카오스 이론이었다. 양자역학과 열역학에서 많은 감동을 받았지만, 주름–갈래–울림을 축으로 했던 당시의 내 사유세계 속으로는 이 두 담론이 잘 들어오지 않았다. 오히려 더 후대에 등장한 프락탈, 카타스트로피, 카오스의 이론들이 당시의 내 존재론으로 자연스럽게 합류하게 되었다. 프락탈은 '주름'에, 카타스트로피는 '갈래'에, 그리고 카오스는 '카오스모스' 개념에 연결되었다.

주름, 눈으로 확인하다

프락탈 이론을 처음 접했을 때 무릎을 쳤다. 역易과 라이프니츠를 읽으면서 오랫동안 생각해왔던 '주름' 개념이 그야말로 시각적으로 내 눈앞에 나타났기 때문이다. 물론 프락탈의 주름이 구상적인 주름, 기하학적인 주름이라면, 역易과 라이프니츠의 주름은 훨씬 추상적인 주름, 존재론적인 주름이라는 점에서 즉물적으로 동일시할 수는 없다. 그러나 오랫동안 생각해왔던 한 개념이 구체적인 시각적 이미지로 내 눈 앞에 펼쳐졌을 때의 그 느낌이란! 차원은 물론 다르지만 화엄華嚴이나 블레이크 시詩의 한 시각화라 할 수도 있지 않겠는가.

一微塵中含十方
一切塵中亦如是
無量遠劫卽一念
一念卽是無量劫

하나 티끌 속에 온 세상이 있으니,

모든 티끌들이 다 온 세상이어라

끝없는 영겁이 곧 찰나의 마음이니,

찰나의 마음이 곧 영겁이어라(의상의 「법성게法性偈」)

To see a World in a grain of sand

And a Heaven in a wild flower,

Holy Infinity in the palm of your hand

And Eternity in an hour.(「순수의 전조Auguries of Innocence」)

한 알의 모래에서 세계를

한 송이 들꽃에서 천국을 보고

그대 손바닥에서 신성한 영원을

한 시간 속에서 영원을 보네

프락탈 이론은 이론으로서는 비교적 간단하지만 다양한 시각적 발견의 묘미가 있다. 만델브로가 쓴 『프락탈 대상들』에는 그가 발견한 프락탈 구조들이 다양하게 나타나 있다.

만델브로는 라이프니츠주의자였다. 그 자신 라이프니츠와의 친근성을 여러 차례 피력하고 있다. 라이프니츠의 주름 개념은 물론 다분히 사변적인 성격을 띤다. 만델브로가 발견한 기하학적 프락탈과 라이프니츠의 주름 개념을 간단히 연결시키는 것은 쉽지 않다. 그럼에도 프락탈은 종교적·시적 차원에서 상상되고 형이상학적 차원에서 개념화된 주름 개념을, 적어도 그 일단을 과학적·시각적으로 확인해 주었다는 점에서 우리 시대의 흥미진진한 지적 발견을 이뤘음에 틀림없다.

특이성 개념의 발견

프락탈 이론보다 더 복잡하고 철학적 함의가 많은 이론은 카타스트로피 이론 즉 급변론이다. 르네 톰에게 언제부터 관심을 가졌는지는 잘 생각나지 않는다. 아마 베르그송과 바슐라르를 중심으로 프랑스 메타과학에 속하는 사유들을 집중적으로 공부하던 시절(1980년대 말, 1990년대 초)에 그를 만났을 것이다.

시기는 잘 생각나지 않지만 르네 톰의『구조적 안정성과 형태변이』를 읽었을 때의 감동은 지금도 생생하다. 정말이지 독창적이기 이를 데 없는 사유들이 수학, 생물학, 철학을 가로지르면서 종횡으로 펼쳐져 있었다. '급변'론이라는 말이 시사하듯이 이 이론은 '특이성singularité'에 대한 이론이다. 공간적 꺾어짐이든 시간적 꺾어짐이든 이 개념은 (내가 잘 쓰는 말로) '지도리'의 이론이다. 나는 이 개념을 통해서 '갈래' 개념을 다듬을 수 있었다. 톰은 이 개념을 발전시켜 다양한 수학적 도구들(모델, 형식들/형상들, 구조적 안정성, 분기(=갈라치기), 보편적 전개 등)을 개발해냈고, 그것들을 여러 분야에, 특히 생물학— '형태발생morpho-

genesis'의 문제—에 활용해 흥미진진한 발상들을 제시했다(이
런 맥락에서 특히 흥미로운 또 하나의 저작은 앞에서도 언급했던 다키
톰슨의 『성장과 형태에 관하여』라는 책이다).

게다가 톰의 작업은 철학사적으로도 중대한 의미를 띤다. 그
것은 '형상철학의 부활'이라고 부름직하다. 톰 자신이 자신의
작업에 그런 의미를 부여하고 있으며(그의 저작들 중 한 권은 '로
고스의 변론'이라는 제목을 달고 있다), 톰 자신은 상세하게 논하고
있지는 않지만(톰을 전문적인 의미에서의 철학자라고 부르기에는 무
리가 따른다) 니체 이후의 반反플라톤주의에 대한 중대한 한 응답
인 것이다(이런 맥락에서 또 한 사람 빼놓을 수 없는 인물은 알랭 바디
우이다).

그렇다면 이러한 관점은 형상의 개념과 아키 톰슨에 있어서와
같은 성장의 개념을 다시 결합시켜주고 있는 것 같군요. 게다가
이러한 관점은 형상인形相因의 역할을 새롭게 받아들이고 있습니
다. 이는 어느 정도 아리스토텔레스에로의 회귀를 의미하는 것
이 아닙니까?

톰: 1978년에 열린 아리스토텔레스 콜로키움에서 나는 카타
스트로프 이론은 하나의 아리스토텔레스적인 개념 즉 질료형상
적 틀의 개념을 다시 등장시킨다는 생각을 피력한 바 있습니다.
이 개념에 따르면, 질료는 형상을 그리워합니다(aspire). 나는 이

개념 안에 하나의 핵심이 들어 있다고 생각합니다. 즉 형상인의 부활은 가능한 것입니다.(『카타스트로프의 과학과 철학』)

나는 르네 톰을 읽으면서 처음으로 유학을 갈까 생각했다. 사실 그 전에도 유학 이야기가 여러 번 나왔다. 아버지께서는 유학을 다녀와야지 교수가 된다고 유학 갈 것을 여러 번 종용하시기까지 했다. 그러나 나는 유학을 갈 생각이 없었다. 그 한 가지 이유는 유학을 다녀온 사람들이 보여주는 모습 때문이었다. 영국·미국, 독일, 프랑스, 중국 등을 다녀온 후, 그야말로 그 나라 사람이 되어 와서 자신이 유학 다녀온 곳을 '모국'으로 삼고 한국은 그 모국의 문화를 전파시켜야 할 식민지로 생각하는 사람들, 정말 꼴 보기 싫은 사람들을 너무 많이 봤기 때문이다. 더 보기 싫은 것은 '모국'에서 파견된 이 인간들이 이 땅에서 서로 자신의 모국을 걸고서 싸운다는 사실이다. 그래서 유럽 전도사들과 영미 전도사들이 싸우고, 프랑스 전도사들과 독일의 전도사들이 싸운다(독일 전도사들은 특히 유별난 것 같다). 중국을 '동양'의 대표로 보고 서구를 적대시하는 사람들도 여럿 봤다. 그런 인간들이 정말 싫었고 그래서 유학을 가지 않았다. 이 땅에서, 나 자신이 스스로, 나 자신의 사상을 세우고 싶었다. 영미든 유럽이든 중국이든 그 어디든 내 사유를 세우는 데 참고가 되면 되는 것이지 국적·지역이 무슨 상관인가.

또 하나 더 중요한 이유는 역사적 체험 때문이었다. 나는 역사의 지도리에 서서 늘 격동의 세월을 보내는 한국 사회에서 떠나고 싶지 않았다. 책이야 아무 때나 보면 그만이다. 그러나 역사적 체험은 아무 때나 하는 것이 아니다. 나는 정치가도 아니고 운동권도 아니다. 그러나 나는 내가 겪은 정치적·역사적 체험을 내 사유의 근원으로 삼고 싶었고, 내가 무엇을 어떻게 사유하든 그 근원을 영원히 잊지 않고 살겠다고 굳게 마음먹었다. 그리고 그때 내 가슴속에 타오른 불길은 지금까지도 꺼지지 않고 있다. 자살을 생각했을 정도로 고통스러웠던 신체적 괴로움도 막막하기 짝이 없었던 절박한 경제 사정도 사유를 향한 내 열정을 꺾지 못했던 것은 두 가지 에네르기 덕분이었다. 내가 겪었던 1980년대의 역사적 체험과 나로 하여금 사유할 수 있게 해준 소은 선생님의 존재론 강의라는 두 에네르기 말이다. 그 두 에네르기가 나로 하여금 절박하게 사유하게 만들어온 것이다.

그러나 단 한 번 유학에의 유혹을 받은 적이 있었고, 그것이 바로 톰의 책 『구조적 안정성과 형태발생』을 읽었을 때였다. 수학에서 시작해 생물학으로, 다시 철학 일반으로 가는 사유의 모험이 너무나 매혹적이어서 그때 나는 파리로 가서 이 르네 톰이라는 분께 내 인생을 맡겨야겠다는 생각을 했다. 그런데 그런 생각이 사그라든 것은 톰이 논의를 인간과 사회·역사로 가져가는 대목들을 유심히 본 뒤였다.

늘 느끼는 것이지만 자연과학적 관점을 인간과 문화에까지 확장시킬 때 늘 불만족스럽고 나아가 우스꽝스럽기까지 한 결과들이 나오곤 한다. 자연과학, 사회과학, 인문학을 가로지르면서 종합적 사유를 하는 것은 매혹적인 일이다. 문제는 자연과학에서 세운 어떤 관점이나 이론을 사회과학, 인문학을 가로지르는 과정 없이 곧바로 확장해서 인간과 문화를 이야기하는 경우이다. 그럴 경우 늘 조야한 결과로 이어진다. 그것은 문학적 자연관을 자연과학 공부를 거치지 않은 채 그대로 자연에 투사해서 얻게 되는 결론이 우스꽝스러운 것과 똑같이 우스꽝스럽다. 나는 자연과학의 성과를 가지고 사회과학, 인문학을 진정으로 경과하지 않고 그대로 인간과 문화로 확장한 사유들치고 유치하지 않은 사유를 보지 못했다. 최근의 예로는 리처드 도킨스 같은 사람을 들 수 있겠다. 물론 르네 톰은 이런 수준과는 다르지만, 그러나 역시 생물학까지는 몰라도 인문사회과학이나 철학으로 나아가는 과정에서 처음에 그에게 느꼈던 경탄이 사그라들어버렸다.

그러나 이것이 르네 톰의 급변론 자체에 대한 경탄을 무화시킨 것은 물론 아니다. 톰의 사유는 내 사유의 전개에 중요한 자양분이 되었다. 특이성 개념은 앞으로도 내 사유의 핵심 개념으로 남을 것이다.

다시 찾은 시간

마지막으로 주목한 현대 과학은 카오스 이론이었다. 카오스 이론은 과학과 관련해 내가 전부터 생각해오던 여러 가지 문제들을 다시 만나게 한 결정적인 담론이다. 예컨대 『혼돈으로부터의 질서』(프리고진과 스탕제르)에 앨빈 토플러가 붙인 서문의 다음 문단에서 우리는 이미 질서와 무질서, 특이성(이때는 주로 시간적 특이성), 분기(=갈라치기), 자발성 같은, 다른 담론들에서 만났던 개념들을 다시 만나게 된다.

프리고진의 언어에 의하면 모든 계들은 끊임없이 '요동'치고 있는 종속적인 계들을 포함하고 있다는 것이다. 때로는 단 한 번의 요동이나 복합적인 요동이 양陽—되먹임positive feedback의 결과로 너무 강해져서 기존의 조직을 파괴하기도 한다. 저자들이 '특이순간' 또는 '분기점'이라고 부르는 이 혁명적인 순간에는 변화가 어느 방향으로 일어날 것인가 하는 것을 미리 결정하는 것이 본질적으로 불가능하다. 즉 계가 '혼돈' 속으로 와해되어갈지 또는 그들이 '무산구조'라고 부르는 보다 섬세하고 고차원의 질서 내지는 조직화의 방향으로 도약할지 알 수 없다는 것이다. 이러한 물리적인 또는 화학적인 구조가 무산구조라고 불리는 이유는 이 구조를 유지하는 데 그 이전의 단순한 구조보다 더 많은 에너지가 필요하기 때문이다.

이러한 개념을 둘러싼 주요 논쟁은 질서와 조직화가 사실상 '자생적 조직화'의 과정을 통하여 무질서와 혼돈으로부터 '자발적으로' 발생할 수 있다는 프리고진의 주장 때문이다.

더구나 복잡계를 특징짓는 것들 중 하나가 프락탈 구조이기 때문에, 결국 카오스 이론에서 현대의 대다수의 사유 실험들이 혼효混淆하고 있는 것이다. 프락탈, 카타스트로피, 카오스를 다루는 현대 과학들이 이렇게 밀접한 관련성이 있다는 사실은 근대적 자연철학과는 다른 탈근대적 자연철학을 시도할 수 있다는 용기를 주기에 충분하다. 아직 이 현대 과학들이 자연철학의 수준에서 종합되어 철학사의 한 매듭을 형성할 단계에 이르지는 못한 것 같다. 그러나 이 책은 그러한 수준에 가장 가까이 다가간 저작들 중 하나일 것이다.

프리고진은 젊은 시절 과학이 시간을 다루는 방식에 충격을 받고 그 문제가 일생의 과제가 되었다는 것을 회상한 적이 있는데, 이것은 정확히 베르그송적인 문제의식이다. 프리고진·스탕제르가 베르그송을 그다지 정교하게 이해하고 있는 것처럼은 보이지 않지만, 다음 구절은 중요하다.

칸트주의 이후의 비판가들처럼 그는 당시의 과학을 과학 일반으로 규명하였다. 따라서 그는, 정당하게, 과학에 사실상의 한계들만을 부여하였다. 그 결과 그는 과학과 그 밖의 지적인 활동들의 각각의 영역을 위한 현상을 단적으로 정의하려고 하였다. 따라서 그에게 열려진 유일한 전망은 서로 반복하는 접근 방식들이 단지 공존할 뿐인 방법을 도입하는 것이었다.

결론적으로 비록 베르그송이 고전 과학의 업적을 요약한 방법이 아직도 어느 정도까지는 받아들여질 수 있는 것이라 하여도 우리는 더 이상 그것을 과학적 활동의 영원한 한계들이라는 말로서는 받아들일 수 없는 것이다. 그보다는 우리는 그것이 현재 과학이 겪고 있는 변형 상태에 입각해 수행되기 시작한 하나의 계획으로 보고 있다. 특히 우리는 운동과 연결된 시간이 물리학에서의 시간의 의미를 모두 밝힌 것은 아니라는 점을 알고 있다. 따라서 베르그송이 비판했던 한계점들은 과학적 접근 방식이나 추상적인 사고를 포기함으로써가 아니라 고전 동역학의 개념들이 가진 한계점들을 인식하고 보다 일반적인 상황들에 유효한 새로운 체계 확립을 발견함으로써 극복되기 시작하고 있다.

고전 역학의 시간에 대한 베르그송의 비판을 받아들이면서도 과학은 바로 그 시간을 넘어 다른 시간을 발견하고 있다는 것을 정확히 지적하고 있다. 그렇다면 고전 역학의 시간을 비판함으로써 베르그송 자신이 걸어간 '지속'에의 길과 그후 (베르그송이 지적한 한계를 넘어) 새롭게 전개된 과학들에서의 시간은 어떤 관련성을 가지는가? 프리고진과 스탕제르는 베르그송의 '직관'을 간단히 거부하고 있지만 이는 짧은 생각이다. 이 점에서 들뢰즈의 『베르그송주의』가 밝힌 직관 개념을 숙독할 필요가 있다. 베르그송의 근대 시간론 비판을 받아들이면서도 과학적 합리성의 방식으로 그것을 넘어서려 하는 시도들의 역사와 베르그송 자신이 걸어간 길을 정교하게 비교하는 작업이 남아 있다 하겠다. 요컨대 과학과 형이상학은 (베르그송의 생각처럼) 두 길인가, 아니면 (두 담론이 앞서거니 뒤서거니 걸어가는) 한 길인가의 문제.

이 책에서 핵심적인 또 하나의 대목은 엔트로피 법칙의 보편성에 의문을 표하면서 열역학 제2법칙을 새롭게 해석하는 대목이다(이것은 '자생적 조직화'라는 핵심 개념을 포함한다). 이 대목은 물리법칙의 '보편성'을 비판하는 대목과 더불어 젊은 시절 일종의 열병처럼 겪었던 '우주론적 고뇌'에 관련해서도 새로운 빛을 던져주고 있다. 자생적 조직화는 엔트로피 법칙을 우주에 (시간적으로나 공간적으로나) 등질적等質的으로 투영하는 생각에 제동을 걸고 있다. 이런 모든 점들에 있어 프리고진과 스탕제르의 저작은 내게는 각별한 의미를 가진다. 카오스 이론에 대해서는 앞으로도 논의해야 할 많은 문제들이 도사리고 있다.

존재론의 구축을 위해 내가 동원한 세 번째 자료군은 고전들이었다. 『접힘과 펼쳐짐』에서는 역易이, 『사건의 철학』에서는 선불교가 핵심적인 역할을 했고, 본격적으로 다루지는 못했지만 기氣 개념은 내 모든 사유에 언제나 함께하는 개념이었다.

역易의 세계—사건, 의미, 행위

역易은 내게는 각별한 의미가 있는 사유일지도 모르겠다. 태어나서 처음 주목했던 언어/그림이 다름 아닌 태극도였으니 말이다. 그후에도 아버님의 서재에서 역의 괘상卦象들이 신기해서 틈틈이 여기저기 펼쳐보곤 했는데, 사실 그 과정에서 내가 지금까지도 전개하고 있는 존재론적 사유의 갈피들이 대체적으로 형성되었던 것 같다. 그후 본격적으로는 접힘과 펼쳐짐의 존재론을 구상하면서 역易을 내 사유 안으로 편입시킬 수 있었다.

그런데 후에 역易에 대한 내 생각은 중대한 변환을 겪었다. 나는 늘 역易을 자연철학으로, '우주론'으로 생각했고 거기에 뭔가 엄청난 과학적 진리가 숨어 있다고 생각해왔다. 그러나 정작 역易에 대해서 본격적인 연구를 시작하고 이 담론의 의미를 나름대로 확정하려 시도했을 때, 이런 생각에 근본적으로 문제가 있음을 알게 되었다. 역易은 철저하게 현상적 차원에서 이해할 때 유효한 담론일 수 있다는 결론에 이른 것이다('현상現象'이라는 번역어 자체가 역易의 사유를 함축하고 있다). 이것은 역易을 사건의 철학으로서 받아들여야 한다는 것을 의미한다. 우리 삶의 '표면' 위로 솟아오른 사건들, 그리고 그 사건들의 의미에 대한 해석(계열화 및 가치론적 음미[길흉의 파악])의 맥락에서 읽어야 하는 것이다. 괘卦란 사건들이 음양의 양상을 띠면서 계열화되는 패턴들을 모아놓은 것이고, 그것은 우리의 삶에서 벌어지는 전형적인 사건 계열화들을 모아놓은 것이다. 왕필은 괘의 의미를 정확하게 지적한다.

무릇 괘란 때[時]를 이름이요, 효란 적시適時에 변하는 것을 이름이다.

夫卦者 時也, 爻者 適時之變者也.(「명괘적변통효明卦適變通爻」)

역易에서의 변화는 일반적인 의미에서의 생성이 아니라 변환 變換에 더 가깝다. 여기에서는 꺾어짐의 이미지, 지도리의 이미지가 작동하고 있는 것이다. 이 점에서 역易에서의 생성은 사건의 성격을 띤다. 왕필이 말하는 '적시適時'란 이 사건으로서의 지도리들을 가리킨다('適'에는 정치적 함의도 들어 있다). 그리고 효의 계열화는 곧 이 사건들의 계열화를 뜻하며, 그 계열화를 통해서 일정한 의미가 성립한다. 따라서 괘의 '시時'는 보다 포괄적인 때, 즉 사건들이 밀접한 연관을 맺으면서 구성하는 시절時節을 뜻한다. 각각의 시절에는 험이險易가 있고 길흉이 있다. 따라서 괘의 의미에는 가치론적 맥락이 깊숙이 개입되어 있다 하겠다. 역易은 이렇게 우리 인생에서 일어날 수 있는 사건 계열들의 일정한 패턴들을 보여준다. 따라서 그것은 우리가 일정한 상황에서 자신의 행위에 대해 숙고해볼 수 있는 도식을 제공해준다. 그러나 그 도식을 일종의 '법칙'으로서 받아들인다거나, 더나아가 그 사이비 법칙에 근거해 '예측'까지 하려고 할 때, 역易

은 실제 이상의 거창한 의미를 부여받고 사술邪術로 전락하게 되는 것이다. 역易에 대한 이런 거창한 환상을 버리고 그것을 철저하게 터득하고 또 어떤 면에서는 버림으로써만, 그것을 일정 정도 의미 있는 담론으로서 재구성할 수 있다.

따라서 역易이 우리 역사에서 행한 부정적 역할에도 주목할 필요가 있다. 오늘날 우리 사회를 온통 덮고 있는 점복占卜 문화를 비롯해서 역易이 사회정치적·문화적으로 행한 부정적 역할 또한 많다고 본다. 역易을 무조건 대단한 것으로 받아들이고 이런 부정적인 측면에 눈을 감으면 곤란하다. 존재론의 구상에서는 역易을 긍정적으로 해명하는 데 노력했지만, 전통 사회의 계보학적 연구의 맥락에서는 이런 부정적 맥락도 파헤쳐야 할 것이다.

전통적 사유에서 사물의 심층을 논하는 담론은 기학氣學이다. 역易은 기의 변화 즉 기화氣化의 결과가 우리 삶의 현실 속으로 드러난/나타난 결과인 것이다(물론 『주역』에 이 심층적 차원에 대한 일정 정도의 시사가 들어 있는 것도 사실이다). 그래서 기氣와 역易은 하나의 사유체계를 형성한다고 하겠다(물론 이 모두를 꿰는 근본 개념은 도道이다).

당신의 사건을 살아라

역易과 더불어 사건의 철학을 위해 끌어들인 또 하나의 담론은 선불교이다. 불교 서적들은 예전부터 읽어왔지만 선불교를 내 논의에 도입한 것은 그것을 들뢰즈의 스토아주의와 비교하기 위해서였다. 이 내용은 『사건의 철학』의 2부에서 다루었다.

스토아주의와 선불교는 중요한 공통점을 갖는다. 고통 속의 초연함이랄까, 폭풍과도 같은 삶 속에서의 고요함 같은 것. 어떤 사람들은 스토아철학을 피상적으로 이해해서 현실도피적이고 금욕주의적인 사상으로 이해한다. 그러나 스토아철학은 삶 속에서, 현실 속에서의 초연함을 추구하는 것이지 삶, 현실 바깥으로 나가는 것이 아니다. 선불교 역시 마찬가지이다. 스토아철학과 선불교를 수놓은 기라성 같은 인물들은 대부분 삶의 격랑을 겪고 무수한 고뇌를 돌파한 사람들이다. 그런 과정에서도 그들은 꿋꿋함과 초연함, 그리고 자신이 가야 할 길을 잊지 않았다. 금욕도 마찬가지이다. 어떤 사람들은 '금욕주의'라는 말에 경멸의 뉘앙스를 넣어서 말하지만, 금욕이란 아무나 할 수 있는 것이 아니다! 자신의 욕망을 절제한다는 것은 정말 높은 수준에 올라간 인간에게서만 가능한 것이다. 자신을 갈고 닦아서 유치하고 저열한 욕망에 휘둘리지 않는 맑은 인간, 삶의 위기와 고통, 억압, 심지어 죽음이 다가와도 초연하게 그런 사건들을 받아들일 수 있는 용기 있는 인간, 그런 인간이 스토아적 인간이고 선불교적 인간인 것이다. 이 시절 나 자신이 쉽게 극복하기 힘든 삶의 덫 속에 빠져 있었는데, 나는 스토아철학과 선불교를 통해 그 덫으로부터 빠져나올 수 있었다.

스토아철학의 사상을 잘 보여주는 문헌으로 우리말로 번역된 것들 중 하나는 에픽테토스의 『엥케이리디온』이다. 간단하지만 스토아적 삶의 철학을 잘 보여주는 구절들이 많다.

항해 중에서처럼 배를 정박시켰을 때, 만일 네가 물을 구하기 위해서 해안으로 간다면 네가 가는 그 길에서 부수적으로 조개나 알줄기[球莖]를 주울 수도 있을 것이다. 그러나 너는 배에 주목해야만 할 것이고 또 지속적으로 선장[자연의 섭리]이 부르지는 않는지 뒤돌아봐야만 한다. 만일 그가 부른다면 양들처럼 매여 있는 배에서 내팽개쳐지지 않도록 이런 모든 것을 포기해야만 한다.

삶도 역시 이와 마찬가지이다. 만일 작은 알줄기와 작은 조개 대신에 너에게 마누라와 아이가 주어졌다고 해도 아무런 장애가 되지 않은 것이다. 그저 선장이 부른다면 이 모든 것들을 포기하고 뒤돌아보지도 말고 배를 향해 달려가야만 한다. 만일 네가 늙었다면 그때에는 그가 부를 때 놓치지 않도록 배로부터 지나치게 멀리 떠나갈 수조차 없을 것이다.

[세상에서] 일어나는 일들(ta ginomena)이 네가 바라는 대로 일어나기를 추구하지[요구하지] 말고, 오히려 일어나는 일들이 실제

로 일어나는 대로 일어나기를 바라라. 그러면 모든 것이 잘되어
갈 것이다.

스토아철학이 좀더 논리적이고 이론적으로 제시되어 있는 문
헌들로는 키케로의 책들이 있다. 최근에 들어와 키케로의 책들
이 다수 번역되었는데, 이 책들이 스토아철학을 체계적으로 이
해하는 데 도움을 준다. 의무, 선악, 노년, 우정, 화술 등 키케로
는 우리가 삶에서 반드시 부딪히게 되는 갖가지 일들을 스토아
적 입장에서 체계적으로 서술하고 있다. 크뤼시포스 등 보다 전
문적인 스토아철학자들의 문헌들은 아직 번역되지 않았다.

불교는 어릴 때부터 꾸준히 읽어온 분야이지만 사실 그것을
철학의 맥락에서 내 사유 속으로 끌어들이겠다는 생각은 전혀
없었다. 다른 동북아 고전들과 마찬가지로 생활 속에서 늘 틈틈
이 읽으면서 음미하곤 했던, 말하자면 준*종교적인 분야였기
때문이다. 그러나 들뢰즈가 『의미의 논리』에서 스토아주의를
펼치는 가운데 잠깐 선불교를 언급한 것에서 암시를 받아, 지금
까지 공부해온 불교를 '사건의 철학'의 맥락에 도입해봐야겠다
는 생각을 하게 되었다.

사실 특별히 불교를 연구한다거나 한 것도 아니고 또 체계적
으로 독서를 한 것도 아니었다. 그저 자연스럽게 늘 생활 속의
한부분으로서 한문 서적들을 읽어왔기 때문이다. 그러나 막상
본격적으로 논의하고자 하니 보다 분명한 텍스트를 확보해야

했는데, 물론 선불교의 핵심 고전은 『벽암록碧巖錄』이다(한형조 교수가 번역한 『무문관無門關』도 참조하는 것이 좋다). 그래서 여러 문헌들을 뒤진 결과 이리야 요시타카 등이 역주를 달고 이와나미 문고에서 출간한 『벽암록』을 보게 되었다. 한문을 번역한 일본어는 웬만한 일본어 실력으로는 읽기 어려워 이 책을 읽느라 상당히 고생했던 기억이 난다. 한글 번역본도 여러 종이 있는데, 안동림 역주 『벽암록』을 좀더 일찍 알았으면 좋았을 뻔했다. 그리고 임제臨濟에 관해서는 『임제록』을 보는 것이 좋다. 도올 김용옥의 『혜능과 셰익스피어』도 재미있게 읽을 수 있는 책이다.

들어보자. 근래에 마 대사께서 편치 않으셨다. 원주 스님 여쭙기를 "스님, 요즈음 존후가 어떠십니까?" 마 대사 답하기를 "一面佛 月面佛."

舉. 馬大師不安. 院主問, "和尙, 近日存候如何?" 大師云, "一面佛, 月面佛."

제삼칙第三則 「마대사불안馬大師不安」 부분[本則]이다. 매우 짧은 이 글은 선불교의 분위기를 잘 보여주는 대목들 중 하나로서, 『사건의 철학』에서는 시간론을 이야기하면서 다루었다.

사실 선승들의 일화를 담은 이야기들[전등록傳燈錄]은 재현/표상 불가능한 사건들이다. 그 사건들을 이러쿵저러쿵 논하는 것은 어쩌면 적절하지 않은 것일 수도 있다. 그 사건들은 오로지 바로 그 시간 그 사람들 사이에서만 성립하는, 오직 그 유일 현존의 맥락에서만 성립하는 그런 이야기이기 때문이다(우리는 이를 사건 '을 살라'는 스토아철학에 이을 수 있다). 그러나 그런 이야기들을 논리적으로 해명하는 것 또한 흥미진진한 작업이다. 비논리적인 것은, 그것이 의미 없는 장난 같은 것일 경우가 아니라면, 결국 그만큼 더 논리적인 것이다. 즉 논리적인 것이 무수히 중첩되어 있을 때 외견상의 비논리가 성립하기 때문이다. 비논리는 논리의 무가 아니라 중첩된 논리이다. 그 중첩된 논리들을 풀어내는 것 또한 깨달음으로 가는 길에 거쳐가야 할 대목들인 것이다. 이 점에서 화두·공안을 붙들고서 사유하는 순간들은 삶·죽음·운명을 사유하는 진정 형이상학적인 순간들이다.

1990년대 말에서 2000년대 초에 걸쳐 라이프니츠에서 들뢰즈까지의 존재론사, 프락탈 이론을 비롯한 현대 과학들, 그리고 역易, 선불교 등 동북아 고전이라는 세 갈래의 사유를 통합해서 나 나름대로의 존재론을 구축하려 씨름하면서 통과했던 여러 순간들—시간의 지도리들—이 생각난다. 글을 쓰면서 『접힘과 펼쳐짐』 『주름, 갈래, 울림』 『사건의 철학』을 다시 한 번 통독했는데, 허술한 대목들이 적지 않아 그다지 만족스럽지는 않다. 그러나 정말 많은 이야기들을 복잡하게 펼쳐놓긴 했구나 하는 생각은 든다. 이제 이 이야기들을 하나하나씩 다듬어서 보다 정치한 이야기들로 다듬어내야 할 것이다.

끝없이 이어지는 길

문학책들을 읽으면서 인간과 인생을 깊숙이 반추하는 것을 배울 수 있었다. 그후 과학책들을 읽으면서 물질, 생명, 문화를 합리적으로 분석하는 방법을 배울 수 있었다. 그리고 그후 철학 책들을 읽으면서 다양한 지식들을 창조적으로 종합하는 사유 능력을 배웠다. 그 많은 책들이 내 마음에 심어준 사유들이 없었 다면 삶이란 얼마나 공허한 것이었을까. 내 사유를 이끌어준 그 많은 저자들에게 깊은 고마움을 느낀다.

독서는 자유롭게 해야 한다. 그러나 이제 와서는 그것이 쉽지 가 않다. 과거에는 자유로운 독서 시간을 많이 가졌지만, 지금은 글 써야 할 것이 많이 있기 때문에 대부분 저작을 하기 위해서 독 서하는 것 같다.

지금 구체적으로 쓰고 있는 책들은 네 권으로서『신족과 거인 족의 투쟁 : 이데아와 시뮬라크르』『소은 박홍규와 서구 존재론

사』『천하나의 고원: 소수자 윤리학을 위하여』『소수자 정치학:
노마디즘과 꼬뮤니즘』이다. 그런데 앞의 두 권이 쌍둥이와도 같
이 묶이고 뒤의 두 권이 역시 쌍둥이처럼 하나로 묶인다. 그래서
주제별로는 크게 두 가지 문제를 다루고 있다 하겠다.

『신족과 거인족의 투쟁』과『소은 박홍규와 서구 존재론사』를
위해서 읽고 있는 책들은 대략 세 부류이다.

첫 번째 텍스트들은 소은 박홍규 선생의 저작들이다. 늘 이 책
들을 반복적으로 읽으면서 사유를 가다듬는다. 소은 전집은 현
재 4권까지 나와 있고 5권이 나오면 완간이다. 존재론에 관심이
있는 사람이라면 반드시 소은의 저작들을 숙독해야 할 것이다.

두 번째 부류는 플라톤의 후기 대화편들과 관련 저작들이다.
『신족과 거인족의 투쟁』에서는 플라톤주의와 반反플라톤주의의
투쟁을 그릴 셈인데, 플라톤의 경우에는 주로 후기 대화편들(특히
『소피스테스』)이 대상이다. 주로 그리스어–프랑스어 대역본
('Belles Lettres' 판)을 본다. 한글본으로는 서광사에서 나오고 있는
전집이 가장 믿을 만하다. 『티마이오스』와『필레보스』가 나와 있
거니와, 특히『파이드로스』『테아이테토스』『파르메니데스』등이
빨리 나와야 할 것이다. 관련 저작들로는 우선 하이데거가『소피
스테스』편을 해설한『플라톤: 소피스테스(Platon: Sophistes)』(전
집 19권)가 있다. 『소피스테스』편을 꼼꼼히 해설한 책으로서 이 대
화편을 이해하는 데 큰 도움을 주었다. 그 외에도 장–프랑수아 마

테이가 쓴 『이방인과 시뮬라크르(L' Etranger et le Simulacre)』를 비롯해 지금의 관심사와 밀접한 관련을 가진 여러 책들을 읽고 있다.

세 번째 부류로 플라톤과 대결시키고 있는 철학자들은 니체, 베르그송, 하이데거, 들뢰즈, 데리다이다(여기에 화이트헤드, 가다머, 보드야르가 약간 들어간다).

니체의 경우 새로 편집된 판본을 토대로 이번에 책세상에서 한글본 전집을 간행했다. 니체 부분을 쓰면서 몇 대목을 원문과 대조해보았는데, 아쉽게도 그다지 완성도가 높은 전집은 아닌 것 같다. 정확한 판본을 취하려 했고 외형도 화려하지만 내용상 만족스러운 전집은 아니다. 앞으로 더 다듬어야 할 것이다. 니체를 이해하는 데 하이데거의 『니체(Nietzsche)』(1,2권)와 들뢰즈의 『니체와 철학』이 중요하다. 하이데거의 책은 그 일부가 『니체와 니힐리즘』이라는 제목으로 번역되어 나왔다. 하이데거가 니체를 근대 최후의 철학자로서, 마지막 형이상학자로서 그리고 있는 데 비해(물론 최초의 탈근대적 철학자는 하이데거 자신이라는 이야기가 된다), 들뢰즈는 니체를 현대 철학의 첫머리에 놓고 있다. 두 입장을 대조해 읽는 것도 흥미로운 일이다.

베르그송의 저작들은 산만하게 번역되어 나왔었으나, 얼마 전 전문가들에 의해 『시론』『물질과 기억』『창조적 진화』가 새로 번역되어 나왔다. 다른 저작들도 번역되어 베르그송 전집이 나오기를 희망한다. 베르그송 이해를 위해서는 들뢰즈의 『베르그송주의』와 『시네마』(1,2권)를 보는 것이 좋다. 최근에 미국에서

『새로운 베르그송(The New Bergson)』을 비롯해 몇 권의 참신한 저작들이 나왔고, 프랑스에서는 보름스가 꾸준히 베르그송을 연구하고 있다. 하이데거의 경우 플라톤과 밀접한 저작으로서, 앞에서 말한 『플라톤: 소피스테스』 외에 『진리의 본질에 관하여』가 번역되어 있다. 물론 『존재와 시간』이 기본이다. 하이데거의 책들은 상당수가 우리말로 번역되어 있어 접근하기가 용이하다.

들뢰즈의 저작들 역시 거의 대부분 번역되어 나왔다. 들뢰즈 번역에서 나타나는 공통의 문제점은 많은 번역자들이 들뢰즈의 언어를 문학적으로 접근한다는 사실이다. 들뢰즈에게 문학이 중요한 것과 들뢰즈의 언어를 문학적으로 접근하는 것을 구분하지 못하는 것은 심각한 문제이다. 들뢰즈 이해를 위해서는 마누엘 데란다의 『강도의 과학과 잠재성의 철학(Intensive Science & Virtual Philosophy)』이 핵심적이다. 피어슨의 『싹트는 생명』 또한 반드시 읽어야 할 연구서이다. 피어슨이 니체와 베르그송에 대해 쓴 『바이로이드 생명(Viroid Life)』과 『철학과 잠재적인 것의 모험(Philosophy and the Adventure of the Virtual)』도 함께 읽으면 좋다. 그 외에도 에릭 알리에즈, 브라이언 마쑤미를 비롯해 좋은 연구자들이 많고, 충분히 검토해보지는 못했지만 일본에서도 많은 연구서들이 나오고 있다.

데리다의 경우 그의 해체주의 · 탈구축에 관련된 저작들이 충분히 번역되지 않은 상황에서 후기 저작들이 나오고 있는 것 같다. 『산종(La Dissémination)』을 비롯해서 그의 중요한 글들이 들어 있는 초기의 저작들이 번역되어 나와야 그에 대한 보다 본격적인 연구가 가능할 것이다. 근래에 번역되어 나온 후기 저작들로는『맑스의 유령들』『환대에 대하여』『법의 힘』『불량배들』『테러 시대의 철학』등이 있다. 데리다의 말년의 저작들은 다소 산만한 느낌이 들지만 그것은 아마 내가 아직 그 전모를 굽어보지 못하고 있기 때문일 것이다.

『천하나의 고원』『소수자 정치학』을 위해서 읽고 있는 책들은 크게 네 부류로 나뉜다.

첫 번째 부류는『천의 고원』의 이해를 위해서 읽는 책들이다. 한글 번역본(『천 개의 고원』)은 전혀 믿을 만하지 못한 번역본으로, 완전히 다시 번역해야 한다. (학위라는 외형 자체가 중요한 것은 아니지만) 아직 기본 공부도 끝나지 않은 대학원생이 출판사의 상술과 엮여 이런 엄청난 대작을 번역하는 우리 학계의 풍토는 하루빨리 사라져야 할 것이다. 이 책의 자매편인『안티오이디푸스』역시 완전히 다시 번역되어야 한다.『천의 고원』을 읽는데 도움을 주는 책들로는 이진경의『노마디즘』, 패튼의『들뢰즈와 정치』, 쏘번의『들뢰즈 맑스주의』등이 있다.

두 번째 저작군은 생명과학 저작들이다. 들뢰즈/가타리에게 소수자 윤리학은 '되기'의 철학이라는 보다 일반적인 논의의 한 부분으로서 존재한다. 그것만을 따로 떼어서 논하는 것은 들뢰즈/가타리의 사유에 충실한 것이 아니다. 그런데 되기 개념은

생명과학을 그 필수 요소로 포함한다. 원래 생명과학이 내 사유의 핵심 요소들 중 하나이거니와 '되기'를 정확히 이해하기 위해서도 꼭 필요하다. 대부분 일본 책이거니와 이케다 기요히코의 『생명의 형식(生命の形式)』『구조주의 생물학이란 무엇인가(構造主義生物學とは何か)』, 다다 토미오의 『생명의 의미론(生命の意味論)』『면역의 의미론(免疫の意味論)』, 히다카 도시타카의 『동물과 인간의 세계 인식(動物と人間の世界認識)』, 나카무라 게이코의 『자기창출하는 생명(自己創出する生命)』, 군지페기오-유키오의 『생성하는 생명(生成する生命)』, 우치이 소우시치의 『진화론과 윤리(進化論と倫理)』 등이 바로 눈에 띈다.

세 번째 저작군은 네그리와 하트의 『제국』과 『다중(Multitude)』이다. 『제국』 역시 번역이 만족스럽지가 않은데 예컨대 'power' 같은 개념이 처음부터 마지막까지 독자들을 혼란스럽게 한다. 함께 읽으면 좋은 책들로는 조정환의 『지구제국』『제국기계비판』, 데이비드 헬드의 『전지구적 변환』, 볼로냐(외)의 『이탈리아 자율주의 정치철학』, 들뢰즈(외)의 『비물질 노동과 다중』, 빠올로 비르노의 『다중』이 있다. 그 외에도 최근에 미국과 일본에서 나온 연구서들, 잡지들이 상당수 있고 국내에서도 관련 글들이 많이 나오고 있다.

네 번째 저작군은 매우 다질적이고 방대하다. 정치철학 일반, 사회과학 일반, 그리고 집에서 읽고 있는 동북아 관련 저작들, 거기에 신문, 잡지까지 포함된다. 존재론과는 달리 실천철학은 현실감이 중요하기 때문에 이론적인 저작들만이 아니라 우리

삶을 수놓고 있는 구석구석의 면모들로부터 늘 눈길을 돌려서
는 안 될 것이다. 그 중 비교적 이론적인 책들로서 지금 당장 서
재에서 눈에 들어오는 몇 권만 언급하면 로지 브라이도티의『유
목적 주체』, 박성래의『레오 스트라우스』, 스피박의『포스트식
민 이성비판』, 에드워드 사이드의『오리엔탈리즘』, 비릴리오의
『속도와 정치』, 엠마누엘 토드의『제국의 몰락』, 그람시의『그람
시의 옥중수고』, 지젝의『이데올로기라는 숭고한 대상』, 주판치
치의『실재의 윤리』, 버틀러의『안티고네의 주장』등이 있다.

이렇게 연구실에서는 주로 이론적 저작들을 읽고 있거니와,
집에서는 주로 역사 계통의 저작들을 읽는다. 아울러 문학·예
술 계통의 저작들도 함께 읽고 또 틈틈이 시사적인 책들도 본다.
이 책들은 너무 많아 일일이 명기하지는 않고자 하나, 주로 동북
아 현대사에 관한 책들을 가장 많이 본다. 몇 년 전부터 동북아 현
대사에 대한 연구를 본격화했고 최근에는 주로 이에 관련된 논
문들을 쓰기 위해서 책들을 읽고 있다. 특별한 순서 없이 한글로
되어 있는 책들 중 바로 눈앞에 있는 몇 권만 언급하면 와다 하루
키의『동북아 공동의 집』, 맑시스트들의 전향을 다룬『전향』, 이
화여대 연구팀의『근대계몽기 지식 개념의 수용과 그 변용』, 오
카 마리의『기억/서사』, 가라타니 고진의『언어와 비극』, 도올
김용옥의『동경대전 1』, 박노자의『우승열패의 신화』, 리쩌허우
의『역사본체론』, 중앙대학교에서 펴낸『일본의 요괴문화』, 을
유문화사에서 나온『21세기의 동양철학』, 장-노엘 로베르의

『로마에서 중국까지』, 강상중의 『내셔널리즘』, 서중석의 『이승만의 정치이데올로기』, 나카노 도시오의 『오쓰카 히사오와 마루야마 마사오』, 조세현의 『동아시아 아나키즘, 그 반역의 역사』, 히로마쓰 와타루의 『근대 초극론』, 님 웨일즈/김산의 『아리랑』, 이광수의 『무정』, 르네 그루쎄의 『유라시아 유목제국사』, 니콜라 디코스모의 『오랑캐의 탄생』, 유인선의 『베트남의 역사』, 염상섭의 『만세전』, 박태원의 『소설가 구보씨의 일일』 등이 있다.

새 책을 구입했을 때가 가장 행복한 순간들 중 하나이다. 나는 책장을 넘기고 새로운 세계로 들어간다. 거기에서 내 영혼과 사유에 영향을 끼칠 글들을 발견한다. 내가 쓰는 글들에는 어느새 그런 글들의 흔적이 묻어 나온다. 책을 통해서 내 영혼은 다른 영혼들을 만난다. 그들과 대화한다.

가끔 옛날을 생각한다. 언어가 거의 없었던 시절, 시골에서의 그 행복했던 나날들을. 그후 언어의 세계에 들어왔고 참으로 많은 책들을 읽어왔다. 때로 내게 언어는 '갈등葛藤'으로 다가온다. 그 옛날로 돌아가고 싶다. 그러나 가다가 아니 가는 것은 시작하지 않음보다 못하다. 나는 언어의 세계에 들어왔고 거기에서 행복을 찾아왔다. 그러니 차라리 그 세계의 끝까지 가봐야겠다. 책들과 더불어 사유했던 그 시간들, 다양한 진리·진실과 대면했던 순간들, 그 사유의 순간들이 한 올 한 올 되살아난다. 책 갈피 속에 묻었던 그 소중한 시간들.

책에 관한 책을 쓸 것을 권유받았을 때 기뻤다. 내 삶이 책과 더불어 사는 삶이기 때문에 책에 대한 책을 쓴다는 것은 즐거운 일이 될 것이라 생각했기 때문이다.

처음에는 좀 이론적인 책을 생각했다. '어떤 책을 읽을 것인가?', '책은 어떻게 읽어야 하나?' 같은 이야기들을 하려 했다. 그러나 좀 생각해보니 좀더 편한 접근이 나을 것 같았다. 그래서 내가 읽었던 책들을 회상하는 형식을 취했다.

시기적으로 구분하는 방법과 주제별로 구분하는 방식이 있는데, 내 경우는 크게 고민할 필요가 없었다. 청소년 시절에는 문학을, 대학생 시절에는 과학을, 본격적인 학문의 길을 걸을 때는 철학/사상을 읽었기 때문에 시기별 구분과 주제별 구분이 자연스럽게 일치했다.

처음에는 내가 읽었던 그 책들, 그 판본들을 찾아서 인용하려

했다. 그러나 곧 그만두었는데, 생각이 나지 않는 경우도 많고 또 기억이 나도 찾기가 힘든 경우도 많았지만 더 핵심적으로는 내 기억을 여기에서 그대로 재현하는 게 뭐 그리 의미가 있을까 하는 생각이 들어서였다. 그래서 지금 시중에서 쉽게 구할 수 있는 판본들로 인용했다. 출판사 측에서 부지런히 책들을 구해주었는데 그렇지 않았다면 게으른 내 습성상 작업이 한없이 늘어졌을 것이다. 이 자리를 빌려 고마운 마음을 전한다.

문학 부분은 텍스트 중심으로 썼지만 과학 부분은 그 성격상 텍스트들보다는 내용 중심으로 썼다. 그리고 철학 부분은 내가 읽은 책들과 쓴 책들을 함께 논했다. 읽은 책들과 쓴 책들이 거의 맞물려 있기 때문에 둘을 함께 논의하는 것이 좋을 것 같았다.

평이하게 써달라는 부탁을 받아서 쉽게 쓰려 노력했는데 잘 되었는지 모르겠다. 특히 과학 부분은 수식이 많이 나와서 일반 독자들에게는 부담스럽지 않을까 싶다. 이 부분이 다소 낯선 독자들은 수식을 건너뛰면서 읽어도 상관없다.

처음에 이 책을 쓰기 시작할 때는 일반 독자들을 위한 편한 교양서를 쓴다는 마음으로 출발했다. 그러나 책을 쓰는 과정에서 오히려 나 자신이 생각지도 않은 많은 것을 얻었다. 내 기억에서 거의 마멸되어가던 것들, 상당히 중요한 것인데 놓치고 말았던 것들, 책을 쓰는 과정에서 예기치 않게 하게 된 여러 발상들 등, 이 책을 씀으로써 오히려 나 자신의 사유가 결정적인 도움

을 받지 않았나 싶다. 독자들의 사유에도 도움 줄 수 있기를 바
란다.

2006년 2월

逍雲